T0244038

EL CASO CHRISTIE

EL
CASO
CHRISTIE

NINA de GRAMONT

Traducción de Aitana Vega Casiano

☾ UMBRIEL

Argentina • Chile • Colombia • España
Estados Unidos • México • Perú • Uruguay

Título original: *The Christie Affair*
Editor original: St. Martin's Press
Traducción: Aitana Vega Casiano

1.ª edición: julio 2022

ISBN: 978-84-19030-02-3
E-ISBN: 978-84-19251-43-5
Depósito legal: B-10.119-2022

Fotocomposición: Ediciones Urano, S.A.U.
Impreso por: Romanyà-Valls – Verdaguer, 1 – 08786 Capellades (Barcelona)

Impreso en España – *Printed in Spain*

Para Liza Jane Hanson.

PARTE UNO

«Esa joven se preocupa demasiado.
Eso es peligroso. Sí, muy peligroso».

HÉRCULES POIROT

Aquí yace la hermana Mary

Hace mucho tiempo, en otro país, estuve a punto de matar a una mujer.

El impulso de asesinar es un sentimiento peculiar. Primero, sientes la rabia, más profunda que ninguna otra que hayas imaginado. Se apodera de tu cuerpo por completo, como una fuerza divina que toma el control de tu voluntad, tus extremidades, tu psique. Te transmite una fuerza que no sabías que poseías. Tus manos, hasta ahora inofensivas, se levantan para exprimir la vida de otra persona. Produce una cierta alegría. En retrospectiva es aterrador, pero me atrevo a decir que, en el momento, resulta dulce, como la justicia.

Agatha Christie sentía fascinación por el asesinato, pero era una mujer de buen corazón. Nunca quiso matar a nadie. Ni por un momento. Ni siquiera a mí.

—Llámeme Agatha —me decía siempre, mientras ofrecía una mano delgada. Pero nunca lo hice, no en aquellos primeros días, por muchos fines de semana que hubiera pasado en una de sus casas, por muchos momentos privados que hubiéramos compartido. La familiaridad no me parecía correcta, aunque la corrección ya empezaba a decaer en los años posteriores a la Gran Guerra. Agatha era una mujer elegante y pertenecía a la alta sociedad, pero estaba más que dispuesta a prescindir de los modales y de las convenciones sociales. En cambio, yo me había esforzado demasiado para aprender esos modales y convenciones como para abandonarlos sin más.

Me gustaba. Por aquel entonces me negaba a tener una buena opinión acerca de sus escritos, pero siempre reconocí admirarla como persona. Todavía la admiro. Hace poco, cuando le confié esto a una de mis hermanas, me preguntó si me arrepentía de lo que había hecho y del dolor que había causado.

—Por supuesto que sí —le dije sin dudar. Cualquiera que diga que no se arrepiente de nada es un psicópata o un mentiroso. Yo no soy ninguna de las dos cosas, solo soy experta en guardar secretos. En ese sentido, la primera señora Christie y la segunda se parecen mucho. Ambas sabemos que no es posible contar tu propia historia sin exponer la de otra persona. Durante toda su vida, Agatha se negó a responder a ninguna pregunta sobre los once días que estuvo desaparecida, y no fue solo para protegerse a sí misma.

Si a alguien se le hubiera ocurrido preguntarme, también me habría negado a responder.

La desaparición

Le dije a Archie que no era el momento adecuado para dejar a su esposa, pero no lo dije en serio. En lo que a mí concernía, aquel juego había durado demasiado. Era el momento de sacar la mano ganadora. Pero a él le gustaba creer que las cosas eran idea suya, así que protesté.

—Está demasiado frágil —dije. Agatha todavía sufría por la muerte de su madre.

—Clarissa murió hace meses —dijo Archie—. Además, no importa cuándo se lo diga, será atroz de todos modos. —«Frágil» es una palabra que nadie usaría para describirlo a él. Se sentaba ante el gran escritorio de caoba de su despacho londinense, todo pompa y poder—. Es imposible contentar a todo el mundo —añadió—. Alguien tiene que ser infeliz y estoy cansado de ser yo.

Me encontraba delante de él, en el sillón de cuero que solía reservar para los financieros y los hombres de negocios.

—Querido. —Mi voz nunca alcanzaría los tonos gentiles de la de Agatha, pero para entonces al menos había conseguido borrarle el acento del East End—. Necesita más tiempo para recuperarse.

—Es una mujer adulta.

—Nadie deja nunca de necesitar a su madre.

—Eres demasiado indulgente, Nan. Demasiado amable.

Sonreí como si fuera verdad. Lo que Archie más odiaba en el mundo era la enfermedad, la debilidad y la tristeza. No tenía paciencia para dejar sanar a alguien. Como su amante, procuraba mantener siempre una actitud alegre. Ligera y displicente. El contraste perfecto con su esposa, no tan ingenua y desconsolada.

Suavizó el gesto. Una sonrisa asomó en la comisura de sus labios. Como les gusta decir a los franceses, «las personas felices no tienen historia». Archie nunca se había interesado por mi pasado. Solo le importaba mi presente, sonriente y dispuesto. Se pasó una mano por el pelo y recompuso lo que nunca se había movido. Me fijé en que empezaban a salirle algunas canas. Le daban un aspecto distinguido. Era posible que mi relación con Archie tuviera un elemento comercial, pero eso no significaba que no pudiera disfrutar de él. Era alto, guapo, y estaba enamorado de mí.

Se levantó de la mesa y cruzó la habitación para arrodillarse junto a mi sillón.

—Archie —dije y fingí regañarlo—. ¿Qué pasa si entra alguien?

—No va a entrar nadie.

Me rodeó la cintura con el brazo y apoyó la cabeza en mis muslos. Llevaba una falda plisada, una blusa de botones, un cárdigan holgado y medias. Un collar de perlas falsas y un sombrero nuevo y elegante. Le acaricié la cabeza, pero al tiempo la aparté con tacto mientras presionaba la cara contra mí.

—Aquí, no —dije, pero sin urgencia. Alegre, alegre, alegre. Una chica que nunca enfermaba y no había estado triste ni un solo día de su vida.

Archie me besó. Sabía a humo de pipa. Agarré las solapas de su chaqueta y no me opuse cuando me envolvió un pecho con la mano. Esa noche, se iría a casa con su mujer. Para que los acontecimientos que había planeado con muchísimo cuidado siguieran su curso, lo mejor era enviarlo con ella pensando en mí. Una esponja empapada en sulfato de quinina, que me había procurado mi hermana menor casada, montaba guardia dentro de mí y me protegía del embarazo. Ni una sola vez me había encontrado con Archie sin prepararme antes de esa manera, aunque, por el momento, la precaución había resultado innecesaria. Volvió a colocarme la falda con modestia en su sitio y alisó los pliegues; luego se levantó y volvió a rodear el escritorio.

Casi en el mismo instante en que volvió a sentarse, entró Agatha. Llamó suavemente a la puerta al mismo tiempo que la empujaba para abrirla. Sus delicados tacones apenas hacían ruido en la alfombra. A sus treinta y seis años, el pelo castaño rojizo empezaba a desvanecerse hacia un marrón más apagado. Era varios centímetros más alta que yo y casi diez años mayor.

—Agatha —dijo Archie con brusquedad—. Podrías haber llamado.

—Archie, por favor. Esto no es un vestuario. —Se volvió hacia mí—. Señorita O'Dea. No esperaba verla aquí.

La estrategia de Archie siempre había sido esconderme a plena vista. A menudo me invitaban a fiestas en casa de los Christie e incluso a pasar algún fin de semana. Seis meses antes, al menos se habría inventado una excusa para justificar mi presencia en su despacho. *Stan me ha prestado a Nan para que taquigrafíe*, tal vez habría dicho. Stan era mi jefe en la Imperial British Rubber Company. Era amigo de Archie, pero nunca le prestaba nada a nadie.

Esa vez Archie no ofreció ni una sola palabra como explicación por mi presencia, pertrechada donde no me correspondía. Agatha arqueó las cejas al darse cuenta de que su marido no pensaba molestarse con el subterfugio habitual. Se recompuso para dirigirse a mí.

—Mírenos. —Señaló mi atuendo y después el suyo—. Somos gemelas.

Me costó mucho no tocarme la cara. Me había sonrojado como un tomate. ¿Qué habría pasado si hubiera entrado dos minutos antes? ¿Habría fingido ignorancia a pesar de las pruebas irrefutables, con la misma tenacidad que entonces?

—Sí —dije—. Es verdad, lo somos.

Esa temporada casi todas las mujeres de Londres lo eran, con la misma ropa y el mismo corte de pelo hasta los hombros. Sin embargo, el traje de Agatha era un Chanel auténtico y sus perlas no eran falsas. No hizo notar las discrepancias con ningún desdén, si es que llegó a percatarse de ellas. No era esa clase de persona, una virtud que se volvía en su contra cuando se trataba de mí. Nunca se había opuesto a que la hija de un oficinista, una simple secretaria, entrara en su círculo social.

—Es amiga de la hija de Stan —le había dicho Archie—. Una excelente golfista.

No le hicieron falta más explicaciones.

En las fotografías de aquella época, Agatha parece mucho más oscura y menos bonita de lo que era en realidad. Tenía ojos brillantes y azules, unas pocas pecas en la nariz y una cara que cambiaba con rapidez de una expresión a otra. Por fin, Archie se levantó para saludarla y le tendió la mano como si fuera una socia de negocios. Decidí, como decidiría alguien que hace algo cruel, que todo era para bien, que aquella mujer guapa y ambiciosa se merecía algo mejor que Archie. Se merecía a alguien que la llevase en brazos con una adoración descarada y que le fuera fiel. Cuando el sentimiento de culpa empezó a desanimarme, me recordé que Agatha había nacido privilegiada y que siempre seguiría así.

Le dijo a Archie, probablemente por segunda o tercera vez, que había tenido una reunión con Donald Fraser, su nuevo agente literario.

—He pensado que podríamos comer juntos, ya que estoy en la ciudad. Antes de que te marches el fin de semana.

—Hoy no puedo. —Señaló su mesa vacía sin mucho convencimiento—. Tengo una montaña de trabajo de la que ocuparme.

—Ah. ¿Seguro? He reservado mesa en Simpson's.

—Seguro —dijo—. Me temo que has venido para nada.

—¿Le gustaría acompañarme, señorita O'Dea? Un almuerzo de chicas.

No soportaba ver cómo la rechazaban dos veces.

—Claro. Suena de maravilla.

Archie tosió, irritado. Otro hombre se habría puesto nervioso ante la combinación de esposa y amante, pero a él ya no le importaba. Quería poner fin a su matrimonio y, si ello tenía que pasar como consecuencia de que Agatha nos descubriera, que así fuera. Mientras su mujer y yo íbamos a comer, acudiría a una cita en Garrard and Company para comprar un anillo precioso, mi primer diamante auténtico.

—Tiene que hablarme de ese nuevo agente literario —dije mientras me levantaba—. Qué carrera tan emocionante tiene, señora Christie. —No lo decía por adulación; la carrera de Agatha me resultaba muchísimo más interesante que el trabajo de Archie en finanzas, aunque todavía no era muy conocida en aquel momento, no como lo sería después. Una estrella en ascenso que apenas estaba empezando. La envidiaba.

Agatha enlazó el brazo con el mío y acepté el gesto con facilidad. Nada me resultaba más natural que la intimidad con otras mujeres, pues tenía tres hermanas. Esbozó una sonrisa que logró ser al mismo tiempo soñadora y decidida. Archie se quejaba a veces del peso que había ganado en los últimos siete años, desde el nacimiento de Teddy, pero su brazo lo sentí fino y delicado. Dejé que me guiara por el edificio de oficinas hasta la concurrida calle londinense. Se me sonrosaron las mejillas por el frío. Agatha me soltó el brazo de forma repentina y se llevó una mano a la frente para estabilizarse.

—¿Está usted bien, señora Christie?

—Agatha —dijo, con la voz más aguda que en el despacho de Archie—. Por favor, llámeme Agatha.

Asentí. Luego, procedí a hacer lo mismo que hacía cada vez que me lo pedía; durante la mayor parte del tiempo que pasamos juntas esa tarde, no la llamé de ninguna manera.

¿Has conocido alguna vez a una mujer que haya llegado a ser famosa? Cuando echas la vista atrás, te das cuenta de algunas cosas, ¿verdad? La forma en que se movía. La determinación con la que hablaba. Hasta su último día, Agatha afirmó no ser una persona ambiciosa. Se creía que mantenía su intensidad en secreto, pero yo había notado la forma en que sus ojos recorrían una habitación. Cómo examinaba a todos los que se cruzaban en su línea de visión, mientras imaginaba una historia que se pudiera resumir en una sola frase. A diferencia de Archie, Agatha siempre quería conocer tu pasado. Si no querías revelarlo, se inventaba algo propio y se convencía de que era real.

En Simpson's, nos acompañaron al comedor de señoras. Cuando nos sentamos, Agatha se quitó el sombrero, así que hice lo propio, aunque muchas otras mujeres conservaban los suyos. Se recolocó la bonita melena. El gesto no me pareció vanidoso, sino más bien una forma de reconfortarse. Podría haberme preguntado qué estaba haciendo en el despacho de Archie, pero sabía que tendría una mentira preparada y no quería oírla.

En vez de eso, dijo:

—Su madre aún vive, ¿no es así, señorita O'Dea?

—Sí, mis dos padres.

Me miró con franqueza. Me evaluó. Me está permitido que lo diga en retrospectiva; era guapa. Delgada, joven y atlética. Sin llegar a ser Helena de Troya. De haberlo sido, mi relación con Archie tal vez hubiera resultado menos alarmante. La modestia de mis encantos indicaba que bien podría estar enamorado.

—¿Cómo está Teddy? —pregunté.

—Bien.

—¿Y la escritura?

—Bien. —Agitó la mano como si no tuviera importancia—. No es más que un truco de salón. Objetos brillantes y pistas falsas. —Una expresión atravesó su rostro, como si le fuera imposible no sonreír al pensar en ello, por lo que deduje que, a pesar de desestimarlo, se sentía orgullosa de su trabajo.

Se oyó un enorme estruendo cuando un camarero con bata blanca dejó caer su bandeja llena de platos vacíos. Me sobresalté sin poder evitarlo. En la mesa de al lado, un hombre que cenaba con su mujer se cubrió la cabeza con los brazos en un acto reflejo. No hacía mucho tiempo, los estruendos en Londres significaban algo sumamente más ominoso que una vajilla rota y muchos de nuestros hombres habían presenciado la peor parte.

Agatha tomó un sorbo de té.

—Cómo extraño la calma de antes de la guerra. ¿Cree que alguna vez nos recuperaremos, señorita O'Dea?

—No veo cómo podría ser posible.

—Supongo que era demasiado joven para servir como enfermera.

Asentí. Durante la guerra, fueron sobre todo mujeres con aspecto de matronas las que atendieron a los soldados, para evitar el florecimiento de romances inadecuados. A Agatha la habían asignado al dispensario de un hospital en Torquay. Allí fue donde aprendió mucho sobre venenos.

—Mi hermana Megs se hizo enfermera —dije—. Después de la guerra, como profesión. De hecho, ahora trabaja en un hospital en Torquay.

Agatha no indagó más al respecto. No quería conocer a alguien como mi hermana. En vez de eso, me preguntó:

—¿Perdió a alguien cercano?

—Un chico al que conocía. De Irlanda.

—¿Lo mataron?

—Digamos que no volvió a casa. No del todo.

—Archie estuvo en el Cuerpo de Aviación. Ya lo sabe, por supuesto. Supongo que fue distinto para los que estaban en el aire.

¿No resumía eso cómo funcionaba todo? Siempre eran los pobres los que cargaban con las cicatrices del mundo. A Agatha le gustaba William Blake: «Algunos nacen al dulce deleite, algunos nacen a la miseria». En mi mente, incluso en aquel momento, mientras comíamos en Simpson's y su marido me compraba un

anillo de compromiso, la consideraba a ella del primer grupo y a
mí del segundo.

A su rostro no dejaba de asomarse una expresión que yo notaba cómo se esforzaba por alejar. Como si quisiera decir algo, pero
no pudiera hacerlo. Estaba segura de que me había invitado a comer para confrontarme. Tal vez para pedir clemencia. Sin embargo, es fácil posponer las conversaciones más desagradables, sobre
todo si no te atraen los enfrentamientos.

Con esa intención, y porque de verdad lo pensaba, dijo:

—Qué porquería, la guerra. Cualquier guerra. Es algo terrible
de soportar para un hombre. Si tuviera un hijo, haría todo lo posible para mantenerlo lejos de ella. No me importa cuál sea la causa
ni si Inglaterra está en juego.

—Creo que haría lo mismo. Si alguna vez tengo un hijo.

Nos trincharon la carne en la mesa y elegí una pieza menos
hecha de lo que me gustaba. Supongo que quería impresionar
a Agatha. Cuanto más rica era la gente, más sangrienta le gustaba la carne. Al cortarla, el rojo que rezumó me revolvió el
estómago.

—¿Todavía piensa en el chico irlandés? —preguntó.

—Todos los días de mi vida.

—¿Por eso nunca se ha casado?

Nunca se ha casado. Como si nunca fuera a hacerlo.

—Supongo que sí.

—Bueno. Todavía es joven. ¿Quién sabe? Tal vez aparezca un
día, recuperado.

—Lo dudo mucho.

—Hubo un tiempo, durante la guerra, en el que pensé que
Archie y yo nunca nos casaríamos. Pero lo hicimos y hemos sido
muy felices. Lo hemos sido, ¿sabe? Felices.

—Estoy segura de que así es. —Cortante y adusta. Hablar de
la guerra me había endurecido. Una persona que no tiene nada
podría sentirse disculpada por quitarle algo, un marido, a otra
que lo tiene todo.

El camarero volvió y preguntó si queríamos un plato de queso. Las dos lo rechazamos. Agatha dejó el tenedor con la carne a medio comer. Si sus modales hubieran sido menos perfectos, habría apartado el plato.

—Tengo que empezar a comer menos. Archie dice que estoy demasiado gorda.

—Yo la veo bien —dije, para reconfortarla y porque era verdad—. Es preciosa.

Agatha rio con una pizca de maldad, pero como si se burlase de sí misma, no de mí, y me volví a ablandar. No me producía ningún placer causar dolor a otras personas. La muerte de su madre había sido muy poco oportuna, demasiado cercana a la partida de Archie. No lo había planeado. El padre de Agatha había muerto cuando ella tenía once años, así que, además de la pérdida de su madre, de pronto se había convertido en la generación más antigua de su familia a una edad demasiado temprana.

Salimos juntas después de que insistiera en pagar la cuenta. En la calle, se volvió hacia mí y estiró la mano para agarrarme por la barbilla con el índice y el pulgar.

—¿Tiene planes para este fin de semana, señorita O'Dea? —Su tono insinuaba que sabía perfectamente cuáles eran mis planes.

—No, pero la próxima semana voy a tomarme unas vacaciones. En el hotel Bellefort, en Harrogate. —Al instante me pregunté por qué se lo había dicho. Ni siquiera se lo había contado a Archie. Compartir el marido de una mujer te hacía sentir una extraña conexión con ella. A veces incluso más que con él.

—Cuidándose a sí misma —dijo, como si el concepto no encajase con su naturaleza sensata—. Me alegro por usted.

Agradecí que no me preguntara cómo me iba a permitir semejante extravagancia. Me soltó la barbilla y su mirada albergaba algo que no supe leer.

—En fin, adiós entonces. Disfrute de las vacaciones.

Se dio la vuelta y caminó unos pasos; luego se detuvo y volvió hacia mí.

—No lo ama. —Su rostro había cambiado por completo. De mostrarse contenida y calmada a mirarme con los ojos muy abiertos y temblorosos—. Ya sería malo si lo hiciera, pero, dado que no es así, por favor, déjelo con la persona que lo hace.

Todos mis bordes se desdibujaron. Me sentí como un fantasma al negarme a responder, como si fuera a disiparme y los pedazos de mí se dispersasen flotando en el aire. Agatha no volvió a tocarme. En vez de eso, me miró a la cara para estudiar mi reacción, la sangre que desaparecía de mis mejillas, la culpable negativa a moverme o a respirar.

—Señora Christie. —Fue todo lo que conseguí decir. Me exigía una confesión que no tenía permiso para darle.

—Señorita O'Dea. —Cortante, definitiva. Volvía a ser la de siempre. Su nombre en mis labios había preludiado una negación. Mi nombre en los suyos era un severo rechazo. Me quedé donde estaba frente al restaurante y la vi alejarse. En mi memoria ella se desvanece en una gran nube de niebla, pero eso no puede ser correcto. Era pleno día, la luz era clara y nítida. Lo más probable es que haya doblado una esquina sin más o se haya perdido entre la multitud.

Debía volver al trabajo, pero en vez de hacerlo me dirigí a la oficina de Archie. El puesto de secretaria ya no me importaba mucho, ya que él se ocupaba de una parte cada vez mayor de mis gastos. Sabía que estaría preocupado por la comida con Agatha y, si de verdad le decía esa misma noche que iba a dejarla, tal vez me acusase de que no lo amaba. Así que era importante dejarlo con la sensación de que sí lo hacía.

De camino, pasé por una librería que exhibía una montaña de ejemplares de un libro infantil de color rosa, con un osito de peluche que agarraba la cuerda de un globo y volaba por los aires. *Winnie-the-Pooh*. Me pareció tan extravagante que entré y compré un ejemplar para que Archie se lo regalara a Teddy. Por un momento me planteé dárselo yo misma, como regalo de Navidad. Para entonces, era posible que sus padres ya vivieran separados. Tal vez Teddy pasaría la Navidad con su padre y conmigo, y los tres intercambiaríamos regalos, acomodados bajo el árbol. A veces se hablaba de hijos que se iban a vivir con su padre después de un divorcio. Además, Archie siempre decía que Teddy lo quería más a él. Aunque era algo propio de Archie, no solo decir una cosa así, sino creérsela. Cuando volví al despacho, le di el libro para que se lo regalase a la niña. Cerró la puerta y me atrajo hacia su regazo mientras me desabrochaba la falda y me la subía hasta la cintura.

—No será así por mucho tiempo —me susurró al oído y se estremeció, aunque creía que aquello le gustaba. ¿No les gustaba a todos los hombres?

Me aparté de él y me alisé la falda. Seguía con el sombrero en la cabeza, apenas se había movido.

—¿Cómo la has visto? —preguntó y volvió a su mesa.

—Triste. —Si Agatha le decía que se había enfrentado a mí, lo negaría—. Preocupada.

—No dejes que te ablande. Es más misericordioso clavar el cuchillo deprisa.

—Estoy segura de que tienes razón.

Le lancé un beso y me dirigí a la puerta, con la esperanza de que ninguna de mis protestas hubiera hecho mella en su determinación. La conversación con Agatha había acentuado la urgencia de que la dejara ya. Quité el pestillo.

—Nan —dijo Archie, antes de que saliera por la puerta—. La próxima vez que me veas, seré un hombre libre.

—De eso nada —dije—. Me pertenecerás a mí.

Sonrió y supe que no tenía nada de qué preocuparme, al menos en cuanto a que le diera la noticia a Agatha. Era un hombre con una misión. Cuando se decidía a hacer algo, lo hacía con la frialdad de un piloto que suelta bombas para causar muertes y estragos a sus pies. Mientras navega por el cielo, intocable.

La desaparición

En el curso de la historia, los hombres siempre les han hecho el mismo relato a sus amantes. Él no quiere a su mujer, quizá nunca la haya amado. Hace años que no hacen el amor, ni siquiera lo mencionan. Su matrimonio carece de pasión, afecto y alegría. Es un lugar estéril y miserable. Y él se queda por los niños, o por dinero, o por las propiedades. Es una cuestión de conveniencia. La nueva amante es lo único que le da paz.

¿Cuántas veces ese relato es verdad? Sospecho que no muchas. En el caso de los Christie, sé que no lo era.

Aquella tarde, Archie recorrió el trayecto de siempre de Londres a Sunningdale. La pareja había llamado «Styles» a su casa, en honor a la mansión de la primera novela de Agatha. Era una casa victoriana encantadora con amplios jardines. Cuando Archie entró por la puerta principal, su esposa lo estaba esperando, vestida para la cena. Nunca me contó lo que llevaba puesto, pero sé que era un vestido de gasa del tono del agua de mar. Imagino un escote que acentuaba la hinchazón de su pecho, pero él solo me dijo que la vio tan abstraída que decidió esperar hasta por la mañana para decirle que se iba. «Las emociones son más fuertes por la noche, ¿no crees?», me dijo.

Agatha, que sabía que la noticia se acercaba, decidió presentar una batalla silenciosa. Normalmente, su pequeño terrier, Peter, no se separaba de ella, pero esa noche envió al perro a la cama con Teddy para que no fuera una molestia. Intentó mostrar el semblante alegre que exigía su marido.

En más de una ocasión, he pensado que Agatha inventó a Hércules Poirot como el contrapunto de Archie. Poirot jamás pasaba por alto la más mínima señal emocional ni existía ninguna emoción desatinada por la que no sintiera simpatía. Sabía asimilar y evaluar la tristeza de una persona, para después perdonarla. Por su parte, Archie se limitaba a decir «anímate» y esperaba que se cumpliera la orden.

Tras haber decidido posponer la inevitable escena, se sentó a cenar tranquilamente con su esposa, cada uno en un extremo de la larga mesa del comedor. Cuando le pregunté de qué habían hablado, me dijo:

—De cosas triviales.

—¿Cómo estaba?

—Huraña. —Pronunció la palabra como si fuera una gran afrenta personal—. Se mostró autoindulgente y malhumorada.

Después de la cena, Agatha le pidió pasar al salón para tomar una copa de brandy. Él declinó y subió a ver a Teddy. Honoria, que hacía las veces de secretaria personal de Agatha y de niñera de la niña, la estaba acostando.

El perrito salió corriendo por la puerta en cuanto Archie entró y Teddy soltó un gemido de protesta.

—¡Mamá me prometió que Peter dormiría conmigo esta noche!

Por suerte Archie tenía mi regalo, *Winnie-the-Pooh*, para ofrecérselo como consuelo. Después de que la niña arrancase con entusiasmo el envoltorio, le leyó el primer capítulo. Le rogó que continuase, de modo que, para cuando se retiró, Agatha, sin saber que aquella era su última oportunidad de recuperarlo, ya se había dormido.

—Como un muerto —me dijo Archie.

Sin embargo, cuando el sábado siguiente me presenté en Styles para devolver el coche de Archie desde Godalming, vi el cuento de *Winnie-the-Pooh* en una mesa del vestíbulo, todavía dentro de su envoltorio de papel marrón. Además, en la comida en Simpson's, Agatha había tenido el aspecto errático y apenas animado de una persona insomne, que se abría paso durante el día después de demasiadas noches sin dormir. Amaba a su marido. Tras doce años de matrimonio, lo amaba ciegamente y con esperanza, como si en sus treinta y seis años de vida no hubiera aprendido nada del mundo.

Sé que no se habría ido a dormir antes de que Archie se acostara.

Esto es lo que creo que pasó en realidad.

Agatha lo estaba esperando cuando Archie llegó a casa. Esa parte debe haber sido cierta. El color de sus mejillas era vivaz y resuelto. Estaba decidida a recuperarlo, no con ira y amenazas, sino con la pura fuerza de la adoración, y por eso se había vestido con cuidado. Sé bien lo que llevaba puesto porque el sábado por la mañana seguía arrugado en el suelo de la habitación, pues la criada estaba demasiado disgustada para recogerlo y lavarlo. Cuando lo vi allí, me arrodillé y lo levanté; lo sostuve contra mí como si fuese a probármelo. Me quedaba demasiado largo y la gasa de color verde mar me llegaba más allá de los pies. Olía a perfume Yardley, Old English Lavender, ligero y coqueto.

Una prenda tonta para llevar en pleno invierno, y aun así. Habría estado guapísima al recibirlo. Las pecas le salpicarían la nariz y los pechos, altos y visibles. Tal vez tuviera una copa en la mano, no para ella, que casi nunca bebía, sino para dársela a él, su *whisky* favorito.

—AC —le dijo al acercarse y le puso una mano en el pecho. Esperó a que cambiase el abrigo de invierno por la bebida. Desde su noche de bodas, se habían llamado así el uno a la otra, AC.

—Toma —Archie no le devolvió la muestra de cariño. Junto con el abrigo, le entregó el libro infantil envuelto—. Es para Teddy.

No le dijo quién lo había comprado, pero es probable que ella lo sospechara. A Archie no le gustaban los libros; ni siquiera había leído las novelas que ella había escrito, no desde que se publicó la primera. Agatha dejó el paquete sin abrir en la mesa.

En la sala de estar, se sirvió agua. Se le daba bien esperar. Había esperado años para casarse con Archie y luego tuvo que esperar otra vez a que pasara la guerra para vivir juntos. Envió su primera historia a una editorial y aguardó dos años antes de que la aceptaran, de modo que, cuando recibió la noticia, casi se le había olvidado que había escrito un libro. Firmó un contrato miserable con Bodley Head para sus cinco primeras novelas, se dio cuenta del error casi de inmediato y, en lugar de aceptar las numerosas ofertas de renegociación que recibió, esperó. Por entonces era libre y había cambiado a una editorial muy superior. Una persona tiene que ponerse un objetivo y esperar lo mejor. Una persona tiene que estar dispuesta a esperar su momento.

La casa estaba demasiado fría. Se le puso la piel de gallina en los brazos desnudos, lo que la empujó a acercarse a Archie. Él tenía un aspecto saludable e impenetrable; irradiaba calor, no del tipo emocional, sino calor auténtico.

—¿Dónde está Teddy? —preguntó.

—Arriba, con Honoria. Se está bañando y luego se irá a la cama.

Él asintió e inhaló la lavanda. A un hombre le gusta que una mujer se esfuerce, sobre todo cuando es una extraña para él, y en eso se había convertido su esposa en el momento en que había decidido decirle que se iba. Agatha le había encargado a la cocinera que le preparara su comida favorita, solomillo Wellington, una buena cena de invierno. Encendió unas velas. Ellos dos solos y una botella de buen vino francés. Agatha se sirvió una copa para acompañarlo, pero no tomó ni un sorbo. Se sentó, no al otro lado de la mesa como me dijo Archie, sino justo a su lado. Él era zurdo, ella diestra, y sus codos chocaban con la intimidad de quienes han pasado horas y horas en la misma casa, durmiendo en la misma cama. Archie era humano y, lo que es peor, un hombre. Una especie de melancolía se apoderó de él. No era cierto que nunca la hubiera amado. De hecho, su determinación de casarse conmigo le hizo recordar la última vez que había sentido una urgencia similar, la de casarse con Agatha, a pesar de que la guerra hacía estragos, no tenían dinero y las familias de ambos, sobre todo la madre de él, insistían en que esperasen. En ese momento, a la luz de las velas, Agatha tenía el mismo aspecto que en su noche de bodas. Se acercaba su aniversario, en Nochebuena. Imposible no pensar en recuerdos como aquel en esa época del año.

Él terminó de comer y no pasó por la habitación de la niña para darle las buenas noches a Teddy. Era tarde, después de todo, y ya estaría dormida.

Sé que fue Archie quien le quitó el vestido a su mujer y lo dejó tirado en el suelo. Le gustaban las mujeres desnudas mientras él seguía completamente vestido. Además, era su última oportunidad con esa mujer en particular. A solas en el dormitorio, Agatha temblaba de alivio y alegría tanto como de frío. La criada había encendido la chimenea en la habitación. A la luz tenue y parpadeante, parecía vulnerable por la adoración.

El matrimonio. La forma en que dos vidas se entrelazan. Es una cuestión obstinada y difícil de soltar. Archie no era un hombre sin sentimientos y, en esa última noche con su esposa, después de muchos meses de poner un dique a lo que sentía por ella, dejó que las compuertas se abrieran por última vez.

—Agatha —le dijo, una y otra vez. Sospecho que también le dijo «te quiero». Ella seguramente le devolvió las palabras, con lágrimas en las mejillas, como si lo hubiera recuperado para siempre. Sin darse cuenta, mientras se quedaban despiertos hasta tarde con las sábanas cada vez más enredadas mientras hacían el amor repetidas veces, de que esa noche ella era la amante, y que nunca más sería la esposa.

La desaparición

EL ÚLTIMO DÍA QUE LA VIERON

Viernes, 3 de diciembre de 1926

Agatha abrió los ojos y se despertó sola. Archie se había levantado antes del amanecer y había dejado atrás la noche que habían pasado juntos como solo hacen los hombres. Se duchó para lavarse el olor de su esposa y dejó que cualquier emoción que hubiera sentido por ella quedase abandonada en el dormitorio. En cambio, Agatha se desperezó y el descubrimiento anómalo de encontrarse desnuda bajo las sábanas le recordó de inmediato todo lo que había ocurrido. Sonrió, victoriosa, y se estiró. Archie volvía a ser suyo. Lo había recuperado.

Mientras tarareaba para sí misma, se vistió con lo que se habría puesto para dormir, un camisón largo de seda. Antes de bajar, se puso también una bata de franela. Una mirada rápida en el espejo le mostró que solo le hacía falta pasarse los dedos por el cabello pelirrojo pálido. Incluso ella, la mayor crítica de sí misma, era capaz de ver que estaba preciosa. Sonrojada de felicidad. Felicidad. El aspecto que Archie más admiraba. Ese día, en cuanto la viera así de radiante, se sentiría henchido de amor, un amor evidente. Se apresuró a bajar las escaleras para alcanzarlo antes de que se marchase al trabajo.

Imagina la consternación que debió de sentir al llegar al final de la escalera y encontrar a Archie ya vestido, con la maleta preparada y una actitud endurecida.

—¿No pensarás irte el fin de semana de todas maneras? —Agatha palideció y el rubor la abandonó. Todo el placer y la alegría se desvanecieron antes de que Archie llegara a verlos.

—Agatha. —Su voz era una advertencia. Una regañina. Como si fuera una niña que se portaba mal.

—Agatha —imitó ella. Su voz se elevó, aguda, y subió en espiral por las escaleras. Tal vez atravesó la puerta de la habitación de la niña, donde Teddy estaba dormida o despierta; ninguno de sus padres había entrado a ver cómo estaba—. Agatha —volvió a decir—. Suenas como si fuera yo la que está haciendo algo mal. Como si yo fuera la que está causando problemas. Yo digo que eres tú. Tú. Archie. Archie. Archie.

Archie suspiró y miró hacia la cocina, donde la cocinera preparaba el desayuno. Honoria haría bajar a Teddy en cualquier momento. No quería que nadie escuchara a Agatha, cuya histeria no haría más que aumentar cuando le dijera lo que ya no había forma de evitar. Tenía un plan y nada iba a desbaratarlo. Tenía mi anillo de compromiso en el maletín, tras haber pagado la totalidad de su elevado precio.

—Ven aquí. —Mantuvo el tono de un padre que regaña a una niña rebelde—. Hablemos en mi estudio. —Dio un paso adelante y la agarró por el codo.

Agatha no tenía un despacho propio. Escribía dondequiera que se encontrara, siempre que tuviera una mesa y una máquina de escribir. En realidad, ni siquiera se consideraba una autora. Su principal ocupación e identidad era la de Señora Casada. Eso era. Casada. Con Archie. ¿Quién sería, si ese ya no fuera el caso?

Tomó asiento en el sofá de seda del estudio. Peter entró trotando y saltó a su lado. A Archie no le gustaba que los perros se subieran a los muebles, pero tenía asuntos más importantes que tratar, así que se mordió la lengua y cerró la puerta con un chasquido.

Agatha me contó una vez que, tras su primer desengaño amoroso, provocado por un chico al que adoraba, había corrido hacia su madre con labios temblorosos. Clarissa Miller le había entregado a su hija un pañuelo con una mano y había levantado la otra con el índice estirado mientras lo movía arriba y abajo para remarcar las sílabas. «No te atrevas a llorar. Te lo prohíbo». Obediente por naturaleza y deseando más que nada complacer a su madre, Agatha se había estremecido una vez y se había tragado las lágrimas cuando amenazaron con caer.

Pero no solo había habido desengaños. En su juventud había sido alegre y vivaz, mientras rechazaba una propuesta de matrimonio tras otra. Cuando Archie puso su mano sobre la suya, ya estaba prometida con otro joven, Tommy, que era tímido y amable y nunca, de eso estaba segura, la habría llevado a aquel momento, en el que tenía que esforzarse por seguir los antiguos consejos de su madre.

Archie no se sentó junto a ella en el sofá, sino que se acomodó en un sillón con respaldo, lo bastante cerca como para que ella lo alcanzase. Era un gesto natural después de la noche que habían pasado juntos, así que Agatha cedió y extendió la mano.

—Agatha —fue la dura respuesta, seguida de las palabras que había temido durante meses—. No hay forma fácil de decir esto.

—Entonces no lo digas —suplicó mientras dejaba caer sus patéticos brazos extendidos y se subía a Peter al regazo para calmarse al acariciarlo—. Por favor, no lo digas.

—Solo voy a decirte lo que ya tienes que saber. Amo a Nan O'Dea y voy a casarme con ella.

—No. No lo permitiré. No puede ser. Tú me amas. —Los recuerdos de la última noche la rondaban con claridad, tan cerca que casi parecía que seguían pasando. A diferencia de Archie, ella no se había duchado y su olor se aferraba a su piel, ahogando el perfume de lavanda—. Soy tu esposa.

—Un divorcio —dijo Archie. Era más fácil soltar la palabra como una simple declaración de un hecho. Un objetivo final tan obvio que no necesitaba contexto ni explicación, ni siquiera una frase completa. Qué triunfo sobre la emoción. Archie no sintió nada, ni siquiera le preocupaba que su esposa se derrumbara frente a él, solo el compromiso con la palabra. Divorcio.

Agatha se quedó en silencio. Con la mano recorría cada vez más rápido el suave pelaje del terrier, sin cambiar la expresión. Archie, envalentonado e imprudente, comenzó a hablar. Confesó que nuestra relación duraba ya casi dos años.

(—No hacía falta que se lo contaras —dije, aunque sabía que odiaba que lo reprendieran.

—Tienes razón —reconoció—. Su silencio me engañó. No me lo esperaba. Fue como si no me hubiera oído).

Entró demasiado deprisa en detalles y le indicó a Agatha que solicitara el divorcio.

—Tendrá que ser por adulterio. —En aquellos tiempos, esa era la principal reclamación que aceptaban los tribunales—. He hablado con Brunskill…

—¡Brunskill! —Era el abogado de Archie, un hombre torpe y bigotudo. Otro ultraje más, que él hubiera sabido que aquel asalto la acechaba.

—Sí. Brunskill dice que puedes indicar simplemente que hay una «tercera parte sin identificar». Lo importante es mantener el nombre de Nan fuera de todo esto.

Las nerviosas caricias de Agatha a Peter se detuvieron de sopetón.

—¿Eso es lo importante?

Archie debería haberse dado cuenta de su error, pero en lugar de ello siguió adelante.

—Todo esto podría salir en los periódicos, por tus libros. Tu nombre es bastante conocido ahora.

Agatha se levantó y Peter cayó al suelo con un gritito de reproche. Aunque siempre se mostraba solícita con el perro, en ese momento apenas se daba cuenta de su presencia.

Él siguió sentado. Como me dijo más tarde, «no tiene sentido intentar razonar con una mujer una vez que se ha desquiciado».

El marido de Agatha estaba enamorado de otra persona. Una transgresión que cambia la vida y que le había transmitido como quien da la hora. ¿Se suponía que debía recibir la información con calma y dignidad? Archie había roto las reglas con la pasión como excusa y a ella se le pedía que recogiera los pedazos mientras se mostraba racional. Que tomara medidas para proteger la reputación de su rival. Era más de lo que podía soportar. Apretó los puños y soltó un grito, fuerte y lleno de rabia.

—Agatha. Por favor. Te van a oír los sirvientes y la niña.

—La niña. ¡La niña! No te atrevas a mencionarla. —Como él se negó a ponerse de pie, Agatha tuvo que doblarse desde la cintura para golpearlo; con los puños cerrados, los descargó sobre su pecho compuesto. Los golpes no le causaron ningún dolor. Me dijo que tuvo que contenerse para no reírse.

—Qué cruel eres —le dije, pero dejé salir las palabras con ligereza, como si la crueldad no me molestara lo más mínimo.

Pobre Agatha. Se había despertado del sueño más bonito para entrar en su peor pesadilla. Y nada de lo que dijo o hizo consiguió arrancarle la más mínima emoción a su marido.

Al final, Archie se levantó. La agarró por las muñecas para detener los golpes.

—Ya basta. Me marcho. Después del trabajo, me iré a pasar el fin de semana con los Owen. Arreglaremos el resto la semana que viene.

—¿Supongo que ella también estará allí?

—No —dijo Archie, porque creía que era la respuesta que causaría la menor reacción y porque la mentira se había convertido en su segunda naturaleza desde la primera vez que se enredó conmigo.

—Estará allí. Sé que sí. Una fiesta casera, un fin de semana en pareja. Salvo que tú no irás con tu esposa, sino con ella, con esa ramera. Una ramera asquerosa.

Un error común que cometen las esposas cuando sus maridos se marchan. El camino para recuperar los afectos de Archie no estaba pavimentado con insultos contra mí. Era la más impenetrable de las criaturas, un hombre encaprichado. El ceño más oscuro cruzó su rostro y apretó el agarre.

—No hables de Nan de esa manera.

—¿Vas a decirme lo que no debo hacer? Tú no deberías irte con una mujer que no fuera tu esposa. No deberías dejarme ahora, cuando más te necesito. Hablaré de Nan como quiera.

—Cálmate, Agatha.

Le dio una patada en la espinilla. Como solo llevaba zapatillas, apenas hizo que se estremeciera. Qué desquiciante debió de ser la ineficacia de su propia fuerza. Agatha se retorció las muñecas para librarse del agarre con tanta furia que, cuando él la soltó, cayó hacia atrás. Archie notó que empezaban a aparecerle rojeces mientras se acariciaba las muñecas por turnos, pero no fue capaz de arrepentirse, tan firme era su convicción de que ella misma se lo había buscado. Tenía un único objetivo y era deshacerse de su esposa.

La noche anterior había sucumbido a la nostalgia y al anhelo carnal, pero esa mañana había retomado su misión. Como todo buen fanático, no se dejaría disuadir. Con largas zancadas, cruzó el estudio para volver al pasillo principal. Recogió la maleta y salió a por el coche, un Delage de segunda mano que Agatha le había comprado con el dinero de su último contrato. Era un coche bastante grande y Archie se enorgullecía de su presencia, como si fuera una posesión que hubiera conseguido por sí mismo. Tenía un motor de arranque eléctrico, sin necesidad de manivela; podía subirse y escapar. A ella debió sacarla de quicio salir por la puerta y verlo alejarse con el extravagante regalo.

—¡Archie! —gritó mientras corría por el largo camino de entrada—. ¡Archie!

Los neumáticos levantaron una nube de polvo frente a ella. Archie ni siquiera se volvió para mirar por el parabrisas trasero. Tenía los hombros rígidos, firmes y decididos. Se había alejado y se había vuelto inalcanzable, en todos los sentidos posibles.

«Inalcanzable» era la misma palabra que Honoria usaría más tarde para describir a Agatha. Su trabajo era despertar a Teddy y prepararla para la escuela. Después de levantarse, escuchó voces fuertes que salían del interior del estudio del señor Christie, una disputa marital y de las malas. Así que subió a la habitación de la niña, donde Teddy estaba sentada en un rincón, ya despierta y jugando con sus muñecas. Así era ella, una niña de siete años capaz de salir de la cama y divertirse sola, sin molestar a nadie.

—Hola, Teddy.

—Buenos días. —Se apartó el pelo oscuro de los ojos. No le sorprendió ver a Honoria. A menudo, Teddy se despertaba y sus padres ya se habían marchado para el resto del día. Antes de cumplir los cinco años, la habían dejado un año entero para viajar por el mundo. A la propia Agatha la había criado en gran parte una querida sirvienta a la que llamaba Nursie. Según su experiencia, era una forma perfectamente razonable de educar a un niño.

—Ven —dijo Honoria y le tendió la mano—. Vamos a darte el desayuno. Luego te vistes y te vas a la escuela.

Teddy se levantó y le dio la mano a Honoria. Las dos llegaron a lo alto de la escalera justo cuando Archie escapaba del histrionismo de Agatha en el estudio. La niña levantó el bracito, con intención de saludar, pero su padre no la vio. Cerró la puerta tras de sí. Solo estuvo cerrada un momento antes de que Agatha saliera; el aire a su alrededor estaba tan cargado de urgencia que por un instante Honoria pensó que la habían atacado. La sirvienta se adelantó cuando Agatha abrió la puerta de golpe y salió corriendo. Teddy se agarró al borde de su rebeca para retenerla a su lado y Honoria abrazó a la niña junto a su amplia cadera mientras le daba palmaditas de consuelo. De fondo, Agatha gritaba:

—¡Archie! ¡Archie!

Honoria esperó dentro y fingió con educación que nada había ocurrido. Oyó que el coche se alejaba, pero Agatha no regresó, así que guio a Teddy escaleras abajo y a la cocina. Luego, volvió a salir al vestíbulo. Styles tenía unos grandes ventanales en la parte delantera y trasera. A través de las ventanas del frente, Honoria vio a Agatha de pie, en bata y zapatillas; su pelo se agitaba con el ligero viento y el polvo a su alrededor se asentaba en la tenue luz de la mañana. Nunca había visto a una persona tan inmóvil y, a la vez, que emanara una sensación de alteración tan enérgica.

—¿Agatha? —la llamó al salir. Las dos mujeres eran lo bastante íntimas como para dejar de lado la formalidad entre empleada y señora. Honoria extendió la mano y le tocó el hombro—. Agatha, ¿estás bien?

Se quedó quieta, como si no la oyera, mientras miraba el coche, ya desaparecido, con incredulidad. Cuando Honoria volvió a hablar, Agatha no respondió. A la sirvienta no le parecía bien volver dentro y dejarla, pero se sentía muy rara, las dos solas allí. Una completamente arreglada y lista para el día, y la otra tiesa como una estatua, vestida como una inválida y con un largo camino de recuperación por delante.

El hechizo no duró demasiado. Agatha se despertó y se dirigió al estudio de Archie, donde se sentó a escribir una carta a su marido. Tal vez fuera una súplica. Tal vez, una declaración de guerra. Nadie lo sabría nunca, salvo Archie, que la leyó una vez y luego la tiró al fuego.

Me pregunto ahora si Agatha tenía un plan. Después de todo, una escritora habría considerado con detalle cada línea de prosa que escribía y cada posibilidad que pudiera surgir de su siguiente movimiento. Cuando me la imagino ante el escritorio, no veo a una mujer en estado de fuga ni a una persona al borde de la amnesia. Veo el tipo de determinación que solo reconoces si lo has sentido tú misma. La determinación que nace de la desesperación y se transforma en decisión. Poco después, cuando me enteré de que había desaparecido, no me sorprendió lo más mínimo. Lo entendí.

Yo también había desaparecido una vez.

Aquí yace la hermana Mary

Tal vez te resulte difícil mostrarte benevolente con una destro-
zahogares como yo. Sin embargo, no busco simpatía. Solo te
pido que me imagines en un día de invierno en Irlanda, subida a
un carro de leche prestado. Tenía diecinueve años.

Un irlandés apesadumbrado, viejo según mis estándares de la
época, sujetaba las riendas de los dos caballos desgreñados que
tiraban del carro. Mi abrigo no era lo bastante caliente para el frío
húmedo. Si Finbarr me hubiera llevado en lugar de su padre, me
habría acurrucado a su lado para entrar en calor, pero Finbarr
nunca me habría llevado adonde nos dirigíamos. A pesar de todo,
el señor Mahoney no carecía por completo de amabilidad. De vez
en cuando, soltaba una mano de las riendas para darme una palmadita en el hombro. Tal vez a él le sirviera para sentirse mejor,
pero a mí no me hacía nada. Las botellas de leche vacías tintinea-
ban mientras recorríamos los caminos de tierra. Si las botellas hubieran estado llenas, supongo que la leche se habría congelado
para cuando llegáramos al convento. Fue un camino largo hasta
Sunday's Corner desde Ballycotton.

—No estaré aquí mucho tiempo —dije, y permití que el acento
irlandés de mi padre se filtrase en el ritmo de mis palabras, como
si algo pudiera granjearme el cariño del señor Mahoney—. Finbarr
vendrá a buscarme en cuanto se recupere.

—Si se recupera. —Tenía los ojos sombríos y miraban a cualquier parte menos a mí. Me pregunté qué sería peor. ¿La muerte

de su único hijo? ¿O que se recuperara y me reclamase a mí y la vergüenza que le había traído? Para su padre, el mejor resultado sería que Finbarr se recuperara y luego se olvidara de que jamás se había fijado en mí. Por el momento, lo único que quería era que yo estuviera a salvo y encerrada para volver a casa y ver a su hijo vivo al menos una vez más.

—Se recuperará —dije, ansiosa por creer en lo imposible, como solo les ocurre a los muy jóvenes. Debajo del abrigo, el vestido que llevaba tenía una tenue salpicadura de sangre por la tos de Finbarr.

—Suenas como una chica irlandesa. No es mala idea seguir así. Los ingleses no son muy populares por aquí estos días.

Asentí, aunque en ese entonces no entendiera sus palabras. Si hubiera dicho «Sinn Féin» en voz alta, no habría significado nada para mí. No habría sido capaz de decir qué representaba el IRA. Mi Irlanda era el mar, los pájaros de la costa, las ovejas. Las colinas verdes y Finbarr. Nada que ver con ningún gobierno, ni suyo ni mío.

—Eres una chica afortunada —dijo el señor Mahoney—. No hace mucho, el único lugar para ti habría sido el hospicio. Pero estas monjas cuidan de las madres y sus bebés.

Pensé que habría sido mejor que el hospicio fuera el único lugar para mí. Pero el señor Mahoney no habría tenido el valor de llevarme a un sitio destinado a los delincuentes, así que habría dejado que me quedase con su familia. Tal como estaban las cosas, me había gastado hasta el último centavo en el viaje hasta su puerta. Supongo que lo acompañé de manera voluntaria, aunque no me parece la palabra adecuada cuando no se tiene ningún sitio adonde ir.

Al final llegamos al convento de Sunday's Corner. El señor Mahoney saltó del carro y me ofreció una mano ancha y callosa para ayudarme a bajar. El edificio era precioso. Con ladrillos rojos y torretas, se alzaba y extendía, en un cruce entre una universidad y un castillo, lugares que nunca esperé ver por dentro. En la hierba de la entrada había una estatua de un ángel alado, con las manos cerradas a los lados en lugar de levantadas en oración. Sobre la puerta del convento, en un rincón abovedado donde debería haber estado una ventana, había otra estatua de yeso de una monja con un hábito azul y blanco, con las palmas de las manos hacia fuera, como si ofreciera refugio a todos los que entraran.

Mis padres nunca habían sido religiosos. «Los domingos son para descansar», decía mi padre para explicar por qué no iba a misa. Mi madre era protestante. Solo había ido a la iglesia con mi tía Rosie y mi tío Jack.

—Será la Virgen María —murmuré.

El señor Mahoney soltó una carcajada sin alegría, un sonido que se burlaba de lo poco que yo sabía del mundo. Había llegado a Irlanda con la esperanza de vivir en su modesta casa de suelos de tierra. Tenía unas ojeras profundas bajo los ojos, pero me di cuenta de que, en un tiempo, serían como los de Finbarr. Lo miré, con la esperanza de que me viera y cambiara de opinión.

—Las hermanas cuidarán bien de ti. —Tal vez creyera que era cierto. Su voz era suave, casi arrepentida. Tal vez se alejara un poco del camino y luego se diera la vuelta para regresar a por mí antes de que me diera tiempo a deshacer el equipaje—. Te avisaremos de lo de Finbarr. Te lo prometo.

Sacó mi maleta de la parte trasera del carro, la maleta de mi madre, que le había robado antes de irme. Me la habría dado si se la hubiera pedido. Más aún, me habría rogado que me quedara o se habría escapado conmigo. «¿Cómo pudiste pensar lo contrario? —me preguntaría después, demasiado tarde—. Habría hecho cualquier cosa, me habría enfrentado a cualquiera, incluso a tu padre, con tal de no perder a otra hija».

Si hubiera sabido en aquel momento lo que sé ahora, me habría alejado del convento por mí misma. Habría bajado por el largo camino, por las colinas, y habría cruzado a nado el gélido Mar de Irlanda, de vuelta a Inglaterra.

Dentro, las monjas me cambiaron la ropa por un vestido soso y sin forma que no haría falta cambiar por mucho que me creciera la barriga y un par de zuecos mal ajustados. Una monja joven de rostro dulce se llevó mi maleta. Me sonrió con amabilidad y me prometió que la cuidarían bien. No volví a verla. Una monja mayor me sentó y me cortó el pelo hasta que apenas me cubría las orejas. Siempre lo había llevado largo y me preocupaba lo que pensaría Finbarr cuando viniera a buscarme.

No seguí el consejo del señor Mahoney de hablar con acento irlandés. Después de que las monjas me explicaran las normas de mi nuevo hogar, apenas hablé, durante semanas.

Una persona joven no puede conocer su vida, lo que será o cómo se desarrollará. Al crecer, adquieres la sensación de que las dificultades se limitan a momentos concretos en el tiempo, de que pasarán. Sin embargo, cuando eres joven, un único instante parece el mundo entero. Lo sientes permanente. Años después, pasaría a vivir una vida mejor. Viajaría por el mundo. Pero aquel invierno era apenas una niña. Solo conocía dos lugares, Londres y el condado de Cork, y solo pequeñas partes de ambos. Sabía que era joven, pero no entendía cuán joven, ni que la juventud era una condición fugaz. Sabía que la guerra había terminado, pero aún no lo creía. La Gran Guerra no parecía tanto un acontecimiento como un lugar, inmóvil como Inglaterra, pero ni de lejos tan destructible. En Londres, el pub favorito de mi padre había quedado reducido a escombros y los barriles de cerveza habían rodado por la calle mientras caían más bombas. Durante el resto de su vida, mi padre diría que el mundo había perdido la inocencia durante la Gran Guerra.

La primera tarea que me encomendaron en el convento, tras esquilarme el pelo y quitarme la ropa, fue cuidar el cementerio de las monjas. Con otras dos chicas, ambas muy embarazadas, salí a barrer, rastrillar y limpiar el liquen de las lápidas. El aire frío quizá me habría sabido a libertad de no haber sido por las barras de hierro que rodeaban todo hasta donde me alcanzaba la vista. A la

derecha se alzaba un alto muro de piedra. Por encima de él llegaban unos ruidos tenues, que no me di cuenta de que eran las voces
de niños pequeños, a los que habían sacado a tomar aire antes de
la cena. A través de los barrotes de hierro se veía el camino que se
alejaba del convento, sin señales de que el señor Mahoney fuera a
volver a buscarme tras cambiar de opinión. Ninguna de las otras
chicas me habló. Se suponía que no debíamos hacerlo, ni siquiera
debíamos conocer los nombres de las demás.

Las lápidas de las monjas eran gruesas cruces, todas grabadas
con las mismas palabras: «Aquí yace la hermana Mary». Como si
solo hubiera muerto una mujer, pero por algún motivo necesitara
cincuenta tumbas. Pasé el burdo paño por las piedras y sumergí
los dedos en las palabras grises de las tallas. En ese momento lo
supe. El mundo nunca había sido inocente.

Sin embargo, yo sí lo había sido.

Volvamos un poco más atrás. Antes de la guerra, esta vez.
Imagíname a los trece años, delgada y ágil como un grillo, la primera vez que mis padres me enviaron a pasar el verano a la granja de los tíos Jack y Rosie.

—A Nan le gusta correr —dijo mi padre mientras formulaba el
plan—. Su sitio no está en la ciudad, ¿verdad que no? —Trabajaba
en la compañía de seguros contra incendios Porphyrion y a menudo decía esas mismas palabras sobre sí mismo, que su sitio no estaba en la ciudad. Le dolía pasar largas horas sentado a una mesa
por poco dinero. Siempre sospeché que mi padre se habría arre-
pentido de dejar Irlanda, si eso no hubiera significado arrepentirse de nosotras. Su mujer era inglesa, lo que implicaba que su
familia también lo era. Excepto, al parecer, por mí.

Mis hermanas Megs, mayor que yo, y Louisa, la más pequeña,
eran chicas como Dios manda, a las que les interesaba la moda, los
peinados y la cocina. Al menos eso era lo que fingían que les interesaba. A mi hermana Colleen, la mayor, solo le importaban los

libros y los estudios. A mí también me gustaba leer, pero además dar patadas al balón con los chicos del barrio. A veces, al anochecer, mi padre me encontraba con ellos, sudorosa y mugrienta en un solar vacío.

—Si fuera un chico, sería toda una campeona —presumía.

—Ya es demasiado mayor para eso —se quejaba mi madre, pero a mi padre le daba pena.

—Las otras tres son tuyas —le decía a mi madre—, pero esta es mi irlandesa.

Mi padre había crecido en una granja a las afueras del pueblo pesquero de Ballycotton. Desde que yo había nacido, había ido de visita una o dos veces, cuando su hermano le pagaba el viaje. Sin embargo, nunca había dinero suficiente para que fuéramos todos. La idea de que yo fuera a ir, y además durante todo un verano, era emocionante. Sabía que era una casa modesta, pero mucho más espaciosa que nuestro piso de Londres, que solo tenía dos habitaciones, una para mis padres y otra para nosotras cuatro. Al tío Jack le había ido bien con la granja. Su esposa Rosie había heredado una pequeña cantidad de dinero al morir su padre y habían añadido suelos de madera maciza y forrado las paredes del salón con estanterías. Mantenían bien cortado el césped cercano a la casa, para jugar al tenis. («Tenis —se burló mi padre cuando nos lo contó—. Eso sí que está muy por encima de su nivel»).

Conservaba el paisaje en mi mente, el verde más vivo. Colinas onduladas y bajos muros de piedra, kilómetros ininterrumpidos para que diera patadas a un balón de fútbol por los prados con mi primito Seamus. Junté las manos y me arrodillé junto a mi madre para rogarle que me dejara ir, bromeando solo en parte por el fervor.

Mi madre se rio.

—Es que te echaré de menos.

Me levanté de un salto y la abracé. Tenía una cara agradable y pecosa y unos ojos verdes muy abiertos. A veces me arrepiento de haber perdido el acento del East End, porque eso supuso perder su sonido.

—Yo también te echaré de menos —reconocí.

—No serán unas vacaciones —advirtió mi padre—. Jack te pagará el pasaje, pero harás muchas tareas para devolvérselo.

La mayoría de las tareas serían al aire libre, con caballos y ovejas, una alegría para mí. Agradecí que mi tío estuviera dispuesto a contratar a una chica para hacerlas.

Así llegamos al chico irlandés. Finbarr Mahoney era hijo de un pescador. Dos años antes de que nos conociéramos, se topó con un granjero de avanzada edad en los muelles del pueblo, a punto de tirar un cachorro, el más pequeño de una camada de border collies, al mar helado.

—Tenga. —Finbarr levantó un cubo de caballa—. Se lo cambio. —Nadie habría notado la urgencia que sentía por la transacción. Tenía un aire relajado y sonriente. Como si todo fuera fácil, incluso la vida y la muerte. Abrazó al cachorro bajo la barbilla y entregó el cubo, consciente de que tendría que pagarle a su padre por el pescado.

—Ese hombre estaba a punto de tirarlo —lo regañó—. ¿De verdad crees que esperaba que le pagaran por él?

Finbarr llamó Alby al perro; primero le dio el biberón y luego lo adiestró. El tío Jack lo contrataba de buena gana para que fuera en bicicleta a la granja los días que no estaba en el barco y lo ayudara a trasladar a las ovejas de un prado a otro. Jack decía que Alby era el mejor perro pastor del condado de Cork.

—Es por el chico —dijo la tía Rosie—. Tiene un don con las criaturas, ¿verdad? Sería capaz de convertir a una cabra en una campeona de pastoreo. Estoy convencida de que otro adiestrador no habría conseguido los mismos resultados con ese perro.

El collie de mi tío era un pastor pasable, pero nada que ver con Alby. Para mí, aquel perrillo pequeño, ágil y elegante era lo más hermoso que había visto nunca. Finbarr, de pelo negro y sedoso, que brillaba casi azul bajo el sol del verano, me parecía lo segundo más hermoso. Tenía un don para las criaturas, como había dicho la tía Rosie, y después de todo, ¿qué era yo? Era unos años mayor. Cuando se pasaba por allí, fingía inclinar un sombrero que no llevaba. Nunca me ha gustado la gente que sonríe todo el tiempo, como si todo les pareciera gracioso, pero Finbarr sonreía de una manera especial, no por diversión, sino por felicidad. Como si le gustara el mundo y disfrutara de vivir en él.

—Tiene que ser maravilloso estar siempre feliz —le dije a la tía Rosie aquella tarde, mientras lavábamos los platos.

Enseguida supo a quién me refería.

—Ha sido así toda la vida —dijo con un profundo cariño—. Pura alegría. En mi opinión, demuestra que no importa si eres rico o pobre. Algunas personas nacen felices, sin más. Es la mayor fortuna. Si resplandeces por dentro, nunca tienes que preocuparte por si brilla el sol.

Una tarde, después de la cena, Finbarr vino en bicicleta a casa cuando Seamus y yo estábamos jugando al tenis. Había aprendido a jugar la primera semana y ganaba todos los partidos.

—No sé de dónde sacáis la energía después de un día entero de trabajo —nos había dicho el tío Jack mientras sacudía la cabeza en señal de admiración.

—¿Dónde está Alby? —preguntó Seamus a Finbarr. Tenía entonces diez años y estaba tan fascinado por el perro como yo.

—Lo he dejado en casa. Pensé que estaríais jugando al tenis. Perseguiría las pelotas y estropearía el juego.

El collie de mi tío, Brutus, estaba tumbado bajo el porche, cansado tras un día de pastoreo, sin ningún interés en jugar.

—Si quieres, juega con Nan —dijo Seamus, y le entregó a Finbarr su raqueta—. Gánale por mí, ¿vale? —Tenía los rizos rojos despeinados por el intento fallido de superarme.

Hice rebotar la pelota en la raqueta, consciente de que estaba alardeando, pero sin poder evitarlo. Finbarr sonrió como siempre, con los ojos azules casi grises por la luz del sol del atardecer.

—¿Listo, entonces? —Lancé la pelota por encima de la red antes de darle tiempo a responder. Jugamos así un rato, peloteando sin más. Luego nos pusimos serios. Gané dos partidos antes de que Alby apareciera corriendo por las colinas. Fue directo hacia Finbarr y después cambió de rumbo para saltar y robar la pelota en el aire.

Tiramos las raquetas al suelo y lo perseguimos. Había otras pelotas, pero nos pareció lo más natural. Las risas llenaron el cielo. El tío Jack y la tía Rosie salieron al porche para reírse con nosotros. Por fin, Finbarr dejó de correr, se quedó inmóvil y gritó:

—Alby, quieto.

El perro se detuvo de inmediato y con tal precisión que era evidente que habría podido pararlo en cualquier momento.

—Suelta —ordenó, y el collie escupió la pelota en el césped. Finbarr se le acercó con pasos comedidos, recogió la pelota y la sostuvo en el aire—. Nan, pide un deseo.

—Ojalá pudiera quedarme en Irlanda para siempre.

Lanzó la pelota, que dibujó un largo arco, y Alby echó a correr tras ella; la atrapó en el aire, con las patas a kilómetros del suelo.

—Concedido —dijo Finbarr y se volvió hacia mí. Era demasiado mágico como para que fuera real.

Unos días más tarde, se pasó por la casa después de ayudar al tío Jack. Acababa de terminar de limpiar los establos y estaba tumbada en la colina en un lecho de tréboles; todavía apestaba a estiércol y leía *Una habitación con vistas*. Brutus estaba tumbado a mi lado, con la cabeza apoyada en mi barriga.

—Tu tío va a necesitar otro perro dentro de poco —dijo Finbarr. Alby se puso a su lado, con las orejas levantadas—. Sabes que se están haciendo viejos cuando están cansados al final del día.

—¿Acaso Alby no se cansa nunca? —Me protegí los ojos del sol para verlo.

—Nunca —lo dijo con una confianza tan firme que tenía que ser una ilusión.

—Bueno, Brutus nunca se hará mayor —dije, también con deseo, mientras le acariciaba la estrecha cabeza leonada. Desde algún lugar cercano una alondra piaba, incansable y quejicosa. Por supuesto que había pájaros en Londres, pero nunca les había prestado mucha atención. Desde que había llegado a Irlanda, había aprendido que el cielo era un universo aparte, justo encima de nuestras cabezas, repleto de su propia vida cantarina.

—Te he traído algo. —Finbarr me tendió un trébol de cuatro hojas.

Lo acepté sin incorporarme y enseguida la cuarta hoja se cayó. La había sujetado con el dedo.

—Suerte falsa. —Lo aparté con una carcajada, sin perder la alegría.

Finbarr se tumbó a mi lado. Nunca le importó que le llevaran la contraria, como tampoco le importaba que le ganase al tenis una y otra vez. Nunca le importó nada.

—Espero no oler a pescado —dijo.

Pensé en mentir y decirle que no. En vez de eso, dije:

—Bueno, yo huelo a oveja y a boñiga de caballo, así que hacemos buena pareja.

—Yo también huelo a esas cosas. —Entrelazó los dedos, arqueó los brazos detrás de la cabeza y se hizo una almohada con las manos—. Te gusta leer, ¿verdad?

—Sí.

—Podría leer ese libro cuando lo terminases. —Miró al cielo, no al libro—. Así hablamos de él.

—¿Te gusta leer?

—No, pero podría empezar.

—Este trata sobre todo de una chica.

—No me importa leer sobre chicas.

Volví la cabeza y lo miré, y él se inclinó hacia mí. Unas largas pestañas negras enmarcaban unos ojos de varios tonos de azul.

Pronto el tío Jack subiría por la colina y no le gustaría vernos, tumbados uno al lado del otro, aunque estuviéramos a medio metro de distancia.

—Creo que me gustaría ser escritora —dije. No se me había ocurrido antes. Me gustaba leer, pero nunca había intentado escribir cuentos ni poemas.

—Serías una gran escritora —dijo Finbarr—. Serías buena en cualquier cosa.

Se puso una brizna de hierba entre los dientes y volvió a mirar el cielo. Cruzó las piernas por los tobillos. Alby le tiró de las perneras del pantalón, insatisfecho con un día entero corriendo, o bien ansioso por llegar a casa para la cena.

—Nan O'Dea —llamó mi tía desde la casa—. Levántate ahora mismo y aséate para la cena.

Sabía que la severidad de su voz se debía a que Finbarr y yo estuviéramos recostados juntos y no a que tuviera que lavarme. Nos levantamos de un salto, los dos con el pelo revuelto y las mejillas sonrosadas por el sol tras un día de trabajo al aire libre.

—¿Te quedas a cenar, Finbarr? —preguntó la tía Rosie, perdonándolo, como todo el mundo hacía sin poder evitarlo.

—Me encantaría, señora O'Dea.

Con tanta energía como el más joven de los dos perros, echamos una carrera hasta la casa. Finbarr ganó. Saltó al porche con los dos pies y levantó los brazos en el aire. Victoria.

A veces te enamoras de un lugar, de forma tan dramática y urgente como lo harías de una persona. Empecé a suplicar por volver a Irlanda casi en el instante en que llegué a Londres. Mis hermanas pertenecían a mi madre y a Inglaterra, pero mi sitio era Irlanda. No me sacaba de la cabeza las verdes colinas. El lugar se me había metido en los huesos y me dolía cuando estaba lejos. A esa edad, cuando pensaba en Finbarr, lo veía como una parte más del paisaje.

—Solo te enviaré de vuelta si prometes no quedarte allí —dijo mi madre—. No quiero que ninguna de mis hijas viva lejos de casa. Ni siquiera tú, Colleen.

A esas últimas palabras las pronunció con un tono cariñoso, pero mi hermana no respondió. Estaba sentada a la mesa de la cocina, con los ojos verdes fijos en las páginas de un libro de Filson Young sobre el *Titanic*. El pelo rubio y salvaje se le derramaba sobre la mesa y le escondía la cara. Las demás teníamos el pelo y los ojos castaños como nuestro padre.

Mi madre se rio y sacudió la cabeza.

—Se nos podría caer el techo encima y ni se daría cuenta.

Louisa, la más práctica de todas, le dio un manotazo en el hombro a Colleen. La aludida levantó la vista y parpadeó como si acabara de despertarse.

—Ya vive lejos de casa —comentó Louisa, y dio un toquecito con el dedo a las páginas del libro.

Vamos a parar aquí un segundo para analizar la escena. Colleen, diecisiete años, con toda la vida por delante. Todas juntas y con esperanzas para el futuro, en la pequeña y destartalada cocina que era el corazón de nuestro hogar. Nuestra madre, aún convencida de que sus cuatro hijas pasarían sin problemas de una casa llena de hijas a una llena de nietos.

Mi padre entró de golpe y rompió el júbilo, como hacía a veces, al arrastrar consigo la pesadez de su día.

—Ese chico, Jones, te estaba esperando fuera —le dijo a Colleen.

Ella dejó el libro a un lado y se levantó el pesado cabello para anudárselo en la parte superior de la cabeza. Años más tarde, leería un poema de William Butler Yeats y me irritarían los versos: «Solo Dios, querida, podría amarte por ti misma y no por tu pelo dorado». Me trajeron a la mente a mi hermana y cómo los chicos que no sabían nada de ella se enamoraban solo con verla. Mi madre trabajaba algunos días a la semana en una mercería, Buttons and Bits. Una vez, Colleen le cubrió un turno y la dueña le prohibió volver a trabajar allí porque atraía a demasiados chicos, que se apoyaban en el mostrador sin interés por comprar nada. El pelo de mi hermana era como una sirena que cantaba a las calles de la ciudad, llamando la atención, y no precisamente la de Dios. Odiaba ese poema.

Cada noche, cuando las hermanas nos acomodábamos en nuestras camas en la habitación que compartíamos, Colleen nos contaba historias, a veces sacadas del libro que estuviera leyendo y otras inventadas por ella. Algunas mañanas, las cuatro nos despertábamos con la espalda encorvada y con dolor de estómago, de tanto habernos reído la noche anterior. Me habría encantado que Colleen no tuviera pelo. También Megs y Louisa. Y mi madre.

—Que espere todo lo que quiera —dijo Colleen—. Nunca le dije que fuera a ir a verlo.

—Algo debes hacer para alentar a esos tipos —dijo mi padre mientras se quitaba el abrigo.

Colleen soltó una risa rápida e indignada. El día anterior, sin ir más lejos, Derek Jones y otros dos chicos nos habían perseguido a las dos de camino a la biblioteca de Whitechapel.

Nos estáis estropeando el paseo, les había dicho al cabo de un rato, tajante y firme, y se marcharon mientras lanzaban miradas anhelantes por encima del hombro. Colleen llevaba un gorro de lana de punto que se ponía sobre las orejas. Por mucho que le gustara desaparecer en los libros, cuando volvía al mundo era directa y sin rodeos. «Menuda suerte tengo con semejantes admiradores, ¿eh, Nan?», me había dicho.

—A callar —le dijo mi madre a nuestro padre—. Lo único que hace es vivir en el mismo mundo que ellos. ¿Quieres que le afeite la cabeza? Deja a la chica en paz.

Colleen agarró el libro y desapareció en nuestra habitación mientras los demás preparábamos la cena. Mi madre me dio una palmadita en la espalda, porque era la que estaba más cerca y siempre la tranquilizaba tocar a una de sus hijas. Tal vez pensaba en lo que ya tenía que saber; a veces basta con vivir en el mismo mundo que ellos.

El verano siguiente, Finbarr vino a la granja a jugar al tenis casi todas las noches. Adiestró a Alby para que se quedara quieto pasara lo que pasase. Creo que el collie habría gastado menos energía corriendo quince kilómetros que la que le hizo falta para contener todos sus instintos y permanecer inmóvil ante aquella pelota de tenis que rebotaba sin parar. Sin embargo, se quedó quieto y no se levantó hasta que Finbarr le dio la orden.

—Listo. Pelota —decía Finbarr, y entonces el perro por fin podía catapultarse en el aire.

En otoño, de vuelta a casa, en la mesa de mi familia en Londres, enumeré los trucos que Alby sabía hacer.

—Finbarr hace que camine en lateral hacia un lado y luego al otro. Le dice que se quede quieto hasta que le ordena que se mueva.

—No es tan impresionante para esa raza —dijo mi padre; por su cara, debía de estar recordando los perros de su juventud.

—No he terminado. Conoce todos los trucos habituales, sentarse, estar erguido, tumbarse. El tío Jack dice que es el mejor perro pastor que ha visto. —Eso significaría que sería el mejor que mi padre hubiera visto—. Y Finbarr le ha enseñado a atrapar una pelota de fútbol y a equilibrarla sobre el hocico. Le ha enseñado a saltar sobre el lomo de un caballo y a sentarse allí.

—Haces que parezca que Finbarr es el listo —dijo Megs—. Yo diría que es el perro.

—Los dos son listos. —Pero sabía que Finbarr sería capaz de hacer lo mismo con cualquier perro. Tenía un don.

—Quizá yo también vaya el próximo verano —dijo Megs.

—Dale a tu hermana algo de competencia por ese chico Mahoney tan listo —dijo mi padre.

Mis hermanas y yo teníamos una mirada particular que intercambiábamos cuando mi padre decía alguna ridiculez. Nunca nos pelearíamos entre nosotras por un chico.

Mi madre cortó la conversación como lo hacía siempre; se dirigió a mí, pero miró a Colleen.

—No vayas a casarte con ese chico de Ballycotton. No quiero tener nietos a los que solo vea una vez al año.

—¿Por qué siempre me miras a mí primero? —protestó Colleen—. Sería la última en dejarte, mamá. —Se levantó y recogió los platos. Se detuvo para darle a nuestra madre un beso en la mejilla.

Esa noche, en la habitación, Colleen dijo:

—¿Y si voy contigo el próximo verano? Estaría bien salir de la ciudad. ¿Crees que me gustaría?

Colleen y yo dormíamos en una cama, junto a la ventana; Louisa y Megs en otra, pegadas a la pared.

Me incorporé.

—Te encantaría. —Empecé a enumerar mis habituales alabanzas sobre Irlanda.

Colleen me tapó la boca con la mano.

—Sí, lo sé. Es el paraíso. Pero ni siquiera el paraíso es para todo el mundo.

—Tal vez el paraíso, no; pero Irlanda, sí.

El verano siguiente tenía quince años. La granja del tío Jack iba muy bien, pero no tanto como para pagarnos el pasaje a dos de nosotras.

—Tal vez debería ser el turno de Colleen —dijo nuestra madre, cuando nuestro padre recibió la carta de Jack. Se estaba atando un lazo en el cuello de la camisa para intentar parecer elegante de camino al trabajo en Buttons and Bits.

—Jamás le quitaría Irlanda a Nan —se apresuró a decir Colleen, antes de que a mí me diera tiempo de ponerme pálida por la pérdida.

—Mejor así —dijo mi padre—. Prefiero tenerla aquí, donde pueda verla.

Le dio un golpecito en la barbilla con cariño, pero, por la forma en que Colleen se mordió el labio, me di cuenta de que sabía que solo bromeaba a medias.

El intercambio fue tan rápido que solo comprendí al contarlo después la deuda que tenía con mi hermana. Volvería a viajar a Irlanda por mi cuenta. Durante esa época, seguro que tenía mi propia cuota de dudas y presentimientos, como nos ocurre en todas las etapas de la vida, incluso en la infancia. Sin embargo, lo que recuerdo es una preciada ignorancia en cuanto a todo lo que me deparaba el futuro. Desconocía la guerra que se avecinaba y cómo impregnaría nuestros días futuros. Mi realidad no era el periódico que hacía que mi tío frunciera el ceño de preocupación. Era la forma en que el mar se transportaba por el aire que respiraba. Eran las sábanas blancas y limpias que colgábamos en el tendedero para que se secaran al sol, de modo que cuando las poníamos en las camas un toque de salmuera se quedara con ellas y nos llenara los sueños de olas, rocas y focas. Mi realidad era el chico de pelo negro y ojos azules con su perro que recorría las verdes colinas para verme.

—Nan —me llamó la tía Rosie. Era por la mañana. Acababa de bajar las escaleras y me estaba atando el delantal para ayudarla en la cocina—. Finbarr Mahoney está fuera. Quiere que vayas con él.

—¿Puedo?

—Claro, por qué no. —Por mucho que mi madre odiara la idea de que un día me mudara a Irlanda, a su cuñada le encantaba—. Jack tiene recados en la ciudad, así que hoy no tendrás trabajo con él. Monta a Angela y que Finbarr tome el caballo de Jack. Vuelve a tiempo para ayudarme con la cena. Y llevaos a Seamus.

Los tres cabalgamos casi un kilómetro por el camino, en dirección a la orilla. Alby trotaba a nuestro lado. Finbarr detuvo al caballo y sacó unos peniques del bolsillo. Le lanzó la moneda a Seamus. Fue un buen lanzamiento, pero mi primo falló. Tuvo que bajarse del caballo para recogerla.

—Eres un buen muchacho —dijo Finbarr—. Vete un rato por tu cuenta, ¿quieres? Nos encontraremos aquí dentro de unas horas.

Seamus le devolvió la moneda. Solo tenía doce años, pero sabía que lo habían enviado como carabina.

—Creo que me quedaré —dijo mi primo, y volvió a subirse al caballo.

Finbarr se rio. Chasqueó la lengua y su caballo salió al galope hacia la playa de Ballywilling. Comprendí que debía seguirlo y dejar atrás a mi primo, pero Seamus era inquebrantable y se dio cuenta del plan. Además, prácticamente había nacido en la silla de montar y era mucho mejor jinete que Finbarr, que nunca había tenido un caballo propio, o que yo, que solo había aprendido a montar dos años antes. Así que, tal y como había sido la intención de la tía Rosie, los tres cabalgamos juntos, entre los correlimos y los chorlitos que se elevaban hacia el cielo para apartarse de nuestro camino. Las nubes se alejaban para dar paso al sol. Habría traicionado a mi madre en un instante, me habría marchado con mis futuros hijos lejos de Londres, al otro lado del mar, para poder vivir en aquellas costas para siempre.

—Ha bajado la marea —dijo Finbarr, mientras mi caballo se acercaba al suyo—. Podemos cruzar las marismas para ir de una playa a otra.

Las pezuñas de los caballos se deslizaron sobre pequeños guijarros y se sumergieron en el agua salada. Alby chapoteó entre las olas y se zambulló por las zonas más profundas. Nos bajamos de los caballos y Finbarr me enseñó algunos silbidos que había estado practicando como órdenes. Seamus se quedó rezagado, a una distancia educada, sin apartar la vista de nosotros.

—Así —dijo Finbarr para intentar enseñarme a silbar. Me puso la mano alrededor de la barbilla para que frunciera los labios.

Intenté emitir el mismo sonido agudo que había hecho que Alby corriera hacia delante y luego retrocediera en un amplio círculo, pero solo me salió un triste soplido.

—Prueba con los dedos. —Finbarr se metió los dos índices en la boca y soltó un ruido tan fuerte que me hizo saltar. Alby corrió hacia delante y se detuvo sentado a nuestros pies. Finbarr sacó una pequeña pelota de goma del bolsillo y ladeó el brazo para lanzarla.

—Pide un deseo —dijo.

—Deseo que este día no termine nunca.

La pelota y el perro volaron.

—Concedido —dijo Finbarr cuando Alby la atrapó.

Volvió trotando hacia nosotros y escupió la pelota a nuestros pies. Me arrodillé para abrazarlo.

—Gracias, Alby. Eres precioso. Eres perfecto.

—Como tú. —Finbarr se arrodilló a mi lado y me colocó un mechón de pelo detrás de la oreja.

—De eso nada —advirtió Seamus. La voz todavía no le había cambiado.

—Gracias por acompañarme, Nan —dijo Finbarr después de devolver los caballos al establo—. Siempre hay trabajo que hacer, pero espero que tengamos tiempo de dar otro paseo juntos antes de que termine el verano.

—Yo también lo espero.

Llegó agosto y, con él, la guerra. Finbarr se presentó en nuestra granja. Así había llegado a pensar en ella. No solo la granja de Jack, Rosie y Seamus. La mía también.

Por la ventana de la cocina lo vi acercarse por la colina, con Alby pisándole los talones. El muchacho y el perro con pasos iguales, decididos y despreocupados a la vez. No había servicio militar obligatorio, Finbarr se había alistado en las fuerzas británicas con la bendición de sus padres porque en aquellos días así entendía el patriotismo cierto tipo de personas. *Los británicos nunca, nunca, nunca serán esclavos* y *Aporta tu granito de arena*. Mi tío Jack también se alistaría, una vez que las fuerzas se movilizaran. Pero aún no lo sabíamos. Por entonces, la guerra era un asunto de jóvenes.

—Sal —dijo la tía Rosie, cuando me pilló mirando por la ventana. Esa vez no mandó a Seamus conmigo. Sabía lo que Finbarr había venido a decir. Se hacen excepciones especiales para los soldados, incluso en lo que respecta a las chicas.

—Siento irme. —La voz de Finbarr sonaba triste, pero la ligereza no lo había abandonado. Nada de aquello era real. La guerra no sería más que un verano perdido—. No era así como imaginaba que irían las cosas.

Las lágrimas me nublaron los ojos. Al principio me avergonzó, pero Finbarr me tendió la mano.

—¿Tienes miedo? —pregunté.

—Claro, eso creo. Aunque no sé muy bien de qué hay que tener miedo. No consigo imaginar cómo será. —El mundo que nos rodeaba se mantenía verde e imperturbable—. ¿Sabes lo que sí me imagino? Cuando todo acabe. La guerra no durará mucho. Seis meses como máximo y habrá terminado. Entonces vendrás a Irlanda para quedarte y tendremos una granja propia; yo adiestraré perros y tú escribirás libros.

Mi cara se ensanchó en una sonrisa que casi me partió en dos. No había dicho la palabra «matrimonio», era demasiado joven para eso, pero todo lo demás que había dicho lo daba a entender, ¿verdad? Me casaría con Finbarr. Me casaría con Irlanda. Mi futuro estaba sellado, solo había que superar una guerra rápida.

—¿Rezarás por mí? —preguntó.

Mi padre había abandonado la religión al marcharse de Irlanda. Nunca había rezado en la vida, ni siquiera cuando iba a la iglesia con Rosie y Jack, pero le prometí que lo haría.

—¿Me das una foto tuya? —dijo, otra petición de soldado.

—No tengo ninguna aquí. —Mis padres tenían una única foto mía, con mis tres hermanas, tomada y enmarcada hacía años—. Pero me haré una y te la enviaré. Te lo prometo.

Finbarr me estrechó entre sus brazos y me abrazó un buen rato. No se balanceó ni se movió. Se limitó a quedarse en el sitio, apretando los brazos, nuestros cuerpos juntos. Deseé quedarnos en esa quietud. No avanzar hacia el futuro, ni abandonar nunca ese preciso lugar. Los labios de Finbarr se posaron en la curva de mi cuello. Sentía a la tía Rosie observando desde la ventana, pero no me importó, ni siquiera cuando Finbarr se apartó por fin y me dio un largo beso en los labios, hasta que Rosie golpeó el cristal con suficiente fuerza como para que la oyéramos y nos separáramos.

—Eres mi chica. —Me sujetó por los hombros—. ¿Verdad que sí, Nan?

—Sí. Lo soy.

Sacó un anillo Claddagh del bolsillo y me lo puso en el dedo anular derecho, con la corona apuntando hacia mí. Me quedé prendada. En la corona había una diminuta esmeralda, no más grande que la miga de una rebanada de pan de molde. Me resulta terrible admitirlo, pero la principal emoción que sentí fue una alegría que me recorrió todo el cuerpo. ¿Cuántas chicas habrán sentido ese verano la misma felicidad, cuando un chico les declaró su amor y les regaló un anillo antes de marcharse a la guerra? No sabíamos lo que significaba. Ninguna lo sabía.

La desaparición

A veces, una vida se ve perturbada por completo, a una escala tan grande e inabarcable, que lo único que queda por hacer es enfrentarse al día arruinado. Después de que Archie se marchara, Agatha trató de recomponerse. Apoyó las manos un instante en las teclas de la máquina de escribir, pero se rindió de inmediato. Nada de lo que escribiera valdría la pena. Nada de lo que hiciera valdría la pena hasta que lo arreglase con Archie, hasta que todo aquel lío se solucionase. Encontraría la manera de hacerlo ese mismo día y ya escribiría al siguiente.

A pesar de lo que se difundió públicamente pocos días después, Agatha nunca se planteó el suicidio. No estaba en su naturaleza. La idea la afligía. Cuando oía hablar del suicidio de otra persona, siempre se enfurecía. Un desperdicio y una cobardía. Mientras había vida, había esperanza.

Esperanza. Podría arrancar su preciado Morris Cowley y seguir a Archie a Londres. Entraría en su despacho, lo agarraría por las solapas e insistiría hasta que comprendiera la necesidad de solucionar las cosas. Lo sacudiría hasta que volviera a sentir amor por ella. Le recordaría que era carne de su carne y no se marcharía a pasar el fin de semana con su amante, sino que la dejaría y volvería a casa, donde debía estar.

Todo eso implicaría una escena y a Agatha no la habían educado para montar escenas ni para mostrar emociones en público. La habían educado para que se mantuviera ocupada, así que se puso el abrigo de piel y acompañó a Honoria y a Teddy a la escuela.

—Ten —dijo a la niña, y le entregó su aro y su palo—. Puedes hacerlo girar por el camino.

Teddy obedeció hasta el final de la entrada y luego tiró el aro en la hierba para adelantarse. Peter la siguió. Era un perro muy sociable y Agatha jamás se planteó siquiera ponerle correa. Recogió el aro de su hija y lo hizo rodar ella misma mientras recorrían el camino de tierra.

—Mi madre no estaba de acuerdo con escolarizar a una niña —le dijo a Honoria—. Pensaba que era mejor dejar que mi mente se desarrollara de forma natural.

Honoria ya lo sabía, pero escuchó con atención, como si lo oyera por primera vez. A una persona desesperada le gusta visitar el pasado. El pasado de Agatha había incluido a su amada Nursie y a alguna que otra institutriz. Ocasionalmente había pasado algunos meses en buenos colegios en Torquay y en el extranjero cuando se hizo mayor. También había ido a la escuela para señoritas, eso era imprescindible. Honoria asintió, como si esa educación hubiera sido una opción para ella.

—Sin embargo, sobre todo corrí con libertad por Torquay, por los terrenos de Ashfield.

Agatha se quedó mirando a Teddy, una niña preciosa cuyo pelo castaño crecía y se oscurecía más cada día. Entornó los ojos al remontarse al pasado y recordar cómo solía hacer rodar el aro en los jardines de su casa, entre las oscuras encinas, junto a los olmos, alrededor de la gran haya, mientras inventaba amigos imaginarios que le hicieran compañía. ¿Haría Teddy lo mismo en sus pensamientos secretos? ¿Se entretendría con interminables historias y compañeros inventados? ¿O solo le preocuparía el mundo tangible, porque los amigos reales excluían la necesidad de fingir?

—Ay, Honoria —dijo. El aro la tranquilizó, pero las retrasó. Estaba hecho para niños y tenía que agacharse para hacerlo rodar. Teddy se adelantó por el camino, a la vista, pero lejos del alcance del oído. Agatha se dio por vencida y tiró el aro a un lado para recogerlo a la vuelta.

—Tendrás que afrontarlo, Agatha. —Honoria estaba cansada de que creyera que el juego seguía en marcha, cuando estaba claro que ya lo había ganado otra persona—. Sé que es difícil, pero debes hacerlo. Se ha ido para siempre.

—Me es imposible. —Agatha nunca aireaba las intimidades con su marido, así que no le contó a Honoria lo de la noche anterior. En vez de eso, enumeró una lista de ejemplos, amigas cuyos maridos habían tenido una aventura con alguna otra mujer, pero que luego lo superaron y regresaron a casa. Volvió a pensar en cómo había esperado a que terminase su contrato con Bodley Head para después asociarse de manera generosa con William Collins. La estrategia había funcionado con su carrera y funcionaría con su matrimonio. Lo único que hacía falta para superar esos asuntos era paciencia y un plan. Honoria la escuchó, pero le sonó a desesperación. Por la forma en que Agatha retorcía las manos, supo que lo era. En ocasiones, las verdades más duras deben decirse sin rodeos.

—Al coronel Christie no se le pasará —insistió Honoria—. Siento decirlo, pero no sirve de nada adornarlo. Se lo veo en la cara. Además, ¿por qué querrías seguir casada con un hombre que prefiere a esa fulana? Es mejor afrontar los hechos. Te ha dejado.

—Me ha dejado —repitió Agatha. Las mejillas le escocían por el aire frío. Su madre le había advertido el verano anterior, el que resultó ser el último, que no pasara demasiado tiempo en Torquay, separada de su marido: «Si una mujer pasa demasiado tiempo lejos de su marido, lo pierde. Sobre todo a un hombre como Archie».

Por aquel entonces Archie ya se había enredado conmigo y, en lo más hondo, Agatha lo sabía, pero se negaba a reconocerlo; se negaba a aceptar que podía perder a su madre y a su marido en tan poco tiempo. Así que había apretado la frágil mano de su madre, ignorando el estertor de su voz, y le había prometido que «no hay hombre más leal que Archie. Es fiel hasta la médula. Puedes apostar la vida».

Tal vez su madre había apostado la vida. Y había perdido.

Para entonces, Teddy, siempre audaz e impaciente, les sacaba una distancia considerable a Agatha y a Honoria. Sunningdale, en Berkshire, contiguo a Surrey, estaba a una distancia razonable de Londres en tren. Las casas estaban alejadas unas de otras y eran privadas, con bonitos jardines. Los caminos no estaban pavimentados y el polvo se levantaba cuando pasaba algún carruaje, bicicleta o automóvil. Las dos mujeres no eran de naturaleza apresurada y se contentaron con permitir que Teddy se adelantara. No se preocuparon cuando coronó la colina y desapareció de la vista.

Cuando volvieron a avistarla, a un buen trecho por delante, también distinguieron la figura de un hombre, arrodillado en el suelo, que le hablaba.

—¿Lo conoces? —preguntó Agatha a Honoria. Hasta donde sabía, tal vez fuera alguien con quien las dos se cruzaban a menudo, como parte de su rutina diaria.

—No. Creo que no lo conozco.

Ambas mujeres levantaron las manos para protegerse los ojos del sol. Los desconocidos siempre parecían sentir predilección por Teddy. Una vez, en la playa de Torquay, una mujer la levantó y la abrazó.

Agatha vio cómo el hombre acariciaba con ambas manos a Peter, de una manera que le hizo sentir que debía ser de la clase correcta. Entonces, se levantó. Era alto, más que Archie, y joven. Al ver a las mujeres, se llevó la mano a la frente en forma de saludo. En lugar de dirigirse hacia ellas o alejarse por el camino, se adentró en el seto.

—Qué curioso. —Agatha observó el lugar donde había estado, como si hubiera sido un espejismo que fuera a reaparecer si entornaba los ojos al sol.

—Teddy —llamó Honoria—. Quédate donde estás, ¿me oyes?

Cuando la alcanzaron, el hombre ya no estaba a la vista. La niña esperó mientras cambiaba el peso de un pie a otro.

—Hace demasiado frío para quedarse quieta —dijo. En las manos con mitones sostenía una figurita, una talla en madera lo bastante reciente como para que Agatha percibiera el olor a aserrín cuando la niña la levantó para mostrársela.

—Qué bonita —dijo, aunque tenía el ceño fruncido por la consternación—. ¿Es un perro?

—Lo es. Me lo ha regalado el señor Sonny.

—¿Es con quien estabas hablando? ¿El señor Sonny?

—Sí. Dijo que también podía llamar Sonny a la perrita, si quería.

—Pues hazlo. —Le dio la mano.

—Dice que en Estados Unidos todos los perros se llaman Sonny.

—No parece probable, ¿verdad? ¿Era estadounidense?

—No lo sé.

—Será mejor que nos pongamos en marcha —dijo Honoria—. Si queremos llegar a la escuela a tiempo.

—Creo que me voy a casa —dijo Agatha—. Veré qué puedo hacer.

—No irás a ninguna parte —advirtió Honoria, que lo que quería decir era «no irás con Archie»—. ¿Lo prometes?

—Lo prometo.

Agatha se quedó en el camino mientras Honoria y Teddy avanzaban. Las observó hasta que desaparecieron, la niña con saltitos alegres, con el perro tallado en la mano. Se sintió atormentada por una preocupación y un arrepentimiento desmesurados. Tendría que haberse llevado la figurita ella misma y guardársela en el bolsillo para asegurarse de que no se perdiera.

Tal vez Archie vuelva a casa, pensó. A lo mejor durante el día recordaría lo que había pasado entre ellos la noche anterior, y en los últimos años, y recuperaría la cordura. Volvería a ser el hombre que había insistido tanto en pedir su mano. Cuando llegara la hora de la cena, entraría por la puerta, con la maleta en la mano, porque habría decidido volver a casa para quedarse.

Tal vez dudes de si creer mi relato de los acontecimientos que tuvieron lugar cuando yo misma no estaba presente. Sin embargo, es la narración más fiable que vas a recibir. Piénsalo un momento. ¿Acaso no conoces sucesos que te conciernen, pero de los que no fuiste testigo? ¿No te encuentras, a veces, contándolos? Hay muchas cosas que recordamos que nunca hemos visto con nuestros propios ojos ni vivido con nuestros propios cuerpos. Es una simple cuestión de encajar lo que sabemos, lo que nos han contado y lo que imaginamos. No es muy diferente a cómo un investigador reúne las respuestas a un crimen.

Por ejemplo, el inspector Frank Chilton, que aún no es importante para esta historia, pero pronto lo será. Los dos hemos seguido en contacto, nos hemos escrito cartas sobre las diferentes formas en que recordamos aquella época, para así poder recrear para el otro lo poco que no sabíamos ya. Luego está todo lo que Archie y Agatha me han contado. Y lo que yo sé sobre ambos.

Algunos informes de aquel día, el que se convertiría en la noche en que Agatha desapareció, afirman que hizo una visita a la madre de Archie. Sin embargo, Peg, una mujer que repartía reprimendas con su fuerte acento irlandés, era la última persona a la que Agatha habría querido ver. Nunca había estado de su parte, ni una sola vez. Al igual que mi padre, era del condado de Cork, y su respuesta a todos los males era una regañina despectiva: «Supéralo». ¿Por qué visitar a alguien que le diría lo que ya sabía? No tenía más remedio que superar la muerte de su madre y el abandono de su marido. A Agatha la habían educado para superar los pesares, para mantener la cabeza fría y no armar revuelo.

No obstante, esa noche, mientras las campanadas del reloj persistían, una tras otra, y su marido no regresaba, perdió la cabeza. El revuelo despertó dentro de ella.

Se encerró en el estudio de Archie, desgarrada por la batalla entre lo que quería que ocurriera (que su marido entrara por la puerta) y lo que estaba resultando ser cierto (que se encontraba en otro lugar, abrazándome a mí en vez de a ella).

No, no, no.

¿Quién no ha escuchado esa palabra resonar en su cuerpo mientras se rebela ante los acontecimientos que se desarrollan en contra de nuestros más queridos y desesperados deseos? Independientemente de lo que ocurriera en las novelas de Agatha, sus personajes siempre reaccionaban con una admirable falta de afecto. «Mal asunto», diría tal vez alguno de ellos al descubrir a un ser querido asesinado. En mi experiencia, rara vez nadie se toma la pérdida tan a la ligera, ni siquiera quienes se enorgullecen de tener la cabeza fría y los labios firmes. Cuando te arrancan algo que amas con fervor, sin ninguna esperanza de retorno, los lamentos son inevitables.

En algún punto de su dolor, Agatha se detuvo a hacer inventario. Repasó las cosas sin las que no podía vivir. Su coche, el maravilloso coche que se había comprado ella misma. La máquina de escribir que lo había hecho posible. Su hija y su perro. ¿Y si perdía a Archie? Visto todo el dolor que le estaba causando, ¿era posible que Nan fuese a quitarle de encima el mayor problema que tenía?

La idea la devolvió al *no.* Eso no serviría. No era tolerable. Archie era suyo. Su marido. Nunca renunciaría a él, jamás. «La única persona capaz de hacerte daño en la vida es un marido», escribiría muchos años después.

Los lamentos de Agatha volvieron. Honoria y la cocinera. El mayordomo. Anna, la nueva doncella. Todos vivían en Styles con los Christie, pero ninguno afirmó haber oído los lamentos. Aun así, sé que ocurrieron. Debió de sofocarlos de alguna manera. Con la manga. O con un cojín de una de las sillas.

Aquello no era un mal asunto. Era una absoluta devastación. El bonito rostro de Agatha se hinchó y sus ojos azules se estrecharon hasta convertirse en rendijas. Peter le cubrió la cara de lametones en un intento por consolarla. Lo apartó y luego lo abrazó con fuerza contra su pecho. Las lágrimas le empaparon el enjuto pelaje. Los sollozos, que eran contenibles pero imposibles de detener, le asolaron la garganta. *No, no, no.* Así no debía ser su vida. Así no era como debían desarrollarse los acontecimientos.

Intentó reunir la determinación que su madre le habría exigido, pero no lo consiguió, como tampoco el regreso de Archie. La noche se mantuvo obstinada y oscura fuera de las ventanas. Agatha se rindió al colapso total y se desmoronó con la cara roja, entre sollozos y dolor.

Archie y yo ya nos habíamos instalado para nuestro fin de semana con Noel y Ursula Owen en su casa de campo en Godalming. Después de una agradable cena, nos acomodamos en el salón para tomar un brandy. Antes, a su llegada, Archie me había llevado aparte para anunciarme que había puesto fin a su matrimonio.

—Será mejor que pasemos inadvertidos por un tiempo —le dije—. Después de este fin de semana. Deberíamos mantenernos alejados, para darle la oportunidad de procesarlo y dejar que todo se asiente. —Si Archie no hubiera dejado a Agatha como había prometido, me habría inventado un viaje para ir a ver a mi hermana Megs y que así no cuestionara mi próxima ausencia.

—¿No ves que me volveré loco sin ti? —El beso que siguió fue furtivo y triunfal, pero supe que aceptaba mi razonamiento. Tendría la próxima semana, al menos, para mí.

Noel Owen era un hombre de rostro rubicundo que había heredado una buena fortuna de un pariente con título. Tenía el aire de alguien que preferiría estar al aire libre disparando a las palomas y siempre hablaba muy alto, como si su voz tuviera que atravesar una gran distancia para destacar sobre el estallido de los rifles. Ursula y él decían sentir cariño por Agatha, pero eso no les impidió aceptarme como la cuarta invitada a sus partidas de golf y a las fiestas de fin de semana en su casa.

Ursula y yo estábamos juntas en un sofá lila, hablando de un artículo que había leído hacía poco sobre un nuevo término en psicología, el «sueño lúcido».

—La idea es que en un sueño una persona sea capaz de controlar los acontecimientos —dijo—. Al leerlo, pensé en lo mucho que me gustaría que existiera algo así como una vida lúcida. Mucho mejor controlar lo que pasa en la vida real que lo que ocurre en los sueños.

Se rio, así que yo también, aunque me hizo recordar los veranos en Irlanda, lo que siempre me daba una patada en las tripas. Aquellos días en los que el mundo entero me parecía una vida lúcida, en la que podía invocar a un chico que subiera la colina para visitarme como de la nada.

Noel me sirvió otro brandy, luego me agarró la mano y le gritó a Archie:

—¿No has encontrado una joya mejor que regalarle, Christie?

Quise apartar la mano, pero sonreí y dejé que examinara el anillo. Desde el punto de vista de nuestros acompañantes, debía de parecer barato e insignificante, como algo que llevaría una niña y que hacía que la piel de debajo se tiñera de verde.

—Tiene valor sentimental —dije.

Noel no lo soltó. La sonrisa de Ursula parecía de cera. Tenía gafas y estaba demasiado delgada, pero, por lo que me pareció, su marido la adoraba casi con la misma intensidad con la que parecía adorar a Archie.

—Pronto tendrá algo mejor —dijo él. Se levantó con elegancia, con la copa en la mano, y apoyó el codo en la chimenea. Tenía algo mejor en la maleta y pensaba dármelo antes de que terminara el fin de semana. Me sonrió por encima del borde de la copa. No era de los que se preocupaban por los romances del pasado y nunca me había preguntado nada sobre el Claddagh. En su presencia, siempre lo llevaba con la corona apuntando lejos de mí.

Un rato después Archie y yo estábamos arriba, en el pasillo entre nuestras habitaciones. Si le preocupaba el bienestar de su esposa, su rostro no lo delataba. Me besó con ferocidad y expectación, antes del breve subterfugio de retirarse a su propia habitación. No sería bueno que los sirvientes de los Owen encontraran su cama intacta por la mañana.

El día anterior, en la librería, había comprado junto con *Winnie-the-Pooh* un ejemplar de *El gran Gatsby*, la nueva novela del autor estadounidense F. Scott Fitzgerald. Leí un capítulo mientras esperaba que Archie volviera a cruzar el pasillo. Ya he dicho que en aquella época no me gustaban mucho las novelas de Agatha, aunque, a diferencia de él, al menos las había leído. Me consideraba superior. E. M. Forster y John Galsworthy eran mis autores favoritos, aunque también habían empezado a gustarme escritores estadounidenses como Hemingway y Gertrude Stein. Y Fitzgerald. Al pasar las páginas de la novela, pensé que había creado algo muy bueno. Cuando Archie entró con sigilo en la habitación, como si toda la casa no supiera muy bien lo que íbamos a hacer, dejé a un lado el libro para hacer lo que más le gustaba, quitarme la ropa mientras él se tumbaba en la cama a observarme, todavía con el traje e incluso con los zapatos.

—Suéltate el pelo —dijo, con la voz ronca.

Mientras hacía lo que me decía, me pregunté si seguiríamos así una vez casados, con las órdenes, las posturas a horcajadas y las embestidas a través de los pantalones desabrochados. Si una parte de mí lo odiaba, e incluso lo despreciaba, eso solo favorecía la actuación que él más disfrutaba. Sus suaves manos me recorrieron los costados y cerré los ojos para olvidarme de las consecuencias, de la devastada esposa e incluso de mis propios motivos, para disfrutar del placer que me producía completar la tarea que tenía entre manos.

La desaparición

EL ÚLTIMO DÍA QUE LA VIERON

Viernes, 3 de diciembre de 1926

En su nueva casa de Ascot, no muy lejos de Sunningdale, la señorita Annabel Oliver, de setenta y siete años, experimentaba problemas femeninos.

Llevaba varios días así. Lo que su madre solía llamar ardores de vejiga. No es el tipo de cosas de las que a una le gusta hablar, ni siquiera con un médico. Al fin y al cabo, los médicos eran hombres. Era mejor ocuparse por su cuenta. Beber mucha agua era lo que la curaba. Eso siempre le había funcionado en el pasado. No había teléfono en la casa que había heredado al morir su hermano. A él no le gustaban y a ella tampoco.

Un reloj la despertó con un repique desconocido. Diez campanazos que retumbaron por una casa que era demasiado grande para una sola persona. Los ojos de la señorita Oliver se abrieron de golpe. Sentía la cara bastante caliente, pero tenía la clara sensación de que tenía que estar en algún sitio. Una fiesta, eso era. Se levantó de la cama y se vistió, decepcionada con la ropa que encontró. De cuello alto y color oscuro. Parecía la ropa de una anciana.

Salió a la calle, segura de encontrar un carruaje esperándola. En vez de eso, solo había un coche, un Bentley negro, sin conductor y abandonado en la entrada. Muy bien. Prefería los caballos a los motores, pero estaba acostumbrada a arreglárselas sola. No era del todo apropiado que una joven llegase sola a una fiesta, pero, si no se presentaba, los anfitriones se preocuparían. Se arremangó, arrancó el coche y se sentó al volante para adentrarse en la noche.

En ese momento, la señorita Oliver no recordaba que el coche, al igual que la casa, había pertenecido a su hermano. Sí recordaba cómo conducir y así lo hizo. Se alejó de la casa, dando tumbos por las oscuras carreteras sin ninguna dirección concreta, solo un destino fantasma.

Hacía mucho calor. Se llevó el dorso de la mano a la frente. El pulso del calor era casi placentero, la sensación de la piel sobre la piel, la prueba de que estaba viva y se dirigía a un lugar emocionante, donde la esperaban muchos seres queridos. Con una sola mano en el volante, el coche se desvió un poco hacia la izquierda y una de las ruedas patinó por los guijarros y la maleza. Agarró el volante y se enderezó en la carretera mientras miraba por el parabrisas el camino que tenía delante.

Un dolor espantoso la abrasó, lo bastante agudo como para provocarle un momento de claridad. El coche se tambaleó y frenó de golpe; se golpeó la cabeza contra el parabrisas.

Sintió un nuevo dolor y la sangre que le entraba en los ojos. Empujó la puerta y salió del coche. El frío era terrible. Se le despejó la cabeza. Estaba completamente sola, en una oscura carretera rural, en plena noche. Por un momento, la señorita Oliver lo entendió. No era una joven que se dirigía a una fiesta, sino una anciana confundida que había conducido kilómetros lejos de su casa y luego se había salido de la carretera. El coche estaba allí en medio, con aspecto de estar entero y bien. Ni siquiera había que empujarlo. Si lograba volver a arrancarlo, podría dar la vuelta y conducir hasta su cama.

—¿En qué estaba pensando? —dijo, mientras cruzaba las muñecas y se apretaba las manos en el pecho—. Podría haberme matado.

Hacía calor. La confusión volvió a dominarla. Se quitó el abrigo de lana y lo arrojó al asiento del conductor.

—Debo llegar a la fiesta. Mi anfitriona se preocupará si llego tarde.

Se adentró en la noche, dejando el coche a un lado de la carretera, no de vuelta a casa, sino entre la maleza y las zarzas. Las ortigas le arañaban las muñecas. Siguió caminando, incluso cuando los pies empezaron a hundirse en el agua turbia, tan helada que sintió como si algo le mordiera los tobillos.

—Me apetece tumbarme un rato —le dijo a nadie y se hundió en el suelo. Se sentía mal y tenía mucho frío; se preguntó dónde habría dejado el abrigo.

La desaparición
DÍA UNO
Sábado, 4 de diciembre de 1926

H acía horas que había salido el sol cuando una criada llamó a la puerta de Archie. Yo estaba en la cama, al otro lado del pasillo, leyendo *El gran Gatsby*. Al pasar de página, pensé que ese era el tipo de libro que escribiría si fuera escritora. No novelas policiacas.

A pesar del grosor de las paredes, oí con claridad la voz de la criada:

—Coronel Christie. Tiene una llamada. La señora dice que es urgente.

El torrente de aire que siguió indicó que Archie usó demasiada fuerza para abrir la puerta. Entonces distinguí sus pasos seguros, que siguieron a la criada por el pasillo. Adiviné las palabras que se le pasarían por la mente. Sin duda creyó, al igual que yo, que la llamada tenía que ser de Agatha, sumida en un tormento insoportable, anhelando que volviera a casa y asegurando la urgencia del asunto. Me estremecí bajo las sábanas, contenta de no ser yo quien tuviera que escuchar sus lágrimas y súplicas.

Cerré el libro y me levanté para vestirme. Al menos, Agatha no se había presentado en la puerta de los Owen. Es imposible saber lo que hará alguien en un estado de auténtico duelo. Sobre todo una mujer.

Los Owen tenían el teléfono en el salón. Cuando bajé, Archie salía, en bata y con el ceño fruncido.

—¿Era Agatha? —susurré.

—Honoria. —Se apretó el cordón alrededor de la cintura—. Asegura que Agatha ha desaparecido.

—Cielo santo. Espero que esté bien.

—Estoy convencido de que no es más que puro histrionismo. Una treta para hacerme volver a Styles. Me avergüenzo de Honoria y de que se preste a tales pesquisas.

—Pero, Archie. —Extendí la mano para tocarle el codo—. ¿No deberías comprobarlo? ¿Asegurarte de que todo esté bien? Hay que pensar en Teddy. —Frunció el ceño ante mi paso en falso; había sonado como una esposa reprochadora en lugar de como una amante. Me acerqué y le puse la mano en el pecho.

—Consiéntela. Está dolida. Muy dolida.

Archie suavizó el gesto. Asintió. Sentí una punzada de humillación en nombre de Agatha. Porque la única manera de que su marido le dedicase algo de amabilidad era que yo se lo pidiese. Subió corriendo las escaleras y fui con los Owen al comedor para desayunar. Ya me había terminado las tostadas con mermelada cuando Archie entró, vestido del todo y con su reloj de bolsillo. Lo miré con impaciencia mientras se servía una taza de café. Me parecía importante que se diera prisa en llegar a casa para asegurarse de que todo estuviera bien.

El timbre de la puerta sonó. Al cabo de unos instantes, entró una criada con gesto confundido.

—Siento interrumpir, pero hay un policía en la puerta.

Noel se levantó.

—Iré a ver de qué se trata.

—Pregunta por el coronel Christie.

—Ah, vaya —dijo Noel, con la confianza de un hombre que gobierna a la policía y no al revés—. Entonces será mejor que le haga pasar.

—Voy a salir —dijo Archie—. Veré lo que quiere al irme.

Me hizo un gesto con la cabeza y lo interpreté como una instrucción para que me quedase donde estaba. Los hombres salieron al vestíbulo y, cuando Ursula los siguió, decidí que yo también debía hacerlo. Cuando llegué, Archie se había quedado bastante pálido.

Noel reprendía al policía.

—Esto es absurdo, Thomas. ¿Por qué no permites que el hombre se ocupe de sus propios asuntos?

—Hay una dama desaparecida. —El policía era joven, todavía tenía granos en la barbilla, y el esfuerzo que le supuso contradecir a Noel Owen fue evidente en cómo le tembló la voz—. Me han ordenado que llevase al coronel Christie a Sunningdale.

—Estoy seguro de que no es más que una confusión. —Archie se recuperó y trató de que el color retornara a sus mejillas—. No me importa ir a casa y aclararlo, es evidente que es necesario, pero quisiera conducir mi propio coche, para no tener que enviar a nadie a buscarlo.

—Lo siento, señor. —Al agente parecía dolerle decirlo. No le apetecía nada llevar a Archie—. Tengo órdenes.

—Llevaré tu coche a Styles —dije.

Todos se volvieron hacia mí a la vez. El policía levantó las cejas. Noté cómo su mirada recorría el pasillo, en busca de un marido que me acompañara. Uno que no perteneciera ya a otra persona.

Archie me había enseñado a conducir por las carreteras rurales de Berkshire y Surrey, pero era la primera vez que lo hacía sola. La novedad de conducir en solitario ahuyentó los demás pensamientos de mi cabeza. No estaba muy preocupada por Agatha, todavía no. Simpatizaba con su impulso de huir y también creía que, de una forma o de otra, el mundo protegía a las personas como ella. Conduje lo bastante despacio como para ver al joven policía dirigirse desde Godalming a su casa, sin duda aliviado de no tener a Archie en el asiento de al lado.

Cuando llegué a Styles, el coche del policía local estaba aparcado delante de la casa, así que me llevé el de Archie a la parte de atrás y entré por la puerta de servicio. En aquellos días, las puertas rara vez se cerraban con llave fuera de Londres. Desde que terminó la guerra, había poco que temer. Atravesé la casa de puntillas hasta el vestíbulo, donde vi a la nueva doncella, Anna, con la oreja pegada a la puerta del salón. Archie debía estar allí con la policía. El libro que le había comprado a Teddy yacía en una mesita junto a la escalera, todavía envuelto. Lo agarré y me lo metí bajo el brazo.

Anna se volvió hacia mí. Era una chica regordeta, bonita y pecosa, que se sonrojaba con facilidad. Archie afirmaba que coqueteaba con él, y yo no tenía paciencia con esas mujeres que se aprovechaban de los maridos, o incluso de los hombres solteros, solo por mejorar su propia situación. La miré con severidad mientras se apartaba de la puerta, avergonzada de que la hubieran sorprendido espiando.

—Señorita O'Dea. —Por aquel entonces, había gente que iba y venía a menudo por Styles y yo era una de ellas—. No sabía que había venido. ¿Quiere que le traiga algo?

—No, gracias. Tengo un regalo para Teddy. ¿Está por aquí?

—Creo que está arriba, en su cuarto. ¿Quiere que se lo lleve?

—¿Le importa si lo hago yo? Parece ocupada —dije, dando a entender que no diría ni una palabra de sus cotilleos, siempre y cuando no se interpusiera entre la niña y yo.

—Claro, ningún problema. —Anna señaló las escaleras.

Me desvié un instante hacia la habitación de Archie y de Agatha y me fijé en el vestido aún en el suelo. Después me dirigí al cuarto de la niña. La puerta estaba entreabierta. Teddy estaba sentada con las piernas cruzadas y jugaba con unos soldaditos y un perro de madera. Al verme se levantó de un salto, corrió hacia la puerta y me rodeó la cintura con los brazos.

—¡Señorita O'Dea! —dijo, el tipo de saludo entusiasmado que solo se recibe de un niño.

Le devolví el abrazo, feliz de encontrarla sola, sin Honoria rondando. Teddy era pequeña para su edad y tenía los huesos delicados. Levantó la carita hacia mí. Tenía las mejillas pálidas y marcas moradas bajo los ojos, como si no hubiera dormido bien.

—Mírate, cosita bonita. —Le tomé la barbilla con el pulgar y el índice, como Agatha había hecho conmigo el día anterior—. ¿Todo bien?

—Todo está bien. —Teddy suspiró de forma tentativa, como hacen los niños cuando saben que algo va mal, pero no quieren decirlo.

—Te he traído un regalo.

Dio un paso atrás y empezó a pelearse con el cordel. Cuando consiguió desenvolver el libro, tiró el papel marrón al suelo. A su edad, yo habría buscado un lugar adecuado donde desechar los envoltorios, pero así era la vida de Teddy. No era de la realeza, pero sí lo bastante acomodada como para que la ropa y la basura se arrojaran al suelo, porque otra persona lo limpiaría. Cuando me convirtiera en su madrastra, la animaría a que fuera el tipo de persona que se doblaba la ropa y la guardaba, que se ocupaba de sus propios envoltorios descartados. Pero, por el momento, no me correspondía decir nada.

—¡Oh! —Teddy sonrió a la alegre cubierta rosa—. Qué osito tan gracioso.

Me senté en la alfombra redonda de lana y me apoyé en la pared. Teddy se subió a mi regazo. Su pelo me hacía cosquillas, y le apoyé la mejilla en la nuca mientras le leía. Era un libro encantador y más conmovedor de lo esperado; Christopher Robin vagaba en busca del Bosque de los Cien Acres.

—Que a ti no se te ocurra marcharte así —le dije a Teddy—. Tu mamá y tu papá te extrañarían mucho.

—No lo haré. —Abrió la boca en un gran bostezo—. Gracias por el libro, señorita O'Dea. Me gusta mucho.

Teddy me leyó una página ella misma y luego continué leyendo en voz alta mientras notaba que su respiración se volvía más lenta y su cabecita se inclinaba hacia delante. Esperaba que la uniformidad de mi voz y la dulzura de la prosa le ayudaran a seguir dormida, pues le hacía mucha falta. Al poco rato, me encontré con que mis párpados también se cerraban y apoyé la cabeza en la suya cuando también me dormí.

—Cómo se atreve.

Honoria habló con un siseo furioso, destinado a despertarme mientras dejaba dormir a la niña. Peter entró trotando en la habitación, meneando la cola, y por primera vez me sentí alarmada. Agatha se llevaba al perro con ella a casi todas partes.

Teddy se revolvió con sueño y Honoria la levantó y la depositó en la cama. Después, me hizo un gesto furioso con la cabeza. Besé a Teddy en la frente y seguí a la mujer al pasillo.

Justo en ese momento, Archie subía las escaleras.

—Por amor de Dios. Esto no puede ser, Nan. No podemos permitir que tu nombre se vea envuelto en todo esto. —Había dicho lo mismo varias veces, con referencia al divorcio. Entonces, la policía había entrado en escena, por lo que quitarme de en medio se había vuelto una cuestión doblemente importante.

—¿Envuelto en qué? —pregunté—. ¿Dónde está Agatha? ¿Está bien?

—Por supuesto que no está bien —dijo Honoria—. Todo es culpa suya, Nan O'Dea. No finja que no lo es.

—Es suficiente, Honoria —dijo Archie.

Ella se negó a retroceder y se cruzó de brazos con gesto desafiante. Archie me agarró por el codo y me llevó abajo, a su estudio, donde cerró la puerta tras nosotros. La habitación estaba fría. Alguien había dejado que el fuego se apagara.

—Agatha se marchó ayer por la noche y nadie la ha visto desde entonces.

No me miró a la cara mientras me contaba el resto. Habían encontrado el Morris Cowley a primera hora de la mañana, en el borde de un pozo de tiza debajo de Newlands Corner. Fuera de la carretera, con las luces encendidas hasta que se le agotó la batería. El capó del coche estaba entre los arbustos. En el asiento trasero yacía un abrigo de pieles, y había una maleta llena y un permiso de conducir. La ausencia de pistas era frustrante y resultaba inquietante pensar en que hubiera vagado en la fría noche sin abrigo.

—Honoria dice que su máquina de escribir ha desaparecido. —Archie apoyó las manos en el escritorio, donde Agatha escribía a veces durante el día mientras él estaba en el trabajo. Parecía tratar de absorber con las manos su último momento laborioso, como si su trabajo, por encima de todo, fuera a contener una pista de su paradero.

A pesar del frío, una fina capa de sudor se formó en la frente de Archie. La secó con el pañuelo. Cuando lo devolvió al bolsillo, sacó una carta doblada. Después de mirarla por un momento, la rompió en pedazos y la arrojó al fuego.

—¿Qué era eso? ¿Era de Agatha?

—Todo esto no es más que un montaje barato. Para castigarme. Para castigarte. Para que tu nombre salga en los periódicos.

—No parece típico de ella.

—De eso se trata, ¿no? No es ella misma. Todo este dichoso asunto ha provocado que no se portase como ella misma.

Yo. El dichoso asunto era yo. No sabía qué decir. Desde luego, no era momento para las sonrisas que Archie siempre ansiaba. Dio una palmada, como si tuviera una tarea que cumplir pero antes tuviera que quitarse de en medio algunas cosas. En un rincón de la habitación, en el suelo, brillaba una banda de oro. La alianza de Agatha. La señalé y Archie se inclinó, enrojecido, para recogerla y guardársela en el bolsillo del traje.

—Lo importante es que salgas de aquí lo antes posible.

Me levanté, sin saber qué hacer. En cierto modo era perfecto, una excusa más para desaparecer durante los próximos días. Pero al mismo tiempo resultaba desconcertante, como si Archie de pronto hubiera decidido echarse atrás, y eso no era posible, en absoluto.

—Nan, ¿me escuchas? No debes estar aquí. Da mala imagen.
—Extendió la mano y me atrajo hacia él. Cuando apoyé la cabeza
en su pecho le escuché el corazón, que latía a un ritmo alarmante.
Para una mujer, una reputación dañada podía provocar todo tipo
de horrores en aquellos tiempos. No obstante, sabía que no era la
preocupación por mí lo que hacía que su corazón latiera errático.

—Agatha —me susurró en el pelo mientras me abrazaba con
fuerza—. ¿Dónde estás?

En los diez minutos de camino hasta la estación de Sunningdale,
el frío intenso me picaba en la cara. A diferencia de Agatha, yo no
tenía un abrigo de piel. Me pregunté cómo se las arreglaría entonces, dondequiera que estuviera, tras haber dejado su prenda más
cálida en el coche. ¿Y si pasaba por Newlands Corner y me lo
quedaba? La idea me hizo reír y fruncir el ceño; me ceñí el abrigo
de lana.

Con suerte, Agatha aparecería al final del día. En ese mismo
instante, la policía buscaba entre la maleza alrededor de Sunningdale, pero sin duda no iban a encontrarla allí, sino que regresaría,
perfectamente sana y salva, por sus propios medios. No me correspondía preocuparme. Me ardían los nudillos por el frío. Me
soplé las manos. Olían al jabón de Teddy y me pregunté qué le
dirían a la niña sobre el paradero de Agatha. Si le ocurría algo,
cualquier cosa permanente, me convertiría en madre a tiempo
completo. Eso si Archie no quedaba demasiado traumatizado
como para seguir adelante con nuestros planes y no me culpaba
de lo que le ocurriera a su mujer. Algunos hombres tienden a cul-
par a las mujeres.

Si no lo hacía, asumiría el puesto. Sería la que acompañara a
Teddy a la escuela por las mañanas y la que se colara en el estudio de Archie mientras él trabajaba para garabatear historias. Incluso Honoria tendría que cambiar de actitud si quería seguir en
Styles.

Me arranqué esos pensamientos. No quería que Agatha sufriera ningún daño. Quería que la encontraran, sana y salva. Sin embargo, no había nada que pudiera hacer para ayudar y tenía que ocuparme de mis propios asuntos. Debía concentrarme en la semana que me esperaba y dejar atrás a la familia Christie por un tiempo, antes de regresar para unirme a ella para siempre.

La desaparición
DÍA UNO
Sábado, 4 de diciembre de 1926

Estés donde estés al leer estas páginas, haya pasado el tiempo que haya pasado, sabes que Agatha Christie no siguió desaparecida. Sabes que no murió en diciembre de 1926. Sobrevivió hasta una edad avanzada y escribió muchas más novelas y cuentos. Al menos un libro al año; «Christie por Navidad», decía su editor, que apostaba por los beneficios de diciembre. Agatha dejó atrás a Archie y su destrozado matrimonio, no solo para convertirse en la autora más vendida de todos los tiempos, sino también para encontrar un amor mucho más adecuado para ella, como haría una mujer con un poco de vida a sus espaldas, una vez que tuviera claro el pasado y fuera capaz de ver lo que le conviene para el futuro.

Nadie sabía nada de eso cuando la policía devolvió su coche a la carretera. Había mucha gasolina en el depósito y el motor parecía funcionar bien. No había señales de averías. No había ninguna explicación que discernir a primera vista. Un poco más lejos, otro grupo de policías, quizá seis, se encontraba en el borde del estanque de Silent Pool. A lo largo de los años, se había sacado más de un cadáver de aquellas aguas alimentadas por un manantial.

—Habrá que dragarlo si no aparece por la mañana —dijo uno de los agentes.

En Styles, la policía le hizo a Archie un breve resumen sobre lo poco que habían descubierto y lo que planeaban hacer a continuación. Archie imaginó cómo lanzaban las redes a Silent Pool. Imaginó que las arrastraban de vuelta a la orilla, con el cuerpo de su mujer enredado en los hilos, y se cubrió la cara con tal horror sincero que, por un momento, la policía dejó de sospechar de que hubiera cometido un acto criminal.

En su cuarto, Teddy rezaba las oraciones de la hora de acostarse como de costumbre; la ausencia de Agatha era algo regular, y la niña permanecía ajena a la agitación de Archie. Fuera, la noche había caído, pero los policías seguían en movimiento, junto con algunos voluntarios del pueblo, recorriendo y buscando por todo el campo. Las masas de agua brillaban con una luz siniestra. A esas alturas, todo el mundo en Berkshire y en Surrey tenía su propia teoría sobre el paradero de Agatha, sobre qué le habría pasado. Ninguna se acercaba siquiera a ser correcta.

No tenía teléfono en mi piso, pero había un locutorio en la esquina. A última hora de la tarde, bajé, pulsé el botón «A», metí unas monedas y esperé a que Archie respondiera.

—¿Cómo estás? —Hablé en voz baja, como si los transeúntes fueran a escucharme—. ¿Se sabe algo?

—No. —Si no hubiera sabido que era él, no sé si habría reconocido su voz. El temblor y la incertidumbre me parecían totalmente fuera de lugar—. La policía está implicada, Nan. Muy implicada.

—Eso es bueno, ¿no? Se toman en serio la tarea de encontrarla.

—Muy en serio. Quieren dar con ella lo antes posible. Se sentirá mortificada cuando se entere de todo este alboroto.

Asentí y lo imaginé, el golpe a su dignidad. Resultaba alarmante que no se hubiera apresurado a evitarlo. Me di cuenta, por la voz de Archie, de que lo aterrorizaba. Se habría sentido mejor si la policía hubiera descartado todo el asunto como una tontería.

—He buscado entre sus papeles. Creo que hay una historia sobre ti.

—¿De verdad?

—Sí. Estoy bastante seguro de que eres tú. Una adúltera. La protagonista la empuja por un precipicio al final.

Exhalé un suspiro que era mitad respiración, mitad risa. Tal vez Agatha se había vuelto loca de verdad. Aunque se podría considerar que su deseo de matarme era perfectamente razonable.

—Quizá debería mirar por encima del hombro. —Hablé con ligereza, pero Archie ya había pasado a otras preocupaciones.

—Ay, Nan. ¿Por qué fui tan insensible con ella? Tenías razón. Debería haber esperado.

—No. Nunca habría sido el momento adecuado. —Era desconcertante escucharlo así de angustiado, con la voz estrangulada por lo que parecía una pena real—. Aparecerá. Solo está disgustada. En cuanto se dé cuenta del escándalo que se ha montado, irá corriendo a casa.

Sin embargo, Archie no parecía querer animarse. Noté que alguien entraba en la habitación y me dijo que tenía que colgar. A toda prisa, le pregunté qué le había dicho a Teddy sobre el paradero de Agatha.

—Le he dicho que se había ido a Ashfield para encargarse de las cosas de su madre.

—¿Podría estar allí de verdad?

—La policía de Torquay ya lo ha investigado. No está allí. No está en ningún sitio.

No supe cómo responder.

—Es mejor que no nos comuniquemos hasta que todo esto se resuelva. —Endureció la voz—. No nos conviene que tu nombre se mezcle en todo esto.

—No. No nos conviene.

Colgó sin despedirse.

Volví a dejar el auricular en su enganche y abrí la puerta de la cabina para salir a la calle. El cielo se había oscurecido tras dejar atrás los últimos colores de una puesta de sol que me había perdido. Se me escapó un jadeo, visible en el aire gélido, y no me di cuenta hasta que había recorrido la mitad del camino hacia casa de que había examinado el rostro de cada mujer por si era Agatha.

Estaría bien. Estaba segura. Era mucho más práctica que yo y tampoco era una chiquilla desesperada, sin recursos ni ningún sitio adonde ir. El mundo entero tenía los brazos abiertos y sostenía una red para atraparla cuando cayera. Tal vez estuviera angustiada, pero sabía que nunca se suicidaría. Tampoco soportaría la incomodidad, como hice yo, de vagar un tiempo en lugar de volver directamente a casa, asolada por los escalofríos, sin guantes, con los dientes empezando a castañear.

Cuando ya no ves a alguien ante tus ojos, cuando no sabes dónde está, imaginas que le ocurre todo tipo de horrores. Para entonces, el número de personas que pensaban en Agatha aumentaba y las mentes la imaginaban abriéndose paso entre la maleza. Corriendo por el bosque, cayendo a un lago helado.

Sacudí la cabeza. Me había agarrado la barbilla. Me había perseguido. «No lo amas». Como le gustaba decir a su detective Poirot, «hay que respetar la psicología».

Agatha era una mujer inglesa racional, práctica y contenida. Le encantaba clasificar a la gente en sus novelas. Una mujer hace esto, un estadounidense hace aquello, los italianos son así. Tal vez se sentía cómoda con esas generalizaciones porque ella encajaba de maravilla en las suyas. Una dama inglesa de compostura perfecta.

Había abandonado su carácter natural, por mi causa. Sin embargo, lo que mejor se le daba era hilar historias. Tramas. Todo aquello se parecía a una trama, una forma de recordarle a Archie lo mucho que significaba para él. Lo mucho que la amaba, de hecho. La preocupación tiende a dar paso a esa emoción, ¿no es así?

Me rendí al frío y me marché a casa. Mi piso estaba ordenado como un cuartel. Sin adornos, sin fotografías, sin recuerdos. La colcha era del mismo color que las paredes, ni muy blanca ni muy marfil. El propietario me lo había alquilado con la condición de que no recibiera a ningún hombre. Se suponía que mi vecina, la señora Kettering, una anciana viuda, debía vigilar que no tuviera lugar ningún comportamiento reprochable, pero yo le caía bien y no había revelado las raras ocasiones en las que Archie había acudido a mi puerta. Sería de esperar que se hubiera dado cuenta, incluso desde el umbral, de que aquello no era un hogar sino una estación de paso, un lugar para alguien con una misión, sin tiempo de adornar el presente, solo para planificar el futuro.

Hice las maletas para el viaje a Harrogate, sin dejar de pensar en Agatha. *Se habrá ido a un hotel de lujo a lamerse las heridas, sin darse cuenta de que el mundo está preocupado*, pensé mientras doblaba la ropa interior. Pero eso no explicaba el coche abandonado. *Ha dejado el coche para que nos preocupásemos*, pensé entonces, suponiendo que nos lo tendríamos merecido, y luego se había marchado a un hotel de lujo a reírse de nosotros o a esperar a que Archie la encontrara, el amor reavivado por la preocupación. Pero ¿cuáles eran las probabilidades de que lograra algo así sin ayuda? Honoria, la cómplice más factible, parecía tan preocupada como el resto.

«Agatha tiene un carácter emocional —me había dicho Archie una vez—. No dejes que los modales te engañen».

Un carácter emocional. Como si hubiera otro tipo de carácter. Enséñame a alguien que no sea emocional y te mostraré a alguien peligroso. ¿Cómo se van a evitar las emociones cuando la vida se mueve en direcciones inesperadas? Durante la guerra, Agatha le había escrito a su reciente marido ruegos por su seguridad, como conjuros en las páginas, la pluma sobre el papel. Entonces en Sunningdale, no era Archie quien estaba en peligro, sino Agatha. Se dio cuenta de que era un hombre emocional que no podía unirse a la búsqueda. Se paseó por las plantas de la casa, a punto de trepar por las paredes. Se arrepintió de haber arrojado la carta de Agatha al fuego de manera tan precipitada. ¿Y si esas palabras escondían pistas que hubieran servido para la búsqueda? Debería haber apreciado la prueba de que había estado viva y formando frases hasta hacía muy poco, calor y corazón sobre la página.

Me quité el Claddagh del dedo y me lo volví a poner, con la corona apuntando hacia mí. La última vez que había visto a Finbarr, hacía ya años, fue cuando vino a buscarme a Londres, después de haber perdido a nuestro hijo. Me tomó en sus brazos y lloró mientras me empapaba el pelo de la coronilla.

—¿Era bonita? —me preguntó cuando le dije que había tenido a su bebé.

—Sí. —Ya no me quedaban lágrimas, así que me aferré a su cuello con las manos—. Más de lo que puedas imaginar.

El recuerdo de la belleza de nuestra hija no aliviaba nada. Nada era culpa de Finbarr, y aun así lo alejé. Con Irlanda envuelta en la guerra por la independencia, dejó Gran Bretaña por Australia, donde nadie esperaría que luchara por ningún país y podría trabajar como adiestrador de perros pastores. Me había pedido que me fuera con él, pero me negué. El pasado mes de septiembre le había escrito a la última dirección que conocía para hablarle de Archie, del matrimonio que creía inminente y de mis razones para robarle el marido a otra mujer. Se lo debía, pero nunca me respondió. Tal vez las palabras que escribí le repugnaran, escritas por una mujer que nunca imaginó que pudiera llegar a ser. O quizá se había mudado de nuevo, a Estados Unidos, o de vuelta a Irlanda. Lejos de todo. Un lugar en el que nunca lo alcanzaría.

Era demasiado pronto para que Agatha se alejara de todo. Metí en la maleta la ropa más abrigada, botas, gorros y guantes, para salir a pasear mientras estuviera en el campo. Tal vez, si encontraba una carretera desierta, incluso correría. Intenté imaginarme a Agatha corriendo a mi lado, las dos invisibles al mundo exterior y por fin iguales.

Doblé una falda y pensé que iba de camino a Godalming para enfrentarse a Archie y a mí y para montar una gran escena delante de los Owen. En ese estado de alteración al que no estaba acostumbrada, se había salido de la carretera, luego había dejado el coche y se había adentrado en la gélida noche. A primera hora de la mañana, me enteraría de la noticia; su cuerpo había aparecido congelado entre los setos, o en las redes que iban a utilizar para dragar Silent Pool.

Doblé un cárdigan, un regalo de Archie, la prenda de cachemira más suave que poseía, y pensé que, en ese momento, Teddy estaría jugando en la planta de arriba de Styles. Tal vez leyendo *Winnie-the-Pooh*. Sin saber que Agatha se había ido.

«¿Todavía piensa en el chico irlandés?».

«Todos los días de mi vida».

Envolví unos zapatos de paseo en una bufanda. Se había subido a un barco con destino a Estados Unidos y estaba sentada cómodamente en un camarote de primera clase. El mundo entero y un nuevo futuro por delante. Yo le había dado el impulso que le hacía falta para escapar.

Cerré la maleta con un chasquido. Se acabó. No más pensamientos sobre la esposa de mi amante, ni sobre Finbarr; nada se entrometería. Pasara lo que pasase después, mi vida con Archie comenzaría. Tenía una semana para mí antes de eso. Planeaba sumergirme por completo.

Aquí yace la hermana Mary

Me habría quedado en Irlanda durante la guerra si Colleen no hubiera muerto. En cuanto recibí la noticia, supe el momento exacto en que había ocurrido. Volvía caminando con Brutus desde el establo, con el pelo suelto, mientras daba palmadas para limpiarme las manos del jabón para cuero. La luz del día disminuía mientras la niebla descendía, compañera del crepúsculo que se avecinaba. Entonces un escalofrío me invadió de la nada, como si me hubieran sumergido en agua helada. «Alguien ha caminado sobre mi tumba», solía decir mi madre.

Cuando recibí el telegrama días más tarde, nada iba a impedirme volver a casa.

—No dice cómo —dije entre sollozos a la tía Rosie, con la carta telegrafiada en las manos, no más de unas pocas líneas, sin desperdiciar los centavos—. Solo tiene diecinueve años. ¿Por qué no dice cómo? —Por supuesto, pensé que, si hubiera venido a Irlanda en mi lugar, habría estado a salvo.

Rosie me dio un golpecito en la espalda para consolarme mientras miraba con pesar al tío Jack. Tenía que ser muy grave para que alguien tan joven muriera y la causa no se pudiera contar en un telegrama.

—Deberías quedarte aquí con nosotros —dijo la tía Rosie—. No hay nada que puedas hacer para arreglar esto. Y estarás más segura aquí que en Londres.

Tal vez no me habría apresurado a volver a Inglaterra si me hubieran dicho cómo había muerto Colleen. Pero era el tipo de noticia, de pregunta, que me impedía quedarme quieta. Lo único soportable era estar en movimiento. En el barco desde Dublín me quedé en cubierta aferrada a la barandilla, negándome a sonreír a los soldados.

—Vamos, muchacha —me siseó una anciana—. Es tu deber despedirlos con recuerdos felices.

Solo pensaba en llegar a casa con Colleen. Sabía que era ilógico, pero estaba decidida a ver a mi hermana. Al mismo tiempo tuve la sensación, una especie de visión, de que mientras yo me dirigía a Inglaterra, ella estaba en otro barco que iba hacia Irlanda, las dos en el agitado mar irlandés, en direcciones opuestas, pasando una al lado de la otra sin siquiera saludarnos.

Cuando llegué a casa, mi madre estaba en cama. Se incorporó y me abrazó, pero no dijo nada.

—¿Qué ha pasado? —le pregunté a mi padre.

Me tomó por los hombros y me clavó los dedos de una manera extraña.

—Se descarrió.

—¿Colleen? ¿Descarriarse? —Jamás había escuchado nada más absurdo.

—No permitiré que mis hijas se descarríen. Ninguna, ¿lo entiendes, Nan?

Me soltó. Su rostro estaba cambiado y lo estaría para siempre. Como si otra persona se hubiera metido en su cuerpo y se hubiera apoderado de él. Sentí una punzada de miedo imaginando que, cuando conociera la historia de Colleen, me pasaría lo mismo.

Megs se acercó y me agarró por el codo. Tenía los ojos oscuros y unos rasgos puntiagudos muy parecidos a los míos; éramos de la misma altura. Colleen había sido la más alta. Megs y yo caminamos por Londres entre la niebla estival, desde el East End hasta el puente de Waterloo.

—Caminar es lo mejor para el dolor —dijo.

Esas eran las palabras de mi madre. «Caminar es lo mejor para el dolor», nos había dicho. Entonces, Colleen había levantado la vista del libro y había respondido: «*Solvitur ambulando*». Ante la cara inexpresiva de mi madre, tradujo del latín: «Se soluciona caminando». Mi madre se rio y respondió: «Mi niña inteligente».

En ese momento, ante la peor pena de su vida, nuestra madre no caminaba. Era incapaz de moverse. También Louisa se había metido en la cama y se negaba a salir. La muerte de Colleen no tenía solución.

Pero Megs y yo caminamos de todos modos.

—Papá no nos deja hacer un funeral —me dijo.

—¿Por qué no?

Cuando llegamos al puente, ya conocía la historia. Colleen había quedado embarazada. El tipo se había marchado a la guerra y nunca había respondido sus cartas.

—¿Quién era? —Solo pensaba en los chicos a los que siempre rechazaba sin parecer ni remotamente tentada.

—Le dijo que era estudiante de filosofía. Lo conoció en la biblioteca. Tal vez fuera un canalla o tal vez muriera en la guerra. En cualquier caso, cuando papá se enteró de lo del bebé, la echó de casa.

El rostro de Megs estaba pálido, sus ojos oscuros sin brillo. Detestaba decirme que había algo que las niñas podíamos hacer que nos robara el amor de nuestro padre. Creo que no volví a verlo sonreír después de la muerte de Colleen, aunque también es posible que hubiera dejado de mirarlo. Cuando se endureció contra una hija, nos endureció al resto contra él. También a su esposa.

Bajo un sol apagado en el puente de Waterloo, iba del brazo con la única hermana mayor que me quedaba.

—Solo fue amor —dijo Megs—. Eso dijo Colleen. Cuando papá le dijo que era un pecado y una desgracia, ella respondió: «No, papá. Solo fue amor».

—¿Cómo fue capaz? —Nunca lo pensé sobre Colleen. Ya conocía el amor. Me era fácil imaginarme siguiendo su mismo camino.

Pero ¿el que había elegido mi padre? Cerré los ojos y traté de visualizar a un joven lo bastante listo como para encandilar a mi inteligente y hermosa hermana, y luego lo bastante insensible como para abandonarla. Decidí que lo habían matado.

Megs mantuvo la ira enfocada en nuestro padre.

—Supongo que pensó que tenía de sobra. —Su voz sonaba vacía y resignada. ¿De cuántas de sus hijas se libraría antes de que no le sobrara ninguna?

Megs y yo nos soltamos y nos inclinamos hacia delante para mirar al agua. Colleen había llegado hasta allí por la ruta de la orilla sur; sabía que habría sido así, pero todo seguía sin resolverse.

Megs y yo habíamos recorrido el mismo camino y aun así nuestra hermana se había ido para siempre. Al echar ahora la vista atrás, con la perspectiva del futuro, veo a dos jóvenes de pelo castaño, irrelevantes en la vida que las rodeaba, y a su alrededor máquinas de guerra que se preparaban desde todos los rincones del planeta para invadir su mundo. Sin embargo, en ese momento Megs y yo no lo veíamos. Nunca en la memoria viva una guerra había tocado suelo inglés y nos parecía imposible, tanto como años más tarde nos lo pareció la segunda.

Lo único que tenía en ese momento era lo que veía ante mis propios ojos. Un día de verano con niebla en la ciudad. Megs y yo, agotadas por el paseo y por la pérdida, apoyadas la una en la otra. Quise llorar, pero tenía las entrañas llenas del mismo sonido plano y hueco de la voz de mi hermana. Si hubiera tenido flores, las habría lanzado para que revolotearan en el agua, en el mismo lugar donde Colleen se había arrojado al Támesis.

Años más tarde vi una película, *Brigadoon*, que me recordó cómo había conservado a Ballycotton en mi cabeza durante la guerra, protegido, perfecto e intocable. A salvo de los estragos del tiempo y del progreso. Escondido en las nubes, a la espera de mi regreso.

En Londres, el mundo se había vaciado de sus jóvenes. Mi madre por fin se levantó de la cama y me llevó a que me hicieran una foto. Me sorprendió cuando entró en la cocina, vestida para el día.

—Ponte tu mejor vestido —me dijo—. Vamos a sacar una foto en Forest Hill, para enviársela a tu soldado irlandés. —Me rizó el pelo con los dedos y me dio vaselina para los labios y las pestañas.

En el autobús mi madre parpadeaba sin parar, desacostumbrada a la luz natural que entraba por las ventanas. Se había quedado dentro mucho tiempo.

—Ay, mamá —dije.

—No te preocupes. —Me agarró la mano—. Vamos a cuidar de ti, Nan. Mi querida niña. No debes llorar. No querrá ver lágrimas en la foto, te lo aseguro.

Pensé que a Finbarr no le importaría ver lágrimas. Nunca había conocido nada que le importara. Aun así, sonreí, obediente, a la cámara, sentada en el taburete del fotógrafo, con una felicidad sincera, mientras me imaginaba que tenía ante mí el rostro alegre de Finbarr. Unos días más tarde acudí sola a recogerla. Una bonita foto, mucho más bonita de lo que era en la vida real, por lo que me preocupó que se decepcionara cuando me viera de nuevo. La sonrisa mostraba mi buena suerte de tener los dientes blancos y rectos. En la carta que envié junto con la foto, escribí con letra diminuta y apretada. El papel escaseaba durante la guerra y quería contarle la verdad sobre todo. Durante los cuatro años siguientes le escribí con regularidad y diligencia. Le escribí sobre lo que le había pasado a Colleen y sobre cómo ya no era capaz de mirar a mi padre, ni él a ninguna de nosotras. Le escribí detalles sin importancia sobre la escuela y mis amigas. Le escribí cómo la guerra había llegado a Londres con el bombardeo del zepelín y que Megs quería trabajar de enfermera pero mi padre no la dejaba y, en ese caso, mi madre estaba de acuerdo. Reconocí que era consciente de que el peligro que enfrentaba Finbarr era mucho mayor, pero me aterraban los ataques aéreos. «No hay nada más cruel que atacar desde el cielo». Mientras movía el lápiz con cuidado y parsimonia por la página, conservé en mi mente al Finbarr de los tiempos de paz. En mi cabeza, su sonrisa se desplegaba con la misma facilidad de siempre. Me contestó y me dijo que esperaba que le concedieran un permiso y poder ahorrar suficiente dinero para venir a Londres. Llevaba mi foto metida en la manga durante la batalla y la clavaba junto a su litera por las noches. Me imaginaba los bordes deshilachados y desgastados. Me tocaba la mejilla antes de dormir y me daba las buenas noches. Ojalá yo hubiera tenido una foto de él.

Dos hombres le habían fallado a mi hermana. Primero, el estudiante de filosofía, y luego, nuestro padre. Pero yo sabía que Finbarr nunca me fallaría. Se agachaba en las trincheras con mi cara sonriente metida en la manga y pensaba en el día en la playa de Ballywilling. Recordaría nuestro beso de despedida y se llevaría los dedos a los labios.

«Te quiero, Nan», me escribía Finbarr. Las cartas eran una celebración sobre papel. Nunca le había oído decirlo en voz alta. «Espérame».

Como si pudiera hacer cualquier otra cosa.

Cuatro años de guerra. Cuatro hermanas que se convirtieron en tres. Escribí un poema sobre Colleen que ganó un concurso, un premio de cinco chelines. Se imprimió en el periódico, pero mi padre se negó a leerlo. Una mañana, después de que se fuera a trabajar, mi madre nos llamó a Megs, a Louisa y a mí a su dormitorio.

—Mirad aquí. —Abrió el cajón de abajo y sacó una lata de té. Quitó la tapa para mostrarnos dónde guardaba el dinero que ganaba en Buttons and Bits. Yo también había empezado a trabajar allí, uno o dos días por semana, y sabía que tardaría mucho tiempo acumular lo que nos mostraba—. Ninguna va a terminar como Colleen, ¿entendido? —Su voz sonaba más severa de lo que nunca la había oído—. Si alguna vez tenéis problemas, acudid a mí.

Tomaremos el dinero y escaparemos. —Nos enseñó que había metido el anillo de boda de su madre en la lata junto con los billetes y las monedas—. Nos iremos a Estados Unidos o a Australia y diremos que quien sea es una viuda de guerra. Luego volveremos y diremos que se casó allí y que él huyó o murió. Que a vuestro padre lo parta un rayo. Prometédmelo ahora mismo. No voy a perder a ninguna más.

Las tres lo prometimos. Le di los cinco chelines del poema para que los añadiera al alijo.

Cuando empezaron a llegar noticias de la Ofensiva de los Cien Días me preocupé mucho, sobre todo cuando las cartas de Finbarr cesaron sin previo aviso.

—Tal vez el correo del frente no esté llegando —intentó consolarme mi madre—. No nos preocupemos hasta que haya un motivo.

Había muchas causas. Llegaron malas noticias para una chica tras otra, una madre tras otra, un padre tras otro. A esas alturas tenía diecinueve años, pero creo que, en mi corazón, era mucho más joven. El mundo temblaba a nuestro alrededor. En un momento, mi madre era la misma de siempre, enérgica y cariñosa. Luego, de pronto, se desvanecía, pálida e inmóvil, y se quedaba mirando por la ventana.

—¿Qué miras, mamá?

—Nada —decía y retomaba sus quehaceres. Sin embargo, sabía lo que miraba. Esperaba que Colleen volviera a casa, de la mano de un niño pequeño. El amor y la razón nunca se han llevado bien.

El Día del Armisticio, nunca había visto tanta gente en un mismo lugar como la que había en las calles de Londres. Con Megs, Louisa y nuestra amiga Emily Hastings, salí con la multitud que celebraba. Cuánto ruido y cuánta alegría. No podíamos avanzar hombro con hombro, todo el mundo se movía de lado.

Megs, Louisa, Emily y yo intentamos darnos la mano mientras nos abríamos paso por las calles, pero fue imposible. Debería haber sido aterrador, atrapadas en medio de una multitud tan espesa, pero la felicidad pesaba aún más. No imaginas la alegría y la buena fe que reinaban. Si tropezabas, un centenar de manos se extendían para levantarte. Si estornudabas, mil personas te gritaban «¡salud!». Un soldado agarró del brazo a Megs cuando se tropezó con un bordillo, luego se quitó el sombrero y volvió con sus compañeros. Busqué entre la multitud, como si hubiera alguna razón para que Finbarr se encontrase allí, como si, al igual que tenía la suerte de que me amara, fuera a tener la suerte de convocarlo ante mí.

Fuera de las masas, Agatha Christie también caminaba por allí. Por aquel entonces era una dama casada y solitaria, con su marido en la guerra, que se había apuntado a un curso de taquigrafía para ocupar las horas. Cuando se anunció el Armisticio justo en medio de la clase, todo el mundo salió a la calle a celebrar, maravillado por la multitud, al igual que nosotras. Mujeres inglesas, nada menos, bailaban en la calle. Por lo que sé, Agatha y yo estuvimos hombro con hombro, en uno o muchos momentos de aquel embriagador día.

No sé en qué punto Megs y yo nos separamos, pero tras un tiempo nuestras manos se soltaron, algo que me hizo reír y no me asustó. Ya nos encontraríamos. Llegué hasta Trafalgar Square. Un camión de reparto subía por la avenida Northumberland abarrotado de soldados, por lo que los anuncios de su lateral eran indistinguibles. En el momento en que el camión se detuvo, sin poder avanzar más debido a la muchedumbre, un soldado saltó del capó y aterrizó delante de mí, con una gorra militar que le cubría el pelo negro cortado al ras.

Fue un movimiento rápido y desenfadado. Segundos antes, el gentío era todo mi mundo, una masa uniforme de vida, sin individuos. Yo misma apenas había existido, salvo como parte de él. Sin embargo, en ese instante, a pesar de que cerca de una cincuentena de cuerpos se agolpaban en el espacio que nos separaba, existían solo dos personas en todo Londres. Finbarr y yo. Nos miramos con ojos alegres. Como si lo hubiera conjurado. *Pide un deseo, Nan.* El tipo de milagro que nos convence de que la vida en la tierra tiene sentido. El pelo negro le brillaba de color azul en contraste con el gris de Londres, como hacía en su lejana isla esmeralda.

—¿Eres tú? —gritó. Tenía una botella de champán en una mano—. ¿Estoy borracho? ¿Estoy soñando?

—Soy yo. —Mi voz sonó ronca por el grito.

—Apartaos —ordenó Finbarr a la multitud—. Esa es mi chica. Estoy viendo a mi chica.

¿Rechazaría el Mar Rojo a Moisés? ¿Rechazaría la gente a un apuesto soldado de ojos azules, que regresaba sano y salvo tras la victoria?

Con uniforme caqui y botas militares, Finbarr se abrió paso por el camino despejado y me alzó en brazos. Cuando la multitud volvió a cerrarse, me levantó sobre sus hombros y vi cómo el gentío se extendía por todo Londres, como si un mar de personas hubiera llegado a la ciudad y fluyera por sus calles sin desbordarlas. Todo el mundo estaba radiante, el cielo que nos coronaba libre de peligro.

—No me dijiste que venías a Londres —grité.

Me bajó de los hombros y me abrazó.

—Me enteré anteayer. No había tiempo. De todos modos, sabía que te encontraría. —Como si Londres fuera Ballycotton y solo tuviera que vagar por los muelles y preguntar a los pescadores dónde vivía Nan O'Dea—. Es como un milagro, ¿no? Eres un milagro, como siempre. —La voz le había cambiado. Sonaba más grave, más áspera, como si algo se le hubiera roto dentro de la garganta, lo que de hecho había sucedido. En ese momento, lo atribuí a los gritos, pero más tarde descubriría que era una alteración permanente, provocada por el gas mostaza.

Me besó con pasión y le devolví el beso. Todos a nuestro alrededor aplaudieron. Celebraron no solo el final de la guerra, sino nuestro reencuentro. Nan y Finbarr, juntos como deberíamos haber estado si el mundo nunca nos hubiera separado. La victoria era nuestra. El mundo había sido reparado. Podíamos volver a ser felices.

Caminamos de lado entre la multitud, de la mano, y temí que nos separaran como me había pasado con Megs. Apenas veía hacia dónde nos dirigíamos o por qué tiendas pasábamos. Cuando Finbarr me arrastró al vestíbulo de un gran hotel, fue como caer en una burbuja de silencioso vacío. No había huéspedes por ninguna parte ni nadie en el mostrador de recepción. Todos los que deberían haber estado allí habían abandonado sus puestos para celebrar en las calles. El vestíbulo era gigantesco, una bolsa de callada extravagancia que jamás habría sido capaz de imaginar, y nos daba la bienvenida. Junto a imponentes columnas de piedra, grandes palmeras en macetas extendían sus aterciopeladas frondas hacia el techo. Notaba el suelo de mármol frío a través de las suelas de los zapatos. Si hubiéramos susurrado, habría resonado el eco.

Así que no susurramos. Finbarr seguía agarrándome de la mano y nos apresuramos a subir la amplia y grandiosa escalera. En la puerta de cada habitación giró el pomo, hasta que una se abrió para nosotros y entramos con un fuerte golpe, una burbuja dentro de la burbuja. Era un talento de Finbarr que todavía no había descubierto, pero que llegaría a conocer bien: encontrar lugares para esconderse en medio de cualquier tipo de emoción o agitación.

Un rato más tarde habría un mínimo de tiempo para hablar, con prisas, mientras nos vestíamos. Finbarr sugirió que nos casáramos antes de que regresara a Irlanda, pero yo no podía irme sin la bendición de mi madre. Prometió enviarme dinero para el pasaje. Al día siguiente, me reuniría con él en la estación de tren para darle un beso de despedida. Acordamos que nos casaríamos en pocos meses. Aunque mi madre lo prohibiera, le daría un beso y mil disculpas y me despediría. No había prisa. La guerra había terminado. Teníamos todo el tiempo del mundo.

Pero antes de eso, solo nosotros. ¿Cuántas parejas estaban juntas en ese mismo momento, en todo el mundo? Una generación entera con solo unos instantes para reclamar la juventud perdida. En nuestra habitación de hotel robada, no había tiempo para las palabras. Lo único que Finbarr dijo fue:

—Tengo que volver con el regimiento antes del atardecer.

Así que nos tomamos un largo momento para empaparnos de la visión del otro, de la cercanía. La soledad y la tranquilidad. Me ofreció la botella de champán y di un trago; las burbujas calientes me quemaron la nariz. Nunca había bebido ni un sorbo de champán.

Nos abrazamos y caímos en una amplia cama como nunca habíamos conocido. Pero el único lujo que nos dimos fue estar los dos, sin compañías ni restricciones, juntos por fin después de tanto tiempo.

¿En algún momento de esa tarde me acordé de mi hermana Colleen como de un cuento con moraleja? No. No había comparación entre su hombre desaparecido y el que estaba presente y ante mis ojos. Aquel era Finbarr. Sabía que nunca me abandonaría. Nunca rompería una promesa ni pronunciaría una palabra falsa.

Y nunca lo hizo.

La desaparición

DÍA DOS

Domingo, 5 de diciembre de 1926

Aviso de persona desaparecida que se envió a las comisarías de toda Inglaterra:

> Desaparecida de su casa, Styles, en Sunningdale, Berkshire, la señora Agatha Mary Clarissa Christie, de 36 años de edad, uno setenta de estatura, pelo rojo con algunas canas, tez blanca y complexión delgada. Vestía falda gris, jersey verde, chaqueta de punto gris y gris oscuro y un pequeño sombrero de terciopelo. Lleva un anillo de platino con una perla; no lleva anillo de casada. Porta un bolso negro con monedero que contiene quizá cinco o diez libras. Salió de su casa en coche a las 21:45 del viernes tras alegar que iba a dar una vuelta.

El inspector Frank Chilton iba en el vagón de tercera clase para fumadores de Brixham a Harrogate. Se alegraba de hacer el viaje. Había sido un error haber vuelto a la casa de campo junto al mar de su madre en los fríos meses de invierno, cuando una brisa equivocada venida de alta mar se te podía meter en los huesos y despertar el frío de aquellas noches en las trincheras, el frío que aún se escondía allí y que siempre lo haría.

«Quieren que la policía busque por todos los condados —le contó Sam Lippincott—. Me falta personal desde que te fuiste y con Jim de luna de miel».

A la media hora de recibir el telegrama de Lippincott, Chilton acudió en bicicleta a la finca de los Cooke para pedirles prestado el teléfono.

—Es preciso registrar hasta el último centímetro de Inglaterra, como si la mismísima reina hubiera desaparecido —dijo Lippincott, y su voz crepitó a través de los cables. Las palabras sonaban despectivas, pero el tono era alegre. El antiguo jefe de Chilton se alegraba de tener una excusa para convocar a su amigo de vuelta a Yorkshire tan pronto—. Se te acabó la jubilación. Puedes enseñar una fotografía de la mujer por ahí y moverte en coche por la campiña. Nunca tendrás un trabajo más fácil que buscar a alguien que seguramente está en otro lugar.

—Tampoco uno más frustrante. —Pero Chilton ya había decidido unirse a la búsqueda, casi seguro infructuosa. El trabajo tedioso era mejor que no tener nada que hacer. Había dejado su puesto en la policía de Leeds tres semanas antes, para estar más cerca de su madre. Todavía no había encontrado un nuevo empleo y en su antiguo cuerpo escaseaban los inspectores. Una escritora había desaparecido, bastante famosa como para que todas las fuerzas policiales de Inglaterra se pusieran en movimiento, repartidas por todo el país, pero no tanto como para que Chilton hubiera oído hablar de ella. El cuartel general de Yorkshire ya tenía hombres buscando en Huddersfield y en Leeds. No les quedaban hombres para enviar a Harrogate y a Ripley. Excepto el que acababa de marcharse.

—Te alojaremos en el Bellefort —le había dicho Lippincott—. Mi primo y su esposa son los dueños, ya lo sabes. Dicen que te darán una habitación gratis encantados.

Desde luego, Chilton conocía al primo de Lippincott. Simon Leech se había casado con una chica de Antigua. Isabelle Leech era una persona encantadora, con la rara combinación de unos modales impecables y una mente propia y fuerte. Pero el matrimonio había escandalizado a la familia y también había puesto en peligro el hotel y el balneario de Simon. Una cosa era tener a una mujer de piel oscura trabajando en la recepción y otra descubrirla casada con su propietario inglés. Sin duda, además de necesitar a un hombre más para buscar a la señora Christie, al primo de Lippincott le hacían falta más huéspedes. Las habitaciones vacías tendían a engendrar más habitaciones vacías. Los primos estaban unidos como hermanos y era una oportunidad de ayudar tanto al hotel como a Chilton. En cuanto a la dama desaparecida, nadie esperaba que apareciera en Yorkshire, pero la buscaría de todas formas. No era el tipo de persona que se lavaba las manos, ni siquiera cuando le asignaban una tarea inútil.

—Tómatelo como unas vacaciones con algo de trabajo —dijo Lippincott, claramente complacido de poder ofrecer algo así—. No va a salirte ninguna oferta mejor, ¿me equivoco?

Chilton y Lippincott habían estado en el mismo regimiento durante la guerra y habían luchado juntos hasta el final. Lippincott era uno de los que había salido bien parado. No demasiado, pues cualquier hombre con un corazón en el pecho se había visto alterado por la batalla de una forma u otra, pero sí lo bastante bien como para hacer su trabajo, amar a su familia y ser capaz de oír un portazo sin saltar por la ventana.

En el tren hacia el norte, Chilton miraba por la ventanilla el paso de los olmos y los setos, el paisaje casi vacío de gente; el viento azotaba con fuerza y todo el mundo se refugiaba en casa. Era tan probable que encontrara a Agatha Christie deambulando junto a las vías del tren como en cualquier otro lugar.

El brazo izquierdo se le había quedado inerte tras haber recibido una ronda de metralla en el hombro. La mano buena le temblaba al encender un cigarrillo. Se podría pensar que el trabajo de inspector no era el más adecuado para un hombre cuyo único brazo funcional todavía se estremecía por los recuerdos de la guerra. Y así era. Por eso, que Lippincott lo llamara después de menos de un mes era más bien su forma de darle un regalo de despedida, y no porque esperase que resolviera un crimen.

—Date un baño, ya que estás allí —le había dicho, después de que todo estuviera acordado, lo que corroboró las sospechas de Chilton. Harrogate era famoso por sus aguas termales, un lujo que el inspector ni siquiera había considerado darse cuando vivía cerca—. Te sentará bien.

El humo de su aliento se elevó hasta mezclarse con el de los demás pasajeros. Si lo único para lo que servía era para una búsqueda inútil, al menos sería mejor que vagar por la playa junto a la casa de su madre, como un anciano de cuarenta años. Durante gran parte de su vida, Chilton había tenido dos hermanos. Ya no tenía ninguno. El más joven, Malcolm, había muerto en Gallipoli. El mediano, Michael, murió en el laberinto de la batalla de Arras, donde Chilton había luchado a su lado. Desde ese día, por el bien de su madre, se había comprometido a seguir vivo, incluso cuando el hedor de los cuerpos en descomposición lo seguía desde las trincheras y se negaba a abandonarlo.

Cuando su madre ya no estuviera, Chilton quedaría libre y en paz. Quizás entonces seguiría los pasos de la mujer Christie, que por lo que parecía se había suicidado. Seguramente la encontrarían en el fondo de un lago. Lo más probable era que, para cuando llegara al hotel, ya hubieran hallado su cadáver más cerca de su hogar. Pasaría una noche allí y daría la vuelta, otra vez a casa.

Suicidio. La palabra lo acosaba. Un asunto complicado para una mujer con una hija. No obstante, por lo que le había dicho Lippincott, y por el hecho de que la policía de toda Inglaterra se hubiera movilizado para la búsqueda, los Christie eran del tipo que tenía gente suficiente para cuidar a la niña sin que esta se diera cuenta de que su madre había desaparecido. La madre de Chilton había estado con sus hijos todas las noches a la hora de dormir, en cada comida y con cada rodilla lastimada.

El silbato del tren sonó para indicar una parada. Le quedaban algunos placeres en la vida, cosas que echaría de menos cuando la dejara. Le gustaba el sonido del silbato. Viajar en tren era un tiempo de descanso. Una oportunidad para ordenar sus pensamientos o para no tener ninguno. Nadie lo buscaría y nadie lo encontraría tampoco allí, en un tren. Tal vez eso era lo que estaba haciendo Agatha Christie. Era lo que él habría hecho si hubiera querido alejarse del mundo. Abordar un tren y viajar por toda Inglaterra. Sin bajarse en ninguna parada. Tenía todo lo que necesitaba, desde retretes hasta vagones comedor, pasando por un refugio para la lluvia y un lugar donde descansar la cabeza. Si quería escapar, desaparecer, se subiría sin más para irse a ninguna parte. Lo cual, al pararse a pensarlo, se acercaba a lo que estaba haciendo, buscar a alguien en un lugar donde sabía que no estaba.

Al cabo de un rato, Chilton se quedó dormido con la cabeza echada hacia atrás, la boca entreabierta y el cigarrillo aún encendido en la mano. La mujer del otro lado del pasillo, de edad suficiente para ser su madre, no había querido viajar en el vagón de fumadores, pero no quedaban asientos en el de no fumadores. Miró al hombre dormido con amabilidad. Tenía ese aspecto tan particular que tenían muchos en aquellos tiempos. Era un tipo guapo si se miraba más allá de los bordes, un poco desgarbado y arrugado, pero con un mentón prominente. Manos bonitas y anchas. Estiró el brazo por el pasillo y le quitó el cigarrillo de la punta de los dedos; le dio una corta calada antes de apagarlo en el cenicero.

En Surrey y en Berkshire, un centenar de policías seguía buscando entre la maleza y los setos en el frío húmedo. Recorrieron los pueblos repartiendo circulares. A Archie le mostraron una copia del aviso de persona desaparecida y registró la descripción como un golpe en el corazón. «Tez pálida. Complexión delgada». En su juventud, la había visto en los salones de baile. Piel de melocotón y pecas tenues. Dando vueltas y sonriendo. Una vez, en una fiesta en una casa, en un paseo a caballo por el campo con sus anfitriones, Agatha no se había molestado en llevarse el traje de montar y se había puesto sin más un vestido rosa. Los postizos que todas las mujeres usaban en aquella época se le desprendieron de la cabeza y se perdieron en el viento. Los largos rizos, que se veían atractivos cuando estaban pegados a ella, en ese momento parecían tan espantosos como cualquier otra parte desechada del cuerpo. Agatha se deslizó de la silla para recuperarlos. Archie, que participaba en la actividad más por obligación que por placer, se aferró a las riendas con fuerza. Su padre, un juez del Servicio Civil de la India, había muerto tras caerse de un caballo, cuando el golpe en la cabeza le provocó una infección en el cerebro. Al mirar a Agatha, nadie hubiera imaginado que montar a caballo podría resultar en una lesión o en la muerte. Solo denotaba alegría. Menudo espectáculo había sido verla sujetarse las faldas con una mano y recoger el pelo errante con la otra, mientras se reía a carcajadas todo el tiempo, pero con el autocontrol justo como para llevar a cabo la tarea en cuestión y luego volver a subirse al caballo. Qué maravilloso deporte. Qué alegría.

No me imagino a Nan en una situación así, con el pelo escapándosele de la cabeza mientras lo soluciona entre alegres estertores —pensó Archie—. *¿Acaso sabe montar a caballo?* Dos educaciones totalmente diferentes.

A decir verdad, en aquel momento a Archie le resultaba difícil imaginarme en absoluto. En quien pensaba era en su esposa. En las cosas que alguna vez había amado de ella. Tez pálida y complexión delgada. ¿Así era? De alguna manera, se le había olvidado fijarse.

Se había fijado cuando se conocieron, en un baile en Chudleigh. Una semana después, había ido en coche hasta Torquay para verla. Sabía que estaba comprometida con otro, pero no le parecía un obstáculo. Cuando Archie se decidía a tener algo, lo conseguía. Agatha habría registrado ese rasgo con ojo de escritora. Se lo habría adjudicado con trazos rápidos. No le interesaban los romances, los incluía en sus libros porque estaba de moda. Le disgustaban sobre todo en las novelas policiacas. Eran una distracción.

Archie había pasado a considerarla una mera distracción, en un tiempo. Con su desaparición, todo había vuelto a él, como si lo corpóreo se hubiera ido y todos los recuerdos, todos los sentimientos, hubieran resurgido en el mismo instante en el que ella había abandonado la escena. Entonces, lo que lo distraía era la imposibilidad de verla. Como si al verla todo fuera a resolverse; desde luego, acabaría con la forma en que el subcomisario Thompson y sus subordinados lo miraban, como si vieran la sangre goteándole de las manos. Comparó a quienes sabían lo suyo con Nan con quienes sospechaban. Los Owen. En esa pareja podía confiar para mantener la discreción. Luego estaba Honoria, que se lo habría dicho a la cocinera, que estaba casada con el mayordomo. Tal vez la nueva criada no lo supiera, pero el resto del personal sí, y en ese momento la policía los estaba entrevistando, uno por uno.

—Una crisis nerviosa —le había dicho Archie al subcomisario Thompson de inmediato, antes de que el agente tuviera la oportunidad de plantearle una sola pregunta. El hombre entrecerró los ojos con sospecha por el arrebato, pero Archie no pudo evitarlo—. Ha sufrido mucho de los nervios. —Como si la reformulación fuera a cerrar el agujero que él mismo se había cavado.

—Ya veo. —Thompson tenía un pecho amplio y protuberante, el que desarrollan los hombres particularmente atléticos cuando envejecen. Un impresionante bigote gris y un semblante siempre enfadado. *No me vengas con tonterías y no te daré problemas*, parecía decir el porte del subcomisario—. ¿Había consultado a un médico?

—Por Dios, no. Ninguno de los dos cree en ese tipo de cosas. El aire fresco y una postura firme, eso es lo que restaura la mente de una persona.

Thompson asintió. Aprobaba al menos esa filosofía, si no al hombre que la pronunciaba.

Honoria observó el intercambio mientras se abrazaba el pecho como si quisiera guardar todo lo que sabía en su interior. Agatha había escrito dos cartas, una para Archie, que nadie más vio, y otra para ella. «Me voy a Torquay el fin de semana», decía. Le había entregado la suya a la policía, pero aún no había mencionado el alboroto del viernes por la mañana, ni la aventura de Archie. Por mucho que quisiera a Agatha, si su empleadora no volvía, eso dejaría al señor Christie a cargo de su sustento. Era un canalla, pero sin duda no era un asesino. Probablemente. Honoria esperaba poder quedarse en Styles a cuidar de Teddy, incluso si la señora de la casa no volvía nunca. Además, ¿no eran las cartas la prueba de que Agatha lo había planeado todo? ¿De que se había marchado, no desaparecido? Nadie se habría inmutado por su ausencia ni habría comprobado si de verdad se encontraba en Torquay (no lo estaba) si no hubiera sido por el coche abandonado, una prueba ominosa de que algo andaba muy mal. Un claro indicio de que, fuera cual fuere el destino de Agatha, no había llegado allí.

Cuando me escapé a Irlanda, no les dejé una carta a mis padres. Mi madre encontró la lata de té vacía, hasta el último centavo que había escondido. Era toda la información que necesitaba. Me la imagino abrazándose a sí misma y lamentando la parte del plan que había omitido: llevármela conmigo.

Cuando desaparecí, justo después de la guerra, ni siquiera había un centenar de policías en Inglaterra. Todos se habían ido al frente y se tomaron su tiempo para volver al servicio. Además, yo no era una escritora ni una esposa. Solo una chica desgraciada de una familia que apenas llegaba a fin de mes, de las que desaparecían

todos los días. No había suficientes policías en el mundo para salir a buscarnos a todas.

Sin embargo, para Agatha Christie, hubo miles de hombres, tanto
policías como civiles. Perros de rastreo. Incluso aviones. Se peinó
cada centímetro de cada bosque. La búsqueda siguió incluso tras
el anochecer, con antorchas. Buscaron y buscaron. La mayoría en
Surrey y en Berkshire, pero se enviaron inspectores por todo el
país. Como si la fuerza de su angustia la hubiera convertido, de
forma inexplicable, en la persona más importante de la Tierra.

La desaparición
DÍA TRES
Lunes, 6 de diciembre de 1926

Comunicación especial de *The New York Times*

AGATHA CHRISTIE, NOVELISTA, DESAPARECE EN EXTRAÑAS
CIRCUNSTANCIAS DE SU CASA EN INGLATERRA

LONDRES, 5 de diciembre. — La novelista Agatha Clarissa
Christie, hija del difunto Frederick Miller de Nueva York y
esposa del coronel Archibald Christie, ha desaparecido de
su casa en Sunningdale, Berkshire, en circunstancias mis-
teriosas, y un centenar de policías la han buscado en vano
durante el fin de semana.

A primera hora de la noche del viernes, Agatha preparó una maleta con ropa y salió sola en un automóvil de dos
plazas, tras dejar una nota a su secretaria en la que indicaba que no volvería esa noche.

A las ocho de la mañana de ayer, el coche de la novelista
apareció abandonado cerca de Guildford, en los límites de
un pozo de tiza, con las ruedas delanteras sobresaliendo por
el borde. Es evidente que el coche se le escapó y solo un espeso seto impidió que se precipitara en la fosa. En el vehículo se encontraron prendas de vestir y un maletín con papeles.

Todos los policías disponibles se han movilizado y ha
comenzado una búsqueda exhaustiva en varios kilómetros

a la redonda, pero no se ha detectado ningún rastro de Agatha.

El coronel Christie afirma que su esposa ha sufrido una crisis nerviosa. Un amigo describe a Agatha como una mujer feliz en su vida hogareña y dedicada a su única hija.

Los terrenos de Styles habían estado repletos de policías durante todo el fin de semana. Después llegaron los periodistas. Agotada de huir de las insistentes preguntas, Anna, la nueva doncella, se derrumbó y le contó a uno de los agentes más guapos que Archie y Agatha habían tenido una terrible discusión aquel día de la desaparición, por la mañana.

—Después no parecía ella misma —dijo Anna con lágrimas en los ojos—. ¿Qué mujer podría? Le habló con mucha crueldad.

El agente le dio una torpe palmadita en el hombro. Anna se le acercó y él la rodeó con el brazo.

—Ya está, ya está —dijo—. Los hombres son unos cerdos, ¿verdad?

Anna levantó el rostro, lleno de lágrimas, y dijo:

—Usted parece simpático.

—Creo que lo soy —respondió él, como si acabara de decidirlo en ese momento.

Después de un agradable interludio (se casarían en el febrero siguiente), Anna y el agente se dirigieron a la comisaría de Berkshire para entregar la nueva información al subcomisario Thompson. El hombre frunció el ceño al ver que una noticia así solo había salido a la luz después de un fin de semana completo de búsqueda intensiva. Ya era bastante malo que la prensa se hubiera enterado de la desaparición. Luego eso.

—¿Cree que el coronel mató a la vieja? —preguntó el joven agente.

Thompson resopló. Los jóvenes creen que cualquier persona un minuto mayor que ellos es vieja. El pobre no sabía que los treinta y seis le caerían encima antes de que le diera tiempo a parpadear. El subcomisario tenía una hija de la edad de Agatha, nacida el mismo año y el mismo mes. Detestaba la idea de que le pasara algo.

—Es imposible saberlo, ¿no? —dijo Thompson.

—Pero, agente. —Anna, enrojecida por el dramatismo de la situación, habló apenas en un susurro.

—Si tiene algo que decir, más vale que lo haga lo bastante alto como para que la oigan. —Thompson no pretendía ser brusco, pero odiaba a los que murmuraban.

—Creo que podría haber una mujer involucrada. Una mujer diferente.

No había levantado la voz ni un ápice, pero Thompson la oyó alto y claro. Se le ensombreció el rostro. Si el marido de su hija llegaba a hacer algo así, le retorcería el pescuezo. Se levantó.

—Será mejor que vuelva a Styles y tenga una charla con el coronel Christie.

—Se ha marchado —dijo Anna—. Ha ido a Londres. Dijo que iba a involucrar a Scotland Yard.

—¡Scotland Yard!

Como si fueran matones de alquiler a los que convocar con el chasquido de los dedos de un hombre rico. Peor aún, como si la policía de Berkshire no fuera capaz de manejarlo por su cuenta. Thompson ya sabía que Archie Christie era arrogante. Entonces confirmó que era un canalla arrogante. Nada volvía más sospechoso a un hombre que llevar a una ramera del brazo. El subcomisario temía más que nunca por la vida de Agatha Christie.

Archie aún no era consciente de que se habían descubierto sus escarceos. Lo único que sabía era que la policía de Berkshire y de Surrey era inútil y no había encontrado ni un mechón de pelo de Agatha. Se alegró bastante de que no parecieran conocer sus relaciones extramatrimoniales, aunque ¿qué decía eso acerca de su capacidad de investigación? Archie le pidió a su abogado que organizara una reunión con Scotland Yard, pero resultó ser otro callejón sin salida.

—Lo siento, coronel. —El joven inspector, tan delgado que daba la sensación de que alimentarse fuera una tarea agotadora, negó con la cabeza. Tal vez no llevara mucho tiempo en el trabajo, pero las riñas matrimoniales y las mujeres que se marchaban por su causa no eran de su competencia—. Si la policía local nos pide ayuda, intervendremos. Hasta entonces... —Levantó las manos en el aire, indicativo de que no iban a mover ni un dedo.

Archie odiaba que lo traicionaran las emociones, pero por desgracia así fue. Se llevó una mano a la frente que le ensombreció los ojos. La apartó de inmediato, horrorizado por si al inspector le daba por pensar que estaba llorando. Pensó en su última noche con su mujer, algo que habría hecho en otras circunstancias. ¿Por qué se había dejado llevar? ¿No se lo habría tomado mejor si se hubiera marchado sin más? O si nunca se hubiera sentido atraído por Nan en un principio, cuando la vio de lejos en el campo de golf, con el mejor *swing* que había visto jamás en una mujer. Esa misma tarde volvió a verla, tomando un *gin tonic* en el patio. Se le había acercado como si tuviera derecho a hacerlo, y ella había parpadeado ante la luz del sol mientras le ofrecía la mano, con una mirada recatada y a la vez cómplice, y con una sonrisa dibujada en la comisura de los labios. Como si supiera todo lo que iba a suceder. «¿Cómo está usted, coronel Christie?». Tenía una voz tan delicada, bella y modulada, que casi no se lo creyó cuando le dijo que era la secretaria de Stan.

Qué error. Qué error más sangrante y terrible. Nan había empleado sus modales aprendidos para hacerse amiga de la hija de su patrón y conseguir una entrada al club de campo. Debería haber dejado que siguiera siendo su invitada y que nunca se convirtiera en la de los Christie. Agatha no necesitaba aprender modales, había nacido con ellos. Era su mundo. AC y AC. Encajaban. En medio de aquella emergencia familiar, Nan parecía ajena, alguien que se había abierto paso a codazos. Problemática en el peor de los casos, irrelevante en el mejor.

En la calle, Archie parpadeó a la luz del día. La multitud bullía mientras él permanecía quieto en la acera, indeciso. Al otro lado de la calle, una mujer alta con un paso particular le llamó la atención. Sabía que no era su esposa pero, de todos modos, cruzó. La mujer llevaba un abrigo de piel oscuro; Agatha debía de tener uno igual. Giró por una calle, luego por otra, y dobló una esquina. Cuando Archie giró en la misma dirección, había desaparecido. Como si se hubiera desvanecido en el aire.

Qué disparate. Debía haber entrado en alguno de los edificios. Sin nadie a quien perseguir, volvió al coche y recorrió las calles hasta mi piso. Se quedó sentado dentro del vehículo mientras miraba hacia mi ventana. No había señales de actividad. A lo mejor había ido a trabajar. ¡A trabajar! En medio de todo ese lío. Qué lujo sería fingir que todo seguía igual. Tal vez debía irse a la oficina. Tal vez, si se comportaba como si todo fuera normal, lo sería. Agatha volvería, entraría sin llamar a la puerta como la semana anterior, elegante, alegre y esforzándose demasiado. Esa vez lo encontraría solo. Archie la arroparía en sus brazos y le daría un beso como es debido: «Por supuesto que me encantaría almorzar con mi preciosa esposa».

¿Cómo no se había dado cuenta de lo que estaba a punto de hacer? ¿O acaso lo había visto, pero no le había importado? En otro tiempo, había sido muy protector con Agatha, tan celoso que no soportaba ver ni siquiera a un camarero hablando con ella. Le había dicho que no quería tener nunca un hijo porque no quería que le profesase su amor a otro hombre. Su cariño le pertenecía a él y solo a él.

Salió del coche, con las manos en los bolsillos. No dejó de mirar a la ventana, como si esperara una señal. Si veía algún movimiento, subiría corriendo y llamaría a la puerta. Sabía que si le abría, a pesar de todos los sentimientos muy reales que lo asolaban y del deseo de encontrar a su mujer y cambiar el rumbo que había provocado con precipitación, me abrazaría y se olvidaría de toda aquella terrible conmoción por un rato. Se lo merecía. Pasara lo que pasase, un hombre se merecía olvidarse de los problemas. Hasta que Agatha volviera a casa, nada cambiaría lo que había hecho, y si hubiera sabido que la noche en casa de los Owen sería la última vez que haría el amor conmigo, seguramente lo habría saboreado un poco más. Como con Agatha.

Una hermosa joven pasó con un desgastado abrigo de invierno. Miró a Archie con el ceño fruncido, como si le hubiera leído el pensamiento. Apartó la mirada hacia mi ventana, atento a cualquier sombra que se deslizara.

Nada. ¿Sabía que no lo amaba? No. Archie no era el tipo de hombre que se daba cuenta de esas cosas.

Se dio la vuelta y se dirigió al coche, con el ala del sombrero bajada hacia la acera. Imaginarse a Agatha muerta en algún lugar, o herida y sola, era demasiado para soportarlo. Qué afortunado se había sentido, en los viejos tiempos, cuando ella le dedicaba su luz. Cuánto hacía que no se sentía afortunado, en lugar de creer sin más que el mundo le pertenecía, sin requerir nunca ni siquiera un agradecimiento.

Aquella noche, en Styles, Archie hizo algo que nunca había hecho en los siete años transcurridos desde que había nacido; acostó a Teddy en la cama.

—¿Qué pasa, papá? —Era más un trastorno que un placer tenerlo sentado en su cama, en mangas de camisa, con los ojos vidriosos por el *whisky* y el remordimiento. Peter se acurrucó junto a la niña; el perro siempre era un consuelo y ella le apretó el pelaje con la manita.

—No pasa nada, cariño. —Archie le acarició la frente con el particular fervor de un padre distante que podría haberlo perdido todo menos a su hija—. Solo quiero darle las buenas noches a mi pequeña. ¿Tiene algo de malo?

—No. —Teddy tenía las mantas subidas hasta la barbilla y parpadeaba en la oscuridad, mientras deseaba que se fuera y se llevara la extrañeza con él. A un niño no le gusta sentirse responsable del estado emocional de un adulto. Si Archie no se hubiera mostrado tan sombrío, augurando una incómoda volatilidad, tal vez le habría pedido que le leyera más de *Winnie-the-Pooh*. Honoria ya se lo había terminado una vez, pero Teddy quería volver a empezar y leer sola era un asunto complicado.

—¿Va a volver mamá?

—Por supuesto que sí —dijo, demasiado cortante—. Mamá siempre vuelve, ¿no es así?

—Me refería a esta noche.

—Lo siento. No. Creo que esta noche, no. —No habían organizado ninguna estratagema para evitar que Teddy supiera que el alboroto que tenía lugar a su alrededor se debía a la búsqueda de su madre desaparecida. Se limitaron a negarle la verdad. No era una treta que se pudiera mantener por mucho tiempo, cuando toda Inglaterra la estaba buscando.

—Bueno. —Le besó la frente—. Duerme bien, Teddy.

La niña cerró los ojos con fuerza y fingió que el beso la había dormido al instante.

Para mí, el mismo día comenzó lejos de todo el clamor. La noche anterior había llegado al hotel y balneario Bellefort, discreto y acogedor, el lugar perfecto para cualquiera que necesitase pasar inadvertido por un tiempo. La mujer de la recepción, de las Indias Occidentales por su aspecto y acento, me saludó con cordialidad.

—Soy la señora Leech —dijo con su encantador ritmo caribeño—. No dude en hacérmelo saber si necesita cualquier cosa. Lo que sea.

Me entregó una pluma estilográfica para que firmara el registro. Me detuve un momento. Había hecho la reserva como la señora O'Dea. No habría sido correcto que una joven soltera se alojara sola en un hotel. Entonces añadí otro nombre. «Señora Genevieve O'Dea», escribí, con un doloroso nudo en la garganta. Genevieve era el nombre que le había puesto a mi hija perdida.

Tal vez debería haber escrito Genevieve Mahoney, aunque solo fuera por verlo escrito una única vez.

—Gracias, señora Leech. ¿Sería posible cenar en la habitación?

—Por supuesto que sí. Le enviaré una bonita bandeja.

Una mujer que iba de camino a las escaleras con una bata de hotel, seguramente de vuelta de un tratamiento en el balneario, se acercó de sopetón a la recepción.

—¡Cena en la habitación! —le dijo a la señora Leech—. Eso sí que vale la pena, ¿verdad? Haremos lo mismo, si le parece.

—Claro, señora Marston.

La señora Marston se volvió hacia mí. Era más o menos de la edad de Agatha, quizás un año o dos mayor, con una cara redonda y alegre. Tenía las mejillas sonrosadas.

—Estamos de luna de miel, el señor Marston y yo —me dijo y me miró a la cara, sin verme en realidad—. ¡Tenemos que mantener la energía, ya sabe!

La señora Leech y yo intercambiamos una breve mirada para compartir nuestra aversión a pensar más en ese asunto.

La mañana llegó pronto y sabía que no podía quedarme en la habitación para siempre, así que bajé a desayunar. El Bellefort era cómodo, pero no demasiado elegante. No habría servido de escenario para una de las novelas de Agatha. Pero a E. M. Forster le habría gustado; las sillas eran confortables, pero los brazos estaban desgastados. Me dirigí al comedor, tomé asiento y le pedí a la ancianita que estaba de camarera más crema.

—¿Te importa si te acompaño? —me preguntó una chica estadounidense.

Levanté la vista. Tenía mi edad más o menos, el pelo rubio y una cara inteligente y atenta. Había otros asientos disponibles en mesas vacías, pero, en lugar de señalarlo, asentí. Se sentó frente a mí y sonrió.

—Me llamo Lizzie Clarke —dijo, más alto de lo necesario, típico de los estadounidenses—. Estoy aquí con mi marido. Sigue dormido, el muy baboso. Las aguas termales lo han noqueado del todo. —Se rio, de nuevo demasiado alto.

Miré alrededor de la sala para comprobar si los demás comensales se mostraban molestos. Lizzie lo tomó como una petición para que me pusiera al corriente de nuestros acompañantes. Señaló a una mujer despampanante, lo bastante joven como para haber sido solo una niña durante la guerra, con el pelo tan rubio que era casi blanco.

—Esa es la señora Race.

La señora Race estaba sentada sola y miraba por la ventana con desazón.

—Qué guapa es —dije, con suficiente calidez como para que la propia Lizzie lo tomara como un cumplido—. No creo que esté aquí sola. ¿Lo está?

—No, no. La acompaña su marido. Están de luna de miel.

—He conocido a otra mujer que también está de luna de miel.

—Sí, sé a quién te refieres. Mucho más feliz que esa de ahí.

Volví a echar un vistazo a la joven novia. A la pobre le temblaba el labio inferior.

—Por lo visto, su nuevo marido y ella no hacen más que discutir —dijo Lizzie—. Así que los recién casados mayores son felices y los jóvenes, no. Es una pena que alguien no esté feliz en su luna de miel. ¿No crees?

Sonreí.

—Te gusta observar a la gente, ¿verdad?

—Es mi pasatiempo favorito —admitió Lizzie con una risa autocrítica que me hizo sentir cierto cariño por ella.

Justo en ese momento entró la pareja mayor que estaba de luna de miel, el señor y la señora Marston. Se sentaron en la parte más alejada del comedor y me permití dedicar también un rato a observar. La señora Marston tenía el pelo oscuro, con apenas unos mechones de canas, y una espalda ancha y amplia. Miré por encima de su hombro para ver a su marido. Tenía papada y la cara roja, y no pareció fijarse en mí; solo tenía ojos para su nueva esposa. Qué dulce.

—Dime —dijo Lizzie, cuando terminamos de comer—. ¿Vas a los baños? ¿Quieres dar un paseo antes? Podríamos pasar un poco de frío para que el agua caliente nos sentase aún mejor.

Lizzie ya se había levantado. Empujé la silla hacia atrás, salimos juntas del comedor y nos dirigimos a nuestras habitaciones para ponernos la ropa de abrigo, antes de reunirnos fuera para aventurarnos por la gélida carretera, bajo un frío cielo gris que se instalaba a nuestro alrededor. Era una buena idea lo de exponernos al frío antes de volver para bañarnos en el Bellefort, y lo sentiríamos bien, a pesar de los abrigos, gorros y guantes.

—¿Cómo es tu marido? —pregunté mientras caminábamos. Si ella podía ser directa, yo también.

—Es encantador. Recomiendo a los hombres estadounidenses. Son diferentes a los británicos. Más emotivos y expresivos. —Lejos de las miradas de los demás huéspedes, enlazó el brazo con el mío como si fuéramos viejas amigas.

—Es bonito que hables tan bien de él. No todas las mujeres se refieren así a sus maridos. Se quejan de ellos y los difaman, y luego se sorprenden cuando se van con otra.

Lizzie se rio. Se detuvo y encendió un cigarrillo; protegió la llama de la cerilla con las manos enguantadas.

—Si el marido se merece las quejas de su mujer, la persona con la que huya se quejará de él algún día. Seguramente de las mismas cosas. ¿No crees?

Me recoloqué el sombrero. Me había esforzado por verme respetable y arreglada. Una verdadera dama casada de vacaciones. Compuesta, sin nada de lo que huir, solo disfrutando de un poco de tiempo para mí.

La mirada de Lizzie se apartó de mí y se centró en la carretera. Un joven apareció, y venía en nuestra dirección. Era alto, con un paso elegante. Incluso a esa distancia, más de treinta metros, era evidente que tenía un objetivo y se acercaba como si tuviera algo urgente que transmitir.

—No pinta bien —murmuró Lizzie.

No la miré, sino que seguí centrada en el hombre. Mi impresión fue la contraria a la de Lizzie. A mí me pintaba muy bien. Casi nada en mi vida había requerido nunca el súbito control y la presencia de ánimo que me hizo falta para mantener la voz neutra al hablar.

—Pues resulta que lo conozco. ¿Te importaría disculparnos un momento?

—En absoluto. —Tuvo un pequeño escalofrío—. Estoy lista para sumergirme en agua caliente. ¿Quizá te vea en los baños?

—Quizá. —Pero ya había comenzado a moverme en la dirección opuesta.

—Recuerda no confiar en los extraños demasiado rápido.

—Gracias. —Hablé sin volverme a mirarla—. Gracias por el recordatorio.

Mis pies se movieron deprisa, como hacían cuando era joven. Me llevaron hasta el hombre. Me sentí como si corriera hacia lo mejor del pasado. Se había producido un cambio en la atmósfera. Los cielos se abrían para concederme un regalo cuando menos lo merecía.

Llevaba un jersey de Aran y un chaquetón, abierto y desabrochado a pesar del frío. El pelo negro le caía sobre la frente. La sonrisa se le había borrado de los ojos, pero seguían teniendo los tonos azules más bonitos. Mis tacones eran gruesos y aptos para caminar, pero no para echar a correr, cosa que no pude evitar. Me moría por llegar a su lado. A mí también se me abrió el abrigo. Si corría a sus brazos, sabía que me alzaría y me haría girar, pero, por alguna razón, me detuve justo antes de alcanzarlo. Mirarlo y asegurarme de que era real me pareció más importante que abrazarlo.

—Finbarr —dije—. Qué ven mis ojos.

—Hola, Nan. —Extendió el brazo y tomó mi mano. Se llevó la palma a los labios y la besó durante tres largos latidos—. Te he echado de menos.

En Berkshire y en Surrey buscaron como si se tratara de una mujer muerta. Silent Pool, la maleza, las zanjas. Los sabuesos aullaban, con la nariz pegada al suelo. Si Agatha Christie aparecía cerca de su casa, sería porque había muerto allí, por su propia mano o por la de otra persona.

En otros lugares de Inglaterra, las autoridades buscaban a una persona viva que se estaba escondiendo. Los agentes de policía desde Land's End hasta Coldstream mostraban la fotografía de Agatha a los huéspedes y a los propietarios de los hoteles: «¿Ha visto a esta mujer?». Chilton era uno de los muchos que se dedicaban a aquellos menesteres. Le habían encargado que la buscara y eso era justo lo que pensaba hacer. A su llegada el día anterior, había actuado como un huésped normal, se había registrado y cenado en el comedor, junto a la escasa variedad de invitados. La esposa de Simon Leech lo condujo a una mesa y lo sentó frente a una bonita joven de abundantes cabellos oscuros que le presentó como la señorita Cornelia Armstrong.

—Espero que no esté aquí sola —le dijo Chilton, sin contenerse.

Ella sonrió como si su incredulidad le pareciera un cumplido.

—Por supuesto que sí —dijo, con una ligera nota de reproche bondadoso—. Estamos en 1926, ¿no se ha enterado? Los hombres fueron a la guerra a mi edad. Creo que soy capaz de soportar una estancia en un balneario.

Chilton sonrió y la hotelera dio una palmadita en la mesa, como si se alegrara de que la conversación hubiera empezado con buen pie.

—Asegúrese de contarle a todos sus amigos cuál es el mejor hotel de Harrogate —dijo la señora Leech, antes de marcharse con una sonrisa de oreja a oreja. El resto de la velada de Chilton transcurrió de forma agradable, mientras la señorita Armstrong le enseñaba más cosas sobre el sufragio de las que nunca antes había conocido.

El lunes por la mañana, justo después del desayuno, fue a la ciudad con el señor Leech. La Comisaría de Leeds estaba casi como la había dejado. Lippincott siempre tenía la puerta abierta. Le hizo un gesto a Chilton para que entrara en su despacho.

—Buen momento para jubilarse, justo cuando se ha cometido el crimen del siglo.

Se rieron, pues los dos estaban de acuerdo en que no se trataba de ningún crimen. Solo una dama de cierto renombre, desaparecida cuando no ocurría nada más en el mundo, creando así una temporada de revuelo para el invierno. Los periódicos se habían vuelto locos. Lippincott le entregó a Chilton algunos informes policiales y una fotografía de Agatha de su editor, la misma que estaba pasando por innumerables manos en toda Inglaterra.

—Si no está muerta, se morirá de vergüenza cuando descubra todo este alboroto —dijo Chilton. Al mirar la fotografía de Agatha, melancólica y encantadora, lamentó haberse reído. El suicidio era un asunto escabroso, pero comprendía que, cuando había que irse, había que hacerlo. Seguro que había tenido sus razones.

Lippincott reveló su teoría más cínica, pero menos trágica.

—Lo que hará es vender muchos libros. El viernes, no más de un puñado de lectores ingleses conocía su nombre. Si no aparece a finales de semana, será una sensación mundial.

—¿Crees que es un truco publicitario?

—Algo por el estilo. Pero por eso quería que volvieras, Chilton. Sabía que lo tratarías como si fuera real, de una forma o de otra. Y así debe ser. Nadie sabe aún a dónde ha ido esta mujer. Podría estar aquí tanto como en cualquier parte.

Chilton hizo un saludo militar para aceptar, medio en broma, pero a los dos les entró una sensación de angustia momentánea. Habían visto mucho juntos, cuando los saludos eran algo cotidiano.

—Verás, Chilton. Gracias a mi primo, puedo alojarte sin gastos. También tengo un coche de la policía para que lo uses en la búsqueda. Te has retirado demasiado pronto y no nos has dejado tiempo de regalarte un reloj caro ni nada por el estilo. Así que tómate esto como unas vacaciones, ¿vale? Busca a Agatha Christie, pero date un baño también. Disfruta del hotel. Come bien. Date un masaje, por el amor de Dios.

Chilton no se imaginaba dándose un masaje.

—¿Sabes que he vivido en Yorkshire siete años y nunca he metido ni un dedo en las aguas termales?

—Perfecto, entonces —dijo Lippincott, aunque Chilton estaba seguro de que a él le ocurría lo mismo. Era muy posible que le deseara lo mejor al establecimiento de su querido primo, pero que no lo frecuentara mucho—. Ya es hora.

Para mí, el frío del día había desaparecido, junto con el claro cielo azul. Solo veía a Finbarr. Me puso una mano suave en el codo y me alejó, mientras miraba por encima del hombro para comprobar si Lizzie Clarke seguía por allí.

—No tienes que preocuparte por ella —dije, pero no pareció oírme.

Me condujo lejos de la carretera, a través de un seto, hacia un grupo de abedules plateados.

—Finbarr. —Cuando éramos jóvenes en Irlanda, un desvío así habría tenido un carácter juguetón que habría puesto a prueba cuán divertida era—. ¿Qué haces?

—Debería preguntarte lo mismo. —Su voz áspera de posguerra me entristeció.

—Estoy de vacaciones. ¿Cómo diablos me has encontrado?

—Eso no importa. Lo importante es lo que va a pasar ahora. Tú y yo vamos a irnos y dejaremos atrás esta conspiración tuya. Volveremos a casa, a Ballycotton.

—Ballycotton no es mi casa. —Tiré del brazo para zafarme de su mano. Al verlo por primera vez, mi cerebro se había desintegrado. Después, los átomos empezaban a arremolinarse y a delinearse de nuevo para darme una imagen más clara—. Nunca lo fue y nunca lo será.

—Lo fue y lo será. Mi padre ha muerto, Nan. —Por la forma en que lo dijo, deduje que su madre también, tal vez hacía ya tiempo—. He ahorrado suficiente dinero para comprar una casa pequeña, donde criar y adiestrar perros. Podemos irnos a casa. Juntos.

Me imaginé el hogar al que se refería, y el camino hacia Sunday's Corner. Sabía que lo correcto era decirle que lamentaba la muerte de sus padres. Pero no lo hacía y jamás lo haría.

—Nan, no puedes seguir con esto. Es un error y está mal. Tu lugar está conmigo, no con un hombre casado.

Así que había recibido la carta que le había enviado. Y esa era su respuesta. Había sido un error escribirle, un momento de debilidad.

—Es demasiado tarde. —Esperaba que mi voz sonara más triste que recriminatoria—. Llegas demasiado tarde.

Me puso la mano alrededor de la muñeca, firme pero con delicadeza, y me arrastró al interior del bosque. El sombrero empezaba a caérseme y me lo volvió a colocar por encima de las orejas, que debían de estar rojas por el frío. Finbarr no quería que pasara frío. Después de la celebración del Armisticio, cuando nos acostamos en Londres, en medio de una pasión que había crecido durante años, se había detenido para ajustar la almohada bajo mi cabeza.

Era la tercera vez que lo veía desde aquel día. La primera había sido en Ballycotton, cuando deliraba de gripe. La segunda casi un año después, cuando me marché de Irlanda para siempre y vino a buscarme a Londres. Me rogó que me fuera con él a Australia, pero no lo hice.

El Finbarr que me había hecho el amor el día de la celebración del Armisticio me había parecido el mismo de siempre. Aunque tal vez eso fuera justo lo que yo quería ver, una ilusión dichosa y fugaz. Cuando volvió a por mí, ninguno de los dos éramos nosotros mismos. Yo estaba destrozada por la pérdida. Él estaba destrozado, sin más. Pesaba diez kilos menos y no quedaba ni rastro del aire alegre que había sido su rasgo más destacado. Su voz, arruinada por el gas mostaza, no sonaba a la del chico que recordaba.

(«A veces, es inevitable dejarse invadir por una marea de rabia al pensar en la guerra», escribió Agatha Christie, años más tarde).

—No —le había dicho entonces—. No puedo irme contigo. No puedo ir a ninguna parte.

En ese momento, seis años después, en Harrogate, Finbarr y yo tal vez no hubiéramos vuelto a ser los mismos de siempre, pero al menos éramos capaces de enfrentarnos con calma. Podía mirarlo y no sentir reproches. Nada de aquello había sido culpa de él.

—Lo que necesitamos es salir de aquí —Tomó mis manos entre las suyas—. Empezar de nuevo. Tú y yo.

—No, Finbarr. Eso no es lo que necesito. Para nada.

Me alejé de él. Había una cantidad considerable de maleza que atravesar para volver a la carretera. El cielo invernal se abrió de par en par sobre mí y me abracé con fuerza. *Inspira, espira*. Así superaría los próximos días. Una respiración detrás de otra.

Finbarr estaba justo detrás de mí. Me puso la mano en el hombro y me encogí. La última vez que lo había visto, mis entrañas se habían quedado secas. Todavía había mucho que procesar. Luego estaba cómo había cambiado. A los pocos días, el inspector Chilton me hablaría de ir a la guerra. Cómo el mundo anterior parecía de una manera y luego, después de ver la Gran Tristeza, era imposible dejar de verla. Finbarr no tenía ni una sola arruga en la cara. Poseía la misma forma alta, sobria y ágil. Sin embargo, el sol lo había abandonado. Del mismo modo que la aspereza de su voz había sustituido su antigua claridad, la Gran Tristeza había reemplazado a la alegría. Si no fuera porque le hacía parecer un barco que había perdido el ancla, me habría hecho quererlo aún más. Yo misma había visto parte de esa tristeza.

Extendió la mano y me atrajo de nuevo a sus brazos. Tres latidos. Luego me soltó, se dio la vuelta y se alejó por la carretera, por donde había venido. Quizás pensaba que lo seguiría, pero no lo hice. Me quedé mirando cómo se iba. Sabía que seguía allí porque, mientras aún estaba al alcance del oído, levantó un brazo, sin mirar atrás, y dijo:

—Me verás pronto, Nan. Muy pronto.

Más de una hora después, justo antes de entrar en los baños con Lizzie Clarke, me hice la pregunta lógica que Finbarr no había respondido. ¿Cómo había sabido encontrarme en Harrogate?

—¿Estás bien? —preguntó Lizzie, mientras me acomodaba a su lado en el agua caliente.

Asentí, un gesto que no era tanto un «sí» como «luego hablamos». Llevaba el traje de baño hasta la rodilla que solía usar en la playa, con unos pantalones cortos a juego debajo. Aunque a Lizzie le llegaba el agua hasta la barbilla, me di cuenta de que su atuendo era bastante más atrevido, entre otras cosas porque era del color de un tomate maduro. Todas las mujeres teníamos el pelo completamente cubierto por un gorro, una especie de uniforme, por muy diferentes que fueran nuestros trajes de baño.

El vapor se instaló a mi alrededor y mi cerebro se sintió un poco más ligero de repente. Tal vez había logrado conjurar a Finbarr. Una vida lúcida. O quizá fuera todo lo contrario y había imaginado su presencia. Casi quise pedirle a Lizzie que lo confirmara. ¿Un hombre de pelo negro había venido por el camino hacia nosotras? ¿Me había dejado sola con él? ¿Había dicho que no pintaba bien? ¿Hubiera sido mejor o peor que no pasara nada, que no hubiera acudido a los brazos de Finbarr?

Los baños naturales del Bellefort estaban debajo del hotel, en una especie de cuevas llenas de vapor de techos bajos de piedra, por lo que incluso las más bajitas tenían que agachar la cabeza y meterse hasta el cuello. No era necesario alojarse en el hotel para usarlos, se podía entrar a cambio de una pequeña tarifa, pero ese día la mayoría de las presentes eran otras huéspedes. Sentada frente a nosotras, sumergida hasta la barbilla, estaba la mayor de las novias recién casadas, la señora Marston. Nos observaba a Lizzie y a mí con alegría a través del vapor. Nos la quedamos mirando de vuelta, pero no era de las que se fijaban en los demás. Su mirada era más bien superficial. Deduje que, si más tarde alguien le preguntara por Lizzie y por mí, no sería capaz de nombrar ni un solo rasgo, color de pelo, color de ojos, nada. Solo nuestro género y nuestra edad aproximada. Nuestra existencia se limitaba a hacer de público para lo que quería contarnos.

—¿Cómo están, queridas? —dijo, con una calidez que sonaba genuina.

—Muy bien —respondió Lizzie, con sus sílabas estadounidenses directas.

—Nos conocimos anoche —dije, antes de que Lizzie pudiera darle mi nombre. Me di cuenta de que la señora Marston no se acordaba—. ¿Tengo entendido que debo felicitarla?

La mujer se rio y sus grandes ojos marrones centellearon.

—En efecto. Seis días de matrimonio y contando. Es una bendición, créame. Una bendición.

—Qué maravilla —dijo Lizzie—. ¿Dónde se conocieron los tortolitos?

—Ah, el señor Marston y yo nos conocemos desde hace mucho tiempo. Se podría decir que hemos vivido un romance desventurado. Drama y dolor, señoras. Recuerden mis palabras. Hace que todo sea mejor cuando las estrellas por fin se alinean.

—Me temo que no estoy de acuerdo. —Lizzie mantuvo la mirada fija en la mujer—. Mi marido y yo hemos pasado nuestra buena dosis de drama y dolor. No me habría importado prescindir de todo ello. Con toda sinceridad.

—Entonces ya sabe cómo es —dijo la señora Marston, ignorando el desacuerdo.

Pensé en Agatha y en todo su drama y su dolor actuales; deseé que algún día fuera más feliz de lo que había sido nunca, en virtud del dolor que yo le estaba causando. Me negué a considerar su muerte como una posibilidad. Estábamos conectadas. Si le ocurría algo, lo sentiría en los huesos, del mismo modo que cuando había muerto Colleen.

La señora Marston se acomodó más en el agua y dejó que le cubriera la barbilla, con los ojos brillantes para demostrar su felicidad. Luego agachó la cabeza más cerca del agua y dijo:

—Me consternó bastante descubrir que este hotel era propiedad de una persona de color. No sé si lo habríamos reservado de haberlo sabido.

—¿La señora Leech? A mí me parece encantadora. —La voz de Lizzie fue cortante y firme y puso fin al asunto.

A su favor, o por su incapacidad de detectar la disidencia, la señora Marston la obligó a cambiar de tema.

—¿Tiene hijos? —le preguntó.

—Tuvimos uno. Murió poco después de nacer.

—Ay, querida —dijo, todo consuelo maternal—. Aunque es joven. Seguro que tendrá otro. Y luego otro, y otro. ¿No es así?

—Eso espero. —La expresión de Lizzie era difícil de leer—. Pero eso no significa que vaya a olvidar al primero.

—Por supuesto que no. La verdad es que espero que no sea demasiado tarde para mí. Para tener un hijo. Cosas más extrañas se han visto. Es todo lo que siempre he querido. Un bebé. Bueno. Un bebé y al señor Marston.

Me levanté y agarré una bata de hotel para cubrirme el traje de baño.

—Me siento un poco mareada. Quizá nos veamos a la hora del té.

La señora Marston le dijo a Lizzie, como si yo ya me hubiera ido:

—Un poco taciturna, su amiga. Le hace falta encontrar un marido, ¿no cree?

—¿Quién dice que no he encontrado un marido? —Me apreté el cinturón de la bata, con la voz demasiado irritada.

—Vamos, vamos —dijo la señora Marston, como si estuviera acostumbrada a mandar—. No se altere, querida, solo bromeaba.

—Como para demostrarlo, soltó una alegre carcajada, que trinó y reverberó por toda la caverna, el sonido menos feliz que hubiera podido imaginar.

Aquí yace la hermana Mary

Por todo el mundo, las jóvenes esperaban recibir noticias de soldados a los que nunca volverían a ver, pero yo tenía la suerte de amar a un hombre que cumplía sus promesas.

Finbarr incluyó un billete de una libra en la primera carta que envió.

«Creía que me había muerto por dentro hasta que te vi allí de pie en la plaza», escribió.

«No fue solo el Armisticio lo que me cautivó».

«Deberíamos haber esperado a nuestra noche de bodas, es cierto, pero en el fondo de mi corazón sé que nunca habrá un momento más perfecto. Nuestra noche de bodas llegará, Nan, nunca lo dudes».

Entonces recibí su segunda carta, sin dinero. Solo decía «te quiero» y «me temo que he contraído una fiebre».

Yo tampoco me sentía muy bien.

Mi padre recibió noticias de Irlanda. El tío Jack había sobrevivido a la guerra y había salido ileso de la batalla. Sin embargo, volvió del frente con gripe y se la contagió a su mujer y a su hijo. La tía Rosie se recuperó. El tío Jack, no. Tampoco Seamus. Habíamos considerado una bendición que mi dulce primo hubiera sido demasiado joven para luchar en la guerra. Después había muerto de todos modos. Parecía que las mareas de la guerra nunca dejarían de asolar nuestras costas. Lloré por la pérdida de mi segunda familia, mi amada granja vacía. Mi madre me consoló, pero no pudo evitar ponerme la palma en la frente.

Cuando Emily Hastings enfermó, nos prohibieron a Megs, a Louisa y a mí visitarla.

—Será un milagro si no os contagiáis —dijo mi madre durante la cena mientras se secaba las lágrimas—. ¿Sabíais que Andrew Pennington murió ayer mismo? Tantos jóvenes. Chicos que volvieron a casa sanos y salvos de la guerra, solo para caer por la gripe.

La gigantesca y bondadosa multitud que nos reunió a Finbarr y a mí había estado repleta de enfermedades invisibles. Mi madre dejó el trabajo en Buttons and Bits e insistió en que hiciera lo mismo.

—Ni se te ocurra —dijo mi padre cuando me sorprendió intentando salir del piso—. Ahora no es seguro.

—Megs cree que ya la tuvimos la primavera pasada —dije. Las tres habíamos tenido fiebres leves y nos habíamos recuperado en un santiamén.

—«Creer» es diferente a «saber» —espetó—. Hace falta saber antes de dejar que te pongas en peligro.

Durante años, nuestra relación se había tornado fría. Sin embargo, en ese momento noté en su rostro la pérdida de su hija mayor, la de su hermano y la del sobrino que apenas había conocido. Mi padre había envejecido cien años desde la última vez que me había permitido mirarlo de verdad. Así que lo abracé con fuerza. Pensé en la carta de Finbarr. ¿Quedaría alguien en Ballycotton que se acordara de escribirme si moría? No teníamos teléfono. Desde luego, los Mahoney no tenían; apenas había electricidad en Ballycotton.

—Estás verde, Nan —me dijo mi madre esa noche. Volvió a comprobar si tenía fiebre. No dejaba de tocarme la cara—. Será mejor que descanses. Te traeré algo de cenar.

Me refugié en mi habitación, con las dos manos extendidas sobre el vientre. No tenía gripe. Tenía otra cosa. El miedo de mi madre a la enfermedad había sustituido, al menos de manera temporal, su miedo al embarazo. Eso la volvió ciega a lo que en realidad me ocurría. Era imposible que supiera que, durante ese breve lapso de tiempo, cada vez que me tocaba o me abrazaba, también tocaba y abrazaba a su nieta.

Colleen tenía mi edad, exacta casi hasta en días, cuando se arrojó al Támesis. No permitiría que mi madre volviera a pasar por eso. No les conté a Megs ni a Louisa que estaba embarazada porque no quería que se preocuparan por qué sería de mí. Tampoco le daría a mi padre la oportunidad de echarme. Cruzaría el Mar de Irlanda y me casaría con Finbarr. Aunque se estuviera muriendo, era mejor ser la viuda de un soldado que una tonta a la que había engañado uno. El pequeño detalle de un «sí, quiero» y la bendición de un cura o de un vicario marcarían la diferencia entre heroína y paria. Lo único que tenía que hacer era salir de mi isla para ir a la de Finbarr.

El único lugar al que iba mi madre aquellos días era a la tienda de comestibles. En cuanto salió por la puerta, fui a su habitación y saqué la lata de té que nos había enseñado. Entre el dinero que había guardado y el billete de una libra que me había enviado Finbarr, tendría lo justo para llegar a Ballycotton. Agité el anillo de mi abuela en las manos y consideré la posibilidad de ponérmelo en el dedo. En vez de eso, lo volví a meter en la lata. No necesitaba disfrazarme de mujer casada. Pronto lo sería de verdad.

El último dinero que me quedaba fue para el pescador que me llevó en un carro tirado por una mula desde la estación de tren hasta la casa de arcilla blanca de los Mahoney en el pueblo. Los mástiles del puerto repiqueteaban y las gaviotas se abalanzaban y cantaban. Sabía que a Alby no le dejaban entrar y dormía debajo de la casa, así que me decepcionó que no saliera a saludarme. Aunque tal vez eso significara que Finbarr se había recuperado y estaba ganando un buen sueldo como pastor.

La señora Mahoney abrió la puerta. La había conocido antes, en los servicios religiosos de los domingos. Pero por aquel entonces sonreía. Era una mujer diminuta, con unos hombros huesudos que se le marcaban a través de la rebeca.

—No puedes verlo —dijo antes de que me diera tiempo a recordarle quién era—. No es seguro para ti.

Aun así, se hizo a un lado para dejarme pasar y encendió el fogón para preparar una taza de té. Hacía frío en la casa y quise acercar la silla al fuego, pero no quería insultarla. El suelo bajo mis pies era de tierra. En otro momento, la visión de los barcos por la ventana habría sido alegre, pero entonces me recordaron todo lo que Finbarr no quería en el mundo. Al notar mi mirada la señora Mahoney se levantó, se acercó a la ventana y cerró las persianas.

—Soy la sobrina de Jack O'Dea.

—Sé quién eres.

Me di cuenta de que quería decir algo por Seamus y el tío Jack. Tal vez darme el pésame. Tal vez culparlos; seguro que Finbarr había ido allí, antes de que cayeran enfermos. Deslizó la taza de té delante de mí sin ofrecer leche ni azúcar.

Recorrí la pequeña cocina con la mirada. Había dos puertas: una por la que había entrado, desde el exterior, y la que conducía al resto de la casa, cerrada a cal y canto.

—¿Está Finbarr aquí? ¿Está bien?

—Está aquí, no está bien y no necesita que lo molestes. —Se sentó a tomarse su propio té. Por la forma en que se negaba a mirarme durante más de unos segundos, me di cuenta de que se trataba de un esfuerzo por no mostrarse amable. ¿Lo sabía? ¿Lo mío? ¿O su frialdad se debía a la preocupación por su único hijo?

—¿Es la gripe?

—Lo es y no debes contagiarte. Tienes que salir de esta casa de inmediato. Lo he cuidado día y noche, yo misma podría tenerla. Estoy segura de que es así.

—Si pudiera ver a Finbarr…

—No puedes.

—Me quedaré en la puerta.

—¿Estás sorda, chica? He dicho que no.

—Nan. Me llamo Nan. Finbarr quiere verme. Sé que quiere.

Apartó la mirada, hacia la ventana cerrada. Tenía el pelo negro como el de su hijo, salpicado de canas. Como lo tendría él algún día. Al principio pensé que sus mejillas sonrosadas se debían al frío, pero de cerca distinguí pequeños vasos sanguíneos rotos a lo largo de sus pómulos. Preocupación.

Había sido hermosa una vez. Finbarr me dijo que deseaba haber tenido cien hijos. Yo le ofrecía uno más en ese momento.

—¿Dónde está Alby?

—Lo cambiamos por provisiones durante la guerra.

¿Habrían escrito a Finbarr para decírselo? ¿O habría llegado a casa y se habría encontrado con la ausencia del perro? Lo imaginé silbando por la casa hasta que su padre por fin reunió las fuerzas para reconocer lo que habían hecho. Finbarr seguro había trabajado horas extra en todas las granjas cercanas a Ballycotton, primero para pagar mi pasaje a casa y luego para volver a comprar a su perro.

Busqué en el bolso y saqué una de las cartas de Finbarr.

—Mire. —Se la tendí—. Quiere casarse conmigo. Me envió dinero para que viniera. Para que nos casáramos. —Señalé las palabras de la página—. Lo prometió.

Me miró, impasible. Sacudí la carta bajo sus ojos. Es una sensación horrible cuando algo que crees que vale mucho resulta ser inútil.

—Es que no sabes que eso es lo que dice un hombre para lograr que una mujer haga lo que él quiere. El truco está en decir que no. Así es como se consigue que un hombre se case contigo. Antes. No después.

¿Cómo lo sabía? Debió de ser mi ansiedad lo que me delató. Estaba más delgada que nunca. Sin embargo, era inútil discutir.

—Esto lo escribió después —dije sin más y luego apoyé la cabeza en la mesa. Estaba muy cansada. De repente, también me entró un hambre insoportable.

—No llores.

Como si no se me hubiera ocurrido hasta que escuché las palabras, eso fue justo lo que hice. Unos grandes sollozos guturales llenaron la pequeña casa. Por un momento me sentí avergonzada, pero luego pensé que si Finbarr me oía, tal vez saldría de donde estuviera y vendría a la cocina. Le diría a su madre la verdad. Insistiría en casarse conmigo ese mismo día. Sin embargo, por mucho que lloré, él no apareció y su madre no cedió. Lloré hasta quedarme dormida, con la cabeza en los brazos.

—Déjame al menos darle algo de comer —le dijo la señora Mahoney a su marido, dispuesta a mostrar debilidad cuando creía que no la oía.

Abrí los ojos y vi a los padres de Finbarr, de pie junto a la puerta que conducía al resto de la casa, como si quisieran protegerla de mí. Si Finbarr había heredado su aire alegre de alguno de ellos, ambos lo habían perdido. Sin embargo, esas dos personas lo habían creado, habían engendrado a Finbarr y lo habían criado en aquella casita de suelos de tierra. Un «os quiero» me subió a la garganta, y también un «gracias», pero ahogué las palabras. No querrían oírlas de mí.

—Déjame que le dé un vaso de leche y algo de pan —dijo su madre—. Hay estofado que sobró de anoche. La pobre chica, tal y como está, tiene que estar famélica.

Levanté la cabeza y sentí las arrugas en la cara. Noté los ojos hinchados por el sueño y el llanto. «La pobre chica». Reconocí la nueva simpatía de la señora Mahoney como una mala señal. Si ya no necesitaba mostrar firmeza ante mí, mi destino ya no estaba en sus manos. Alguien más había tomado el control.

El señor Mahoney se sentó en la silla de al lado. Llevaba un chubasquero y olía a pescado y a aire salado. Su esposa se puso a prepararme un plato.

—Si me dejaran verlo un momento. Solo les pido un momento. —Entonces todo quedaría aclarado. Nunca nos habían visto juntos. No podían saberlo. Si lo hicieran, lo entenderían.

El señor Mahoney me puso la mano en el brazo. Era delgado como su mujer, pero mucho más alto, con un rostro lleno y rubicundo, endurecido por los años en el mar. Cuando hablaba, lo hacía con un acento que todavía me sonaba a música.

—Escucha. Nan, ¿verdad?

Me negué a asentir. ¿No debía saber ya que era Nan? Por supuesto que lo sabía.

—Sé que querrías hablar con Finbarr, pero no está en condiciones de hacerlo. Apenas puede levantar la cabeza de la almohada.

—No me importa.

Me miraron, los dos, como si me hubiera acostado con todos los soldados de la guerra y hubiera aterrizado en su puerta para robar el alma inmortal de su hijo.

—No lo entiendes —dijo el señor Mahoney—. El chico tal vez no viva hasta mañana.

—Por favor.

Se miraron.

—¿Prometes que no lo tocarás? —dijo la señora Mahoney—. No podemos dejar que tú también enfermes. Ahora no solo tienes que pensar en ti misma.

Después de todo, tal vez se preocupaba por mí y por mi bebé. Me era imposible pensar en estar cerca de Finbarr sin tocarlo, pero asentí.

La puerta se abrió con un chirrido y dio paso a una habitación oscura y cargada de desesperación, con las cortinas echadas. Las fosas nasales se me llenaron de un olor triste y penetrante, como a setas y a sudor. La figura en la cama apenas abultaba entre las sábanas.

Me acerqué al lado del lecho y me arrodillé para verle la cara.

—Finbarr —susurré—. Soy yo. He venido a verte.

Extendí la mano para acariciarle la cabeza febril, pero su madre estaba detrás de mí y me detuvo antes de que lo tocara. Los ojos de Finbarr, abiertos, no se posaron en mí ni se enfocaron. Aunque no lo había tocado, sentía el calor que emanaba de su cuerpo, casi tan caliente como la estufa. Un olor rancio y horrible, como si se hubiera orinado, se instaló alrededor. Se movió y un paño húmedo que debía de pretender refrescarle la frente cayó al suelo de tierra. Estaba cubierto de sangre seca, igual que sus orejas. Tenía los labios de un extraño azul oscuro, y no se movieron ni pronunciaron mi nombre. No me veía. Me esforcé por arrancar la mano de la de su madre para tocarlo. Con una fuerza sorprendente, me apretó más.

—Si deja que me quede —susurré—, cuidaré de él por usted.

—¿Y qué sentido tendría eso?

El señor Mahoney me rodeó los hombros con el brazo. Me presionó para que me levantase, me dio la vuelta y me empujó con delicadeza fuera de la habitación.

Me dieron de cenar y me prepararon un jergón junto a los fogones de la cocina. Cuando me aseguré de que estuvieran dormidos, me arrastré hasta la habitación de Finbarr y me acosté a su lado.

—Perros y libros —susurré y las palabras me arañaron la garganta por la desesperación—. Recuperaremos a Alby y viviremos rodeados de perros y libros, el bebé, tú y yo.

Su cuerpo se movió y por un momento pensé que respondería, pero en lugar de eso tosió, temblando, una tos seca que no lo empujó a recobrar la conciencia. Me quedé helada, preocupada por que su madre lo oyera y entrara corriendo en la habitación, pero no lo hizo. El cuerpo de Finbarr se calmó. Me quedé a su lado, despierta toda la noche, para que antes del amanecer me encontraran junto al jergón, como una niña buena.

—¿Puedo despedirme? —dije, antes de irnos.

—Debes pensar en lo mejor para el bebé, querida —me amonestó su madre.

Asentí, sin comprender todavía que, en lo que respectaba al mundo, lo mejor para el bebé era algo muy distinto de lo que era mejor para mí.

La desaparición

DÍA TRES

Lunes, 6 de diciembre de 1926

Tal vez sea solo una visión retrospectiva, consecuencia de haber reordenado la memoria, pero creo que aquella noche en el hotel Bellefort, cuando vi por primera vez al inspector Frank Chilton, supe que estaba buscando a Agatha. Aunque todavía no conocía su nombre, ese descubrimiento estaba a punto de producirse. Estaba en la recepción y hablaba con Isabelle Leech, nuestra propietaria caribeña. Tenía los sentidos en alerta tras el encuentro con Finbarr. Me habría dado la vuelta y regresado a mi habitación para evitar a Chilton si no hubiera mirado en mi dirección. En cuanto me viera, retirarse solo despertaría sospechas. Mantuve la mirada gacha y traté de pasar por delante de él hacia el comedor.

—Disculpe —dijo—. Señorita.

—Señora —corregí y luego sonreí con demasiada rigidez. Sentía cómo las comisuras de mis labios se estiraban de forma poco natural—. Señora O'Dea.

Después de escapar de los baños, me había dirigido a otro hotel para despejarme y había comprado un nuevo chal en la tienda de regalos, además de algo de papel y una pluma estilográfica. Tal vez escribiera una historia mientras estaba allí, o un poema. Me rodeé con el chal y la etiqueta del precio se desprendió de los hilos oscuros.

Chilton alargó la mano y la tocó.

—¿Es lo que vale? —Era el tipo de broma que detestaba, pero algo en su rostro hizo que me relajara. Parecía avergonzado por haber soltado un chiste tan fácil. Tenía un aspecto apacible, incluso amable. Era mala suerte que hubiera un inspector de policía en el hotel, pero enseguida me percaté de que era buena suerte que fuera él.

—Aquí tiene. —La señora Leech me pasó unas tijeras—. El inspector Chilton está buscando a una dama que ha desaparecido en Berkshire.

—Dios mío. ¿Desaparecida en Berkshire y la buscan en Yorkshire?

—Toda Inglaterra está en ello —explicó—. Se han enviado inspectores y agentes a todos los condados.

La noticia me puso de los nervios. Sonreí para disimularlo.

—Vaya. Debe de ser muy importante.

Chilton interceptó las tijeras y cortó la etiqueta por mí.

—Si me permite importunarla un momento, señora O'Dea. —Me dejó la etiqueta cortada en la mano. Tenía los dedos agrietados y manchados de tabaco y la ropa arrugada. Me tendió una fotografía con la mano derecha. La izquierda le colgaba a un lado—: Esta es la mujer. ¿La ha visto?

—¿Puedo?

Asintió y le quité la fotografía de la mano. Agatha me miró a los ojos, con el pelo retirado de la cara y la cabeza inclinada. Llevaba unas perlas y un traje de chaqueta. Pensé en mi madre, que se despojó de su dolor por Colleen para ayudarme a sacar la foto para Finbarr y enviársela al frente. Me había puesto mi mejor vestido, sin ninguna joya ni nada tan remotamente glamuroso.

—Es guapa. Pero, no, no la he visto en Yorkshire. —Esperaba que recordara mis palabras precisas si más tarde establecía alguna conexión entre las dos—. Espero que esté bien. —Le devolví la fotografía.

—Bueno —dijo Chilton, como si no hubiera esperado otra respuesta—. Gracias por haber mirado.

Cuando entré en el comedor, la señora Race, la hermosa novia rubia, estaba acompañada por su apuesto y ceñudo marido. Los dos estaban sentados junto a una ventana, demasiado absortos en su silenciosa infelicidad como para darse cuenta de mi entrometida mirada.

Mi nueva amiga, Lizzie Clarke, me hizo un gesto para que me acercara a su mesa y su marido se levantó para ofrecerme una silla. Era un tipo larguirucho y poco elegante de un modo encantador, como solo podían serlo los estadounidenses, con los ojos oscuros y una expresión dulce y seria.

—Donny Clarke —se presentó.

—Hola, señor Clarke.

—Por favor, llámame Donny. Muchas gracias por haber entretenido a Lizzie esta mañana. Qué fantástico hacer una amiga en vacaciones.

Apenas había desplegado la servilleta cuando oí una risa alegre e inconfundible y la señora Marston entró en la sala con su marido. Su aspecto era bastante diferente al de la última vez que la había visto en los baños. Llevaba el pelo rizado, una chaqueta elegante y unas perlas de imitación.

—Vaya, quiénes están aquí —dijo la señora Marston y se detuvo junto a nuestra mesa—. Las jovencitas amables.

El marido, el señor Marston, estaba a su lado. Era varias décadas mayor que ella, un hombre curtido y de rostro rubicundo de unos sesenta años. Apoyó una mano en el respaldo de la silla de Donny, con esa especie de sonrisa indulgente que a cierto tipo de hombres le gustaba conceder a las jóvenes. Volví a mirar hacia la mesa. Lizzie le devolvió la mirada sin disimulo.

—¿Cómo está usted, señor Marston? —dijo Lizzie—. Confío en que la vida de casado le trate bien.

—Claro que sí —respondió con un fuerte acento irlandés. Algo le cambió en el rostro y de pronto se mostró ansioso por regresar a su mesa—. ¿Lista para comer, señora Marston?

Ella chilló de alegría al oír su nombre de casada. Él le puso una mano ancha y carnosa en la parte baja de la espalda y la condujo con premura hacia una mesa vacía.

—¿Estás bien, Lizzie? —pregunté.

Asintió con énfasis.

La camarera vino a tomarnos nota. Podíamos elegir entre pastel de pescado, carne asada o guiso de pollo, y todos optamos por la carne. La sala tenía unos altos ventanales y me puse a mirar a través, de uno en uno, a la espera de encontrar a Finbarr al otro lado, observándome. Hacía tiempo que se había puesto el sol, por lo que, aunque hubiera estado allí, no lo habría visto. ¿Dónde iba a pasar la noche? ¿Tendría una comida caliente, o cualquier tipo de comida? Esa misma mañana, habían pasado años desde la última vez que me había abrazado. Entonces hacía solo horas.

Miré a los Marston, que se afanaban por desplegar las servilletas. La mujer se mostraba tan alegre como siempre. Su marido era más difícil de leer.

—No te molestes con esos dos —dijo Lizzie—. Hay gente mucho más interesante a la que mirar. —Señaló con la barbilla a la pareja de jóvenes atractivos. El señor Race parecía enfadado y arrogante, y ella tenía un aspecto lloroso.

Como si Lizzie hubiera sabido lo que estaba a punto de suceder, estalló una conmoción.

—No me importa —gritó la señora Race, lo bastante alto como para que todos los comensales no solo la oyeran, sino que se callaran—. No me importa lo que haya costado la boda ni lo que vaya a decir la gente. No aguanto más. No puedo.

—Por favor —dijo su marido en un susurro no menos audible, pero sí mucho más escalofriante que el arrebato de su mujer—. Siéntate y deja de montar una escena.

La joven novia se volvió con la intención de salir de la sala. El marido alargó la mano para agarrarla por la muñeca. Antes de que me diera tiempo a preocuparme por el daño que fueran a sufrir esos finos y delicados huesos, ella levantó el pie y le dio un pisotón, con fuerza suficiente para que la soltara.

—¿Qué vas a hacer? —preguntó ella—. ¿Vas a pegarme? ¿Delante de toda esta gente?

Se produjo un pequeño barullo cuando la mayoría de los hombres de la sala, incluidos Donny y el inspector Chilton, se levantaron y se acercaron a la mesa de los Race, dispuestos a intervenir. Lizzie también se puso de pie y se acercó a la refriega para ver mejor. Su valentía me impresionó, pero me quedé sentada, con mi visión de la escena oscurecida por la multitud de espectadores preocupados.

La puerta del comedor se abrió de golpe y entró el dueño del hotel:

—Oigan —dijo Simon Leech—, ya está bien.

—Esto no es asunto de nadie más que nuestro —anunció el señor Race a toda la sala.

—En ese caso, mejor no tener discusiones en público. —Lo último que le hacía falta a Leech era que hubiera problemas en su hotel en crisis. Mantuvo un tono severo, pero amable—: Déjenme que les invite una botella de champán. Son recién casados, después de todo. Es momento de celebrar, no de discutir.

Miré a la señora Marston, que seguía retorcida en la silla y dando la espalda a su marido, para observar el espectáculo. Una mirada de consternación le cruzó el rostro, como si creyera que ella, también recién casada, se merecía también una botella de champán. El señor Marston se levantó, pero su propósito no era el de pedir un trato igualitario. Se llevó las manos a la garganta y jadeó con violencia, como si quisiera respirar sin conseguirlo.

—¡Cariño! —gritó su mujer al volverse hacia él—. ¡No, cariño! ¡Ayuda! ¡Por favor! ¡Que alguien le ayude!

El señor Marston cayó al suelo. Tenía los ojos desorbitados, con las manos se aferraba la garganta y agitaba los pies como un pez fuera del agua. Casi todo el mundo, tanto el personal del hotel como los huéspedes, se dirigieron al lugar del desastre.

La joven señora Race lo alcanzó primero.

—¡Apártense! —ordenó y parecía una persona muy diferente a la que hasta hacía un segundo estaba discutiendo con su marido—. Soy enfermera.

Aflojó la corbata y el cuello de la camisa del señor Marston y le tomó el pulso. Se puso la cabeza del hombre en el regazo y algo en la imagen de esa bonita joven que balanceaba esa cara ancha, roja y espumosa tan cerca de su cuerpo me resultó grotesco.

Para entonces, Lizzie había vuelto a su asiento y ninguna de las dos se movió de la mesa. Nos quedamos sentadas en silencio y observamos cómo se desarrollaba todo. Lizzie dio un sorbo de vino y dijo:

—Demasiada gente.

—En mi opinión, es demasiado tarde —dije. La violencia del cuerpo del señor Marston se había calmado. Sus ojos miraban fijos al techo.

El médico que hacía los masajes estaba fuera ese día, pero había otro, un huésped que se alojaba en la habitación 403. Alguien corrió a buscarlo. Lo único que pudo hacer la pobre señora Marston fue agacharse junto a su marido y contemplar atónita la escena que tenía delante. El médico llegó a medio vestir. Era joven, pero ya lucía unas canas prematuras y tenía un aspecto elegante y decidido a pesar de su estado indecente.

—Es inútil —dijo tras un rápido examen. Miró alrededor y se dirigió a la multitud con una expresión apropiadamente solemne. Después, con dedos hábiles, cerró los párpados del señor Marston.

El sonido que emanó de la señora Marston solo se podía describir como impío. Se agarró la garganta como había hecho antes su marido y por un momento pensé que ella también iba a morir.

—Vamos —dijo el inspector Chilton, dando un paso adelante. Le rodeó los hombros con el brazo y ella aceptó el gesto; los gritos dieron paso a los sollozos. El inspector la condujo hasta otra mesa y la sentó de espaldas a su difunto marido.

—Una buena dosis de brandy será suficiente —dijo el médico— Quizá deberíamos cubrirlo con una sábana, mientras esperamos a que llegue el forense. Será mejor que llame a las autoridades.

—No tienen ni idea. —La señora Marston sollozaba—. Cuánto tiempo hemos esperado, lo que hemos pasado, a lo que hemos renunciado. Mi pobre amorcito. No puede ser. ¿Así, sin más? No es posible. ¿A dónde iré? ¿Qué voy a hacer?

Se levantó de la mesa y corrió hacia su marido para arrojarse sobre él entre lágrimas. La fuerza de sus atenciones sobresaltó el cuerpo lo suficiente como para que se le abrieran los ojos. La señora Marston jadeó, un momento patético y esperanzador, y luego rompió a llorar de nuevo al darse cuenta de que no había vuelto a la vida, que lo había perdido por segunda vez.

—Creo que me llevaré el plato a mi habitación —les dije a Lizzie y a Donny.

Apenas había probado bocado.

—Sí —dijo ella—. Hablaremos más tarde. ¿Estarás bien?

—Creo que sí. ¿Y tú?

Asintió, pero tenía los ojos desencajados. Habíamos sido testigos de algo impactante. Al pasar ante el reloj de pared del vestíbulo, vi a los Race junto a las escaleras, ya sin ceños fruncidos ni discusiones. La tragedia sin duda los había amansado. La mujer tenía la cabeza gacha y, aunque la mano de él estaba en el brazo de ella, no parecía un apretón agresivo. Apoyaban la frente en la del otro. Tal vez él se estuviera disculpando, o quizás estaba consolándola. Me detuve un momento, pero cuando ninguno de los dos me miró, continué.

Mi habitación tenía una amplia cama con dosel y un pequeño escritorio. Me senté ante este y lo utilicé como mesa para cenar. Estaba pegado a una ventana y volví a mirar hacia la oscuridad, como si tuviera catorce años y estuviera otra vez en Irlanda, esperando que Finbarr apareciera en cualquier momento para jugar al tenis en la hierba.

La muerte que había presenciado no me había quitado el ape-
tito, ni por la comida ni por el amor. Vacié el plato, pues había
aprendido durante la guerra a no desperdiciar nunca la comida.
El sueño era otra cosa. La cama era cómoda. Al cabo de un rato, el
jaleo del piso de abajo se calmó. Me quedé quieta y traté de acla-
rarme la mente, incapaz de cerrar los ojos, mientras miraba el dosel. Debí de quedarme dormida, porque cuando la luz del sol se
coló por las cortinas que había olvidado cerrar, me despertó un
grito.

La desaparición
DÍA CUATRO
Martes, 7 de diciembre de 1926

M e puse la bata y me asomé al vestíbulo, donde me sumé a los varios rostros que salpicaban el pasillo, todos pertenecientes a mujeres. Me llegó la voz del médico del interior de una habitación no muy lejana a la mía, presumiblemente el origen del grito, que intentaba calmar a alguien. La señora Leech, supuse. La puerta del otro lado del pasillo se abrió con un silbido audible y urgente, que denotaba gran confianza. Allí estaba la señorita Cornelia Armstrong, la joven que viajaba sola.

—Esa era la habitación de la señora Marston —anunció para que todo el hotel la oyera. Apenas tenía diecinueve años, una postura impecable y una espesa cabellera negra que le caía por la espalda en una cantidad asombrosa. Tenía una forma de levantar la barbilla al hablar que desafiaba al oyente a contradecirla.

—Santo cielo —dije.

—Voy a ver qué ha pasado.

No había forma de detenerla. La señorita Armstrong marchó por el pasillo hacia la habitación de los Marston. Llevaba la bata sin apretar el cinturón y mostraba más escote de lo que probablemente pretendía. Cuando volvió, estaba pálida y la voz le tembló al hablar:

—La señora Marston ha muerto. He visto al médico taparle la cara con la sábana.

Para entonces se habían reunido más huéspedes en el pasillo, entre ellos una solterona de una delgadez extrema que se cubrió la boca con una mano enjuta y pecosa y jadeó:

—Qué horror.

—Sospecho que ha muerto de un corazón roto —anunció la señorita Armstrong a los reunidos, con los ojos apagados y un aire de experta en diagnósticos. Tenía la piel blanca y delicada y los ojos casi negros, como su pelo—. Ya saben, habían sufrido un romance desventurado, los Marston. Antes de casarse.

Quería decir que daba gracias por no tener que volver a escuchar la palabra «desventurado» nunca más en la vida. Quería decir que, de haber sido posible que un corazón roto matara, yo habría muerto hacía mucho. En cambio, cerré la puerta sin decir nada más. Dada la situación, los modales habituales no aplicaban aquí.

Chilton estaba en el piso de abajo y usaba el teléfono para llamar a Lippincott. Oyó el grito, pero amortiguado, así que no le prestó mucha atención. Tal vez una de las señoras se había topado con una araña.

—¿Mandarás a un hombre para que investigue? —preguntó a Lippincott, refiriéndose a la muerte del señor Marston.

—No nos sobran hombres, por eso estás ahí, para empezar. Probablemente no sea nada. Apuesto por un ataque al corazón.

Lo más probable era que tuviera razón. ¿Por qué alguien querría hacerle daño al anciano irlandés?

En cuanto colgó, la señora Leech bajó corriendo las escaleras, con aspecto desconcertado.

—¿Señora Leech?

Levantó la mano, demasiado llorosa para responder, y se apresuró al interior de la cocina, donde su marido supervisaba los preparativos del desayuno. Al cabo de un momento el médico bajó las escaleras, no más vestido que por la noche, con el sudor acumulado en la frente a pesar de la estación.

Chilton le dio un pañuelo. Los dos habían charlado la noche anterior, mientras compartían un cigarrillo y esperaban que el forense recogiera al pobre señor Marston, y ya habían establecido las batallas que tenían en común.

El médico se secó la frente.

—Que me parta un rayo. Se supone que estoy de vacaciones.

—¿Qué ha ocurrido ahora?

—Otra muerte. La esposa. La señora Marston. Menuda luna de miel, ¿eh?

—Diantres. En fin. Tal vez ahora disfruten de la luna de miel definitiva, juntos en el más allá. —Chilton no lo creyó ni por un momento, pero tenía el presentimiento de que a los Marston les habría gustado la idea. Tenían esa mirada, una religiosidad petulante, como si la felicidad les estuviera asegurada, en esta vida y en la siguiente. No había tenido la oportunidad de charlar con él antes de que el anciano se desplomara, pero, aunque muchos hombres mayores se habían alistado para aportar su grano de arena en la guerra, Chilton estaba seguro de que él no había sido uno de ellos.

Como la jocosidad podía resultar tranquilizadora en las circunstancias más graves, pensó en decir algo como «¿quién cree que querría matar a ese par?». Desde luego, las probabilidades de que la primera muerte fuera sospechosa aumentaban con la esposa del hombre también muerta.

—¿Alguna idea sobre la causa?

—No tiene ni una marca, al menos a simple vista, ni ninguna otra alteración. Era joven para sufrir un fallo cardíaco, aunque sin duda había recibido un *shock*.

—¿Había tomado algo? ¿Anoche?

El médico se irritó.

—Le di una simple pastilla para dormir. Perfectamente inofensiva.

—Por supuesto. Una desgracia.

—En efecto. Tal vez acorte estas vacaciones. No me parece bien. Tampoco es que esté descansando mucho, para el caso.

Chilton asintió y se marchó. Se sintió un poco culpable porque los Marston no le habían caído bien a primera vista. Por el momento se ocuparía de su tarea principal, la búsqueda de Agatha Christie. Revisaría los hoteles y vigilaría las carreteras. Cumpliría con su deber con diligencia.

Tras el desafortunado jaleo, me salté el desayuno y me abrigué con mi ropa más cálida. Cuando pasé por la recepción, la señora Leech me saludó con una alegría frenética.

—¿Va a dar un paseo? Hace un día precioso, el aire frío le sentará bien. Es terrible lo de los Marston, que él muriera de un ataque al corazón y ella de un corazón roto.

—¿El forense ya ha sacado sus conclusiones?

—Bueno, ¿qué otra cosa podría ser? Qué triste, muy triste, pero ¡podría haber ocurrido en cualquier parte! Nada que ver con nosotros.

Supuse que más de un huésped ya se habría marchado, las aguas termales perdían sus propiedades curativas tras dos muertes repentinas. Lo peor que le podía pasar al hotel de los Leech.

Al recorrer la polvorienta carretera pensé en la conversación con Ursula Owen sobre los sueños lúcidos, en Godalming, la noche de la desaparición de Agatha. En cómo la vida lúcida sería un resultado encantador. De niña había tenido esa misma capacidad; pensaba en Finbarr y de repente aparecía. Ese día en Harrogate, por primera vez desde la celebración del Armisticio, supe que había recuperado el poder. No había nada más sobrenatural en marcha. Estaba segura de que los fantasmas de los Marston se habían ido. Pero también sabía que, si caminaba en la misma dirección que Lizzie y yo habíamos tomado el día anterior, Finbarr aparecería.

En efecto, cuando doblé la esquina que había predicho, allí estaba, con las manos en los bolsillos, la respiración agitada y las mejillas sonrosadas. Esa vez no corrí hacia él, sino que caminé y seguí caminando, mientras me tendía los brazos, y fui directo a ellos.

146 NINA DE GRAMONT

—¿Estás bien? —le pregunté—. ¿Has comido? ¿Dormido?

—Sí —me dijo al oído. Su mano en mi espalda era firme, sin temblores—. ¿Y tú?

—¿Yo? —Me aparté—. Me alojo en un hotel. De lujo. Comida. Techos y chimeneas encendidas. ¿Dónde te estás quedando?

—Donde haya un techo y un fuego. No te preocupes por nosotros, Nan.

—¿Nosotros?

Alguien ha caminado sobre mi tumba. Tuve la visión más ilógica y gloriosa; Finbarr, junto a una amplia chimenea con un fuego crepitante, con nuestra hija en el regazo.

Chilton condujo por caminos llenos de baches en el coche que le había proporcionado Lippincott. Redujo la velocidad al pasar junto a una pareja joven aunque no demasiado, el hombre era bastante mayor como para haber estado en la guerra y tenía el aspecto de alguien que, en efecto, había estado allí; Chilton podía distinguirlo a simple vista desde casi cualquier distancia. A veces se sentía como si siguiera viviendo en los túneles de Arras, bajo los techos temblorosos, las raíces y los escombros que caían. La claustrofobia, el hecho de saber que, si hacías caso al instinto y te liberabas, te recibiría un ataque de fuego enemigo. Entonces acabarías muerto, acribillado por las balas de las ametralladoras. Si Chilton hubiera sabido en aquel momento cómo llegaría a anhelar ese resultado…

El joven debía de querer seguir vivo, a juzgar por la forma en que sostenía a la chica por los codos, con tal fervor que Chilton redujo la velocidad para asegurarse de que el abrazo fuera voluntario. Ambos estaban tan absortos en el rostro del otro que no parecieron darse cuenta del coche ni de la mirada del inspector. La chica era menuda y de pelo oscuro, con un rostro henchido de emoción que indicaba que tal vez no fuera británica. A lo mejor, francesa. Fuera cual fuese su nacionalidad, estaba claro que no corría peligro, al menos por parte del tipo que la sujetaba. En cuanto a sus propias emociones, eso era otro asunto.

Chilton cambió de marcha y siguió adelante, con la cara de la chica aún grabada en la mente. La había conocido. Sí, se alojaba en el Bellefort y le había mostrado la foto de Agatha Christie, que había examinado con diligencia. No era de extrañar que no la hubiera reconocido de inmediato. En aquel momento se había mostrado perfectamente contenida, una buena dama inglesa al fin y al cabo. «La señora O'Dea», le había dicho. El joven no era su marido y no era un huésped del hotel, Chilton estaba seguro de ambas cosas. Cuántas vidas secretas tenía la gente.

Los ensueños de Chilton lo llevaron a dar un giro equivocado y luego otro, por una carretera rural muy oscura. Se detuvo para sacar el mapa que la señora Leech le había dado. Al apagar el motor, vio una casa cerrada por el invierno, con las ventanas tapiadas, pero de la que salía humo de la chimenea en un remolino constante. Salió del coche. El aire olía a leña y a hojas trituradas. Al acercarse, vio un automóvil aparcado junto a la casa. Alguien había querido esconderlo, por cómo estaba metido hacia la parte de atrás, oculto de la carretera por las ramas bajas de un olmo. Las habían arrastrado allí, no habían crecido de forma natural. El coche era grande y negro. Chilton no distinguió la marca; no le gustaban mucho los coches. El umbral de la casa estaba cubierto de polvo congelado. No había huellas. Acercó la oreja a la puerta, que era de madera gruesa. Era una casa de campo modesta, pero bien construida, robusta y generosa en espacio y materiales. Un bonito tejado a dos aguas. Desde el interior, le llegó un tintineo que tardó un momento en identificar como el de las teclas de una máquina de escribir. Un sonido alegre y laborioso, clac, clac, clac. Usó la pesada aldaba de latón y casi se sintió apenado cuando el ruido cesó con brusquedad, seguido de unos pasos irritados. Retrocedió cuando la puerta se abrió de golpe. La mujer era alta, pelirroja y de ojos vivos. Su rostro se transformó en el momento en que lo vio, pasando de la expectación al desprecio y a la clase de máscara cortés que la gente emplea para protegerse de la verdad. Vestía ropa de hombre, pantalones y una gruesa rebeca sobre una camisa con cuello. Luego, apenas visibles, unas perlas.

—¿Qué desea? —dijo en un tono suave y elegante. El pelo le caía hasta los hombros en ondas sueltas. Se lo colocó con timidez detrás de las orejas y luego le tendió la mano como si lo hubieran invitado a tomar el té.

Chilton la aceptó. Estaba más guapa que en la foto que había dejado en el asiento del pasajero del coche. Más blanca y más joven, con un movimiento en el rostro, incluso cuando intentaba parecer inmóvil, que ninguna fotografía era capaz de capturar. Los ojos no eran oscuros, como parecían, sino de un azul brillante salpicado de verde. Al mismo tiempo, era sin lugar a dudas la misma mujer.

—Señora Christie. Dios bendito. La hemos estado buscando.

PARTE DOS

«Hay cosas más importantes
que encontrar al asesino».

HÉRCULES POIROT

La desaparición
DÍA UNO
Sábado, 4 de diciembre de 1926

Agatha se alejó en coche de Styles pasada la medianoche, casi sin importarle si volvería allí. La casa daba mala suerte, lo había sentido desde el primer día que había puesto un pie dentro. Archie había sido quien había querido comprarla, para estar más cerca del club de golf. Maldito golf. Maldito Archie. Estaba claro que no se podía razonar con él. Tal vez tendría mejor suerte conmigo.

Había salido antes de la casa por un rato, a las diez menos cuarto. Los informes eran correctos en ese sentido. Agatha condujo un rato para despejarse, luego dio la vuelta y volvió a entrar en la casa mientras el interior dormía. La sintió oscura, silenciosa y vacía. La mala suerte se aferraba a los techos como nubes de humo. La piel se le quedaba pequeña para contener la rabia, la pena y la ansiedad; quería arañarse para escapar de su cuerpo. Quería estallar y salpicar toda su miseria y a sí misma por las paredes. Se quitó el anillo de boda y lo lanzó con toda la fuerza que pudo contra la pared, de modo que hizo mella en la pintura y luego cayó al suelo, tras dar varias vueltas antes de quedarse quieto. Que lo barrieran con el polvo al día siguiente.

No bastaba. No lo soportaba. Si bebiera, se habría tragado una botella de algo, pero no lo hacía, así que recogió la máquina de escribir y algunas cosas para aguantar unos días. Se iría a Ashfield para aclararse las ideas. Sin embargo, una vez que cargó las cosas en el coche y se puso al volante, cambió de opinión. No iba a permitir sin más que esa ramera despreciable pusiera patas arriba su vida. No sin pelear. En lugar de escabullirse a la casa de su infancia para amargarse, iría directa a Godalming y entraría en la casa de los Owen para montar una escena de órdago. ¿Y qué si era más de medianoche? ¿Y qué si despertaba a todas las personas de la casa? No haría que Archie la quisiera, pero ¿qué importaba eso? Ya había apelado a su misericordia y había descubierto que no tenía ninguna. Tal vez su amante fuera una historia diferente.

Agatha se arrepintió del enfoque gentil que había adoptado conmigo en la acera frente a Simpson's. Entonces se imaginaba agarrándome por los hombros, quizá con un zarandeo comedido, mientras me exigía que dejara en paz a su marido. Si eso no funcionaba, se pondría de rodillas y suplicaría. Dejaría salir toda su angustia, visible y audible. *Angoisse*, habría dicho su madre, a la que le gustaba emplear el francés cuando se hablaba de emociones, en las raras ocasiones en que determinaba que había que tocar el tema. Pero Agatha no pensaba permitir ninguna traducción apaciguadora. Al imaginarlo, creyó que Nan tal vez se apiadase de ella. Era una zorra, pero no un monstruo.

Le costaba ver más allá del parabrisas, entre la oscuridad y los ojos hinchados de llorar. De lo contrario, tal vez hubiera visto antes al hombre que caminaba por el centro de la carretera y que trataba de hacerle señas mientras agitaba los largos brazos como una equis por encima de la cabeza. Sin embargo, estuvo a punto de atropellarlo y matarlo. Cuando dio un volantazo en el último momento, se dio cuenta, de nuevo en el último momento, de que, si no frenaba, saldría volando disparada al pozo de tiza.

La muerte no era algo que anhelara. Ni un poco. Es el tipo de cosa de la que te das cuenta en un accidente que está a punto de matarte. Después de todo, tenía algunos conocimientos sobre venenos, debido a su estancia en el dispensario durante la guerra y a las investigaciones para sus novelas. Si hubiera querido estar muerta, ya lo habría estado.

Alguien golpeó la ventanilla del conductor. El hombre al que había evitado matar con un volantazo se agachó y la miró con una calma desconcertante, como si todo aquello fuera normal. Quizá iba a matarla, pero Agatha bajó la ventanilla de todos modos. El pelo negro le caía sobre los ojos y su aliento se agitaba en el aire frío. Por el abrigo y el pelo negro, lo reconoció como el mismo tipo que le había regalado a Teddy el perrito de madera.

—¿Está bien? —Tenía un ronco acento irlandés y unos conmovedores ojos azules.

—Creo que sí.

—Siento haberla sobresaltado.

—¿Sobresaltarme? Querido, me ha sacado de la carretera.

Le abrió la puerta del coche para que saliera. Agatha volvió a sentir que tal vez debía tenerle miedo. El coche se tambaleó de manera precaria y vio que las ruedas delanteras colgaban sobre el foso. Volvió a sentir, con la fuerza de la tragedia evitada, lo mucho que deseaba estar viva.

—He venido a hablarle sobre Nan O'Dea —dijo el joven.

Qué descaro. Cómo el mundo se desplegaba ante ella. Era un sueño horrible. *Despierta* —se ordenó—. *Despierta, despierta*. Cerró los ojos, decidida a abrirlos y a encontrarse en la cama con su marido. Aunque el aire frío insistiera en que estaba en mitad de la carretera en plena noche, ante un extraño que quería charlar del horror más íntimo de su vida.

—Señora Christie, creo que podríamos ayudarnos mutuamente —Tenía una cara bonita. *Très sympathique*, habría dicho su madre. Un joven apuesto con un aura de amabilidad, aunque por desgracia carente de alegría. Agatha levantó las manos y se las llevó a la cara.

—Ya —dijo el irlandés. Ella retiró las manos y él le tocó la mejilla con delicadeza, justo debajo del ojo, donde había caído una lágrima—. Tendremos tiempo para las lágrimas más tarde, ¿de acuerdo? Hace frío y tenemos que irnos.

—No sé si mi coche arrancará. —Como si esa fuera la razón para no acompañarlo. Sin considerar siquiera que estaría viajando con un desconocido. Sin preocuparse de que debería haberse vuelto loca e intentar al menos dar marcha atrás y alejarse, lo más rápido posible.

—Lo dejaremos. Les dará algo de qué preocuparse, ¿no? La suerte ha querido que los dos estuviéramos despiertos al anochecer. Y me he encontrado con un vehículo que nadie parece usar.

—¿Robado?

—Abandonado, no muy lejos de aquí, en la hierba junto a la carretera. Lo he tomado prestado.

—¿Entonces piensa devolverlo? —Su voz era escéptica y afilada.

—Si puedo. —La voz de él estaba cargada de una melancolía que pellizcó el ya vulnerable corazón de Agatha.

—Qué suerte. —De repente quiso ser indulgente—. La suerte irlandesa, supongo.

Un sonido áspero, el triste eco de una risa que no llegó a serlo.

—Me temo que no he encontrado mucha verdad en la expresión.

Ah, pensó Agatha, cuando lo comprendió. Era el joven de Nan. Apenas había prestado atención a lo que la chica le había dicho sobre su pasado el día anterior en Simpson's. Entonces entrecerró los ojos, sin saber qué hacer. Otro hombre enamorado de Nan O'Dea era justo lo que le faltaba.

Aun así, salió del coche y le dio la mano. Él asintió, como si se sintiera orgulloso de que hubiera tomado la decisión correcta, y ella decidió dejarse convencer y entregarse a sus cuidados. La escena que había planeado en Godalming no serviría de nada, pero tal vez ese tipo, sí.

—Reúna lo que necesite —dijo—. Traeré el otro coche.

Bastante aturdida como para olvidarse de su apresurada maleta, Agatha trasladó las necesidades más inmediatas, el neceser y la máquina de escribir, a un espacioso Bentley. Antes de subir, se detuvo un momento y miró con nostalgia su propio coche. Debes comprender cuánto adoraba ese coche, lo orgullosa que se sentía de habérselo comprado ella misma, con el dinero que había ganado con sus libros. Quizás, en ese mismo instante, alguien estuviera sentado frente al fuego, sin poder dormir, pasando las páginas de su última novela, *El asesinato de Roger Ackroyd*. Eso era lo que representaba aquel maravilloso cochecito que se tambaleaba entonces al borde de la destrucción, al igual que su vida.

Pues muy bien. Lo dejaría atrás por otro.

El irlandés conducía. A Agatha siempre le había parecido bien que, cuando un hombre y una mujer iban juntos en un coche, fuera el hombre quien condujera. La carretera se extendía ante ellos, vacía y desolada, mientras las estrellas brillaban, con la luna en cuarto creciente. Un leve viento se colaba por las ventanillas y les agitaba la piel. Ese coche no estaba tan bien cuidado como el suyo.

Muy pocas veces había estado despierta y en la oscuridad. El hombre que iba a su lado y conducía era una presencia totalmente diferente a la de su marido. Justo en ese momento, solo medio consciente y sin creerse del todo la ruina en la que se había convertido su vida, Agatha se dio cuenta de que su piel volvía a encajar. Se encontró pensando, o, más bien, sintiendo:

Qué aventura.

Aquí yace la hermana Mary

Años después de la estancia en el convento y años después de la estancia en el hotel Bellefort, tuve otro bebé, una niña a la que llamé como a la tía Rosie. Me hubiera gustado tener más hijos, pero para Archie, un bebé de cada una de sus esposas era suficiente. Nunca quiso que robara la atención que le correspondía a él. Comprometida con ser la esposa que él quería, me resultaba bastante fácil pasar los días prodigando amor a mi hija, y las tardes, a mi marido. A diferencia de Agatha, nunca me hice escritora. Para mí, esa posibilidad se esfumó.

No pasaba nada. Me encantaba ser madre y quería a mi pequeña Rosie. Pero ni cien mil bebés compensarían jamás la pérdida de la primera.

Corrompernos. Eso es lo que las monjas nos decían que habíamos hecho. Estábamos corrompidas.

El señor Mahoney llamó al convento «una obra de caridad». *Las hermanas cuidarán de ti.* Sin embargo, yo lo sentía muy similar al asilo que había tenido la suerte de evitar. Más tarde, conocí la historia. En algún momento entre 1900 y 1906, Pelletstown, la primera institución especial para madres solteras, había sido fundada en el condado de Dublín. Poco después, el convento de Sunday's Corner hizo lo mismo. A cambio de lo que llamaban «un refugio seguro», trabajaríamos sin sueldo hasta que nacieran nuestros bebés.

Después nos quedaríamos otros dos o tres años trabajando y nuestros hijos permanecerían en el convento, primero en la guardería y después al otro lado del alto muro de cemento, hasta que fueran adoptados, acogidos o trasladados a un orfanato. Íbamos al hospital del condado en la ciudad de Cork para dar a luz dos semanas antes de salir de cuentas, pero esa primavera una chica rompió aguas mientras cortaba el césped, cuando estaba blandiendo una pesada guadaña. Dio a luz en un colchón junto a la lavandería, sin médico ni enfermera, solo con la asistencia de las otras chicas. Después, las monjas los llevaron a ella y al bebé al hospital en su camioneta. Diez días más tarde, estaba de vuelta en el césped delantero, arrancando margaritas y malas hierbas, y empuñando la guadaña cuando era necesario.

Algunas chicas trabajaban en la granja del convento bajo la estrecha vigilancia de las monjas, cuidaban patos, ordeñaban vacas y cultivaban patatas. En cambio a mí me mantuvieron dentro de las puertas. Tal vez las monjas hayan notado en mis ojos la posibilidad de escapar. Cuidaba del cementerio, lavaba la ropa y fregaba el suelo con las manos y de rodillas. Por las noches, caía en la cama agotada hasta la médula. De estar haciendo crecer a un bebé dentro de mí. De preocupación. De estar lejos de casa. De levantarme todos los días a las cinco para rezar y asistir a misa, y luego trabajar hasta las seis y media de la tarde. Y quizá, lo más agotador de todo, de amar a Finbarr. De esperar a que se mejorase, recuperase la conciencia y viniera a buscarme. Entre las chicas persistía el rumor de que, hacía unos años, el pretendiente de una de ellas había aparecido y pagado a la madre superiora por su liberación. El padre Joseph había casado a la pareja en la iglesia parroquial. No todas las chicas estaban embarazadas de chicos a los que amaban, pero las que lo estaban, incluida yo, contábamos con esa fantasía como nuestra única esperanza. Me negaba a considerar la muerte de Finbarr como una posibilidad. No se nos permitía enviar ni recibir cartas, pero estaba segura de que sus padres le dirían dónde estaba y vendría a buscarme. No empecé a desear que viniera a buscarnos a las dos hasta el primer día en que mi bebé dio una patada.

Bess, Fiona, Susanna y yo trabajábamos en la lavandería del sótano, sobre calderos hirvientes y jabonosos. El suelo era de baldosas, un patrón de grandes cuadrados grises y otros más pequeños azules y rosas, una cruel conmemoración de los bebés que la mayoría no podríamos conservar. El calor de los fuegos mantenía mi frente resbaladiza de sudor mientras removía sábanas y paños con un largo palo de madera. De repente, mi hija se movió dentro de mi cuerpo, de forma inconfundible, clara y elegante. Me quedé helada con el repentino amor que me invadió. Los niños se han movido en el vientre materno desde los albores de los tiempos, pero nunca ninguno se había movido de esa manera. Una voltereta, unos deditos de los pies que me rozaron las entrañas y me provocaron un burbujeo por el cuerpo. Me quedé quieta, sobresaltada, y me llevé la mano al vientre.

Bess dejó de remover y sonrió.

—Es como magia, ¿eh?

Se suponía que no teníamos que hacernos amigas, ni hablar entre nosotras, ni siquiera saber el nombre de la otra. Pero por supuesto que lo hicimos. Junta a un grupo de chicas y de ahí saldrán amigas, tan cierto como que la noche sigue al día. Insistí en que Bess y Fiona memorizaran la dirección de mi familia en Londres, para que pudiéramos escribirnos si alguna vez aquello terminaba.

—¿Ha sido de verdad? —pregunté a Bess, y me froté con la mano el lugar donde había sentido el movimiento.

—Pues claro que sí. —Bess estaba más adelantada que yo, pero era tan delgada que apenas se le notaba el embarazo bajo el delantal y el vestido sin forma—. ¿Creías que te habías metido en todo este lío por un espejismo?

Me reí. El sonido me sobresaltó; hacía mucho tiempo que no escuchaba un sonido así de mí misma ni de alguien de mi entorno.

—¿Os queréis callar? —se quejó Susanna. Odiaba romper las reglas. Era la mayor de las chicas del convento, de unos treinta años. Esta era su segunda estancia. La última vez, a su bebé lo habían adoptado a los seis meses y ella se había quedado un año más antes de que la mandasen a trabajar como criada para una familia local, solo para regresar, embarazada de nuevo, cinco años después.

La hermana Mary Clare, la monja más joven y amable, vino a echarnos un ojo. Era lo bastante indulgente como para no reprendernos por hablar. La habitación se llenó con su tarareo, una inquietante melodía gaélica que arrastraba como una niebla allá donde iba. A diferencia de otras monjas, no llevaba una vara en el hábito. También, a diferencia de las otras, no era irlandesa sino inglesa. El sonido de su voz me reconfortaba. Uno de los primeros días en el convento, le pregunté cómo había llegado a Irlanda.

—Mi padre era irlandés. Cuando era niña, me envió aquí a trabajar para unos parientes.

El corazón me dio un vuelco por el reconocimiento.

La monja continuó, con voz triste y soñadora:

—No salió como esperaba. —Fue la única vez que vi que no se mostrara alegre.

Desde aquel día, empecé a verla menos como a una monja y más como a una de las chicas. Estaba segura de que la hermana Mary Clare había llegado al convento en una situación difícil. Cuando entró en la lavandería no me apresuré a volver al trabajo, sino que me quedé como estaba, con las manos fuera del fregadero y los dedos extendidos sobre el vientre.

—¿Se ha movido el bebé? —Se acercó, me rodeó los hombros con un brazo y me puso una mano en la barriga.

—Sí.

—Bien hecho, mamá. —Sacó su pañuelo y me limpió la frente. Solo tenía unos diez años más que yo, con un rostro claro y sin arrugas, feúcho, pero que se iluminaba al sonreír. Ninguna de las otras monjas nos llamaba «mamás». Solo nos llamaban «chicas».

Regresé al trabajo. El bebé volvió a moverse y, de repente, ya no estaba sola, como había pensado. Había alguien más conmigo, un miembro de mi familia, la persona más cercana a mí que jamás habría en el mundo. Bess volvió la vista a la tarea de lavar, pero noté la sonrisita en las comisuras de sus labios. Las dos nos acompañábamos en el amor que sentíamos por nuestros bebés.

Otra monja, la hermana Mary Declan, asomó la cabeza en la habitación.

—El padre Joseph pregunta por ti, Bess. —A diferencia de su colega más joven, llevaba una vara enganchada al hábito y rara vez dudaba en usarla, sin importar lo joven que fuera o lo embarazada que estuviera la chica. Bajamos las miradas. La sonrisa de Bess desapareció, pero se limpió las manos en el delantal y siguió a la monja con diligencia. La hermana Mary Clare las acompañó.

—Pobrecilla —dijo Fiona cuando vio salir a Bess—. Aunque supongo que el padre sabe lo que es mejor para nosotras, ¿no es así?

No super discernir si Fiona sabía por qué el padre Joseph había convocado a Bess. Fiona se había criado en un orfanato y a los trece años la habían mandado a trabajar para unos parientes lejanos. Unos meses después, su párroco la había llevado allí. Nunca la oí mencionar al chico responsable. El convento rebosaba de chicas que habían dado la bienvenida a los jóvenes que volvían de la guerra. Para entonces, esos mismos hombres estaban muertos por la gripe, o luchando en la Guerra de la Independencia de Irlanda, o simplemente habían seguido con sus vidas, sin mirar atrás.

Por supuesto, suponía que algunas, como Susanna y Fiona, no habían sufrido una decepción a causa de los chicos a los que amaban, sino que se habían visto sometidas a algo mucho peor. El hijo de Fiona tenía un año. Acababan de trasladarlo de la guardería al otro lado del muro. Se consolaba con la gran marca de nacimiento en forma de frambuesa que tenía en la frente y que, según ella, impediría que lo adoptaran. Nunca parecía capaz de pensar más allá de su tiempo allí, en lo que vendría después.

Fiona no cuestionaba a las monjas ni al cura. «Saben lo que es mejor» —murmuraba siempre para sí—. Saben qué nos conviene».

—Bess estará bien —canturreó entonces, mientras removía el caldero como una bruja joven, inofensiva y esperanzada—. Su galán vendrá a buscarla y se casarán. Lo sé, Nan. —Aunque no discutí ni le pregunté cómo lo sabía, añadió con insistencia—: Estoy convencida.

La alegría causada por el movimiento del bebé se desvaneció. Fiona era pelirroja y tenía pecas; su piel blanca estaba sonrojada y sudada por el vapor.

—El enamorado de Bess es estadounidense —le dijo a Susanna—. Lo conoció cuando atendía a los soldados heridos en un hospital de campaña.

—Su madre nunca debió permitir que se acercara a los soldados —dijo Susanna entre dientes apretados—. Y me gustaría que las dos dejarais de hablar.

—Creo que su hombre vendrá —dijo Fiona, ignorando la petición de silencio—. Rezo por ello. Por lo que dice, parece un buen muchacho. —Soltó el palo—. Descansemos un momento para rezar por Bess. Las hermanas no se enfadarán si nos ven, ¿verdad? ¿Por una pequeña pausa para rezar? ¿Por Bess, por su hijo y por su felicidad eterna?

—Las hermanas se enfadan por lo que les place —dijo Susanna, sin moverse de su puesto—. Si no lo sabes a estas alturas, nunca lo entenderás.

Susanna tenía razón, pero aun así Fiona y yo juntamos las manos y las frentes. Más que rezar, me preocupé. Porque el padre Joseph desviara su atención de Bess hacia mí. Intentaba fingir que no sabía lo que pasaba cuando la llamaba, pero ese día, al pensar en su bebé, que se movía dentro de ella al igual que el mío, me fue imposible ignorar el horror. Me preocupaba que Finbarr hubiera muerto, lo cual sabía que era lo único que le impediría venir a buscarme.

El mágico Finbarr. Si alguien iba a sacarme de allí, sería él. Cerré los ojos, me apoyé en Fiona y me lo imaginé con la pelota de tenis en la mano.

Pide un deseo.

Que los dos, no, los tres, salgamos de este lugar sanos, salvos y juntos.

Concedido.

La hermana Mary Frances entró de repente y golpeó a Fiona en la espalda con su bastón.

—Dejad eso —dijo la vieja monja, como si la oración fuera algo que ya no nos pertenecía, salvo a su discreción—. Solo el trabajo duro expiará vuestros pecados.

Fiona se enderezó y sonrió en lugar de hacer una mueca de dolor.

—Tiene razón, hermana. —La voz de Fiona sonaba dulce y pura—. Sé que tiene razón.

Volví al caldero. Fiona subió un carro con sábanas empapadas a la azotea para que se secaran. A esa hora del día, tal vez viera a su hijo pequeño en el patio. Se preocupaba porque aún no caminaba.

—¿No debería caminar ya? —me preguntó cuando volvió.

Traté de pensar en Bess, libre del padre Joseph, como si las oraciones hubieran servido de algo. Como si dentro de mí, por mucha simpatía y cariño que sintiera, pudiera albergar la capacidad de rezar por alguien que no fuéramos mi bebé y yo misma.

La desaparición
DÍA CUATRO
Martes, 7 de diciembre de 1926

Agatha retiró la mano de la de Chilton en el momento en que dijo su nombre. Qué tonta había sido al abrir la puerta. Finbarr le había dicho que tratara de pasar inadvertida. No le había dicho que no abriera la puerta porque no se le hubiera ocurrido que alguien fuera a llamar, o que ella fuera tan tonta como para responder si alguien lo hacía. Pero eso era lo que había hecho, llevada por el instinto, obediente como siempre. Si alguien llama a la puerta, en ausencia de su mayordomo, una dama educada está obligada a responder. *Qué poder tienen las costumbres sobre nosotros,* pensó Agatha y tensó la columna, como si eso fuera a deshacer el lío en el que la habían metido los buenos modales.

—Me temo que se equivoca. No conozco a nadie con ese nombre.

—Tengo una fotografía suya. Está en el coche. ¿Se la enseño?

—Una fotografía. —Agitó la mano delante de la cara como si disipara humo—. Una cara en una fotografía se parece mucho a otra, ¿no cree?

¿De verdad habían enviado a la policía hasta Yorkshire para buscarla? Qué alboroto más innecesario. Sintió un terrible revuelo en el estómago. Si la buscaban allí, donde nadie tenía motivos para imaginar que iría, ¿dónde más la buscarían? ¿Quién más sabría que se había marchado y por qué? Odiaba pensar en que sus nuevos e incondicionales benefactores, su agente y su editor, se enteraran de todo aquel lío humillante.

—Señora Christie —dijo el hombre, con tacto—. Soy el inspector Frank Chilton. Represento al departamento de policía de Leeds. Me han encomendado buscarla, aunque debo reconocer que nunca pensé que la encontraría.

Tenía un rostro y unos modales agradables. Delicados y amables. Agatha se dio cuenta de inmediato de que sería fácil despacharlo.

—Espero que me disculpe, inspector Chilton, pero creo que no me ha escuchado. Mi nombre no es Agatha Christie.

Chilton miró tras ella, hacia donde se había instalado en la larga mesa de la granja, con sus cuadernos apilados y su máquina de escribir. Cerró la puerta hasta pegársela al cuerpo para impedirle ver.

—¿Cómo se llama, entonces? —Mantuvo un tono amable, pero lo bastante firme como para recordarle que era un inspector de policía.

—Diría que eso no es de su incumbencia. Mi marido llegará en breve. Ah. Ahí está.

Sintió que sonreía cuando Finbarr se acercó a la entrada, con las manos en los bolsillos y color en las mejillas. Una reacción involuntaria. Se habían separado muy poco en los últimos cuatro días. Se encontró a sí misma deseando que Chilton creyera que estaba casada con alguien tan joven y apuesto.

—¿Qué ocurre aquí? —dijo Finbarr cuando llegó a la puerta. La bolsa de arpillera que llevaba al hombro abultaba con lo que estaba segura de que eran manzanas. Esa misma mañana le había dicho lo mucho que le gustaban las manzanas, y allí estaban. Orange Pippin, supuso, por la época del año. Se moría por morder la fruta crujiente.

—Querido. —No era la primera vez que lo llamaba así. Tenía pesadillas. Cuando la despertaban sus gritos, acudía a su lado y lo calmaba. «Ya, querido, ya pasó. Estás a salvo», le decía. Finbarr se sobresaltó un poco al oírla utilizar el apelativo a la luz del día y delante de un extraño.

—Este es el inspector Chilton. Parece que me ha confundido con una dama que ha desaparecido. ¿Cómo dijo que se llamaba? ¿La pobre mujer perdida?

—Agatha Christie.

—Cielos. Pobrecilla. Espero que esté bien. Le deseo suerte para encontrarla. —Tal vez los buenos modales la hubieran obligado a abrir la puerta, pero también hacían que le fuera muy sencillo despachar a los extraños curiosos. Solo había que seguir el guion.

—Eso es todo, entonces —dijo Finbarr con una brusca inclinación de cabeza hacia el inspector. Se deslizó junto al hombre y asintió a Agatha de una manera educada y deferente que ningún hombre en la Tierra dedicaría a su esposa. Empezó a cerrar la puerta, pero Chilton levantó la mano y la detuvo.

Finbarr le pasó un brazo por los hombros a Agatha. Ella volvió a sonreír. En pocos días, habían descubierto una sorprendente cantidad de cosas en común. Su amor por los perros, por ejemplo. «Los prefiero a las personas, ¿tú, no?». Él se había mostrado de acuerdo, antes de añadir: «a la mayoría, en todo caso». La noche anterior, tras despertarlo de uno de sus terribles sueños, pensó en besarlo para darle consuelo. Nan se lo tendría bien merecido, ¿verdad?

Al mirar a Chilton, se sorprendió al descubrir que también se le había ocurrido besarlo. A pesar de la amenaza que representaba para su escondite, tenía un carácter muy amable. Le recordaba a Tommy, el prometido al que había abandonado por Archie. Se negó a sonrojarse. Tal vez eso fuera lo que hacían las mujeres cuando sus maridos las abandonaban. Tal vez pensaran en besar a otros hombres. Se preguntó cómo encajaba ese impulso con las garantías que le había dado a Finbarr de que tenían la misma misión, convencer a Nan de que dejase en paz a Archie. Una parte de Agatha creía que nada mitigaría el dolor de que su marido estuviera con otra mujer con más eficacia que estar con otro hombre.

—Le pido perdón —dijo Chilton—, pero, considerando el parecido, me temo que tengo que insistir en que me diga su nombre.

—Se llama Nan Mahoney.

Qué molesto y predecible que Finbarr diera ese nombre. La sonrisa de Agatha desapareció.

—Así que si voy al registro municipal, encontraré que esta casa pertenece a los Mahoney —dijo el inspector.

—Claro que sí —dijo Agatha, al mismo tiempo que Finbarr decía:

—La tenemos alquilada.

Se miraron. Pillados. Pero ¿qué importaba? No había cometido ningún delito, aparte de ocupar la casa de otra persona, lo cual no le parecía tan grave.

—Escuche, señora Christie. Sé que es usted. Le concederé otro día para que se lo piense y se prepare. Volveré por la mañana y decidiremos juntos lo que le gustaría decirle a su marido. Está muy preocupado.

Agatha se rio, con tanta dureza que le preocupó haber borrado cualquier duda que el hombre aún pudiera tener sobre su identidad.

—Buenos días, inspector —dijo Finbarr y cerró la puerta. Antes de quitarle el brazo de los hombros le dio un pequeño apretón de consuelo. Su protector—. No te preocupes —le dijo.

Chilton regresó al coche con la cabeza en blanco mientras trataba de comprender lo que acababa de presenciar. Si toda Inglaterra fuera un pajar, con cientos de policías que peinaban la paja, qué extraordinario que fuera él quien hubiera encontrado la aguja. Recogió la foto y la estudió de nuevo. Era ella, la misma mujer, estaba seguro. Estaba viva y no iba a aparecer en el fondo de ningún lago. Qué felicidad, a pesar de la miríada de preguntas que su descubrimiento levantaba, la principal de ellas la identidad del joven irlandés, a quien, hasta el momento, Chilton ya había visto con las manos en dos mujeres improbables, pero nada molestas por ello.

¿Qué debería haber hecho? ¿Llevársela a punta de pistola hasta el coche? ¿Debía ir a Leeds e informarle de inmediato a su amigo Sam Lippincott que la había hallado?

No. Mejor mantener su promesa. Le daría otro día para que se recompusiera. Un día más a sí mismo para volver al hotel Bellefort y bañarse en las aguas termales. Para comer budín de Yorkshire y dormir en la cama que era el doble de ancha y suave que cualquiera que hubiera tenido. Si la señora Christie hubiera estado en peligro, eso sería una cosa, pero parecía que solo estaba en un escabroso nido de amor con un apuesto irlandés.

No. No expondría a Agatha Christie ese día. No estaba seguro de por qué había llegado a esa decisión. Tal vez cambiaría de opinión al día siguiente. Pero no ese día.

La desaparición

DÍA CINCO

Miércoles, 8 de diciembre de 1926

El matrimonio tiene un poder poco reconocido en el imaginario popular. Nunca lo entendí del todo hasta que me casé. Tanto si el matrimonio comienza por obligación o por conveniencia, como si empieza con palabras secretas y susurradas y una pasión irresistible. Incluso cuando se inicia con resentimiento y se convierte en nada con el paso de los años, se forma un vínculo difícil de romper. Con su esposa desaparecida, Archie se doblegó bajo la tensión de un yugo del que creía haber escapado. Durante los últimos dos años, desde mi llegada, solo había pensado en su esposa como «Agatha». Entonces, con ella desaparecida y tal vez en peligro, empezó a pensar en ella, con bastante fervor, como «mi esposa».

El subcomisario Thompson se mantuvo impasible ante las demostraciones de angustia del coronel Christie.

—Sabemos lo de la chica —había anunciado el día anterior, al llegar a Styles a primera hora de la mañana.

Seguramente Archie había tenido la tentación de decir «¿qué chica?», pero era bastante inteligente como para comprender cuándo lo habían pillado.

—Sé lo que parece —había reconocido, tras adoptar de forma errónea un tono de autoridad más que de contrición—. Pero quiero a mi esposa y nunca le haría daño.

Archie sabía que no le había causado ningún daño físico a Agatha, pero la mirada furiosa del policía hizo que se sintiera como si lo hubiera hecho. Al recordar el dolor emocional al que su esposa se había visto sometida, se sintió al mismo tiempo indignado por su inocencia y abyecto por la culpa.

—Ya veremos —había dicho Thompson mientras miraba a Archie con una rabia apenas contenida. Si Agatha Christie aparecía muerta sería una tragedia, y el único placer resultante sería enviar a su marido a la cárcel. Thompson ordenó que se intensificara la búsqueda.

En ese momento Archie estaba ante su mesa, con la copia de la historia que Agatha había escrito, mecanografiada salvo por el título, *The Edge,* que estaba escrito en la parte superior con una letra de loca, como si la pluma hubiera estado a punto de perforar el papel. La leyó de nuevo. El marido salía bien parado. La mujer desterraba a su rival y la tiraba por un acantilado hacia la muerte. Archie pensó en su esposa con un cierto respeto temeroso. *No la conozco* —se dijo—. *No la conozco en absoluto.*

Aunque estuvieran buscando a Agatha por todos los rincones de Inglaterra, los mayores esfuerzos se concentraban en Berkshire y en Surrey. El miércoles, los condados estaban a rebosar de perros de rastreo y policías. Incluso había aviones; era la primera vez que se usaban para buscar a una persona desaparecida. El personal de Coworth House, la mayor finca de Sunningdale, se tomó un día libre para aportar sus conocimientos acerca de la región, que por supuesto eran muy superiores a los de cualquier cuerpo policial. Con un silencio profesional, no repitieron ninguno de los chismes que les había transmitido el escaso personal de Styles, sin saber que Anna ya se había ocupado del asunto, justo lo que se esperaría de una criada de segunda categoría. Todos estaban seguros de que la señora Christie era ya un cadáver y les molestaba mucho la idea de que otra persona lo descubriera.

Qué decepción cuando los dos primeros lacayos encontraron a la pobre señorita Annabel Oliver congelada en un arroyo poco profundo y enredada en una maraña de zarzas. Soltaron un gran grito al verla, seguido de una honda decepción. Era demasiado vieja y demasiado menuda para ser Agatha Christie. Su cuerpo habría sido valioso. Ese cuerpo, que pertenecía a una mujer que nadie había denunciado como desaparecida, no lo era.

Archie caminaba por la carretera con Peter atado a la correa. Oía los aviones en lo alto, los rotores que cortaban el aire. Los sabuesos aullaban en la distancia, un sonido que se había vuelto omnipresente desde la desaparición de su esposa.

Si Agatha lo había hecho todo para volverlo loco, se quitaba el sombrero. Peter tiró con rebeldía de la correa y Archie lo atrajo de vuelta a su lado. El perro nunca le había gustado. Pero el subcomisario Thompson le había pedido que llevase al animal al lugar donde había aparecido el Morris Cowley. Podría haber conducido, pero esperaba que el aire (el viento, en realidad, lo bastante frío como para agrietarle la piel a un hombre) le ayudase a aliviar la inquietud que se le arremolinaba en el pecho. *¿Qué he hecho? ¿Qué he hecho?* Volar su vida en pedazos, eso había hecho. Provocar aquella masa arremolinada, aquella tarea espantosa e incesante a su alrededor. La búsqueda era como si la angustia de Agatha hubiera cobrado vida. Y él había provocado todo aquello, por una chica que jugaba bien al golf. Los periódicos difundían la noticia de la desaparición de Agatha por todos los continentes. La policía conocía su aventura, aunque no habían conseguido localizar a Nan para interrogarla. Él se sentía agradecido conmigo por estar pasando inadvertida, como había prometido. Sin embargo, ¿cuánto faltaba para que todo lo demás saliera a la luz? ¿Todo lo que había hecho? Cuando Agatha viera que la historia de Archie y Nan se hacía pública, ¿cambiaría de opinión respecto a quererlo de vuelta? ¿Cuando todo el mundo lo supiera? ¿Había arruinado su matrimonio, su vida entera, por lo que había empezado a considerar nada más que una locura, un devaneo sin sentido?

La policía esperaba junto al coche de su mujer, todavía en Newlands Corner, donde lo habían alejado del pozo. Los agentes miraban a Archie con severidad, y muchos estaban seguros de que había cometido algún delito. Como si eso fuera posible. Como si tuviera lo que hay que tener. ¿No se daban cuenta de lo desesperado que estaba por encontrar a su esposa?

—Vamos, Peter —dijo. El perro volvió a tirar de la correa, en dirección a la casa. Agatha lo había mimado; le permitía subirse a los muebles, le daba de comer de su plato y lo paseaba sin atarlo. Frustrado, Archie se agachó para levantarlo. Peter se retorció en sus brazos y gimoteó. Dos de los policías más jóvenes intercambiaron miradas. ¿Divertidos o disgustados? El gallardo coronel no podía controlar a aquel perrito más que a su mujer.

—Venga, Peter. —Colocó al perro junto al coche, pero el animal no olfateó, sino que se limitó a dar vueltas en círculos caprichosos.

—En fin —dijo el más desaprobador de los dos agentes—. Supongo que ya es suficiente.

—Supongo que sí —dijo Archie. Soltó la correa de Peter y el perro salió corriendo disparado por el camino hacia la casa.

—Espere ahí —dijo una voz cuando Archie se dispuso a seguir al perro. Era Thompson, con un aspecto aún más severo que el habitual. A veces, Archie estaba seguro de que el hombre estaba a punto de estrangularlo.

Abrió la boca para hablar, pero no le salió la voz. En su lugar, las abominables palabras de Thompson acallaron lo que Archie había querido decir.

—Me temo que ha ocurrido algo. Durante la búsqueda ha aparecido un cuerpo.

Un cuerpo. ¿Agatha? Seguro que no. Para su horror, a Archie se le doblaron las rodillas. Su propio cuerpo, que siempre había sido un servidor fiel, lo traicionaba de forma humillante. Tuvo que estirar la mano y agarrarse al cuello de la camisa de Thompson para no derrumbarse.

El subcomisario se dobló también por las rodillas e hizo palanca con su peso para mantener al coronel en pie. Mostraba una expresión indecisa y consternada. ¿Era dolor lo que presenciaba, o culpa?

Mi esposa —pensó Archie—. *Un cuerpo*. No era posible. No podría soportarlo. El mundo se reorganizó en un lugar inhóspito e implacable. Si hubiera sido un hombre diferente, habría soltado al policía y se habría tirado a la carretera a llorar.

Aquella misma mañana, en Yorkshire, Chilton abrió la puerta de su habitación y se topó con la estadounidense Lizzie Clarke, que recorría el pasillo vestida para viajar. Cerró la puerta antes de que la mujer se diera cuenta de su presencia y la vio llamar a otra con delicadeza, con cuidado de despertar solo a su ocupante y a nadie de las habitaciones vecinas. Una vez que la puerta se abrió y luego se cerró, y la señora Clarke desapareció en el interior, Chilton se quitó los zapatos y caminó por el pasillo para escuchar.

—Donny ha recibido un telegrama —dijo la voz estadounidense—. Tenemos que acortar el viaje. Volvemos a Estados Unidos.

A los oídos de Chilton, la voz que respondió, femenina y británica, sonaba como si supiera que alguien la estaba escuchando. Un poco demasiado alta y no del todo genuina.

—Espero que todo esté bien.

—Sí. Todo está perfecto. Perfecto.

Chilton se imaginó a las dos mujeres, sentadas juntas en la cama deshecha, con las manos entrelazadas. Incluso con la nota de falsedad en el tono de la segunda mujer, percibió cierta intimidad. Volvió a su habitación y se sentó en el banco a los pies de la cama para atarse los zapatos, que notó que se le estaban deshilachando por las costuras. Tendría que decírselo a Lippincott esa mañana. *He encontrado a Agatha Christie* —diría—. *Fresca como una rosa. Sin angustias. Lo único que quiere es privacidad.*

Tal vez Lippincott y él pudieran mostrarse indulgentes y urdir un plan que le conviniera a la autora. Podrían decírselo al marido y a nadie más, suspender la búsqueda y dejar que reapareciera cuando estuviera lista.

Sin embargo, aunque se pudiera convencer a la ley de que dejase el asunto, la prensa no lo haría. Los periódicos de todo el mundo se estaban llenando de oro con la historia. La señora Christie había tenido suerte de que alguien de la policía la hubiera encontrado y no un periodista. Parecía haber elegido el único lugar en Inglaterra donde nadie esperaba que estuviera.

Y aun así la habían descubierto. Así era el mundo. Nunca permitía que alguien se escondiera por mucho tiempo. Terminó de vestirse y bajó a desayunar. Los Clarke estaban en la recepción, arreglando cuentas con la señora Leech.

—¿Cómo están? —dijo a los tres. Sacó un cigarrillo y se lo llevó a los labios, pero no lo encendió. La señora Clarke se mostró incómoda durante un escaso segundo y luego se recompuso, impenetrable.

—Buenos días —dijo, con un marcado acento estadounidense. El marido no dijo nada, solo le entregó los billetes a la señora Leech.

—Gracias, señor Clarke —dijo la mujer—. Es muy considerado por haber pagado toda la estancia. —Más de un huésped había huido tras las dos muertes y no todos habían sido igual de generosos—. Les deseo lo mejor en su viaje.

El señor Clarke se volvió hacia Chilton, sacó una cerilla del bolsillo y le encendió el cigarrillo.

—La verdad es que lo estoy deseando —dijo su mujer—. Me apetece volver a subirme a un barco. Las aguas termales están sobrevaloradas. Sin ánimo de ofender. —Miró a la señora Leech con un gesto de disculpa—. Es que me gusta el agua fría. Prefiero mil veces el mar abierto antes que una cueva caliente llena de vapor.

El joven marido volvió a guardarse las cerillas en el bolsillo interior y colocó una mano entre los omóplatos de su mujer para llevarla hacia la puerta principal, como si su salida fuera un baile.

—Buen viaje —dijo Chilton en voz baja al verlos partir. El botones empujó un carrito con su modesto equipaje. Luego se volvió hacia la señora Leech—: Qué curioso que hayan venido hasta aquí para quedarse solo unos días. Lo esperable sería que al menos fueran a ver el continente.

Ella le preguntó si necesitaba el teléfono. De hecho, no solo era una necesidad, sino una obligación. Pero terminó por decirle que no.

—Ahora, no. Pero quisiera hacerle una pregunta. ¿Hay muchas casas abandonadas en Harrogate?

—Abandonadas, desde luego que no. Desocupadas, sí, hay unas cuantas. Casas de campo de gente de la ciudad que viene tan poco que me pregunto por qué no se queda en un hotel. A mí nunca me ha interesado la ciudad, señor Chilton.

—A mí tampoco. —Se tiró del dobladillo de la chaqueta de tweed, que le quedaba flojo, como si hubiera perdido aún más peso. *Comer es importante* —se recordó—. *Trabajar es importante. Seguir en movimiento.*

Se dirigió al comedor, casi vacío. Entre los pocos comensales, había una mujer joven sentada sola que miraba por la ventana, mientras una taza de té se enfriaba en la mesa frente a ella. Chilton fue directo a su mesa.

—¿Me permite? —Acercó una silla para sentarse.

No tuve más remedio que responder:

—Sí.

El inspector Chilton me sacaba una ventaja del tipo que suele disfrutar un agente de policía. No sabía cuál era mi relación con Agatha Christie, pero sabía que había una. Yo no tenía idea de que poseyera tal información. Todavía estaba bastante aturdida por lo que Finbarr me había revelado, que «nosotros» se refería a Agatha y a él, que estaba escondida con él allí en Harrogate. ¿Cuánto más habría titubeado si hubiera sabido que Chilton compartía ese conocimiento? En la situación tal y como la conocía, el inspector apenas me preocupaba.

Lo que sí me preocupaba era Finbarr y el efecto que su reaparición tendría en mi futuro. ¿Cómo iba a volver a los brazos de Archie después de haber estado en los de Finbarr? *Hay que respetar la psicología.* Mi propia psicología había tenido que superar todo tipo de emociones encontradas para llevar a cabo mi plan y convertirme en la esposa de Archie. La aparición de Finbarr amenazaba con echarlo todo por tierra.

Tres años atrás, cuando me fijé en Archie, supe que nunca me serviría de nada acercarme a él. En cambio, me coloqué en su campo de visión. Descubrí lo que le gustaba y me convertí en ello. Apartar la mirada en lugar de permitir que nuestros ojos se cruzaran. El *swing* de golf perfecto, una sonrisa tímida. Como si siguiera una receta que da como resultado un hermoso pastel, cada paso salió tal como estaba previsto.

Chilton no parecía el tipo de hombre que requeriría esa clase de juegos. Era accesible. Humilde, pero no de manera pobre. En un sentido agradable. Sonrió casi con timidez mientras desplegaba la servilleta. Todo en él parecía desgastado, su ropa, su cara y su pelo, que necesitaba un peine con urgencia. Tomó té en lugar de café.

—Temblores —explicó y extendió la única mano buena, algo trémula—. Desde la guerra.

—Lo siento.

Finbarr no tenía temblores. Cada hombre cargaba con la guerra de forma diferente. Me gustó que Chilton expusiera su debilidad en lugar de intentar ocultarla.

—Veo que su amiga se ha ido —dijo.

—¿Mi amiga?

—La mujer estadounidense, la señora Clarke.

—Sí, me dijo que se iba. Pero no somos muy amigas. La conocí el otro día.

—¿De verdad?

—Sí. Nunca he estado en Estados Unidos.

—¿Y era su primer viaje a Inglaterra?

—No creo que llegáramos a discutirlo.

Chilton me miró de una manera que me resultó inquietante. Era un examen completo y descarado. No era una mirada de soslayo en lo más mínimo, sino que buscaba y luego evaluaba lo que encontraba. No me gustaban sus preguntas sobre Lizzie Clarke, pero al mismo tiempo me resultaba entrañable, y ante su mirada no pude evitar ofrecerle una pequeña sonrisa, como si tuviera que reconfortarlo.

La camarera se acercó a nuestra mesa, pero él le hizo un gesto para que se fuera.

—¿Cómo sabe que no quiero pedir algo? —pregunté. Algo que nunca le hubiera dicho a Archie. Ni a Finbarr, pero solo porque él nunca despediría a una camarera sin averiguar primero si yo tenía hambre.

—¿Quiere?

Negué con la cabeza.

—Es un asunto sorprendente —dijo Chilton.

—¿Se refiere a la desaparición? ¿La de la escritora?

—Ah, no. No me refería a eso. Aunque sin duda también es sorprendente.

—¿La han encontrado?

—En realidad, no. Su paradero es todavía un gran misterio.

—Me parece maravilloso. Que una dama se convierta en escritora.

Parecía sorprendido por el cambio de tema.

—Por supuesto. A mí también me lo parece.

—Yo también soñaba con serlo. Pero la vida se interpuso.

Chilton asintió. No le sorprendió la confidencia. Era el tipo de cosas que ocurrían en los hoteles, alejados del mundo habitual.

Las personas se contaban cosas. Por eso mi pronta amistad con Lizzie Clarke no resultaba sospechosa.

—Pero aún es joven. Seguro que tendría tiempo para escribir cien libros, si quisiera.

—Es posible. —Devolví la taza de café al platillo.

—Lo que me asombra —dijo, de vuelta a su propósito— es el asunto de los Marston.

—Ah, sí. Asombroso. ¿Me disculpa, señor Chilton? He terminado aquí. Que tenga un buen día. —Dejé la servilleta en la mesa y me levanté—. No quiero ser grosera, pero debo decir que no me parece el tipo de persona que va de vacaciones a un balneario.

—¿He dicho que esté de vacaciones? —Inclinó la cabeza y, por un momento, dejó de parecerme tan sencillo. Mas bien parecía astuto.

—No, por supuesto. Está buscando a Agatha Christie. Le deseo buena suerte en su empeño, señor Chilton. Que pase un buen día.

Salí del comedor, sin saber qué hacer a continuación. La conversación con el señor Chilton me había dejado agotada. Qué difícil es moverse por el mundo con las entrañas intactas.

Al volver a pensar en aquel tramo de tiempo, no solo en mis días en Harrogate, sino en todos los años entre las dos grandes guerras, a menudo pienso en lo bueno que debería haber sido. Nos permitimos creer que el mal había sido derrotado, como si el mal nunca se levantara dos veces. Teníamos muchas de las comodidades modernas, como teléfonos, coches y luz eléctrica, pero no demasiadas y no demasiado disponibles. Más tarde habría un exceso de ruido y deslumbramiento. Seríamos demasiado fáciles de alcanzar. Hasta las estrellas se atenuarían por las luces reflejadas en la tierra y nunca sería posible hacer lo que yo había hecho, escapar de mi vida común y desvanecerme, indetectable.

Subí a mi habitación y me senté en la cama con *El gran Gatsby* para leer los últimos capítulos. Paseé la mirada por el texto, pero era mi propia historia la que me ocupaba la mente. Los Clarke habían hecho las maletas y se habían marchado. ¿Y si yo hacía lo mismo? Me era imposible ir a Irlanda. Pero ¿y si le decía a Finbarr que se olvidara de Ballycotton y nos fuéramos a otro lugar? A cualquiera que no fuera Irlanda. A cualquiera que no estuviera en Inglaterra. Podría dejar a Agatha y a Archie Christie en el pasado y tomar las riendas, por fin, de mi propio futuro. Empezar de nuevo. Como si tal cosa fuera posible.

Un sonido claro me llegó a través de la ventana que no recordaba haber abierto. Tal vez fuera mi imaginación. Sin duda no podía provenir del hotel. Tal vez viniera de un cochecito que pasaba por la carretera. No obstante, tuve la certeza de haber oído el llanto de un bebé. Ese quejido agudo e insistente de necesidad y hambre. Sentí una punzada de dolor en los pechos, como si quisieran emanar leche. Tiré el libro a un lado, me levanté y cerré la ventana. No podría irme de Inglaterra nunca. Ni siquiera con Finbarr.

Chilton sabía que no era posible dejar que la señora Christie siguiera oculta por mucho tiempo. Se estaban perdiendo recursos. La gente estaba preocupada. Pensó que tal vez sería menos embarazoso para ella y que sería más fácil de rectificar si le permitía que la llevara a casa. Decidió ir a verla de inmediato y hacerle la oferta. Los dos, en coche por el campo. Se encontró pensando menos en el momento en el que aparecería con ella en Sunningdale, como un héroe, y más en el propio viaje. ¿De qué hablarían mientras recorrerían las carreteras rurales?

Sin embargo, cuando llegó a la casa donde había descubierto a Agatha, con la intención de convencerla de su plan, no salía humo de la chimenea. En el lugar donde se había escondido el coche solo quedaban las marcas de los neumáticos que había dejado y las ramas que lo habían cubierto, pulcramente apiladas en la hierba. Chilton empujó la puerta delantera con suavidad, sin tocar siquiera el pomo. Se abrió sin resistencia ni protestas. Las habitaciones que atravesó estaban vacías. La ceniza estaba fría en la chimenea.

En uno de los dormitorios se percibía un ligero aroma a lavanda. Encima de la cómoda había un billete de cinco libras.

Chilton se sentó en la cama y se pegó una almohada a la cara. Inhaló. Para cuando los legítimos ocupantes de la casa regresaran, no quedaría ningún rastro perceptible del perfume, pero la siguiente persona que durmiera sobre aquella almohada soñaría sin saber por qué con campos de flores moradas.

Tal vez ya no le importase su carrera, pero aún conservaba un mínimo de orgullo, y también estaba Lippincott. A menos que lograra encontrar a Agatha por segunda vez, no podría revelarle a nadie la primera.

Aquí yace la hermana Mary

Dormíamos en un dormitorio común en el segundo piso del convento, con camas estrechas en fila, muy juntas. Durante el día, la habitación se cerraba con llave para que nadie subiera a descansar. Por la noche, una vez que nos metíamos en la cama, las puertas se volvían a cerrar y las monjas eran las únicas que tenían las llaves. A veces todavía sueño con que el convento se incendia, todas encerradas en esa habitación sin poder escapar.

Era un lugar desapacible para dormir, incluso a pesar del agotamiento. La guardería estaba justo debajo y oíamos a los bebés despertarse y llorar. La última vez que Susanna había estado allí, la madre superiora era otra. Por la noche, las monjas enganchaban los vestidos de los bebés a las cunas y los dejaban así hasta que llegase la hora de amamantarlos por la mañana.

—Fue la peor agonía que he sentido nunca —dijo—. Oír llorar a mi bebé sin poder ir con ella. No es ninguna casualidad que nos hagan dormir donde los escuchemos.

Castigo, siempre que sea posible. La nueva madre superiora era más amable, al menos en lo referente a los bebés. Solo había visto a la mujer en misa, al otro lado de la capilla, por lo que no tenía idea de su color, edad o rasgos. Durante su mandato, se elegía a dos chicas para que trabajasen como asistentes nocturnas. Cuando nos llegaban los lamentos inconsolables, al menos sabíamos que los niños no estaban solos, sino abrazados y acunados. Todas las mañanas, los camisones de las madres que acababan de dar a luz amanecían empapados de leche, que manaba para los bebés a los que no podían alcanzar.

Las chicas también lloraban por la noche. No solo las madres lactantes, sino también las recién llegadas que lamentaban su austero destino. Las chicas cuyos bebés habían sido adoptados, acogidos o trasladados al orfanato contiguo aunque no eran huérfanos, aunque sus madres estuvieran a escasos metros, anhelando, trabajando y soñando contra toda expectativa. Éramos un grupo desesperado, y los desesperados rara vez duermen bien.

La cama de Bess estaba junto a la mía. Una noche me despertaron sus sollozos y me incorporé para entrecerrar los ojos en la oscuridad y asegurarme de que fuera ella. Me llevé las manos de inmediato al creciente vientre, a la pequeña que daba patadas y rodaba, bailaba y golpeaba. Por entonces no pensaba en mi bebé como «ella», pero así la veo en el recuerdo. Ella, mi bebé, mi pequeña. La veo, me sonríe y me saluda. Le devuelvo el saludo. Le lanzo besos.

—Bess —susurré—. ¿Eres tú? —Aparté la fina manta a un lado y me acerqué a ella. Se sobresaltó como un veterano de guerra cuando toqué su hombro—. Calla. Soy yo, Nan.

Se puso la mano sobre la boca mientras temblaba, tratando de recomponerse.

Me senté en el borde de la cama.

—No tienes que dejar de llorar por mí. —Le aparté los mechones de pelo cortados de la frente. Tenía un rostro dulce, fresco y bonito. Era fácil imaginar a un joven soldado que se hubiera enamorado de ella. Debería haber vivido en el mundo, con el pelo largo y ropa que la favoreciera. Riendo.

—No lo soporto. Pensaba que cuando engordara, me dejaría en paz. Que se fijaría en otra, pero no lo hará. No lo hará. —Bess se apoyó en los codos. Embarazada de ocho meses, por lo menos, pero una de esas mujeres que abultan poco. Toda su figura era delgada y sobria, excepto por el globo de su vientre.

Tomé su mano y la besé, mientras intentaba pensar en algo útil o reconfortante.

—Deberíamos decírselo a la hermana Mary Clare.

No tuvo el valor de decírmelo. La hermana Mary Clare ya lo sabía. *Venga, no es nada que no hayas hecho antes*, decía con voz cantarina. Otras veces, cambiaba de cantinela, como si Bess no fuera a recordar nada de lo que ya le había dicho. *Por supuesto que el padre Joseph nunca haría algo así. Es un hombre de Dios.*

Cómo me habría gustado que me lo hubiera contado, pero la bondad se lo impidió. Quería que me aferrara a los consuelos que había conseguido encontrar. Al final, dijo:

—¿Y qué va a hacer la hermana Mary Clare? No es más que otra mujer. Ninguna puede hacer nada. Debería haber sido lo bastante valiente para arrojarme por un acantilado antes de que me trajeran aquí.

—No digas eso. —En unas pocas frases tranquilas, le hablé de Colleen.

—Tú hermana era una chica inteligente.

—Por favor, te lo pido de verdad. No digas eso.

—Lo siento, Nan. Lo siento. Tengo cinco hermanos y una hermana en Doolin. Todos los días pienso en mi hermana pequeña, Kitty. Hasta donde ella sabe, salté por un acantilado. Sea lo que fuere lo que le haya dicho mi padre, no será que me ha traído aquí. —Volvió a tumbarse de lado. Juntó las manos y las colocó entre la almohada y la mejilla—. Kitty quiere ser actriz. También es bastante guapa, y solo tiene doce años. Odio no estar con ella. Ojalá pudiera escribirle y decirle: «Si alguna vez tienes problemas, no se lo digas al cura, no se lo digas a papá. No se lo digas a nadie. Márchate».

¿A dónde?, pensé, pero no lo dije. Si había un lugar en el mundo que acogiera a solteras embarazadas, yo no había oído hablar de él.

—Odio pensar en que el padre Joseph toque a Kitty —dijo con fiereza—. Tendría que matarlo. Lo haría.

Rompió a llorar de nuevo. Me odié por sentirme aterrorizada porque el padre Joseph volviera sus atenciones hacia mí si alguna vez perdía el interés por Bess. Unos días antes me había escondido de él y me había metido en las cocinas al verlo acercarse por el pasillo con la hermana Mary Clare.

—Todas las chicas son iguales —le oí decir. Sonaba como si eso lo enfadara.

—Padre, no puede decir eso —respondió la joven monja, con su ligero y alegre trino. Me habría parecido coqueta si no hubiera sabido que siempre hablaba así—. Las monjas no tenemos nada que ver con estas chicas, ¿no es cierto?

El padre Joseph se detuvo y le tocó el brazo.

—Por supuesto. Sois los ángeles más puros, que atendéis a los demonios más miserables. Lirios blancos como la nieve junto a la mala hierba. Es algo maravilloso de contemplar.

Nosotras, las chicas, idénticos demonios. Y las monjas, idénticos ángeles, cada uno con la misma tumba a la espera. *Aquí yace la hermana Mary.* Había visto a la hermana Mary Frances azotar las palmas de las manos a niñas no mucho mayores que la hermana pequeña de Bess, Kitty. En los meses que llevaba allí, nadie me había tocado las manos. No había recibido ni un solo azote. Agachaba la cabeza y hacía lo que se me ordenaba. La obediencia me parecía el plan más seguro. Todavía no había aprendido. En este mundo, son las chicas obedientes las que corren más peligro.

Bess sacó una mano de debajo de la mejilla y se la sostuve. Si todas éramos iguales y si el padre Joseph había elegido a Bess, cuando ella engordara demasiado, también podría elegirme a mí. Persistía en esa forma de pensar, aunque equivalía, en mi mente, a entregarla a ella por mi propio bien. Uno de los peores aspectos de esa vida carcelaria era la forma en que nos convertía en mercenarias despiadadas que luchaban en un ejército de una sola.

—Lo siento —le dije a Bess—. Ojalá pudiera ayudar.

—No pasa nada. —Se movió y me tumbé a su lado, mirando en dirección opuesta, las dos apretadas en el estrecho catre, lo bastante cerca como para notar en su vientre, pegado a mi espalda, una patadita atrevida. Contuvimos la respiración y nuestros corazones aletearon al menos por un momento.

—Este bebé es fuerte —susurró Bess.

—A lo mejor es un niño. A lo mejor, cuando crezca, se ocupa del padre Joseph por ti.

—No. No lo permitiría. Es mi trabajo protegerlo. Nunca conocerá a un sacerdote y nunca irá a la guerra. Lo juro.

—¿Has elegido un nombre?

Cualquier nombre que eligiéramos no duraría. Veíamos a las parejas que venían para adoptar a nuestros bebés. En aquella época, las mujeres rara vez daban a luz en el hospital, sino en casa. Se quedaban encerradas durante sus últimos meses, en lugar de salir visiblemente embarazadas. Así que era fácil no solo robar nuestros hijos, sino hacerlos pasar por suyos.

—Si es una niña, la llamaré Genevieve. Si es un niño, Ronan. Significa «pequeña foca». ¿Hay focas en tu tierra, Nan?

—No. —Había focas en las rocas de la playa de Ballywilling, pero ya no quería ser de allí. Había abandonado la idea de que Irlanda me pertenecía a mí o yo a ella. Venía de Londres. Era la hija de mi madre. No de mi padre.

—Cuando los problemas lleguen a la tierra, Ronan se alejará nadando. Cuando los problemas lleguen al agua, Ronan volverá a la orilla.

—¿Por qué Genevieve? —pregunté.

—La patrona de las jóvenes. Para que sepa cuidar de sí misma. —Me abracé mi propio vientre; me gustó cómo sonaba.

—Ningún daño alcanzará nunca a este bebé —dijo Bess—. Me aseguraré de ello.

Era lo que queríamos que fuera verdad. No importaba dónde estuviéramos. Las cosas buenas sucederían. Nuestros hombres volverían a buscarnos. Nuestros bebés estarían siempre con nosotras y los veríamos crecer. Me imaginé en la mesa de una cocina, mi niña jugando con Alby a mis pies y Finbarr preparando un té mientras yo llenaba un cuaderno de historias. No nos habían arrancado los deseos, todavía no.

Todas las chicas son iguales. La proclamación del padre Joseph nos persiguió hasta que casi nos creímos que era verdad. Hubo alguna que otra rebelión, como la de la chica que se escapó por la puerta abierta cuando llegó el camión de la leche. Las campanas sonaron y las monjas corrieron por todas partes, mientras exigían que se cerrara una puerta y se abriera otra. La animamos, arriesgándonos a su ira, y luego nos decepcionamos cuando la fugitiva regresó la misma tarde, con la cara manchada de polvo y lágrimas. Un día de caminata sin sentido la había llevado a darse cuenta de que no tenía a dónde ir.

—Alegraos de tener un techo —nos dijeron las monjas—. Es más de lo que la mayoría os daría.

Una mañana, Bess y yo fregábamos el vestíbulo de entrada. A menudo los suelos que nos hacían limpiar ya estaban impecables, pero el verano había comenzado con mucha lluvia y las chicas que habían estado al aire libre habían arrastrado una buena cantidad de suciedad por las baldosas. Dejé a Bess de rodillas para ir a buscar más agua caliente para los cubos, y al volver me encontré con la hermana Mary Clare, tarareando por el pasillo.

—Hermana, me permitiría pedirle un favor.

—Mi rosita inglesa. —Sonrió—. Puedes preguntarme cualquier cosa. Espero que lo sepas.

—Si pudiera enviar una carta a Ballycotton, a Finbarr Mahoney. Solo unas líneas para decirle dónde estoy.

Una mirada de triste duda le cruzó el rostro.

—No hace falta que le diga que venga a buscarme. No tiene que decir nada más que «Nan está en el convento de Sunday's Corner». Vendría por mí si lo supiera, hermana, se casaría conmigo, sé que lo haría.

—Pues claro, yo también lo sé. —Me puso la mano en el hombro. A pesar del embarazo, no había carne a la que agarrarse. La dieta que nos daban era, en el mejor de los casos, escasa. Pan por la mañana y por la noche y un guiso inconsistente para la comida del mediodía—. Escribiré a tu Finbarr, Nan. Creo que podrías ser una de las afortunadas.

La monja me acompañó de vuelta a la entrada. No se ofreció a llevar uno de los cubos; el agua hirviendo me salpicaba las espinillas y los zuecos.

—Hermana —dijo Bess. Se levantó con dificultad. El suelo de piedra brillaba por la humedad y también ella. El sudor se le acumulaba en la frente.

La hermana Mary Clare se le acercó, solícita, y la misma mano regordeta se levantó para tocarle la mejilla.

—Me siento mal. Tengo calambres y estoy pegajosa.

La monja movió la mano de la mejilla de Bess a su frente.

—No tienes fiebre.

—Por favor. Creo que voy a dar a luz. Tengo dolores que me recorren el vientre como en mis días del mes. Tiene que trasladarme al hospital.

—¿Eso tengo que hacer? —La voz de la hermana Mary Clare sonaba divertida, pero también escondía una advertencia. Ni siquiera ella toleraba la insolencia por nuestra parte.

—Tengo que ir al hospital —reformuló Bess, con su voz cargada de desesperación.

—Mira lo pequeña que eres. Apenas se nota que estás embarazada. No estás ni cerca, querida, confía en mí, sé cómo es. No vamos a tenerte acostada durante semanas como una reina, ¿no?

La monja miró de la cara de Bess a la mía y debió de quedar impresionada por la consternación que encontró.

—Te diré algo. Te llevaré arriba para que descanses un poco. Será nuestro secreto. ¿Qué me dices?

—Gracias, hermana. —Se le hundieron los hombros.

Tomé el cepillo de fregar de sus manos húmedas. Era inaudito que a una chica se le permitiera descansar durante el día. No solo me alegré por Bess, sino que me animé por mí misma. Tal vez la hermana Mary Clare le escribiera de verdad a Finbarr. Lo imaginaba atravesando a grandes zancadas las puertas de entrada, pasando ante las encargadas del césped, embarazadas y de rodillas, directo a ver a la madre superiora para exigir mi liberación.

Bess y la hermana Mary Clare se marcharon juntas. Ninguna otra monja habría accedido a ello. Qué suerte teníamos de que al menos una de ellas fuera amable.

Bess sabía que la compañía de una monja no la protegería. El corazón se le hundió cuando vio al padre Joseph salir del despacho que utilizaba cuando visitaba el convento. Bess ya no creía en la oración, pero los viejos hábitos eran difíciles de romper. Todos los días rezaba para que su vientre creciera hasta ser un obstáculo. Rezaba para tener una barriga de cien kilómetros de ancho, por ser la mujer más embarazada que jamás hubiera pisado la Tierra.

—Ahí estás, Bess. —La voz del sacerdote era estruendosa y carente de vergüenza. La desesperanza puede ser tan real como cualquier otra trampa. Como una red de pesca, se lanza al aire, se ensancha y luego cae para atrapar su captura. En los pasillos y en la iglesia, el padre Joseph tenía una gran cara sonriente.

La hermana Mary Clare dijo:

—Bess se siente mal, padre. La estaba llevando arriba para que se acueste.

—Puede hacerlo aquí.

Bess se volvió hacia la hermana y la agarró del brazo. La monja miró la mano y luego al sacerdote, que esperaba con los brazos cruzados; era la imagen del reproche paternal.

—Por favor —dijo Bess—. A mí no me escuchará, pero tal vez la escuche a usted.

La hermana Mary Clare se rio, decidida a demostrar que era la persona más divertida del mundo:

—Por Dios. Se diría que te llevan a ejecutar y no a rezar en privado con el hombre más venerado del condado de Cork.

Bess no quiso mirar al padre Joseph, que sin duda se sonrojó al escuchar los elogios. Como si el hombre más venerado de ningún condado fuera a encargarse de unos despojos como nosotras. Bess estaba segura de que la escena solo hacía que deseara aún más estar a solas con ella. En cambio, miró a la hermana Mary Clare, la forzada alegría en su rostro, la obstinada negativa a aceptar lo que tenía delante. O peor aún, la negativa a admitir lo que sabía perfectamente.

—Hermana, ¿de verdad cree que irá al cielo cuando todo esto termine?

La monja arrancó su brazo de la mano de Bess y una sombra le cruzó por fin el rostro.

—Venga, Bess —casi siseó—. El padre sabe lo que más nos conviene a todas. Sabes que lo sabe. —Le puso la mano en la espalda y la empujó a cruzar el umbral.

La puerta del despacho se cerró. El rostro del cura cambió. Furioso. Como si Bess tuviera la culpa, como si lo obligase a mancillar a una chica ya mancillada.

—Dijiste que querías acostarte. Hazlo. Ahí. —Señaló el suelo detrás de su escritorio y se quitó el alzacuellos de la camisa para arrojarlo, como algo a conquistar y desechar.

—Padre. —Se le quebró la voz. Odiaba llamarlo así—. Es cierto que me siento mal.

—Ya he oído eso antes, ¿verdad?

Era inútil. La forma más rápida de subir era hacer lo que le decían. Bess se acostó. Cerró los ojos.

—De eso nada. Los ojos abiertos. Bien abiertos.

Abrió los ojos. Cuando llegó por primera vez al convento y el padre Joseph comenzó a forzarla, Bess esperaba a que todo concluyera. Para entonces, aunque deseaba una liberación que las dejara a ella y a su bebé intactos, sabía que nunca terminaría. No después de los últimos gruñidos y empujones del sacerdote. Después de que se recolocase el hábito y ella huyera de vuelta a los pasillos. Ni siquiera si alguna vez dejaba aquel lugar, aunque viviera hasta los cien años. El rostro del cura se cerniría sobre el suyo y oscurecería todos los momentos venideros que deberían haber sido felices, e incluso se entrometería en su pasado. Cuando pensaba en sus hermanos, los imaginaba entregándola a la puerta del padre Joseph. Cuando pensaba en Kitty, su hermana pequeña de solo doce años, pensaba en que el cura le ordenaba que se tumbara y mantuviera los ojos abiertos. Hasta que Bess tuvo que apartar de su mente el rostro amado, para salvarla de ese horror, aunque solo existiera en su imaginación.

—Te odio —susurró, antes de darse cuenta de que las palabras habían salido de su boca. Se preparó, pensando que la golpearía, pero en lugar de eso las palabras parecieron tener otro efecto y llevaron el calvario del día a un final estrepitoso.

Mientras tanto, la hermana Mary Clare permanecía fuera, en el pasillo. A la espera. Sonrió como si no hubiera pasado nada cuando Bess salió, temblando, para que la llevara arriba.

—Lo ves —canturreó con una voz musical que rebotaba de un muro de piedra a otro—. Ahora descansarás mucho mejor. El padre Joseph siempre sabe lo que hay que hacer para restaurar el alma de una chica, ¿verdad?

En el dormitorio, Bess se acostó en su catre. Oyó que la puerta se cerraba con un chasquido y que la hermana Mary Clare se marchaba tarareando hacia el convento. En la planta baja, en la guardería, un bebé lloraba, y luego otro. Una de las chicas asignadas a la guardia nocturna se había marchado la semana anterior, lo que dejaba a una única y atareada asistente para atender a los bebés. Sin embargo, durante el día había muchas manos, incluidas las de las monjas, por lo que la mayoría de los llantos se calmaban en poco tiempo.

¿Cuándo había sido la última vez que Bess había estado sola en una habitación? No muchas veces en su vida, al venir de una familia tan numerosa como la suya. El cuerpo le dolía en ondas pulsantes e insistentes. La próxima vez se negaría. Tanto si había terminado con ella como si no, dejaría de consentirlo. Tal vez pudiera hacer lo que quisiera con cualquiera de nosotras, pero no querría un escándalo. No querría escuchar las cosas que hacía en voz alta. Quería moverse entre nosotras como una figura paternal y rubicunda. Piadoso y alegre. No se mostraba tan alegre cuando ella se alejaba de sus manos carnosas. Tampoco cuando gemía dentro de ella. A veces se tumbaba debajo de él y dejaba vagar la mirada hacia los objetos que podría agarrar y clavarle en el cuello. Tenía dientes. Si se los clavaba en la yugular, cercana y expuesta, y tiraba con la suficiente fuerza, ¿abriría un torrente de sangre que la bañaría, mientras él caía a un lado, incapaz de hacer ningún ruido? ¿Sería suficiente tiempo para encontrar algo, el grueso pisapapeles del escritorio quizá, o una lámpara, o el abrecartas, y acabar con él?

En el piso de abajo, yo pasaba el cepillo de fregar de un lado a otro sobre el cemento deslustrado, con las lumbares doloridas, y pensaba en Bess. Imaginé que la hermana Mary Clare dejaba a propósito, por accidente, la puerta del dormitorio sin cerrar. Entonces Bess, rápida a pesar del avanzado embarazo, se escabullía. Una puerta abierta en algún lugar. Su soldado estadounidense la esperaría fuera del convento. No había compartido apenas ningún detalle sobre él, así que no sabía su nombre, ni cómo era. Pero llegaría aún con el uniforme. Una vez reencontrada, no la volvería a ver, pero no me permitiría echarla de menos. Porque su huida sería una prueba. Cualquiera podría ser rescatada en cualquier momento. Un día estaría de vuelta en casa, en Londres, y me llegaría una carta, con la dirección que ella había memorizado con fervor. Y nos escribiríamos para contarnos que al final todo había salido bien.

En el piso de arriba Bess no había escapado, sino que había caído en un sueño del que no podía salir. Se imaginó a su hermana pequeña, Kitty, de pie en la esquina de la habitación. *Debes despertarte, Bess*, le dijo, y ella trató con frenesí de abrir los párpados y encontrar la voz en su garganta para gritarle: *Tienes que huir, Kitty, tienes que salir de aquí.* Desde muy lejos, oyó los pasos de la hermana Mary Declan, que entraba con fuerza en el dormitorio, furiosa al enterarse de que a Bess se le había permitido acostarse. Para Bess era como estar en el fondo de una piscina, a metros de profundidad. En la distancia, por encima de ella, percibía una débil sugerencia de luz y ecos, pero no nadó hasta la superficie. Ni lo intentó. Imaginó que los pasos de la hermana Mary Declan pertenecían a Kitty, que no corría hacia ella sino que se alejaba, tan rápido como podía con sus piernecitas de niña de doce años, velozmente, a salvo y muy lejos. Ahora que Kitty estaba bien, a Bess le parecía bien seguir bajo el agua. Todo lo de arriba era vil y brutal. *Deja que me quede abajo* —pensó—. *No me hagas volver a subir.*

No lo sabía, pero su soldado estadounidense por fin había llegado a la puerta de su padre. *Me casaré con ella en el mismo instante en que la dejen ir*, prometió, cuando supo dónde había terminado su amada.

—¡Bess! —gritó la hermana Mary Declan. Le dio una palmada en una mejilla y luego en la otra, no por ira sino por auténtico miedo. La miró mientras apretaba el crucifijo. Era importante para todas las monjas creerle a cualquiera que las llamara «ángeles». Al anochecer se ofrecían el perdón unas a otras mientras repetían el rosario. Nombraban sus pecados y los arrojaban a un lado, listas para cometer más al día siguiente.

No hubo tiempo de ir al hospital, ni siquiera de llevarla al colchón junto a la lavandería. Susanna y la hermana Mary Declan ayudaron a Bess a dar a luz lo mejor que pudieron, allí mismo, en el dormitorio. A la mañana siguiente, Bess salió por fin a la superficie, viva y entera. Un milagro.

Otro milagro fue que esa misma mañana su joven apareció en la puerta del convento y exigió ver a la madre superiora. A tiempo para llevarse a Bess del convento, pero demasiado tarde para su bebé. El pequeño Ronan fue uno de los pocos niños que salió de Sunday's Corner en brazos de su madre, envuelto en una manta amarilla, perfecto, de cara redonda, y frío como una piedra.

La desaparición
DÍA SEIS
Jueves, 9 de diciembre de 1926

Los perros de rastreo de Berkshire no tuvieron más éxito que la mascota de Agatha. El subcomisario Thompson llamó a una mujer de Bélgica cuyos perros eran considerados los mejores de Europa. Esos sabuesos expertos siguieron el rastro de Agatha en círculos y se concentraron en el lugar donde Finbarr la había detenido, donde ella había salido del coche y gotas de sudor con olor a lavanda habían caído al suelo. El rastro terminaba donde había empezado, cuando se había subido al coche de la pobre señorita Oliver y se había alejado a toda velocidad. Los perros olfatearon y aullaron inútilmente, hasta que olieron un conejo y arrastraron a los buscadores a otra persecución infructuosa. Incluso los perros expertos son, a fin de cuentas, perros.

—Agatha, Agatha —gimió Archie mientras daba vueltas por Styles, la casa y sus terrenos. Encontró el aro de Teddy, abandonado bajo un arbusto en el límite de la propiedad, y le dio una vuelta. Rodó unos metros, se tambaleó y cayó de lado en la hierba.

No se unió a las búsquedas, no solo para evitar las miradas sospechosas de sus vecinos, sino porque buscar le parecía una admisión de que había algo que encontrar, otro cuerpo, esa vez el de Agatha, y se negaba a considerar esa posibilidad. Estaba viva. Sería uno de los policías de un condado improbable el que les daría la feliz noticia; la habían encontrado, de una pieza y lista para volver a casa.

Noel Owen acudió a hacerle compañía. Bebieron hasta altas horas de la noche y cenaron en el salón.

—Cuando empezó mi relación con Nan, todo era nuevo y emocionante —confesó Archie—. El tipo de novedad y emoción que creía que había desaparecido de mi vida. No voy a mentir, la naturaleza prohibida, todo era…

—¿Irresistible? —Noel no era ajeno al interés lascivo, aunque, hasta donde sé, siempre le había sido fiel a Ursula, en la medida en que cualquier hombre puede serlo.

Qué comentario más cínico. *En la medida en que cualquier hombre puede serlo.* No se corresponde con lo que siento ni con lo que creo, en el fondo de mi corazón. Algunos hombres son verdaderamente sinceros. Finbarr, por ejemplo. Siempre me fue fiel y siempre lo habría sido, si alguna vez hubiéramos tenido la oportunidad real de estar juntos. Si el mundo se hubiera desarrollado con normalidad, sin guerras ni iglesias. Qué felices habríamos sido. Cuánta alegría. Perros, libros y nuestros propios hijos, empezando por la mayor, nuestra querida Genevieve, a la que en secreto albergaría en mi corazón como mi favorita, aunque nunca se lo haría saber a los otros niños.

—Irresistible —coincidió Archie, y saboreó la palabra como si fuera una especie de veneno—. Las cosas que me dije a mí mismo. Sobre Nan. Sobre mi matrimonio. Si hubiera podido mirar al futuro y ver este momento, creo que habría actuado de forma diferente. Así lo creo, Noel.

Noel había sido amigo de Archie durante mucho tiempo y nunca lo había visto tan lleno de dudas.

—No podías saber que Agatha reaccionaría así. —Se levantó para servirle un poco más de *whisky*—. Hay hombres que dejan a sus esposas a diario, ¿no? Agatha siempre pareció tener la cabeza bien puesta sobre los hombros.

Archie se llenó la pipa y miró por la ventana; afuera todo era quietud y silencio, como si el frío hubiera congelado el viento.

Ninguna rama se movía. Ojalá Agatha atravesara la quietud, ojalá apareciera en la cima del camino. Una figura que se acercaría, tranquila y decidida, como algo de su propia invención. Sabía que saldría de casa y correría hacia ella, pero ¿sería para abrazarla o para estrangularla por lo que le había hecho pasar? Se recordó, sin esperarlo, que él mismo ya la había castigado suficientemente.

Ahora que se había ido y no tenía forma de localizarla, impotente por primera vez en su vida, Agatha ocupaba sus pensamientos como el hermoso rostro que había llevado consigo durante la guerra. Piel de melocotón. Delgada como un junco. Ojos henchidos de adoración. Las historias que garabateaba no eran más que una agradable excentricidad, nada que eclipsara todo lo que él había logrado.

Las cosas que habían pasado juntos, Archie y Agatha. Incluso su relación con Nan la habían vivido juntos, a su manera. Agatha había sido parte de ella, sin saberlo, pero aun así una parte dinámica e importante. Su presencia impulsaba el secreto, la deliciosa ilicitud. Luego, la forma en que lo había sabido pero se había callado, a la espera de que terminara. Entonces él le había puesto fin, pero no como ella había esperado con paciencia, sino de una forma que la había aplastado, así que había salido de su vida, del mundo. Lo único que quería era que volviera.

—Ay, AC —dijo Archie en voz alta, cuando Noel salió de la habitación. Apretó la mano contra el cristal de la ventana—. Mi querida esposa. Haré cualquier cosa. Lo expiaré. No te guardaré rencor por toda la preocupación que has causado, el alboroto y la vergüenza. Dejaré a la chica. Solo si vuelves sana y salva.

Archie no tenía talento para la magia. El camino siguió vacío, la habitación en silencio. El conjuro no logró nada.

Mientras tanto, en Harrogate, en la autopsia del señor Marston, el forense descubrió cianuro de potasio.

—Había una marca —explicó en el despacho de Lippincott, con la puerta cerrada por una vez. Tanto Lippincott como Chilton habían decidido no volver a ver el cadáver—. Una pequeña marca en la cadera del hombre. Me parece que se lo inyectaron a través de los pantalones. No fue una muerte natural.

—¿Y la esposa? —preguntó Chilton.

—Estricnina. Una dosis letal. Ingerida, no inyectada.

—Ambos venenos son bastante fáciles de obtener —dijo Lippincott—. Cualquier ama de casa con una plaga de avispas o de ratas sabe usarlos.

—En efecto. —Chilton se imaginó a la pareja, perfectamente normal en todos los sentidos. ¿Quién diablos iba a quererlos muertos?—. Tuvo que ser alguien en el comedor, entonces.

El forense asintió.

—Yo diría que esto apunta a la esposa. —Lippincott se mostraba protector del sustento de su primo, como era de esperar, y nada sería más eficaz para vaciar el hotel durante años que un doble asesinato—. Mató a su marido con una inyección de cianuro de potasio y luego se suicidó con estricnina. ¿La notó perturbada? —le preguntó a Chilton—. Antes de la muerte de su marido, por supuesto.

—Todo lo contrario. Parecía alguien que nunca hubiera tenido un problema. Más bien alegre. Inconsciente. Molesta, de hecho.

—Bueno, ya basta —dijo Lippincott—. No te hagas sospechoso.

Los tres se rieron y se olvidaron de sí mismos y de la naturaleza sombría de la conversación.

—Pero ¿por qué querría matar a su marido? —preguntó Chilton.

—Está claro que nunca ha estado casado —dijo el forense, cuya esposa lo recibía cada noche con una cena quemada y una nueva lista de agravios.

—¿Los sentimientos asesinos suelen comenzar en la luna de miel? La mujer no se callaba ni un segundo, todo el día anunciando cuánto adoraba a su marido.

EL CASO CHRISTIE   197

—Más sospechoso aún —dijo Lippincott—. Lo de cantarlo a los cuatro vientos. Para mí está bastante claro, pero ya que estás allí, hurga un poco para confirmar la teoría. Con discreción. No montes un escándalo al respecto. Comprueba si la señora Marston le confió algo útil a las otras damas. Es una buena manera de sacarle provecho al dinero que estamos gastando en ti.

Chilton asintió, pero en lugar de volver directo al hotel para empezar las entrevistas, condujo por una o dos carreteras secundarias, con los ojos puestos en el paisaje invernal. Los árboles de hoja caduca permitían ver el bosque. No había señales del joven irlandés, de la señora O'Dea ni de Agatha. Cuando la búsqueda resultó infructuosa, se dio por vencido y se dirigió al hotel. Decidió que se daría un masaje, ya que estaba allí, y le enviaría a su madre una postal para contárselo. Le agradaría imaginarlo relajado y feliz.

La señora Leech presidía la recepción y su alegría parecía forzada. Chilton dedujo que más huéspedes se habían marchado con precipitación tras la muerte de la señora Marston. Cualquiera de los que se habían marchado podía ser el asesino, pero, al pararse a pensarlo, se vio inclinado a estar de acuerdo con Lippincott; era casi seguro que la muerte de la pareja había sido un asunto familiar.

—He pensado en reservar un masaje —le dijo a la señora Leech.

Ella le sonrió con afecto y levantó el bolígrafo.

—Seguro que sabe que eso no estará incluido en su alojamiento gratuito.

De repente, la idea de que un desconocido le amasara la piel desnuda se le hizo menos atractiva. En vez de eso, fue a las termas. Tenía el lugar para él solo, pero a pesar de la soledad y las aguas reconstituyentes, no se relajó ni un poco. Su mente seguía en las carreteras por las que había conducido, heladas y vacías, sin rastro del automóvil negro, y con todas las casas con humo en las chimeneas habitadas por sus legítimos dueños. A Chilton lo invadió el pánico provocado por su error de cálculo. La había tenido ante sus ojos y había permitido que se le escapara. Lippincott le había encargado encontrar a Agatha Christie como una broma, pero ¿qué diría si supiera que la había hallado y, sin embargo, se las había arreglado para que se le escurriera de entre los dedos? ¿Acaso era incapaz de hacer algo bien con los días que le quedaban sobre la Tierra?

Después de la cena, Chilton se llevó la pipa a la pequeña biblioteca del hotel para dedicarse a confirmar la teoría de Lippincott sobre los Marston. Las damas se quejaban a menudo de los cigarrillos, pero rara vez de las pipas; un hombre con pipa les recordaba a sus padres, y a él le servía para satisfacer su antojo a la vez que le hacía parecer que tenía algo que hacer. Los libros de las estanterías eran en su mayoría del siglo pasado. Ojeó los lomos y se fijó en *Casa desolada*; luego se acomodó en el sofá, donde cualquiera que entrara tendría que sentarse a su lado o frente a él en uno de los generosos y gastados sillones. Había visto a la señora O'Dea con un libro, y todo lector de vacaciones pronto necesitaba uno nuevo. Si se aventuraba a entrar, también podría indagar en su conexión con Agatha Christie y matar dos pájaros de un tiro.

Al poco tiempo entró en la biblioteca una joven de pelo oscuro, con un acogedor chal rosa sobre los hombros. La señorita Armstrong, recordó, la chica con la que había cenado la otra noche. Le sonrió con displicencia y se dirigió a las estanterías.

—No hay mucho material contemporáneo —dijo mientras la joven examinaba los lomos—. Me temo que no encontrará lo último de Dorothy Sayers.

—Ah, no me gustan mucho las novelas policiacas. Prefiero las historias de amor. —Sacó un ejemplar polvoriento de *Jane Eyre*, limpió la cubierta y se sentó, como él esperaba, en el sillón de enfrente.

La señora Leech asomó la cabeza en la biblioteca.

—¿Tienen todo lo que necesitan? —preguntó con alegría, ansiosa por retener a los huéspedes que le quedaban—. ¿Quieren un poco de té?

—Un té sería estupendo —dijo la señorita Armstrong. Después de que la mujer del hotel se marchase, se dirigió a Chilton—: Me encanta verlos. A los Leech, me refiero. Juntos, sin que a nadie parezca importarle.

Chilton asintió, evitando decirle que a muchos les importaba. En cambio, dijo:

—La gente tiene tendencia a ser brutal con las cosas que menos le afectan, ¿no le parece?

—Desde luego que sí. Pero los Leech no permiten que eso los detenga. Es muy romántico, ¿verdad?

La señora Leech regresó con la bandeja de té, todo trabajo, sin una pizca de romanticismo. Una vez que se hubo marchado y tenían las tazas llenas y humeantes, Chilton dijo:

—Terrible asunto el de los Marston.

—Sí. —La señorita Armstrong cerró el libro con un chasquido, como si se muriera por hablar del tema—. ¿No es espantoso? ¿Aunque también hermoso, a su manera? La señora Marston me dijo que no habían tenido suerte. Que habían anhelado estar juntos durante mucho tiempo. Entonces, cuando por fin lo habían conseguido... —Las lágrimas brotaron en los ojos oscuros de la joven.

No era que Chilton hubiera perdido su capacidad de observación. Era capaz de ver cosas e incluso de evaluarlas. La belleza de la muchacha que tenía ante sí, sus modales impecables, el modo en que sus ojos eran tan oscuros que apenas se distinguían de las pupilas. También notó la particular dulzura de una joven que deseaba mucho que el amor entrara en su vida, a pesar de que afirmaba con fervor su independencia. También sabía que él mismo no era el tipo de hombre que ocupaba sus ensoñaciones, pero que al menos debía sentir algún tipo de emoción. Debía haber un deseo que se abriera paso en su interior y que tuviera que reprimir con un suspiro de tristeza por lo que nunca podría ser. Sin embargo, al mirar a la señorita Armstrong, no sintió nada más personal o emocional que al leer un periódico. Lo veía todo, pero no sentía nada.

—¿Conoció a la señora Marston? Era muy habladora y amigable, ¿verdad? Me caía bien, señor Chilton. Estoy segura de que murió por el corazón roto. —Tras decir eso, dejó la taza de té y se llevó las manos a la cara.

La señora Marston se había desvivido por contar a todos su historia de amor. ¿Habría habido un motivo oculto para su verborrea? Chilton se sacó el pañuelo del bolsillo y se lo entregó a la joven.

Así los encontré cuando entré en la biblioteca. Chilton había acertado conmigo. Una vez terminado *El gran Gatsby*, anhelaba algo, cualquier cosa, que me distrajera de la vorágine de circunstancias del hotel Bellefort. Si hubiera sido inteligente, me habría ido a casa como habían hecho los Clarke. En cambio, había prolongado mi estancia y le había dicho a la señora Leech que me quedaría con la habitación de forma indefinida. ¿Cómo podía hacer otra cosa, mientras Finbarr rondaba por los alrededores?

La señorita Armstrong se volvió para mirarme y los ojos se le abrieron de par en par por la vergüenza; luego se corrigió con esa elevación de barbilla y me desafió a juzgarla. Casi podría haber pensado que había interrumpido un encuentro romántico si Chilton no se hubiera mostrado tan distante. Parecía más interesado en mi repentina aparición que en la encantadora joven que lloraba ante él. Eso me puso en guardia.

—Señora O'Dea. —Señaló hacia su llorosa compañera.

Me senté a su lado y le puse una mano en el hombro.

—¿Se encuentra bien, señorita Armstrong?

—Es muy amable. —Se secó los ojos con un pañuelo raído que era imposible que fuera suyo—. Es una bobada. No los conocía hasta hace unos días, pero tras hablar con la señora Marston y escuchar su historia, ya la consideraba una amiga. Estaban destinados a estar juntos, esos dos. Hay una leyenda china llamada *Yuè Lǎo*, ¿la conoce? Cuando nacemos, los dioses atan un hilo invisible alrededor de nuestro dedo meñique, que nos conecta a nuestro único y verdadero amor. No importa qué fuerzas traten de separarnos.

—Qué bonito. —A mis oídos soné poco sincera. No era inmune a ese tipo de romance. Era muy capaz de creer en mil hilos rojos que nos unían a Finbarr y a mí, pero me costaba aplicar esa leyenda a los Marston.

—Es muy triste y horrible que murieran así, delante de nuestras narices, justo cuando sus hilos por fin se habían encontrado —dijo entre sollozos—. Justo cuando estaban al borde de la felicidad.

—No al borde. —Le quité el pañuelo y se lo devolví al señor Chilton para darle el mío, que era de seda y con monograma, mucho más adecuado para su delicada piel. Un regalo de Archie, encargado especialmente en Harrods—. Tuvieron algunos días de felicidad. Tal vez más de la que merecían.

La señorita Armstrong dejó de llorar con brusquedad y me miró, con los ojos cargados de censura.

—¿Qué quiere decir con eso?

—Usted misma ha dicho que apenas los conocía. Tal vez fueran unos miserables.

Chilton soltó una risita mordaz.

—La señora Marston parecía la dama más agradable del mundo —dijo la señorita Armstrong con reproche.

—«Parecer» es diferente a «ser». Es mejor no llorar a personas cuyos pecados no conocemos.

La joven me miró como si fuera la mujer más fría y dura del mundo. Bien podía serlo. Sin embargo, debería haber sido suficientemente lista como para no revelarlo. No hay nada más sospechoso que una mujer insensible.

Me levanté y fui a examinar la selección de libros. La señorita Armstrong me tendió el pañuelo para devolvérmelo, pero lo rechacé con un gesto.

—Quédeselo, tengo muchos.

Chilton y la joven se centraron en la lectura, aunque parecía que no absorbían nada, solo miraban las palabras de la página y esperaban a que me fuera para discutir mi arrebato. Debería haber tenido más cuidado, pero no sabía que Chilton me había visto con Finbarr y mucho menos que sabía que Agatha se escondía en los alrededores. El inspector quería que siguiera siendo así.

Al final, me decidí por una novela de Willy que había causado furor cuando era niña, la primera *Claudine*. La edición estaba en el francés original y el esfuerzo por traducirla la haría aún más divertida. Dirigí una seca despedida a Chilton y a la señorita Armstrong.

Cuando salí de la biblioteca, la señora Leech levantó la vista de su puesto tras el mostrador:

—Señora O'Dea. Acaba de venir un niño con una nota.

Se la arrebaté de las manos, quizá con demasiada impaciencia. Me preocupaba que estuviera dirigida a mi nombre de pila, pero la letra del sobre, una gruesa letra masculina, decía «señorita O'Dea». Si la señora Leech se había fijado que decía «señorita» en lugar de «señora», su rostro no lo delató. Sentí un rubor en el cuello. Valía la pena el riesgo que había corrido, usar mi verdadero apellido, aunque solo fuera por abrir ese sobre y leer lo que ponía en el trozo de papel grueso, un envoltorio de carnicero.

Querida Nan. Encuéntrate conmigo esta noche a las diez en la puerta principal. Si no soy puntual, confía en que llegaré y no te aventures más allá de la puerta principal. No es seguro para las damas cuando oscurece.

Subí las escaleras y esperé con paciencia a que cayera la noche.

Mientras tanto, en la biblioteca, Chilton le pidió a la señorita Armstrong que le dejara ver mi pañuelo. Ella se lo entregó, como si estuviera ansiosa por deshacerse de él.

—Un pañuelo demasiado bonito como para tener muchos —reflexionó el inspector en voz alta.

—No entiendo cómo puede ser tan cruel —dijo con fiereza la señorita Armstrong—. No sé usted, señor Chilton, pero a mí me educaron para no hablar mal de los muertos.

Chilton asintió con tristeza, como si estuviera de acuerdo, aunque había visto suficiente mundo para saber que algunos muertos se merecían que hablasen mal de ellos. No me lo tuvo en cuenta. Mucho más tarde me diría que lo que se había preguntado era por qué mi pañuelo tenía un monograma con una gran letra «N» en cursiva cuando mi nombre era Genevieve O'Dea.

Los valientes, o complacientes, huéspedes que quedaban en el Bellefort estaban agotados por las aguas termales, los tratamientos del balneario y la reciente tragedia. Cuando bajé las escaleras ya no había nadie. Incluso la señora Leech había abandonado su puesto. El reloj de pared había dado las diez campanadas y todo estaba en silencio, como solo ocurría en una noche de invierno; ni siquiera los pájaros ni los insectos crujían. Me había puesto las botas de cordones y el abrigo de lana, los mitones, el gorro y la bufanda. Salí con la precaución de abrir y cerrar la puerta sin hacer ruido. Era un hotel bien cuidado y habían engrasado la puerta hacía poco. Sabía que permanecería abierta. Había muy poca delincuencia en la campiña inglesa por aquel entonces, entre guerras. Sin duda, era parte de la razón por la que muchos esperábamos una explicación perfectamente razonable de lo que les había ocurrido a los Marston. Por no hablar de los mil hombres destinados a buscar a una novelista desaparecida.

No era que supiera, todavía, cuánto se había extendido la búsqueda. Los Leech no tenían periódicos en el hotel salvo que los huéspedes los solicitaran. El tiempo en el balneario debía estar alejado de los problemas del mundo, decía la señora Leech.

Mi aliento formó una nube frente a mí. El aire era maravilloso. Me recordó que se acercaba la Navidad. Cuando mis hermanas y yo éramos pequeñas, esperábamos juntas afuera y mirábamos al cielo para ver a Papá Noel antes de que nuestra madre nos mandara a la cama. *Si estáis despiertas, pasará de largo por nuestra casa.* Comíamos castañas asadas frente al fuego y nos íbamos a dormir con los dedos pegajosos y una sonrisa en la cara. Había sido la época del año que más ansiaba, más que nada en el mundo, antes de que llegaran los veranos en Irlanda y Finbarr.

Justo cuando su nombre se formó en mi mente, salió de las sombras, con las manos en los bolsillos. Me adelanté y le eché los brazos al cuello. Me devolvió el abrazo, tres latidos.

—Camina conmigo —dijo con su voz ronca y susurrante.

Lo agarré del brazo y nos alejamos del hotel, por la carretera, en la clase de oscuridad que ya apenas existe. Las luces eléctricas aún no eran habituales en el campo y los coches no circulaban a menudo tras el anochecer. Habíamos avanzado un poco cuando un perro salió corriendo para amenazarnos. Finbarr se arrodilló y, en cuestión de segundos, la gigantesca bestia, mitad collie, mitad algo monstruoso, estaba en su regazo, con el pelaje blanco alborotado y la cola peluda agitada con alegría. Continuamos caminando y el perro nos siguió un rato, hasta que Finbarr le ordenó que se fuera a casa. El animal agachó las orejas, abatido pero obediente, y trotó hacia donde había venido.

—¿Ahora tienes perro? —pregunté.

La pregunta hizo resurgir los recuerdos de Alby, así que eso fue lo que Finbarr contestó. Me dijo que el hombre que lo había comprado se había unido al IRA. Utilizó al perro para meter explosivos en un cuartel del RIC y Alby había volado en pedazos junto con su objetivo.

—¿Recuerdas cómo le enseñé a quedarse quieto y a no moverse ni un ápice, pasara lo que pasase? Por eso murió, Nan. No volveré a adiestrar a otro perro así.

El dolor que me estalló en el pecho fue insoportable, desesperado por olvidar lo que Finbarr acababa de revelarme. A partir de ese momento, durante el resto de mi vida, soñaría con Alby agazapado, observando nuestros partidos de tenis en una quietud controlada, hasta estallar en llamas antes de que nos diera tiempo a ordenarle que se moviera.

—Parece como si hubiera pasado una eternidad —dijo Finbarr—, pero no es así. Hace ocho años que terminó la guerra y doce desde que empezó. Pero el mundo ha cambiado demasiado, en formas que no debería. Por eso ha cambiado el modo en que el tiempo pasa. Las trincheras ocurrieron ayer, o hace una hora. Volverán a ocurrir mañana. Tú, yo, Alby e Irlanda, eso fue hace cien años y también cada día desde entonces.

—¿Y Genevieve?

—Hace mil años y esta misma mañana.

—¿Pero no mañana?

—No, Nan. Mañana, no.

Las lágrimas que la señorita Armstrong había querido de mí se me acumularon en los ojos. Seguimos caminando, lo bastante lejos como para saber que no volvería al Bellefort esa noche. ¿Quién se daría cuenta? ¿El inspector Chilton, con su mirada triste y vigilante y su único brazo bueno? ¿Qué creía saber de mí? Nada que me importara lo suficiente como para borrar la magia de caminar junto a Finbarr. Cuando dejé el convento, lo único que quería hacer era caminar. Habría caminado por toda Irlanda y luego por Inglaterra, habría caminado desde Land's End hasta Thurso. Sin saber dónde buscar, pero con la certeza de que no había nada en el mundo para mí salvo buscar, buscar y buscar.

Finbarr no me condujo por toda Inglaterra, sino hacia un largo camino de entrada que llevaba hasta una casa solariega, con árboles a ambos lados lo suficientemente desnudos como para que la viera a la distancia a la luz de la luna. Nos esperaba. Era grandiosa, pero no cavernosa. La casa de campo de algún rico londinense, probablemente.

—¿Cómo has encontrado este lugar? ¿Tienes permiso para estar aquí? —Mientras hablaba, sabía que de la misma manera había encontrado nuestra habitación en medio de la celebración del Armisticio. La magia de Finbarr.

—La casa me dio permiso para quedarme. Eso es más importante que el permiso de los propietarios.

Los robles se inclinaban en un dosel calvo, hundidos con el recuerdo de sus hojas perdidas; la luz de las estrellas se abrió paso entre las ramas para crear una especie de niebla con nuestro aliento.

—¿Corremos a la puerta principal? —preguntó Finbarr.

Me reí. Pero de repente, antes de que mi voz pudiera objetar, mi cuerpo respondió. Salí disparada sin previo aviso; mis músculos crujieron, pero cobraron vida en el aire frío. Finbarr no tardó en adelantarme, pero no tan pronto como para no sentirme un poco orgullosa. Casi le pisaba los talones, mientras me invadía la agradable y perdida sensación de la sangre y el aliento al bombear desde cada ventrículo a cada célula.

Finbarr ganó y golpeó la puerta principal. Entramos, respirando con dificultad, y pasamos ante el fuego humeante del vestíbulo.

—¿Está la señora Christie aquí?

—Sí. Está aquí.

Seguí a Finbarr por la escalera hasta lo que debía de ser el dormitorio más grande, con sus posesiones ya de sobra instaladas, una bufanda sobre una silla, una maltrecha cartera con las iniciales de su padre apenas visibles en un rincón. Qué amable por parte de Agatha dejarle esa habitación en lugar de tomarla para ella. Se arrodilló y reavivó el fuego mientras yo permanecía de pie y observaba su rostro en el resplandor. Me llevé las manos a los codos. Sabía que debería haber estado temblando hasta que el fuego crepitara con fuerza, pero me sentía más cálida que nunca.

Finbarr se levantó. Se quitó el abrigo y lo tiró en un rincón. Me rodeó con los brazos y me acercó.

—Nan, sé que sientes dolor. Yo también sufro. Nunca la olvidaremos, pero podemos tener otra. Podemos estar juntos.

—No podemos estar juntos —dije, aunque dejé que me quitara el abrigo y sentí sus labios en el cuello—. Porque tengo que estar con ella. No puedo irme a vivir a un hemisferio diferente al de mi propia hija.

—Nan —dijo con más brusquedad. Me dio una pequeña sacudida en los hombros, como si intentara despertarme—. Estoy aquí. Ella se ha ido. No tiene sentido buscar algo que nunca vas a encontrar, ni aferrarse a algo que ya está perdido.

Finbarr nunca había visto ni tocado a nuestra bebé. Tal vez la quisiera, pero no lo entendía. No tenía sentido decirlo. No quería discutir. Aquella noche había llegado de forma inesperada, un regalo salido de la nada, y solo quería que continuara, separada en el tiempo, una pequeña burbuja alejada del mundo y de todo lo que nos había hecho. Habría cambiado ese momento con Finbarr en un instante si con ello hubiera podido modificar el pasado. Pero no era posible. Así que lo acepté, sin que me importara cómo afectaría al futuro. No me había llevado la esponja anticonceptiva al marcharme de Londres. ¿Para qué? Pero me di cuenta de que no me importaba. Cualquier cosa que ocurriera esa vez sería muy diferente de la anterior.

—Calla, Finbarr. Solo cállate.

Lo silencié con un beso que nos llevó a la cama, por fin un lugar y un tiempo tallados en todos aquellos años para estar juntos de la forma en que siempre habíamos estado destinados a estar.

Chilton había aprendido a caminar en silencio durante la guerra. Una de las ventajas de no ser un hombre alto y de tener una complexión delgada era que, si se guiaba con el talón y se movía desde la cadera, podía caminar sin apenas pisar, incluso con zancadas largas.

Lo cierto era que, aunque hubiera pisado fuerte, sin prestar atención a que no nos enterásemos de que estaba allí, tal vez no nos habríamos dado cuenta de todas formas de que nos seguía, pues estábamos absortos el uno en la otra.

No obstante, nos siguió sin ser detectado, incluso cuando Finbarr se volvió para mandar al perro a casa. Chilton se quedó inmóvil, con los brazos a los lados, como si fuera a volverse invisible incluso para un animal. Cuando Finbarr se dio la vuelta y reanudamos el paseo, no dudó antes de continuar la marcha. Éramos una pareja triste. El inspector veía, sabía, que la guerra nos había separado y que volvíamos a estar juntos. Lo que no comprendía era nuestra conexión con Agatha Christie. Solo sabía que lo llevaríamos directamente hasta ella. Y así lo hicimos.

Una vez que nos metimos por el camino de la casa, Chilton ya tenía claro nuestro destino, así que comenzó a moverse con más cuidado para que no lo descubriéramos. Esperó junto a la verja que Finbarr había cerrado y cuyo pestillo había cerrado tras nosotros, un chico de campo que prestaba atención a las vallas. Cuando estuvimos lo bastante lejos como para estar seguro de que no la oiríamos crujir, Chilton abrió la verja y recorrió el camino. Como yo, observó el dosel de ramas desnudas y pensó en lo bonito que debía de ser en primavera y en verano, cuando todo estaba en flor. Respiró el aire de la noche para calmarse; la ansiedad lo pilló desprevenido, como le sucedía a menudo. Tuvo la sensación de que alguien lo observaba, de que había alguien al acecho detrás de cualquier sombra. Yorkshire estaba bien, pero Chilton había crecido junto al mar. Era lo único que le servía, oír las olas en la orilla. Caminar por las rocas de Churston Cove y ver a las focas tomar el sol. Meter la cabeza en el agua salada, incluso en los meses más fríos, y dejar que el frío intenso le despejara la mente.

Se detuvo ante la casa, un edificio antiguo y encantador, un gran bloque de piedra, cuyas ventanas reflejaban la luz de las estrellas. Detrás de una del piso superior, crecía un parpadeo de luz; debía ser el irlandés, que atizaba el fuego para una velada con la señora O'Dea, si acaso se llamaba así. Fuera lo que fuese lo que nos hubiera separado, Chilton esperaba que se solucionara y que pudiéramos estar juntos. Él mismo había perdido a su amor por culpa de la guerra. Katherine lo había esperado con paciencia y había rezado por su regreso, pero las oraciones no habían sido suficientes, porque el hombre que había vuelto era distinto al que ella amaba. *Apenas te reconozco, Frank,* le había dicho entre lágrimas. Poco después de haberlo abandonado, se casó con el hijo del florista, que iba a heredar el negocio y que no había ido a la guerra debido a la ceguera de un ojo. Era una de las razones por las que Chilton había dejado Brixham por Leeds, años atrás. Un día había pasado por la floristería y había visto a Katherine arreglando un jarrón de peonías, abultada por estar esperando un hijo. Había decidido alejarse, como si no ver algo te librara de la pena.

Torquay estaba lo bastante cerca de Brixham como para que Agatha Christie comprara flores en esa tienda, incluso a la propia Katherine. O, más bien, no. Probablemente comprar flores era el trabajo de una sirvienta.

Tras cruzar el umbral de la mansión, cerró la puerta en silencio. En el interior había corrientes de aire y hacía frío. Había muy pocos muebles y muy pocas señales de vida, por lo que pensó que el lugar tal vez estaba a la espera de que lo vendieran o alquilaran. No transmitía la sensación de estar aguardando el regreso de su propia familia. Se ajustó la bufanda y empezó a buscar. Era una casa grande, pero no demasiado. Se apresuró a bajar a la cocina, a la bodega demasiado abastecida para una casa que parecía desierta, y al despacho del ama de llaves. Luego, en la planta principal, entró al salón y a la biblioteca. Se asomó a todas las habitaciones excepto a la que ocupaba la pareja, marcada por el parpadeo bajo la puerta. Unas ligeras voces se abrieron paso hasta el vestíbulo, incluida una suave risa que lo alegró. Costaba imaginar a alguno de esos dos riendo, ambos tan atormentados y serios.

En el ático estaban los modestos cuartos del servicio, una fila de puertas cerradas. Debajo de una de ellas distinguió algo de movimiento, una luz tenue, como la de una vela solitaria. Llamó en silencio, solo con dos nudillos.

—¿Sí, querido? —dijo la voz, cansada y algo preocupada, como la de una madre que se dirige a un niño que se ha levantado de la cama en mitad de la noche. En su propia familia no era él, sino su hermano menor, quien despertaba a su madre al anochecer. Ella siempre había sido muy dulce al respecto. Cómo quería a sus tres hijos.

Chilton sabía que el cariño de Agatha y su invitación implícita a entrar no eran para él. Aun así, empujó la puerta para abrirla. Allí estaba, en una silla de madera dura, con un pijama de hombre, el pelo suelto y rizado, encantadora en la habitación mal iluminada. Había dos camas individuales y solo una tenía las sábanas puestas. En el tocador, que utilizaba como escritorio, había una máquina de escribir y dos velas encendidas que goteaban en sendos soportes de plata deslustrada. Había pilas de papeles encima de una cómoda. Sobre la cama desnuda había más montones de papel. Agatha miraba a Chilton, con la pluma en la mano, como si se hubiera quedado en medio de una frase.

—Diantres.

No dejó la pluma.

El inspector entró en la habitación y se sentó a los pies de la cama sin sábanas, con cuidado de no alterar los papeles. No se quitó el abrigo. Había una pequeña estufa en un rincón, encendida con carbón, pero sospechó que se apagaría por la mañana. La imaginó despertando con un escalofrío y el aliento visible. ¿Reavivaría el fuego ella misma o llamaría al irlandés? Había revisado la geografía de la casa, pero no sus roles dentro de ella.

—Señora Mahoney —dijo Chilton con no poco sarcasmo. Tuvo que echarse hacia atrás en la silla para mirarlo.

—¿Así se comporta la policía de Yorkshire? —Su voz tenía el tono practicado del enfado de la alta burguesía, pero se dio cuenta de que no lo sentía—. ¿Se cuelan en la habitación de una dama en mitad de la noche?

—He llamado a la puerta. ¿Esperaba a su marido?

Una mirada triste cruzó su rostro. Chilton no quería hacerla llorar. Al menos, como hombre. Como inspector, reconocía que la fragilidad emocional en ocasiones conducía a un derrame de información.

—Me temo que su marido está abajo en uno de los dormitorios con otra dama. Odio ser el portador de tan desafortunadas noticias.

Por fin soltó la pluma y la dejó en la mesilla de noche con la exhalación de alguien cuya concentración ha sido destrozada de manera muy inoportuna.

—Dejémonos de juegos. Sabe muy bien que no es mi marido.

—Pero ¿no era a él a quien se refería con ese «querido»? No es…

—Ni se atreva a decirlo. No tengo la edad suficiente para ser la madre de Finbarr.

—Iba a decir su hermano.

—Se ha convertido en algo parecido a un hermano y lo cierto es que es encantador. Aunque no veo por qué deba ser asunto suyo.

—Lo que me incumbe, señora Christie —Chilton cambió a su verdadero nombre, aunque aún no había confirmado su identidad—, es que trabajo para la policía de Yorkshire. Hay un buen número de agentes buscándola.

—¿Un buen número de agentes? ¿Que me buscan? ¿En Yorkshire?

—En Yorkshire y en toda Inglaterra.

Agatha frunció el ceño. Ni siquiera podía maldecir su mala suerte por haber aterrizado en Yorkshire. Si se hubiera escapado a Derbyshire, Cumberland o Norfolk, otros policías habrían llamado a la puerta de su escondite.

—Por Dios —dijo Agatha, agotada por la noticia—. Qué alboroto.

—¿Así que reconoce que es Agatha Christie?

—No pienso hacer tal cosa. —Pero parecía dudosa.

Si la señorita O'Dea —había empezado a pensar en mí como en una señorita casi sin pensarlo— o cualquier otra mujer hubiera hecho lo que Agatha hizo a continuación, Chilton se habría puesto en guardia y lo habría considerado un intento de manipulación. Sin embargo, cuando ella extendió la mano para tocarle el brazo y cerró los dedos alrededor de la gruesa tela de lana, reconoció el gesto no como un acto entre hombre y mujer, sino de humano a humano. Una súplica genuina y urgente.

—Señor Chilton. ¿Alguna vez ha tenido problemas? ¿Problemas de verdad, de los que vienen no solo de fuera, sino de dentro? ¿De un lugar que ni siquiera reconoce?

Su rostro era sincero y tierno de forma dolorosa. Treinta y seis años es la edad de alguien que se considera joven. Sin embargo, en ese momento, al vivir en una piel de treinta y seis años, no se sentía así. Las mujeres empiezan a creerse viejas muy pronto, ¿verdad? Agatha no se daba cuenta de que era su juventud la que le permitía estar sentada durante horas en aquella silla incómoda, mirando las páginas sin necesidad de gafas, sin que le doliera la espalda. Un día, muy lejos en el futuro, miraría atrás y comprendería que no había sido vieja, ni siquiera de mediana edad, sino joven, con la mayor parte de la vida por delante, por no decir lo mejor de ella.

Dirigió su aguda mirada hacia Chilton y lo evaluó con franqueza mientras le soltaba la manga.

Qué diferente había sido la vida para Agatha desde que había huido con Finbarr. Ya se había convertido en una persona distinta. Una que se quedaba en una casa vacía sin permiso y sin conocer siquiera la identidad del dueño. Como una forajida. Esa vez no se molestaría en dejar dinero por mucho que se aprovechara de la casa. Había escogido la habitación de una sirvienta por su austeridad y su privacidad. Sentada allí con un extraño, con un hombre, no sintió ningún temor ni preocupación por lo impropio. Se había escapado del mundo tal y como lo conocía y había aterrizado en un lugar donde al parecer nada importaba, ni siquiera los grandes grupos de búsqueda, en otro lugar, todo por ella.

—Señor Chilton.

La escuchó y le sorprendió de nuevo la falta de artificio. Su carácter, o a lo que se había visto reducido, o elevado, gracias a cualquiera que fuera el trauma que la impulsaba, exhibía una hermosa crudeza.

Una de las dificultades de haber estado en la guerra era la imposibilidad de apreciar el trauma de otra persona a primera vista. Todo parecía insignificante. Sin embargo, al estar frente a su bello ceño fruncido, la simpatía comenzó a brotar.

—¿Alguien más me busca aquí? En Harrogate.

—No. Esta zona es de mi competencia. Ya imaginará que el grueso de la búsqueda se concentra cerca de su casa. Están dragando estanques y esas cosas.

—No le habrán dicho nada a Teddy, ¿verdad? A mi hija. ¿No le habrán transmitido esa preocupación? —Se levantó; el espacio donde estaba sentada ya le no bastaba para contener el torrente de preocupación.

—No lo sé. —Luego, como el apaciguamiento venía bien en aquellas circunstancias, aunque todavía no había identificado con precisión cómo caracterizar dichas circunstancias, añadió—: Me imagino que no.

No había visto nunca a la niña, pero se la imaginaba mimada y protegida de cualquier noticia o información que pudiera causarle angustia, por el bien de los padres quizá más que por el de la niña. ¿Qué hay más inconveniente que la angustia de otra persona?

Se preguntó si Agatha Christie habría estado alguna vez en su vida tan dispuesta a mostrar sus emociones.

Hizo un esfuerzo por devolverlas a la invisibilidad.

—Dejémonos de juegos, señor Chilton. —Su voz sonaba como si quisiera infundirle la autoridad acostumbrada, pero le temblaba. La vela de la mesa titilaba. La estufa necesitaba más carbón.

—Es la segunda vez que dice eso. No hace falta que lo repita. No me gustan los juegos. Solo quiero llevarla sana y salva a

214 NINA DE GRAMONT

casa. —Cuando ella no respondió, añadió—: Señora Christie, ¿no ha sido suficiente? Le ha dado un buen susto a su marido. Está deseando verla. Ya es hora de poner fin a todo esto y volver a casa.

—¿Ha visto a la chica? ¿La que me ha dicho que vino con el señor Mahoney?

Por fin llegaban a algo. Un misterio a punto de resolverse.

—Resulta que es la amante de mi marido. Mi verdadero marido, el coronel Christie. Ella imagina que pronto será su esposa.

La situación comenzó a tomar forma, aunque no de un modo razonable.

—Parece haber dado con un bache, en ese sentido.

La casa estaba quieta pero cargada de electricidad, con la conciencia de lo que ocurría en el piso bajo sus pies. Los dos jóvenes amantes, por fin reunidos; eso estaba claro. No solo el acto físico, sino la emoción que se arremolinaba a su alrededor, rezumaba por debajo de la puerta y flotaba por la casa como una nueva y embriagadora forma de oxígeno. Apenas se había dado cuenta de que había pasado a pensar en ella como Agatha y no como la señora Christie. En ese momento la niebla los rodeó, íntima en su proximidad.

«La Mansión Atemporal», la llamamos Agatha y yo más tarde. Nunca he vuelto a Harrogate ni a esa casa solariega, pero a veces pienso que, si lo hiciera, si siguiera las coordenadas con precisión, encontraría una extensión vacía de páramo, brezos y zarzas, y la casa permanecería oculta en la niebla durante otros cien años.

—¿Cree que es guapa? —preguntó Agatha—. La chica.

Había estado a punto de usar otra palabra, Chilton se dio cuenta. Respondió con una falta de decoro y una gran honestidad, porque le parecía que ella necesitaba ambas cosas:

—No tanto como usted.

Por un momento, debido a la fervorosa actitud de Agatha, pensó que se inclinaría y lo besaría.

No lo hizo. Solo dijo:

—Por favor, no le cuente a nadie que me ha encontrado. Todavía no. Deme un día o dos más.

Sabía que debía objetar, convencerla, insistir. Rechazar de plano la idea de permitir que permaneciera oculta. En cambio, Chilton se levantó con un asentimiento. Después de todo, no se había cometido un asesinato. ¿Por qué despertar a la gente de sus camas con la estridente invasión de los timbres de los teléfonos? Era una mujer adulta, con medios y posición, libre para tomar sus propias decisiones. Y parecía estar bien. Parecía no querer que nada terminara. Si cumplía con su deber y denunciaba su hallazgo, las probabilidades de volver a verla serían escasas.

—Le juro que no se lo diré a nadie, por ahora. Si promete no volver a moverse. Quédese aquí, por favor, donde pueda encontrarla si fuera necesario.

—De acuerdo. Lo prometo.

Le tendió la mano para que se la estrechara. Piel suave y fría.

—Pobre Finbarr. Espero que Nan no esté jugando con él —dijo Agatha.

—Es usted compasiva.

Ella se rio. Para mostrarse de acuerdo, comprendió.

—Supongo que ya somos dos.

Chilton había considerado su corazón indetectable durante mucho tiempo, por lo que lo sorprendió creer en ella.

—¿Sabe? Por un momento, cuando me miró con tanta atención, casi creí que estaba a punto de besarme.

—No he besado a un hombre que no fuera mi marido en años. No desde el día en que nos conocimos.

—Ha sido una buena esposa.

Agatha asintió con energía. La enfurecía pensar en lo buena esposa que había sido. A Chilton le parecía muy joven y llena de pensamientos impenetrables. Le recordaba a su chica, Katherine, antes de la guerra. Sintió que su mente empezaba a buscar, llevada por la costumbre, la siguiente idea oscura a la que agarrarse, el lado amargo del mundo. Se detuvo.

—Señora Christie.

—Llámame Agatha. —Acortó la distancia entre ambos y lo besó, un beso tentativo pero prolongado. Chilton no se atrevió a levantar el brazo a su cintura. Tenía miedo de que, si se movía, se diera cuenta de lo que estaba haciendo y se acabara, sus suaves labios en los de él, sus manos apoyadas en su pecho. Las bocas de ambos se abrieron lo suficiente como para inhalar el aliento del otro. Sabía a rosas y a hierba de primavera.

—Agatha —dijo, cuando por fin se apartó.

—Será mejor que te vayas. —Casi lo hirió lo uniforme e imperturbable que sonó su voz.

—Sí. —Él no exhibió la misma calma. Su voz se quebró como la de un niño de doce años.

—¿Mantendrás tu promesa? ¿No se lo dirás a nadie?

—Sí.

Chilton cerró la puerta tras de sí. Bajó las escaleras y salió a la calle. Se sintió como un fantasma, como si en lugar de pisar se deslizara, con los pies quietos, flotando a un palmo o más del suelo.

La desaparición

DÍA SIETE

Viernes, 10 de diciembre de 1926

Sir Arthur Conan Doyle amaba demasiado el misterio como para admitir que nunca había oído hablar de Agatha Christie antes de su desaparición. Había rumores de un truco publicitario, ¿y qué? Si se trataba de eso, era uno muy bueno.

A la gente le gusta ser la que resuelve los problemas. Cuantas más personas tratan de resolver un caso, más quiere uno ser quien lo consiga.

Donald Fraser, el nuevo agente de Agatha, despejó su agenda para acudir a una reunión con Conan Doyle. ¡El célebre creador de Sherlock Holmes! Aunque Fraser no veía cómo *sir* Arthur podría ayudar a encontrar a Agatha, ¿podría tal vez persuadirlo de que abandonara a su actual agente y se uniera a la lista de Fraser?

No era que Fraser solo pensara en Agatha desde el punto de vista monetario. Estaba preocupado. Se sentía fatal por el señor Christie. La propia esposa de Fraser había huido con uno de sus escritores la primavera pasada. Esperaba que ella hubiera hecho algo similar. Siempre se había comportado como una dama intachable, pero por entonces también lo había hecho su esposa.

Fraser no confiaba en que Conan Doyle fuera a descubrir lo que todos los policías de Inglaterra no habían encontrado. El hombre era escritor, no detective. ¿Había algo más fácil que resolver un rompecabezas de tu propia invención? Los autores creaban problemas, no los resolvían. Otra escritora de misterio de la época, Dorothy Sayers, ya se había autoinvitado a Sunningdale para buscar pistas y «medir las energías». Agatha Christie no era de las que se metían en esas tonterías. No querría que los charlatanes se involucraran, de eso Fraser estaba seguro.

Conan Doyle, a sus sesenta y siete años (a solo cuatro de marcharse al reino de los espíritus), tenía una figura atractiva y segura. Resultaba casi entrañable que alguien tan robusto creyera en los mensajes del más allá. Una vez que quedó claro que no iba a ser posible convencerlo de que abandonara a su actual representante, Fraser decidió acabar con la reunión. Todo el asunto le entristecía. Quería encontrar a Agatha Christie tanto como cualquier otra persona y no soportaba perder el tiempo en el asunto.

—¿Tiene algo suyo? —El bigote de Conan Doyle se mantenía maravillosamente quieto en su rostro por muy animado que se mostrara—. ¿Pertenencias personales que pudiera haber dejado? Lo mejor es la ropa. Una nota escrita a mano serviría.

Fraser abrió el cajón de su escritorio, donde un precioso par de guantes de cuero llevaba nueve meses esperando el regreso de su dueña. Dudó antes de entregárselos.

—¿Me permite preguntarle qué planea? Los sabuesos ya han encontrado su rastro. Hay un verdadero ejército buscándola en Berkshire. —Fraser mencionó la participación de Dorothy Sayers.

Conan Doyle lo descartó como una ridiculez.

—No tiene ni idea de qué buscar. —Agarró los guantes cuando Fraser trató de retirarlos con vacilación—. Lo que se necesita es una huella espiritual. He estado en contacto con Horace Leaf.

Fraser parpadeó, lo que indicó que el nombre no significaba nada para él.

—Mi buen hombre, es el clarividente más poderoso de Europa.

—Qué interesante que Doyle, de entre todas las personas, recurriera el espiritismo, a médiums y adivinaciones, en lugar de al razonamiento deductivo—. Tenemos la gran suerte de que resida en Londres. ¿Se ha puesto estos guantes hace poco?

—Ah, hace muy poco. La señora Christie estuvo aquí justo un día antes de desaparecer. Sentada en ese mismo sillón.

Conan Doyle asintió y acarició los reposabrazos como si recogiera las moléculas que Agatha había dejado atrás. Levantó los guantes como si los hubiera encontrado él mismo, una pista muy importante.

—Servirán. Horace Leaf lo resolverá. Encontraremos a Agatha Christie, viva o muerta. Por la mañana conoceremos su paradero. Puede estar seguro.

Fraser no sintió ninguna culpa. Si el señor Leaf tenía de verdad algún poder, lo primero que debía adivinar era que los guantes pertenecían a la señora Fraser, que había pertenecido al señor Fraser, hasta que se fugó a Devonshire y le rompió el corazón a su devoto marido.

La pesada puerta se cerró y Fraser se la quedó mirando con melancolía. Tal vez se pasaría por Harrods y le compraría a la señora Fraser un par nuevo; se lo enviaría a Devonshire. Como regalo. A lo mejor tenía frío en las manos.

Le sorprendió no sentirse impresionado por conocer al creador de Sherlock Holmes, sino conmovido por la transitoriedad de la vida en la Tierra. Agatha Christie tenía una nueva novela, *Los cuatro grandes*, que se publicaría en enero. Tal vez fuera lo bastante cortés como para volver con su marido para entonces. O tal vez las imaginaciones más macabras resultaran correctas y apareciera un cadáver, en lugar de la mujer. En cualquier caso, independientemente de que se la volviera a ver, en enero sería un nombre muy conocido en Inglaterra, y acaso en todo el mundo. Lo cual no perjudicaría las ventas de libros.

Fraser suspiró, melancólico por su avaricia. Nada en la vida se desarrolla como uno cree que lo hará.

En la cama de la Mansión Atemporal, me apoyé en el codo, con los ojos puestos en la forma dormida de Finbarr, para verle el rostro con la primera luz de la mañana. El ladrillo que habíamos calentado en el fuego para mantenernos abrigados se había enfriado a nuestros pies. Las pesadas cortinas estaban corridas y la habitación lucía ennegrecida por la oscuridad matinal del invierno. Cuando la luz del sol se coló en la habitación, abrió los ojos y me miró. Pensé en la noche de Irlanda en la que me había acostado a su lado, la única otra vez que habíamos dormido toda la noche en la misma cama.

—La última vez que dormimos juntos, no abriste los ojos por la mañana.

Me agarró las manos y se las puso sobre el corazón.

—Si lo hubiera hecho, me habría casado contigo ese mismo día.

Las lágrimas me llenaron los ojos.

—Ahora estaríamos juntos.

—Ahora estamos juntos.

—No por mucho tiempo. Y no todos nosotros.

Se incorporó. Me di cuenta por primera vez de algo que había pasado por alto la noche anterior. Su pelo negro y espeso estaba domado y recortado. Tenía la nuca afeitada. Le daba un aspecto poco habitual y engañoso de orden. Fue la prueba de lo que parecía una imposibilidad; Agatha Christie estaba allí, allí de verdad. En esa misma casa. Con nosotros. Viviendo, como yo nunca había tenido la oportunidad de hacer, con Finbarr Mahoney.

—¿Te ha cortado el pelo? —Me imaginé las manos de Agatha acariciándole los mechones de la nuca. Pasando los dedos por las gruesas hebras de seda para sujetar, cortar y soltar. Barriendo los restos de sus hombros.

—Así es. —Se pasó la mano por el cuero cabelludo como si acabara de acordarse—. ¿Te gusta?

—Me gusta largo.

Dejé caer la cabeza en la rancia y desnuda almohada. La casa estaba equipada de manera tan miserable que era casi como estar de acampada. Forajidos y prestatarios. Finbarr se levantó para poner otro tronco en el fuego. Me quedé mirando el techo, que tenía medallones tallados e innecesariamente ornamentados. Nunca había pensado en las manos de Archie sobre su esposa con ningún tipo de celos. Pero cómo odiaba pensar en las manos de Agatha sobre Finbarr. Me proporcionó una visión más clara de lo que debía sentir ella al imaginar las manos de Archie sobre mí, para hacer mucho más que cortarme el pelo.

—¿Está aquí, en esta casa, ahora mismo?

—Por supuesto. Ya te lo he dicho. ¿Dónde más iba a estar?

—En su propia casa en Torquay. O en un buen hotel. Tiene mucho dinero, puede permitírselo.

—¿Igual que tú?

No respondí. Finbarr volvió a la cama.

—Ama a su marido, Nan. Lo quiere de vuelta. Devuélveselo y ven conmigo. Haremos lo que deberíamos haber hecho justo después de la guerra.

—Finbarr.

—Volveremos a Ballycotton.

—Estás loco si crees que alguna vez volveré a poner un pie en Irlanda.

—Puedes odiar a Irlanda por lo que te hizo, pero yo también soy Irlanda. ¿Me odias, Nan?

—Nunca. Ya lo sabes.

—Irlanda no es el único país donde pasan estas cosas.

—Pero es donde me pasó a mí.

Cerró los ojos. Le acaricié el pelo recortado de la frente y con las uñas le rocé el cuero cabelludo, deseando que le creciera en su habitual desorden. Sentí lo mismo de siempre. Que era mi persona favorita en la Tierra, la persona a cuya presencia más pertenecía. Al mismo tiempo, a Genevieve la quería más.

—Finbarr —susurré, para borrar la dureza de lo que acababa de decir—. Eres mi favorito. Sigues siendo mi favorito.

Abrió los ojos. Aunque su alegría interior se había nublado, todavía la veía como un recuerdo, la antigua persistencia de la luz del sol. Tal vez pudiera devolvérsela. Así que volvimos a los labios, las manos y los sentimientos furtivos.

No oíamos a Agatha teclear en su máquina de escribir en el piso de arriba. Sabía que era una locura quedarse allí y no revelar su paradero. Debería haber subido al coche de la señorita Oliver, conducir hasta la comisaría más cercana y entregarse.

¡Entregarse! Se indignó ante sus propias palabras. ¿Qué delito había cometido? Ninguno. Tenía todo el derecho a escapar del mundo.

Aun así. Con tanta gente buscando y preocupada, sabía que debía volver a casa de inmediato. Por la misma razón, sabía que no podía volver nunca. ¿Enfrentarse a toda esa gente? ¿Dar una explicación? ¿Mirar de nuevo la cara de Archie y verla desprovista de amor? Imposible.

Esperaba no equivocarse al confiar en que Chilton mantendría su palabra. Por la noche, su cuerpo había vibrado con una respetuosa contención. Sus labios eran más suaves que los de Archie. No olía a ningún tipo de jabón ni a emolientes extravagantes, solo a él mismo, un buen olor a hierba, un toque de agua salada. Ella misma había cambiado su olor en los últimos días; los últimos restos de lavanda se habían desvanecido en favor del humo del bosque y del buen sudor de toda la vida.

No importaba que Chilton fuera un inspector de policía. Confiaba en que le guardaría el secreto. Sabía que lo haría.

Chilton también estaba despierto al amanecer, no se había cambiado de ropa ni había pegado ojo. Apenas recordaba la última vez que había besado a una mujer. Era ridículo sentirse feliz. Todo era un enigma. El mundo entero buscaba a una mujer que él había encontrado y ¿qué había hecho? Besarla y prometerle que mantendría su paradero en secreto. Por mucho que los años lo hubieran cambiado, desde luego no lo habían vuelto más inteligente.

Desde arriba, oyó un golpe inesperado que lo puso en alerta inmediata. Uno no se despierta con gritos un día sin esperar más de lo mismo al siguiente. Sin embargo, después de unos momentos en los que solo hubo silencio, se permitió respirar de nuevo. Ese día se centraría en los Marston, para confirmar la teoría de Lippincott y asegurarse de que no había un asesino suelto. La inacción causaba tanto daño como la acción. Desde la guerra, Chilton se había jurado a sí mismo no causar más daño en el mundo.

No es algo que imagines de niño, las vidas que acabarán por tu mano, aunque finjas con espadas o disparos. Quien más se le quedó grabado en la memoria fue un chico alemán, en una incursión en una trinchera. El chico había salido arrastrándose con las manos y las rodillas y Chilton se inclinó para clavarle una bayoneta en el corazón. Pareció sorprendido, como si nadie le hubiera dicho que ir a la guerra pudiera tener ese resultado. Chilton se sintió tan mal que se arrodilló para dar un trago de agua de su cantimplora, aunque para el chico ya no había necesidad de agua, ni de nada. *¿Qué haces, amigo?*, le había dicho un cabo, mientras lanzaba una bomba a las trincheras. Volvió a enroscar la tapa de la cantimplora. El chico era tan joven que aún tenía las mejillas sonrosadas, una piel translúcida y aniñada, como si nunca se hubiera afeitado. Más tarde, cuando se enteró de que su hermano menor también había sido empalado por una bayoneta, los dos hombres intercambiaron los rostros y pasó a ser Malcolm, su hermano pequeño, el favorito de todos, quien lo miraba con los ojos brillantes por la conmoción. Lo bastante joven como para ser inmortal en medio de los cañones. *Éramos todos unos tontos* —pensó Chilton—. *Pasamos por encima de los cadáveres y seguimos creyendo que la muerte no nos tocaría.*

Desde el piso de arriba, se interrumpió de nuevo el silencio. Oyó un grito, amortiguado al instante, seguido de una puerta que se abría y se cerraba. Se apresuró a subir las escaleras, deprisa pero sin correr, para evitar el golpeteo de los pasos que podría despertar a todo el hotel. En el vestíbulo del piso superior encontró a los Race, una hermosa pareja, ambos con el rostro enrojecido, el del marido por la rabia y el de la mujer por la angustia. El señor Race tenía la mano alrededor de la muñeca de su esposa, la agarraba de un modo doloroso que Chilton sabía que dejaría marca.

—Ya basta, suéltela. —La voz de Chilton fue baja y calmada, como la que usaría con un perro amenazante mientras retrocedía. Salvo que en ese caso no retrocedió, sino que dio un paso adelante.

—Esto no le concierne —dijo Race—. Le sugiero que vuelva a su habitación.

—Por Dios, hombre. Es su esposa. Esa no es forma de tratarla. —La mujer arrancó la mano de su marido y se la llevó al pecho. El hombre hizo un movimiento como para atraparla de nuevo, pero Chilton avanzó otro paso.

»Antes de que despierte a todo el hotel —dijo, con la voz todavía firme—, ¿por qué no acompaño a la señora Race a la cocina a tomar una taza de té? Mientras usted vuelve a su habitación y se tranquiliza.

La pareja se fijó en él por primera vez. Observó cómo procesaban que estaba completamente vestido, incluido el abrigo, mientras que ambos llevaban ropa de dormir; su atuendo, aunque no su comportamiento, era más apropiado para la hora del día.

—Muy bien. —La señora Race se apartó el pelo hacia atrás con un elegante movimiento—. Me vendría bien una taza de té. Gracias, señor Chilton.

Chilton le había prometido un té, pero el personal del hotel aún no había llegado. En lugar de a la cocina, la llevó a la sala de estar, justo al lado del vestíbulo. Chilton estaba muy nervioso, demasiado para calmar a otra persona, pensó. La joven se paseó por la pequeña habitación, con los brazos apretados alrededor de la cintura.

Buscó un cigarrillo en el bolsillo interior de la chaqueta. Cuando lo encendió, ella movió la cabeza hacia él, como si se hubiera olvidado de que estaba allí. Chilton se levantó y le ofreció la pitillera abierta. La mujer sacó uno. Él se volvió a guardar la pitillera en el bolsillo y le encendió el cigarrillo. Siempre era un momento íntimo. Se fijó en que no tenía la muñeca marcada, como había temido, sino que estaba lisa e intacta. El pelo rubio brillante le llegaba hasta los hombros y era sedoso. Aplastado y despeinado por el sueño. Una de esas mujeres que no son conscientes de que son más bellas sin maquillaje o con el pelo sin arreglar. Como Agatha Christie. Una sorprendente e involuntaria sonrisa le movió el labio al pensar en ella.

La señora Race dio una honda calada, con avidez, y luego exhaló una experta corriente de humo hacia un lado.

—Tal vez sea más útil servirle un brandy. He visto que la señora Leech guarda una botella detrás del mostrador de recepción, aunque no puedo dar cuenta de su calidad.

—Suena estupendo. —Se acercó al sofá y se derrumbó en él—. Por qué no empezar a ser el tipo de persona que se sirve un trago y enciende un cigarrillo antes de que salga el sol. ¿Ve en lo que me ha convertido este matrimonio, señor Chilton?

—Me temo que se ha casado con un bruto.

—Me temo que así es. —Habló con los dientes apretados mirando a algún punto fijo detrás de él—. Y ahora estoy atrapada con él. Mi familia nunca aceptaría un divorcio. No les gusta el escándalo.

—¿Sabía cómo era? ¿Antes de casarse?

La señora Race volvió a dar otra larga calada.

—Tenía mis sospechas.

—Entonces, ¿puedo preguntar por qué lo hizo?

—No. No puede, señor Chilton.

—Tal vez entonces le parezca bien que hablemos de otro asunto. Tengo curiosidad por lo del otro día. En el comedor. Pobre señor Marston. Fue muy heroica.

—En absoluto.

—Me preguntaba si había tenido oportunidad de hablar con la pareja. Antes de que acaeciera la desgracia.

—Me temo que no. He estado bastante preocupada con mi propia desgracia. —Apagó el cigarrillo en el cenicero de porcelana de la mesita, con más fuerza de la necesaria. Luego se levantó—. Gracias por su preocupación, señor Chilton, pero ahora debo enfrentar la situación. La vida no es un cuento de hadas. Creía que era algo que ustedes, los viejos, ya habían aprendido durante la guerra.

Salió de la habitación con la cabeza alta, como si fuera bailarina y no enfermera. Chilton dio una calada al cigarrillo y descubrió que ya se había consumido hasta alcanzarle la punta de los dedos. La pequeña quemadura lo despertó y sirvió casi de sustituta de una buena noche de sueño, o de cualquier tipo de noche de sueño.

De vuelta en la Mansión Atemporal, pues así era como había empezado a pensar en ella, Agatha se sentó a la mesa del servicio en la cocina que estaba en el piso de abajo. No se planteó volver a Sunningdale. A diferencia de Styles, esa casa tenía buenas energías. O tal vez las había traído con ella. No solo ella, sino también Finbarr, rebosante de la más inesperada energía desde que habían salido de Newlands Corner con el viento de la emoción a la espalda, dejando atrás las responsabilidades. Podría haberse preocupado por Teddy, pero prefirió no hacerlo. Honoria se ocuparía bien de la niña. Agatha no pensaba preocuparse por Archie y tuvo que admitir que le producía cierto placer que fuera él quien se preocupara por ella, para variar.

Algunos elementos del mundo se habían desmoronado. Estaba escribiendo, como siempre, sin pensar en lectores, agentes ni editores. Agatha escribía para entretenerse, del mismo modo que había fabricado historias en su cabeza cuando era niña, que había hecho girar el aro alrededor del piñonero de Ashfield e inventado personajes. Escribir un libro era un mundo diferente en el que vivir y necesitaba con urgencia un mundo diferente.

Aquellos últimos días, se vestía con la misma colección de ropa de hombre que se había llevado de la casa anterior, además del abrigo de la señorita Oliver, que era cálido y estaba muy gastado. La vanidad, desaparecida. Todavía llevaba su collar de perlas, que había pertenecido a su madre, pero había relegado el anillo al fondo de un cajón vacío en la habitación del servicio donde dormía. Esa mañana se había mirado en el espejo, con el pelo sin lavar y la ropa de hombre, y había creído que, de haber estado delante de sus conocidos, solo la hubieran reconocido los más cercanos. ¿Quiénes eran? No se le ocurría ni una sola persona, ni siquiera Honoria, una compañera a sueldo, para ser francos, que la entendiera tan bien o que la hiciera sentir tan a gusto como el irlandés que la había sacado del mundo.

Incluso en aquella casa, tan grande como era, Agatha oía las pesadillas de Finbarr. Todas las noches desde que se habían escapado juntos, hasta la aparición de Nan, Agatha había salido de su cama para ponerle las manos en los hombros. *Finbarr, querido, despierta.* Al instante, abría los ojos, la miraba y respiraba con gratitud. Dos veces la rodeó con los brazos y la estrechó. Fue un *shock* encontrarse en su abrazo y al mismo tiempo no lo fue. No creía en la reencarnación, pero, de haberlo hecho, habría pensado que se habían conocido en una vida anterior. Una pareja improbable en teoría, pero con todo el sentido en la práctica. Eso hizo que se diera cuenta de la importancia que había tenido su marido. De alguna manera, se había convertido para ella en el rostro de todos los hombres y la forma en que la miraba reflejaba la forma en que Agatha se presentaba ante todos. Finbarr representaba una especie completamente diferente y había caído con él en un ritmo extraño pero perfecto.

Lo que significaba que podía hacerlo con otro. A su madre no le habría gustado la idea de que se casara con un inspector de policía, pero su madre no estaba allí para objetar, ¿verdad? Rompió a reír, lo que la horrorizó y la alivió, reírse tan pronto al recordar la muerte de su madre.

—¿Algo gracioso?

Era yo, en la puerta. Enrojecida por el amor, con el pelo alborotado y la barbilla levantada en señal de desafío. Verme apenas la perturbó. No me envidiaba ni quería hacerme daño. Ni siquiera encontró mi presencia como una intrusión particular. Otra fugitiva. Mientras aceptara mantener el secreto, me permitiría subir a bordo. Parecía haber olvidado ya la misión que Finbarr le había encomendado.

—Hola, Nan.

—Hola, señora Christie.

No me sentía tan optimista con ella, en aquel momento, como ella con respecto a mí. De alguna manera, me enfureció. Verla en la mesa del servicio. Ella, que había crecido en casas cavernosas con nombre propio. Cuya idea de penurias económicas eran cien libras al año por no hacer nada. Un piso de cinco habitaciones con un mayordomo y una criada. Una vida en la que deseaba cosas, una carrera como escritora, un marido, una hija, y se le concedían, como si querer fuera sinónimo de poseer. Por el bien de una mujer como Agatha, cien personas más sufrían siempre.

—Vamos —dijo. No comprendía su alegre disposición—. Llámame Agatha, ¿quieres? Seguro que a estas alturas podemos prescindir de las formalidades. Las dos estamos a la fuga.

—No estoy huyendo. Estoy de vacaciones.

—Unas vacaciones bastante inusuales. Me pregunto qué diría Archie al respecto.

No respondí.

—Ya. Sabía que no lo amabas.

Me senté en la mesa. Agatha se levantó para traer otra taza de té.

—Me temo que no hay leche. —Me la sirvió.

—Supongo que Archie no tendría derecho a decir nada al respecto, ¿verdad? Todavía no.

—Cierto. —Podría haberme hablado de su última noche con él, pero no lo hizo. Era la primera vez que estábamos juntas desde que el engaño por fin se había descubierto. Supongo que le gustaba mantener el suyo en cierto modo. Esperaba que empezara a exigirme que renunciara a su marido, pero se limitó a sentarse, beber el té y observarme hacer lo mismo. De alguna manera, me ablandó. Quizá si dejaba de envidiarle su buena suerte, por fin recibiría la mía.

—¿Cómo están las provisiones aquí? ¿Durarán un tiempo?

—Hay fruta en lata. Lengua en lata y arenques. Sardinas. Un montón de vino, si es lo que quieres. Finbarr va a por comida fresca a la ciudad. Manzanas y queso. Tenemos suficiente para aguantar un tiempo. Pero no para siempre, por supuesto. Además, no sabemos cuándo volverán los propietarios.

—No parece que tengan intención de hacerlo pronto, ¿no? —dije.

—No. Pero es imposible predecir lo que hará la gente.

—Una parte de mí sería capaz de subir al piso de arriba. No volver a comer ni a beber. Marchitarme hasta convertirme en un esqueleto en sus brazos.

—¿Como Elvira Madigan y Sixten Sparre? Una historia terrible. Si pudiéramos hablar con sus fantasmas, estoy segura de que nos dirían que no mereció la pena. Nunca me han gustado mucho los romances. Sobre todo los trágicos.

—A mí tampoco —mentí. Si la idea de verme muerta en brazos de Finbarr, o en cualquier parte, la complacía, allanando así el camino de vuelta a su marido, su rostro no lo delató.

—Finbarr me ha dicho que quieres ser escritora.

—¿Eso ha dicho? —Qué humillante. Me pregunté qué más le habría contado—. Solía ser cierto, supongo.

Finbarr llegó en ese momento, cargado de decisión y energía.

—Buenos días, Agatha —dijo, como si fueran iguales, los mejores amigos.

—Buenos días, Finbarr, querido —respondió con auténtica calidez y recordé cómo todo el mundo siempre lo quería. Antes pensaba que se debía a su insistente alegría, pero para entonces la había perdido y el amor que inspiraba seguía allí.

Transcurrieron varios minutos de intercambios domésticos. Finbarr sacó una barra de pan de la despensa, mientras Agatha encontraba algo de mermelada y le servía un poco de té. Era extraordinario de presenciar. Me senté, sin ayudar, y al final la comida se posó ante mí.

—¿Has sabido algo de nuestro hombre? —preguntó Agatha, cuando todo volvió a estar en orden.

Miré a Finbarr, cuyo rostro se negaba a ensombrecerse o a reconocer a ningún otro como «mío».

—No. No desde hace días. No sabe dónde estoy.

—Ya somos dos.

—Está muy preocupado por ti —dije.

—¿Cómo lo sabes si no has hablado con él?

—Bueno, lo estaba, la última vez que hablamos.

—Hace unos días lo habría considerado una buena noticia. Ahora me parece que no me importa mucho, si he de ser sincera.

No tenía forma de saber que la sonrisa de su rostro se debía, al menos en parte, al beso de la noche anterior con Chilton. Me limité a pensar: *Pobre Archie. La semana pasada tenía a dos mujeres que luchaban por sus atenciones y esta semana no le queda ninguna.*

—Finbarr quiere que te diga algunas cosas —dijo Agatha.

—Ah, ¿sí?

—Antes de empezar me gustaría recordarte algo. En toda mi vida, nadie me ha hecho tanto daño como tú.

En parte porque no soportaba que Finbarr viera la interacción, levanté las manos para cubrirme la cara. Agatha se estiró sobre la mesa y las apartó.

—Eso no va a pasar. No vamos a hacer que te consuele por todos los males que me has causado.

Miré a Finbarr. Tenía los ojos concentrados en Agatha; contaba con que me dijera lo que él quería y lo arreglase todo.

—Yo también he sufrido agravios. —Sabía que mi voz sonaba siniestra, pero no me importaba—. He perdido algo mucho más valioso que un marido.

—Finbarr me ha puesto al corriente de parte de tu historia. Cosas que no sabía. Me atrevo a decir que Archie tampoco lo sabe. ¿Es así?

¿Era una amenaza? Me moví para lanzar una mirada acusadora a Finbarr, por haberle revelado lo que muy poca gente sabía.

Entonces dijo algo que me sorprendió:

—Siento lo que te pasó en Irlanda. —Todavía tenía las manos sobre las mías—. Lo siento muchísimo. Una blasfemia. Abominable. Un ultraje.

Pensé en que era la primera disculpa que había recibido de parte de nadie en relación con mi estancia en Sunday's Corner. También supe, y sigo convencida de ello, que no tenía nada que ver con lo que dijo a continuación:

—¿No le dirás a nadie dónde estoy?

—No —prometí—. No lo haré.

En todos los años transcurridos desde la desaparición de Agatha Christie, en medio de todas las conjeturas sobre su estado mental, sus actividades y sus motivos, ni una sola persona ha acudido a mí en busca de respuestas. A la gente le gusta seguir un guion muy concreto. Nunca se le ocurrió a nadie que ella y yo podríamos ser amigas, después de todo. Que la razón por la que se mantuvo siempre callada no fue para protegerse a sí misma, sino a mí.

Con el tiempo, superaría todo aquello. Se volvería a casar, con un hombre mucho más joven, y triunfaría de un modo que nadie había imaginado. Las cosas le saldrían bien, como nunca me saldrían bien a mí. Como rara vez le ocurría a nadie.

Por entonces, seguimos sentadas y nos miramos por encima de la estrecha mesa, mientras el fuego de la estufa crepitaba de forma acogedora. Nos negamos a decir lo que la otra más quería oír. Mientras, Finbarr nos acompañaba, creyendo que su misión estaba en camino de cumplirse, sin saber que un día cercano, sin importar lo que se dijera o se hiciera, yo pasaría a ser también la señora Christie.

Aquí yace la hermana Mary

El padre Joseph amaba Inglaterra. En 1919, eso lo convertía en un irlandés inusual. Aquel mes de junio, atacaron a una pequeña patrulla británica en Rathclaren y, durante el sermón, interrumpió su habitual discurso contra la lujuria para manifestar su oposición:

—La corona y la patria. —Golpeó el podio—. Eso fuimos a defender en la guerra y ahora estos bobos quieren destruirlo todo.

—Es un alivio, ¿verdad? —La hermana Mary Clare me dijo una tarde—. Que no nos tengan en cuenta que seamos inglesas. A veces he pensado en volver a casa y unirme a una orden británica. Pero con el padre Joseph al mando, no me parece necesario. —Sonrió más para sí misma que para mí—. En realidad, creo que eso me hace su favorita. Ser inglesa.

Caminaba a mi lado mientras todas las chicas se alineaban en el pasillo para la Hora Santa, un ritual que tenía lugar el primer viernes de cada mes. La hermana Mary Declan me miró y frunció el ceño, pero era una monja la que me hablaba, no otra chica, así que me adelanté y contesté.

—Ah, ¿sí? —Intenté que mi tono sonara ocioso, pero sentí que la sangre me abandonaba el rostro, preocupada por si ser inglesa atraía la atención del cura hacia mí.

—Todo este asunto del IRA no es más que algo pasajero —continuó la hermana Mary Clare, sin notar mi malestar—. Me sorprendería que se alargara otro mes. Cabría pensar que estos chicos ya han tenido suficientes peleas y han visto bastantes horrores como para causar más en su propio país.

—¿El padre Joseph sabe que soy inglesa?

—Nunca le he oído decir una palabra sobre ti, de una forma o de otra.

Sus palabras deberían haberme aliviado. Sí que parecía ser invisible para el padre Joseph, como si un manto mágico me protegiera, pero me aterraba que eso cambiara.

La hermana Mary Clare me apretó la mano y se alejó antes de que entráramos en la capilla, tarareando su habitual e inquietante melodía. Tenía una voz bonita, aunque nunca ponía letra a sus canciones. La seguí oyendo mientras permanecí al lado de mis compañeras de penitencia, inmóviles durante quince minutos, con los brazos extendidos a los lados como si estuviéramos colgadas de la cruz. Si alguien se estremecía, la hermana Mary Declan nos hacía empezar de nuevo. Ese día, estuvimos una hora entera en la capilla. Me costó mucho no temblar mientras pensaba en el amor del sacerdote por Inglaterra. Sentía las manitas de mi bebé, que me presionaban las paredes del vientre, y agradecí que no hubiera visto nunca el mundo exterior.

Un martes llegó una chica nueva y el viernes se escapó, sin que nadie supiera cómo. Se desvaneció sin más, sin decir una palabra a nadie. Las campanas repiquetearon y las monjas corrieron. Me animé cuando no volvió. Al día siguiente, mientras trabajaba en el cementerio, miré a través de los barrotes para deducir la ruta que habría tomado. Al otro lado de la valla que rodeaba las tumbas se veía la entrada del convento, la puerta de hierro forjado que se abría para dejar entrar a los visitantes. Me di cuenta de que en la esquina, donde la puerta se unía al muro de cemento, una barra estaba podrida y había caído en la hierba alta. El espacio que dejaba era demasiado pequeño para que me deslizara por él con el embarazo. Pero no estaría embarazada siempre.

Las otras dos chicas trabajaban en obediente silencio, arrancaban las malas hierbas y limpiaban los líquenes de las lápidas. Me arrodillé y tiré de la barra para colocarla en su sitio y encajarla de modo que las grietas no fueran visibles a menos que las examinaran de cerca.

Aquella tarde, la hermana Mary Clare se sentó a mi lado en la sala de costura, donde trabajaba junto a un grupo de chicas remendando uniformes antiguos. Otras chicas que, a diferencia de mí, eran hábiles con las agujas de tejer, se ocupaban de los abriguitos de matiné que usarían los bebés para mantenerse calientes. Rezaba para que mi bebé nunca tuviera uno de esos. Saldría de allí demasiado pronto para que las monjas la vistieran. Cualquiera que fuera la ropa que llevara mi hija, no sería fabricada en el convento.

—Nan, querida —me dijo la hermana Mary Clare, sentada en uno de los mismos taburetes sin respaldo que usábamos las demás—. No pareces tú misma.

Me dio una palmadita en el brazo.

Dos monjas entraron con bebés y las chicas a las que les pertenecían dejaron de lado sus labores para atenderlos.

—¿Qué habría sido si no se hubiera hecho monja? —le pregunté a la hermana Mary Clare mientras ejecutaba una puntada torpe.

—Madre, por supuesto. —Sonrió hacia los bebés lactantes y luego citó a Coleridge, aunque en ese momento creí que eran sus propias palabras—. «Una madre sigue siendo una madre, la cosa viva más sagrada».

Dejé caer la labor en mi regazo y me cubrí la cara con las manos al pensar en Bess. ¿Seguía siendo la cosa viva más sagrada, tras la muerte de su bebé?

—Bess. Pobre Bess.

—Ya está, ya está. No te preocupes por Bess. Ahora es una esposa. Tendrá otro bebé, uno que será bautizado como es debido. Tendrá diez bebés gorditos y felices que se arremolinarán a sus pies.

Rompí a sollozar y la hermana Mary Clare me frotó la espalda en suaves círculos. Habría sido una buena madre.

—Anímate. El joven de Bess volvió a por ella. Tal vez el tuyo también lo haga. Ya habrá leído la carta que le envié. —Me dio un pañuelo y me soné la nariz.

»Ten. —Metió la mano en la manga—. Te he traído un regalito.

Me puso en la mano un trozo de pan de molde, todavía caliente, untado con mantequilla fresca, un lujo que no había visto desde que me había ido de casa. Miré a las otras chicas con gesto de disculpa.

»Adelante, come. Tus amigas no te van a envidiar por un capricho, ¿verdad, chicas?

Ninguna levantó la vista para enfrentarse a su mirada desafiante. *Debería haberlo visto*. Pero no podía permitírmelo. Mordí el pan y la mantequilla se me derritió en la lengua. Sabía tan bien que tuve que contenerme para no decirle a la monja que la quería.

Aquella noche, soñé que el rostro carnoso del padre Joseph se cernía sobre el mío. Sus manos venosas me manoseaban. Sus gemidos y resoplidos.

—¡No! ¡No! ¡No!

Me desperté ya sentada. Las manos me cubrían la cara y olían como si fueran de otra persona. Aquel lugar era muy extraño. Fiona estaba a mi lado y me palmeaba la espalda, sin preguntar. Todas teníamos sueños idénticos, buenos y malos. En ese sentido, y tal vez solo en ese, la teoría del padre Joseph sobre nuestra similitud era correcta.

—Dímela —susurré. Fiona recitó la dirección de mis padres en Londres, con una voz ligera y alegre como la de un hada.

Éramos muchas más que ellos. ¿Y si nos hubiéramos unido? ¿Una revolución? ¿Un centenar de chicas que se rebelaban contra un puñado de monjas y un cura lascivo? Teníamos más motivos por los que luchar que ningún soldado del IRA. Podríamos haber derribado a nuestros captores y regresado al mundo, para recuperar nuestra juventud y a nuestros hijos.

Bess y su estadounidense se casaron antes de cruzar el Atlántico, con un sacerdote anglicano en Londres. Se asentaron en Filadelfia. ¿Lloraron sus padres en Doolin cuando ella nunca regresó? ¿O se alegraron de haberse librado de su pecado y su vergüenza?

Eso ya no le importaba. Echaba de menos a sus hermanos y siempre querría a su hermana pequeña, pero los únicos pecados en los que seguía creyendo eran los que se habían cometido contra ella. No volvería a pisar una iglesia mientras viviera.

Por la noche se aferraba a su nuevo marido. Nunca lo culpó por haber llegado demasiado tarde. Eran una sola unidad ante la pérdida y los crímenes que les habían perpetrado a ambos. Sin embargo, al que había sufrido Bess lo soportaba ella sola. Lo soportaba a diario y todas las noches, incapaz de expulsar el recuerdo de la invasión del sacerdote.

Luego estaban sus brazos, que le dolían como solo duelen los brazos de una madre que están vacíos de su hijo y siempre lo estarán.

—Ronan —decía durante todo el día, sobre todo cuando nadie la oía. En diferentes tonos. Con cariño. Para reprender. Entre risas. Orgullosa. Como si su fantasma la acompañara, como él mismo habría hecho, de haber estado allí a su lado; como el reflejo de todas las emociones que debería haber experimentado, en lugar de las que experimentó.

La desaparición

El viernes por la mañana llovió en Sunningdale. La temperatura había subido. Teddy estaba en la ventana de su habitación con un conejo de peluche en las manos al que Agatha había llamado Touchstone. Se lo había regalado antes de que Archie y ella se fueran a dar la vuelta al mundo.

—Una parte de mi amor está almacenada dentro de él —le había dicho a la niña, mientras le ataba una cinta azul alrededor del cuello—. Mientras lo abraces, mi amor estará siempre contigo. Cada vez que lo abraces, yo te devolveré el abrazo.

—Touchstone es una chica, no un chico —insistió Teddy. No le interesaban los hombres. Eran las mujeres las que cuidaban de ella. Todos los juguetes que tenían cara eran chicas. Sonny, la perrita de madera, también.

A pesar del clima, Sunningdale estaba lleno de gente. Teddy observó cómo la lluvia torrencial se agolpaba en la ventana. Vio personas fuera con chubasqueros, pero no le pareció alarmante; estaba acostumbrada a que pasaran cosas en la propiedad que no tenían nada que ver con ella. Dejó a Touchstone. El perro de su madre se le puso al lado del tobillo y lo levantó para que mirase también por la ventana. Peter ladró un par de veces al ver a los extraños y luego se acomodó, resignado, en sus brazos. Normalmente, cuando Agatha viajaba, se llevaba al terrier con ella. Teddy se alegró de que esa vez lo hubiera dejado. Era divertido tenerlo para ella sola, siempre a su lado. Ladró, con su agudo y gracioso «guau», cuando alguien nuevo subió por el camino.

—Ya está, ya —le dijo Teddy a Peter—. No hay necesidad de ponerse así.

Se apartó de la ventana y se dispuso a vestirse para ir al colegio. Ese día seguramente Honoria y ella irían en coche en lugar de a pie, dado el tiempo que hacía.

La prensa había bautizado la investigación sobre el paradero de Agatha como «La Gran Búsqueda». Como si fuera una novela o una película. Un evento deportivo, un pasatiempo nacional. O una guerra. Los agentes de policía y los ciudadanos se desplegaban por toda Inglaterra para hacer su parte.

—Qué presuntuoso que califiquen la búsqueda como «grande» —espetó Archie a Thompson mientras sostenía un periódico con la frase blasonada en un titular gigante—. No han encontrado ni la huella de un pulgar.

Thompson se cruzó de brazos y miró al hombre que acababa de entrar en su despacho de la comisaría de Berkshire como si fuera a regañar a un infante. Por supuesto, el subcomisario esperaba que Agatha Christie apareciera viva, pero parecía más improbable cada día que pasaba. Las personas vivas aparecían rápido. Los muertos se tomaban su tiempo, sobre todo si un asesino se había esmerado en ocultarlos.

—Han encontrado a todas las mujeres muertas de Inglaterra —continuó Archie, sin imparcialidad. Solo se había hallado a una mujer muerta, la pobre señorita Annabel Oliver—. Excepto a la que se supone que están buscando.

Thompson quiso levantar una ceja y no lo consiguió. Un gesto que Archie tenía en su repertorio y al policía le molestó darse cuenta de que había intentado imitarlo.

—¿Buscamos a una mujer muerta, entonces? —El tono de Thompson pretendía recordarle quién estaba al mando y quién sabía qué.

—No —insistió Archie—. Está viva. Sé que lo está.

—Tienes razón al decir que no se nos da muy bien encontrar mujeres. ¿Sabe a quién más no hemos conseguido localizar? A la señorita Nan O'Dea. Parece que ha desaparecido tanto de su lugar de trabajo como de su piso.

Thompson no le dijo a Archie que no estaba preocupado por mi bienestar. Un agente había pasado por la Imperial British Rubber Company y se había enterado de que había telefoneado para informar de que mis vacaciones durarían unos días más de lo previsto. El subcomisario pensó que sería mejor esperar a que se confirmara el asesinato para entrevistarme.

—No hay necesidad de molestar a Nan —dijo Archie—. No hace ninguna falta. Es la última persona que sabría dónde se ha metido Agatha.

—¿Y quién diría que es la primera?

Una mirada oscura y apenada cruzó el rostro de Archie, que entonces decepcionó a Thompson al romper a llorar. Aunque el coronel Christie resultara no ser responsable de la desaparición de su esposa, el policía no deseaba desperdiciar ni un ápice de compasión con él. Justo el día anterior había concedido una entrevista bastante desafortunada al *Daily Mail*, en la que había insistido en que su esposa nunca se haría daño a sí misma, pero después había añadido que, de hacerlo, con toda seguridad usaría veneno. Como tantos hombres que se creían por encima de todo reproche en hechos y palabras, con la certeza de ser importantes, Archie no tenía ni idea de cómo censurarse a sí mismo. Thompson, como tantos otros en posiciones de poder que, sin embargo, se encontraban en verdad subordinados a los Archies del mundo, disfrutaba al imaginar su caída. No deseaba sentir ni una gota de bondad hacia él, por lo que le era muy inconveniente que las lágrimas de Archie Christie parecieran surgir de una agonía genuina e incontrolable.

Archie condujo a casa de su madre bajo la lluvia, temblando. Había salido de Styles sin abrigo, lo que no era habitual en él. Se había echado a llorar delante de otro hombre y no sentía vergüenza ni nada, salvo la misma pregunta insistente y enloquecedora: *¿Dónde está Agatha?*

Se arrepentía de la entrevista en el *Mail*. Como si la policía no lo hubiese tenido ya en el punto de mira. No más prensa, se juró, no pensando en él, sino en su mujer. Era tímida. Tímida. La idea que tenían algunos de que todo era un truco publicitario era absurda. Su mujer nunca haría algo así. Si estaba viva, ¿cómo era posible que no hubiera visto los artículos de los periódicos que salpicaban toda Inglaterra, y el mundo entero, con su nombre? Se horrorizaría. Al primer vistazo a un titular que revelara su edad, nada menos, llamaría a Archie o se entregaría a la policía, o simplemente tomaría un tren para volver a casa. Eso era lo que más le preocupaba. ¿Dónde estaba para que la prensa no la hubiera alcanzado? El único lugar que se le ocurría era la muerte.

Dorothy Sayers, que se consideraba médium además de novelista, había llegado a Silent Pool y afirmaba que sentía la ausencia de Agatha en la región. Eso sí que era un truco publicitario; una mujer atroz, dispuesta a sumarse a cualquier tipo de infamia hecha a medida para vender novelas policiacas por centenas. *Sir* Arthur Conan Doyle había telefoneado para dar la triste noticia de que había consultado a un vidente que le había asegurado que Agatha ya no habitaba el reino mortal.

—Hacemos lo posible para recibir noticias directas de ella —había dicho, y Archie se marchó sin responder, maldita fuera la Orden del Imperio Británico. Todo era una tontería, la idea de que los espíritus comunicaran lo que cientos de hombres vivos no habían encontrado con sus propios ojos y manos.

Aun así, cuando llegó a casa de su madre, apagó el coche y apoyó la mejilla en el cristal de la ventanilla del conductor. Cerró los ojos y trató de intuir si Agatha se había marchado del mundo. ¿Puede un hombre vivir con una mujer durante años, dormir a su lado cientos de noches, sin que las moléculas de su cuerpo se reorganicen de forma palpable tras su muerte? Olvidó que se habían separado, en cuerpo o en afecto. Olvidó que «divorcio» era una palabra que existía en el idioma.

Está viva —pensó—. *Sé que lo está.*

Agatha era tímida, encantadora, atenta y correcta. Era considerada. Se horrorizaría si se enteraba del revuelo que se había montado en su nombre. Era imposible que estuviera viva y que ningún periódico hubiera llegado a sus manos. Y era imposible que, tras ver un periódico, no hubiera vuelto corriendo a casa.

Sin embargo, estaba viva. Tenía que estarlo.

—Nunca quise que te casaras con esa mujer, ¿verdad?

Peg Helmsley, tras soltar esa frase descomunal, alargó el bastón de mango plateado y lo blandió en el aire hacia su hijo, como una espada. Años atrás, cuando Archie había dado a su madre la noticia de su compromiso, Peg se lo había prohibido. No era más que un joven subalterno y ella no pensaba darle ni un céntimo. Además, desaprobaba los cuellos redondos de Agatha. ¡Enseñaba el cuello! Peg venía de una estricta familia católica irlandesa, de doce hijos. Agatha, que iba con el cuello al aire y que ya había estado comprometida una vez, bien podría haber sido una corista. Cuando los dos siguieron adelante y se casaron a pesar de las objeciones de Peg, la anciana se echó a llorar y se quedó en la cama durante días.

—Nada de esto es culpa de Agatha —dijo Archie. Una parte de él la culpaba. Si hubiera gestionado el tema de su *affaire* con más compostura, como la habían criado para que lo hiciera, entonces lo único que habría tenido que afrontar, en lo referente a su madre, habría sido la inevitable reacción violenta cuando descubriera a Nan.

Peg bajó el bastón. Su segundo marido, William, había salido a dar un paseo. Estaban los dos solos, Archie y ella, el momento perfecto para una confesión. Se acercó a su hijo y le puso la mano en la solapa.

—No habrás hecho algo espantoso, ¿verdad, Archie?

—Por Dios, madre. Por supuesto que no. —Dio un paso atrás con tal brusquedad que la anciana se tambaleó hacia delante. La agarró por los codos y la ayudó a sentarse en una silla.

—He tenido que prohibirle a William que trajera los periódicos —dijo Peg con un golpe indignado del bastón—. A cualquiera le daría un ataque por leer sobre su propia familia en la prensa. Es una humillación, eso es lo que es. Si Agatha no está muerta, no pienso perdonarla por esto.

Archie se hundió en el sofá frente a ella. Habría asentido con la cabeza si no le hubiera afectado tanto que su propia madre lo creyera capaz de matar a su mujer. Aunque la realidad era que su respuesta, «por supuesto que no», no era del todo cierta. Le había hecho algo terrible a Agatha y eso había provocado su desaparición. Recordó las marcas en sus muñecas y su insensibilidad ante ellas. Por el momento, lo único que no le había hecho a su mujer era asesinarla.

En casa, por la noche, Archie fumó su pipa y se sirvió un *whisky* tras otro hasta que el sentimentalismo se apoderó de él. Subió las escaleras a la habitación de Teddy, donde la niña dormía con una respiración profunda e imperturbable. Era la primera vez que la veía en todo el día, quizás en varios días; los dos revoloteaban por distintos rincones de la casa, pues su cuidado no era tarea de Archie. Se sentó en la cama. Peter estaba acostado a su lado. Archie le habría acariciado la frente a su hija, pero no quería despertarla, así que en vez de eso agarró el conejo de peluche que le había regalado Agatha y sollozó sobre el aterciopelado pelaje.

Teddy se quedó quieta, con los ojos cerrados para que no supiera que estaba despierta. La incomodaba tener a Archie allí. Oírlo llorar, por el amor de Dios; los padres no estaban hechos para llorar.

No es que le tuviera miedo. No tenía miedo de nadie. Gracias a la vida que le habían dado Agatha y Archie, Teddy nunca descubrió de lo que son capaces los hombres.

De vuelta a la mañana:

En Harrogate también llovía y las ventanas de la Mansión Atemporal chorreaban agua. Después de desayunar, Finbarr, Agatha y yo subimos las escaleras; Agatha volvió al piso superior para escribir. Yo quería regresar a la habitación, pero Finbarr negó con la cabeza:

—En el hotel se preocuparán por ti. Es mejor no llamar demasiado la atención. A no ser que prefieras irte de Inglaterra conmigo hoy mismo.

—Por supuesto que querría hacerlo —dije, en un tono que indicaba sin lugar a duda que no lo haría.

Me llevó de vuelta al hotel en el Bentley de la señorita Oliver. Cuando entré en el vestíbulo, la señora Leech le dio la razón al decir:

—Ahí está, señora O'Dea. Estábamos casi a punto de convocar a los perros para buscarla.

—Lo siento mucho. Me encanta pasear por esta hermosa campiña.

—¿Con este tiempo? Acabará muerta. ¿Por qué no reserva un tratamiento?

Le prometí que lo haría más tarde y me hizo pasar al comedor. Ya había terminado el desayuno, pero había té y bollos en el aparador. No tenía mucha hambre, pero me senté a mirar por los ventanales. Todo mi cuerpo vibraba con Finbarr. Sorbí el té, que se había enfriado un poco.

—Señora O'Dea. ¿Me permite acompañarla?

Era Chilton, desaliñado, guapo y con los bordes desdibujados. No lo había oído entrar, más un fantasma que un hombre.

—Le gusta merodear, ¿no?

—En absoluto. —Se sentó, aunque no le había dicho que sí—. La señora Leech me ha comentado que ha prolongado su estancia.

—¿Eso ha hecho? Qué indiscreción por su parte.

—Estaba preocupada por usted. Y, por lo visto, soy el experto en mujeres desaparecidas.

Chilton tenía esa forma de ser que hacía que todo lo que decía sonara como una reflexión más que como un dictamen. Un encanto interior, una voluntad de cuestionarse a sí mismo, aparente en su exterior. Sospechaba que podría sentir cariño por él hasta el momento en que me pusiera las esposas. Tal vez incluso después. No era el tipo de hombre al que se le echa la culpa. Se dejaba llevar por el mundo igual que el resto y lo hacía lo mejor que podía para salir adelante. Era tan poco amenazante para mí que me pilló totalmente desprevenida cuando dijo:

—He estado con el forense.

—¿No me diga?

—Sí. Pobres Marston. No tuve oportunidad de conocerlos bien. ¿Y usted?

—No. Un asunto espantoso. Es bastante común, ¿verdad? Una mitad de un matrimonio muere y la otra la sigue por pena. ¿Me disculpa, señor Chilton? Creo que me gustaría acostarme un rato.

Me levanté y empujé la silla hacia atrás con demasiada brusquedad. Hizo un ruido espantoso. La sien empezó a palpitarme, el comienzo de un dolor de cabeza. No era fácil funcionar con tan pocas horas de sueño.

—Buenas noches, señor Chilton. —Luego, me corregí—: Buenos días.

Chilton me vio salir, pensativo. Encendió un cigarrillo. Tomó el bollo que yo había abandonado y le dio un mordisco. Decepcionado, en cierto modo, porque no había mostrado ningún indicio de saber que había estado en la mansión la noche anterior. ¿Nos imaginaba a Agatha y a mí cotilleando sobre el beso como colegialas?

La lluvia amainó. Se tocó los labios y se levantó para salir del comedor. Pensó en dormir un rato, pero cambió de opinión y se dirigió a la biblioteca de Harrogate. Al pequeño y acogedor edificio lo dirigía una bibliotecaria de pelo blanco, que saludó a Chilton al entrar. Le preguntó si sabía de memoria si tenían algún libro de Agatha Christie.

—Los han sacado todos —dijo la bibliotecaria, la señorita Barnard. Levantó el periódico y le mostró una foto de Agatha, con una niña de ojos grandes sentada en el regazo—. Hay mucho interés por ella estos días. Con su trágica desaparición.

La señorita Barnard le señaló una mesa en la que había una serie de novelas nuevas apiladas. Chilton las hojeó con la intención de intentar encontrar algo que me agradase más que la novela de Willy que me había visto sacar de las estanterías del Bellefort. Se dio cuenta de que había elegido el libro sin entusiasmo y creyó que le convenía hacerse amigo mío, a pesar de mi resistencia. Después de un rato de examen, posó la vista en *La cuchara de plata*, la última entrega de la saga Forsyte de John Galsworthy. Mientras se guardaba la novela bajo el brazo bueno, se fijó en una mujer, sentada en una mesa de la sala de al lado, con una pila de libros frente a ella, mientras estudiaba con atención el que tenía abierto; era Agatha Christie. Para salir se había puesto su propia ropa, falda y medias. Estaban en muy mal estado, arrugadas y embarradas en el dobladillo, lo que hacía que su aspecto fuera casi tan llamativo como si llevara la ropa de hombre.

Chilton cruzó la sala a paso ligero. Estaba tan absorta que tardó un momento en mirarlo.

—Vaya, señor Chilton. —Se puso roja, una visión maravillosa. Como si se hubiera sorprendido por la forma en que se le calentaba el rostro, se tocó la mejilla y luego retiró la mano deprisa, aún más avergonzada por ser tan transparente.

—Por favor, llámame Frank.

Sin falta de ningún acuerdo verbal, los dos se levantaron. Agatha llevaba un abrigo largo de lana, de la talla equivocada, demasiado ancho y corto. Chilton la ayudó a recoger la pila de libros y se dirigieron juntos al mostrador. Se sorprendió al oír que Agatha decía que era la señora O'Dea.

La señorita Barnard levantó la vista con una sonrisa. Entonces algo en su rostro cambió.

—Dios santo. Se parece usted a la autora desaparecida. Por la que preguntaba antes. —Señaló a Chilton y luego giró el periódico hacia ellos para mostrarles de nuevo la foto.

Había sido culpa de Chilton. Debería haberle advertido e impedirle que se mostrara ante la bibliotecaria. Vio cómo Agatha se llevaba las manos al collar de perlas y palidecía casi a la misma velocidad a la que se había sonrojado antes. Para socorrerla, le pasó el brazo por los hombros.

—Querida, sí que te pareces un poco, ¿no crees? —A la bibliotecaria, le dijo—: Mi mujer detesta que le digan que se parece a otra persona. Le gusta ser original.

Dudosa, la señorita Barnard volvió a mirar la foto y luego a Agatha:

—Bueno —dijo, medio convencida—, espero que encuentren a la pobre mujer con vida. Parece poco probable a estas alturas, ¿no?

—Sí, así es —dijo Chilton.

Agatha, sin la pila de libros, ya se había dado la vuelta y se dirigía a la puerta. Chilton lo recogió todo, incluido el libro de Galsworthy para mí, y se despidió de la bibliotecaria.

—Está claro que no estás hecha para esto —la regañó cuando la alcanzó fuera—. Sospecho que tampoco eres muy buena en el póker.

—¿Has visto ese titular? ¿Mi foto? ¿«La Gran Búsqueda»? ¿Cómo voy a volver? ¿Cómo voy a enfrentarme al mundo? —Se cubrió la cara con las manos enguantadas, luego dio un paso adelante y apoyó la coronilla en el pecho de Chilton. Él no era mucho más alto que ella, así que tuvo que inclinarse para hacerlo. El inspector levantó el brazo para abrazarla y los libros cayeron al suelo.

Desde donde estaban, vio a la bibliotecaria, de pie en la ventana, que los observaba.

—Agatha.

Ella dio un paso atrás y se arrodillaron juntos para recoger los libros.

—¿Me llevarías de vuelta a la mansión? No me siento capaz de hacerlo sola.

Chilton puso en marcha el Bentley mientras Agatha se acomodaba en el asiento del copiloto. El abrigo de la señorita Oliver olía a agua de rosas. El coche era demasiado grande para su gusto. Cómo echaba de menos su cochecito. Pensó en el precario lugar donde lo habían dejado y esperó que estuviera bien. Que algún alma caritativa, Archie, incluso, lo hubiera devuelto a la carretera y lo hubiera llevado a casa, donde debía estar. Cuando era niña, en el maremágnum de la ruina financiera que siguió a la muerte de su padre, y en otros momentos de su vida, al principio de su matrimonio, por ejemplo, cuando el espectro de los problemas de dinero se cernía sobre ella y las advertencias de su suegra se confirmaban, los números no se ordenaban como debían en el libro de cuentas. Si alguien le hubiera dicho entonces que un día ella misma ganaría suficiente dinero, con sus propias manos, para comprar algo como su querido Morris Cowley... ¿Lo volvería a ver? ¿Merecía la pena dejarlo atrás, junto con todo lo demás, con Teddy, para no tener que enfrentarse nunca a las preguntas que el mundo entero le haría si reaparecía?

Cuando Chilton se puso al volante, le dijo:

—No soporto volver a casa y enfrentarme al mundo. Pero ¿qué otra cosa voy a hacer? Cuanto más tiempo pasen buscándome, peor será. Deberías llevarme a comisaría de inmediato. Acabar con todo esto aquí y ahora.

—No me veo capaz de hacerlo. Todavía no.

Tantos policías, tanta gente, ocupados en la búsqueda. Qué suerte que el que la había encontrado fuera el más encantador. Se acercó y le tomó la mano.

—No me gustan los romances. Me parecen falsos. Sobre todo cuando la gente se conoce y se enamora con una mirada.

—¿Y con varias miradas?

Agatha se rio y le soltó la mano. Los dos se quedaron en silencio, mirando por el parabrisas durante varios minutos. Luego, dijo:

—Todavía nos mira. La bibliotecaria. Será mejor que conduzcas.

De vuelta en el Bellefort no subí a acostarme, como le había dicho a Chilton, sino solo a cambiarme de ropa. Después de hacer una aparición en el hotel para asegurarle al público general que todavía existía en el mundo, me escapé de nuevo casi de inmediato. El día se había calentado. La lluvia se había disipado. *Solvitur ambulando.* Cuando llegué al camino de entrada de la Mansión Atemporal, lo recorrí a la carrera.

—Mira lo que he encontrado —dijo Finbarr al reunirse conmigo en el césped, como si hubiera sabido que iba a volver enseguida. Era una red de tenis, unas raquetas y pelotas. La preparó y jugamos dos sets; gané los dos sin problemas.

Un gran coche negro llegó chisporroteando por el camino. Levanté la mano para taparme los ojos. En el asiento del conductor iba Chilton. Todos los mecanismos de mi cuerpo se pararon. Mis pulmones dejaron de respirar y mi corazón se quedó sin sangre. Habían encontrado a Agatha. ¿Venía para arrestar a Finbarr? ¿A todos, por allanamiento de morada? Peor aún, pasara lo que pasase a continuación, ¿iba nuestro tiempo allí a encontrar un final abrupto? ¿Tendríamos todos que volver a la vida tal y como se había desarrollado?

En vez de eso, Finbarr los saludó cuando ambos salieron del coche. Alegre, como si conociera al hombre desde hacía años, dijo:

—¿Sabe jugar, señor Chilton?

Chilton contestó, con total despreocupación:

—Jugué una o dos veces antes de la guerra. Me temo que ahora soy un poco inútil. —Se señaló el brazo malo.

—Es solo por diversión —respondió Finbarr.

Chilton asintió. Me miró como si hubiera esperado encontrarme allí.

—Hola, señorita O'Dea. —Remarcó bien el «señorita».

—No soy muy hábil con las pelotas —dijo Agatha—. Nunca lo he sido.

Aun así, subió a ponerse la ropa de hombre. Finbarr, Chilton y yo nos quedamos en el césped. Quise preguntarle al inspector cuándo había descubierto a Agatha, pero algo hizo que me callara. No quería decir nada y romper el hechizo que permitía que aquello estuviera pasando, descubiertos y, sin embargo, sin todo arruinado. Sentí una ráfaga de amor por Chilton, por haberla encontrado, aunque sin intención aparente de alertar al mundo.

—Esto es bastante mágico —comenté, en lugar de plantear ninguna pregunta.

—Sí que lo es —coincidió Chilton.

Agatha regresó. Como yo era la mejor jugadora, me emparejé con Chilton. Por una vez, contuve la necesidad de ganar y dejé que el hombre golpeara algunas bolas que podría haber alcanzado con facilidad. A pesar de su comentario, Agatha jugaba bastante bien. Todas las chicas de la alta sociedad eran pasables al tenis. Los cuatro jugamos mientras las manos se nos enrojecían y agrietaban, junto con nuestras mejillas. La misma magia que nos había reunido a todos allí sin que se produjera un desastre parecía mantenernos lo bastante calientes, entre las pelotas de tenis medio podridas lanzadas al aire, las puntuaciones a gritos y los golpes de las raquetas ajadas.

¿Cuánto tiempo jugamos? ¿Cómo se mide el tiempo en un lugar donde el tiempo ha desaparecido? En algún momento, el perro peludo del camino salió de los arbustos. Nos robó la pelota en pleno juego y se la llevó corriendo; aunque podríamos haberla dado por perdida, Finbarr y yo recreamos nuestra juventud y lo perseguimos. Lo llamamos y corrimos en círculos hasta que el perro se cansó y dejó caer la pelota a los pies de Finbarr. Los dos nos desplomamos entre risas mientras acariciábamos al perro y dejábamos que nos lamiera la barbilla. Finbarr recogió la pelota y se levantó.

—Pide un deseo.

Me lo vio en la cara. Sabía cómo funcionaba el juego. Puedes declarar concedido un deseo, pero no por eso se cumplirá. Dejó caer la bola, la risa extinguida. Los poderes mágicos de Finbarr tenían sus límites y eran fatales. Miré hacia fuera, hacia los árboles, sin estar preparada para afrontar el hechizo roto.

Cuando pensamos en mirar alrededor, Agatha y Chilton se habían ido.

En silencio, habían subido al piso superior, donde Agatha se acostó en la cama que no se había molestado en hacer esa mañana, acostumbrada como estaba a que otra persona se ocupara de la tarea. Chilton reavivó el fuego y se acostó a su lado. Ella no se opuso. No existía la realidad. Era un lapso fuera del tiempo. Sin consecuencias. Era consciente de lo que debía sentir; el romance reavivado entre Finbarr y yo podría suponer la forma de recuperar a Archie. En cambio, sentía algo diferente y más liberador.

Lo que sentía era que podía permitirse besar a Chilton. Podía permitir que le quitara la ropa e incluso ayudarlo con las prendas que requerían más de una mano. Podía darle la bienvenida dentro de ella y disfrutarlo inmensamente. Si quedaba embarazada y volvía con Archie, haría pasar al niño por suyo, y a él le bastaría. Si quedaba embarazada, Chilton desaparecería de su vida, y si Archie y ella se divorciaban, su matrimonio la seguiría protegiendo, al igual que su dinero, el medio de vida que era capaz de conseguir por sí sola. Entre las envidiables cualidades de Agatha, quizá la más significativa era su capacidad para prosperar en un mundo de hombres. Siguiendo las reglas, pero elevándose también por encima de ellas.

Su nueva novela iba a salir en un mes. A pesar de lo atónita que la habían dejado los titulares, en aquella flamante y llana calma en la que había dejado de lado todas las costumbres sociales, se permitió pensar: *¿Cuántas personas más reconocerán mi nombre ahora, cuando vean* Los cuatro grandes *en el escaparate de una librería?* La curiosidad a menudo equivale a dinero gastado.

Pero eso no era más que un pensamiento secundario. El principal era aquella burbuja, alejada de toda preocupación ordinaria.

Un rato después, cuando Chilton se quedó mirando el techo y Agatha yacía desnuda en sus brazos con varias mantas gruesas apiladas encima, dijo:

—Tengo que preguntar. Me has dicho que la señorita O'Dea es la amante de tu marido.

—Sí. —Un suave suspiro. A nadie le gustaba que el pasado, o el mundo en general, se entrometiera en un momento así.

—Pero esa no es la única conexión que tenéis, ¿verdad?

—No —respondió Agatha con franqueza—. La señorita O'Dea es la amante de mi marido porque cree que mi hija le pertenece.

Así, le contó a Chilton todo lo que Finbarr le había contado, sobre mi estancia en Irlanda, y cómo había terminado todo.

Aquí yace la hermana Mary

Mi niña nació el 5 de agosto de 1919 en el hospital del condado de la ciudad de Cork. Dicen que el primer nacimiento es lento y duro, pero el mío no lo fue. Unas pocas horas, nada más. Susanna me había advertido de que no me coserían después, porque todo castigo posible era recomendado para las chicas del convento de Sunday's Corner, incluso en un hospital, pero la comadrona que me atendió era amable. Tenía los ojos verdes y unas pecas que me recordaban a mi madre y a Colleen. Nada en el trato que me profirió indicaba que supiera de dónde venía, aunque sin duda lo sabía, por mi pelo corto y mi uniforme gris, por no mencionar la desesperación con la que me aferraba a mi hija, como si nunca fueran a permitirme tocarla de nuevo.

—¿Qué nombre le pondrás? —me preguntó la comadrona, con tanta delicadeza que casi creí que cualquier nombre que eligiera sería para siempre.

—Genevieve —susurré mientras le pasaba los dedos por la delicada nariz, aplanada por la batalla para llegar al mundo. Memorizamos el rostro de la otra mientras la amamantaba por primera vez. «Una madre sigue siendo una madre, la cosa viva más sagrada»—. ¿Enviaría una carta por mí? —susurré a la comadrona. Al mismo tiempo, barajaba las posibilidades de que la carta de la hermana Mary Clare a Finbarr no hubiera funcionado. Mi madre. Megs o Louisa. La tía Rosie.

El rostro de la comadrona se ensombreció de tristeza.

—Abraza a tu bebé, cielo —dijo, a modo de respuesta—. Dale todo el amor que puedas.

Así lo hice, durante los diez gloriosos días que permanecí en el hospital. Junto a la cama había una cuna, pero Genevieve no la ocupó ni una sola vez. En cambio, dormimos acurrucadas, con el aroma del calostro y de la leche que le caía de los labios cuando exhalaba su diminuto y satisfecho aliento bajo mi barbilla.

Supongo que pensarás que esos diez días fueron mi oportunidad. No había puerta de hierro. Por las noches nadie me encerraba. Pensé en fugarme. Sin embargo, esos pensamientos dieron paso a imágenes de mí misma en la carretera en la oscuridad, con una recién nacida indefensa en brazos. Sin un centavo a mi nombre. Mi pelo y mi ropa, un claro anuncio de mi identidad, un ruego de que me devolvieran al convento, o a algún lugar aún peor.

Así que esperé con obediencia a que llegara mi momento. Volví al convento y, aquella primera noche, me tumbé en la cama en el dormitorio común, mientras Genevieve yacía inalcanzable en la habitación de abajo. Pensaba que había entendido lo que experimentaban las otras chicas al escuchar el llanto de sus bebés mientras no podían acudir a su lado. Pensaba que había compartido su dolor. No tenía ni idea. Si me hubiera sido posible salir por una ventana y bajar por la pared hasta la guardería, lo habría hecho. En vez de eso, me sujeté los pechos duros como piedras, decidida a no soltar ni una gota hasta que estuviera con ella. Entonces un grito se colaba por las tablas del suelo y sabía que era Genevieve, y la leche brotaba sin que mi bebé pudiera tomarla.

—Qué buena nodriza —arrulló la hermana Mary Clare por la mañana, mientras Genevieve tragaba con desesperado alivio y las mejillas ahuecadas por el esfuerzo, el rostro enrojecido y apenado por su primera noche lejos de su madre.

—Por favor —rogué a la monja—. Solo hay una asistente nocturna. ¿No hace falta otra? ¿No podría ser yo?

—No es común que las madres primerizas se ocupen de ese trabajo —dijo la hermana Mary Clare, dubitativa.

—Por favor. Trabajaré mucho. Seré muy buena. Se lo prometo.

—Veré qué puedo hacer. —Me pellizcó la barbilla, con los ojos encendidos de cariño. Esa noche me acosté en la cama, con una desesperada necesidad de dormir, pero solo escuchaba el llanto de mi bebé. Me levanté y me dirigí a la puerta; hice girar el pomo a pesar de haber oído cómo echaban la llave horas antes. Estaba firmemente cerrada.

—Es inútil —susurró Susanna desde su catre. Estaba a punto de dar a luz en cualquier momento. Años más tarde, cuando quedé embarazada por segunda vez, casada con Archie, dormía con no menos de cinco almohadas apoyadas a mi alrededor. Susanna estaba tumbada de lado, con la delgada almohada destinada a su cabeza apretada contra el vientre.

Me encaramé a su cama y le froté la parte baja de la espalda con delicadeza. Creí que me echaría, pero suspiró aliviada. Cerré los ojos y visualicé el futuro difícil pero preferible que había desechado al venir a Irlanda a buscar a Finbarr. Aquel en el que me habría puesto el anillo de boda de mi abuela y habría huido con su brillante virtud en el dedo. Me habría subido a un barco en dirección a Estados Unidos y habría dado a luz en Nueva York, o en San Francisco, como una viuda de guerra. Habría sido cualquiera, excepto la chica que había puesto su destino y el de su hija en manos de extraños.

Por la mañana, la hermana Mary Declan nos acompañó a mí y a las demás madres lactantes con nuestros bebés para darles de comer antes de las oraciones. Mientras me acomodaba en un taburete con Genevieve, la hermana Mary Clare entró con una sonrisa triunfal.

—Lo he conseguido, Nan. La madre superiora ha dado su permiso. Serás asistente nocturna, a partir de esta misma noche.

Agarré a Genevieve con la fuerza suficiente para soltarla de la teta. Parpadeó con frustración y me fijé en que sus ojitos habían cambiado del gris acero de un recién nacido al chocante azul de su padre.

—Ya está, ya. —Le limpié la baba de la barbilla y la coloqué para que bebiera hasta saciarse—. ¿Lo has oído? Vamos a estar bien. Vamos a estar juntas.

Me negué a firmar los papeles que la hermana Mary Declan me presentó para aceptar que la iglesia diera a Genevieve en adopción.

—¿Es eso lo que quieres? —me regañó—. ¿Que crezca en un orfanato? Si la quisieras de verdad, dejarías que tuviera unos padres como es debido.

—Ya tiene padres.

La hermana Mary Declan me dio un azote con la vara por eso, pero sin demasiada fuerza. Todavía le quedaba suficiente humanidad para sentir lástima por mí. Al recordar cualquier gesto amable por parte de las monjas, siento furia. Fueron esas pequeñas bondades, como si abstenerse de golpearme fuera un acto de generosidad, las que me mantuvieron allí demasiado tiempo.

Me sentía muy agradecida por los pequeños favores. Como que el padre Joseph pasara a mi lado sin mirarme. Que me permitieran quedarme despierta toda la noche, atendiendo a Genevieve y a los demás bebés de la guardería. Cada vez que un niño lloraba, pensaba en su madre, que lo escuchaba en el piso de arriba, y lo abrazaba y lo mecía hasta que se calmaba. Después de mis tareas nocturnas, amamantaba y bañaba a Genevieve, acudía a las oraciones y a la misa, y luego subía al dormitorio para descansar hasta la comida del mediodía; luego volvía a trabajar fregando suelos o lavando ropa hasta la noche.

La hermana Mary Clare seguía dándome comida extra a escondidas.

—No te preocupes —decía cuando me ponía en la mano una galleta o un huevo cocido—. Esconderé a Genevieve por ti. Nadie la adoptará, te lo prometo. Tu muchacho llegará un día de estos. Le dije que estabas tan guapa como siempre. Serás una de las afortunadas. Sé que lo serás.

Susanna se fue al hospital del condado para dar a luz, volvió con nosotras durante tres semanas y luego la enviaron a una lavandería de la Magdalena en Limerick. Su hijo se quedó en el convento.

—No hay que permitir que una reincidente se quede demasiado tiempo, os contaminaría al resto —dijo la hermana Mary Declan, cuando la echaron.

Sunday's Corner y Pelletstown eran inventos del siglo XX, creados a medida para madres y bebés. El objetivo original de las lavanderías de la Magdalena era encarcelar a las prostitutas, pero, a medida que el Estado irlandés se acercaba a la independencia, se convirtieron poco a poco en un lugar donde depositar a cualquier chica sospechosa de una conducta sexual inapropiada. Eso incluía a chicas que otros consideraban coquetas o demasiado bonitas. Chicas que cometían el error de decirle a un sacerdote o a un miembro de la familia que habían abusado de ellas. Chicas que no tenían a dónde ir después de saldar su deuda. Chicas como Susanna, que habían demostrado no tener redención al haber aterrizado en Sunday's Corner dos veces. *Corrompidas.*

Por lo que sé, Susanna se pasó toda la vida en la lavandería de la Magdalena. No era la primera mujer en hacerlo ni sería la última.

Mientras tanto, adoptaron al pequeño de Fiona y las monjas se negaron a decirle dónde había ido. Mantuvo sus alegres palabras. *Las monjas saben lo que es mejor, tendrá una vida mejor de la que yo podría darle.* Cuando lo decía, le temblaban las manos y su piel blanca se volvía aún más blanca. A veces echaba a andar para llevar la ropa sucia a la azotea y se quedaba paralizada, al recordar que su hijo ya no estaba allí para verlo y preocuparse por él.

—Dímela —le decía, en los momentos en que parecía a punto de desmoronarse. Y ella recitaba la dirección de mis padres en

Londres, un mantra tranquilizador, que representaba un tiempo que podría venir después del convento.

Una vez a la semana, en el cementerio de las monjas, con el frío otoñal en el aire, comprobaba que no hubieran reparado la barra podrida. El invierno anterior había llegado con las manos de una mujer joven. Pronto me iría con las de una vieja, secas y agrietadas. Pero era fuerte y era mejor irse en las refrescantes semanas de otoño, antes de que el frío se instalara. Mis manos eran viejas, pero yo no. Bajo el vestido sin forma, el volumen de mi embarazo había disminuido con el trabajo duro, la lactancia y las comidas escasas.

Mañana —me decía, día tras día—. *Mañana la sacaré de la guardería e iré al cementerio. Pasaré a Genevieve por los barrotes de la verja, la dejaré en la hierba y luego me escurriré yo. La recogeré y encontraré el camino hasta un barco que nos llevará a Inglaterra.* Si tenía que robar o vender mi cuerpo, lo haría. Cualquier cosa con tal de marcharnos, libres por fin.

El hijo de Susanna y Genevieve eran los únicos bebés de menos de cuatro meses. Por la noche, los niños mayores se calmaban si los mecíamos o les dejábamos chuparse los dedos. Durante el día, las monjas alimentaban al niño de Susanna con pan mojado en leche, aunque apenas tenía seis semanas. Por la noche, cuando lloraba, lo sacaba de la cuna y lo amamantaba yo misma.

Una mañana, después de la misa, la hermana Mary Clare me miró por encima del hombro mientras bañaba a Genevieve.

—¡Qué gorda y sonrosada está! —exclamó.

Muchos de los otros bebés estaban delgados y pálidos por las tomas demasiado espaciadas, pero Genevieve lucía tan sana como cualquier niño al cuidado de su propia madre. Sus brillantes ojos azules parpadeaban mientras le limpiaba la carita con cuidado. La levanté de la palangana enjabonada y luego la bajé para mordisquearle la mejilla; soltó su primera risa.

—¡Ah! —dijo la monja—. ¿Hay algún sonido más glorioso en el mundo que la primera risa de un bebé?

Volví a hacerlo, levanté a Genevieve y me abalancé sobre ella para mordisquearle la mejilla, y ella se rio, con una carcajada que le agitó la barriga. Mi propia risa me arañó la garganta, los músculos inestables. Me vino el destello de un recuerdo, de lo mucho que había adorado a mi madre cuando era una niña pequeña. La abrumadora alegría y la seguridad de su presencia. Añoraba sus ojos verdes y su cara pecosa; ojalá me viera entonces, con mi propio bebé, que me quería de la misma manera.

Una y otra vez, levanté a Genevieve y la bajé. El bebé se reía, la monja se reía, yo me reía, mientras respiraba el aroma especiado de mi niña con cada mordisco, hasta que la parte delantera del delantal me quedó salpicada de agua. Lancé una mirada de sonriente camaradería a la hermana Mary Clare. No sustituiría a mi madre, pero era agradable tener a alguien que riera con nosotras, un testigo.

Al final, la monja me quitó a Genevieve y la envolvió en una toalla.

—Vete a descansar. Te buscaré un regalo especial para llevártelo más tarde.

La hermana Mary Declan llegó para escoltarnos a la otra encargada nocturna y a mí arriba y encerrarnos en el dormitorio mientras disfrutábamos de nuestras escasas horas de sueño. Eché una última mirada por encima del hombro hacia la hermana Mary Clare, que arrullaba con dulzura a Genevieve mientras se la llevaba.

Aquella tarde empujé un carro con ropa de cama mojada hasta la azotea del invernadero y colgué las sábanas para que se secaran al sol. Desde allí arriba, vi a un hombre salir de un coche, con un porte regio y el pelo repeinado hacia atrás. A tres pisos de altura, no distinguí más que su contorno y el brillo de riqueza que irradiaba incluso desde la distancia. Algunas chicas lo habrían considerado apuesto, pero a mí la elegancia no me interesaba. Nunca me interesaría.

Sin embargo, el hombre tenía algo que se me quedó grabado, aunque apenas le había visto la cara. Cuando llevé la siguiente carga de sábanas mojadas al techo para que se secaran, el coche había desaparecido. De vuelta a la lavandería, me colé en la guardería. Por lo general, nunca iba adonde no debía durante el día, por miedo a encontrarme con el padre Joseph o a perder las noches con Genevieve. Pero sentí un impulso urgente y me apresuré a pasar por debajo de los altos arcos y recorrer las baldosas multicolores, mientras pisaba con cuidado para que los zapatos de suela de madera no hicieran ruido. Tendría problemas si había otra monja en la guardería, pero si era la hermana Mary Clare, no le importaría que rompiera las reglas. Ella era partícipe de la alegría, de la risa de Genevieve.

Cuando llegué, la cuna de mi hija estaba desnuda y vacía. No había sábanas, solo un colchón manchado donde habían yacido otros innumerables bebés. La hermana Mary Clare se me acercó con los brazos extendidos y una mirada de compasión consternada en el rostro joven y alegre. Pero había algo más. Un brillo en sus ojos. Lo vi. Lo que estaba a punto de decirme explicaría la excitación del día. Me invadió un rayo de comprensión, junto con el primer instinto asesino.

—¿Dónde está mi niña? —pregunté.

En otra cuna, un niño lo bastante grande como para levantarse se puso de pie, con el pelo cobrizo y brillante desordenado. Extendió los bracitos para que lo auparan y la hermana Mary Clare se apartó de mí para complacerlo. La agarré por la manga.

—¿Dónde está Genevieve? Tráigamela ahora mismo, por favor.

La monja era un poco más bajita que yo, pero mucho más ancha.

—Ay, Nan. Mi pobre, querida, Nan. No te preocupes por ese bebé.

Las otras monjas siempre hacían eso. Llamaban a nuestros hijos «el bebé» o «ese bebé», como si siguieran en el útero y solo fueran a nacer después de entregarlos a sus padres falsos o trasladarlos al orfanato. Sin embargo, al menos en mi presencia y hasta ese momento, la hermana Mary Clare siempre había llamado Genevieve a mi hija.

—Tu bebé se ha ido. Con una familia estupenda, Nan. Tendrá una vida maravillosa.

—No pueden dársela a nadie. Es mía.

—Ya está, querida. Por supuesto, siempre te llevará en su corazón.

—¿Dónde está ahora?

—Vamos, Nan. Se supone que no debo decírtelo. Podría meterme en muchos problemas si lo hiciera, pero creo que esto te gustará. La ha adoptado una familia inglesa. Una encantadora familia inglesa que la educará como Dios manda.

—¿En qué parte de Inglaterra? —Me salió como un bramido. Un rugido apenas contenido. Para mis oídos, sonaba como un animal. ¿Cómo debí de sonarle a la hermana Mary Clare? Lo bastante feroz como para que diera un paso atrás, de pronto menos confiada en su capacidad de aplacarme.

¿Por qué había confiado en ella? Me había seducido. Seguía agarrada a la tela de su manga. Acorté la distancia entre las dos y mi nariz casi rozó la suya.

—Tráeme a mi bebé ahora mismo. —Esa vez no fue un bramido, sino un gruñido. Terminé la frase en mis pensamientos. *O te juro por Dios que te mataré.*

Entonces lo vio. Tuvo miedo. Como si la amenaza no hubiera estado solo en mi cabeza y la hubiera pronunciado en voz alta. La alegría desapareció de su rostro junto con la simpatía. Me acerqué. Ella retrocedió. Estaba lo bastante cerca de la pared para sentir la fría piedra a través del hábito.

Las moléculas de Genevieve seguían flotando en la habitación. Su risa aún resonaba en las piedras.

Había sido el hombre que había visto antes. Lo sabía. ¿Se la había llevado sin más? ¿O le habían dejado elegir, como si fuera un cachorro? Tal vez había recorrido las filas de catres y los había mirado uno por uno, hasta que los ojillos azules de mi Genevieve le devolvieron la mirada. Alerta. Hermosa. Regordeta y sonrosada por la leche materna. Valía cualquier precio que pidieran las monjas. Tal vez había hecho su nuevo truco y se había reído. Encantadora. *Me quedo con esta.*

Y la hermana Mary Clare le había entregado a mi bebé. Genevieve, envuelta en los brazos de un extraño para que se le llevara lejos. Mientras yo trabajaba en el mismo edificio.

La monja me miró. Probablemente la forma de mi cara sería algo que recordaría toda su vida, hasta ese momento sus ojos nunca se habían fijado en mí. No de verdad. Lo único que había visto era su falsa amabilidad, reflejada como si fuera real. Su mirada no era más verdadera que el surco ensayado de su frente, como si yo le importara. Pero había orquestado, alegre y sonriente, el secuestro de mi hija.

Una criminal. En la historia que he descrito hasta ahora, han tenido lugar muchos crímenes, pero ninguno más atroz, violento y despiadado que ese. El robo de mi bebé. Nada de lo que pudiera hacerle a la hermana Mary Clare igualaría lo que ella acababa de hacerme.

Me temblaron los dedos. Se levantaron casi por su cuenta. Llevé ambas manos a su cuello. Qué satisfacción me provocaron sus jadeos, primero de sorpresa, luego de dolor. Intentó gritar, pero no pudo. No le llegaba oxígeno, mis manos se encargaron de ello. Tenía los ojos abiertos como platos. Subió las manos para arañarme los brazos, pero yo contaba con la fuerza de una madre que protegía a su hija, demasiado tarde, pero no por ello más débil. Intentó apartarme, pero sus golpes eran como aire, como si supiera que no tenía derecho a defenderse.

Me sentí bien. Me sentí como si fuera el comienzo de algo. La mataría, luego me iría del convento, encontraría al hombre rico y de pelo engominado y recuperaría a mi bebé. Pero antes, completaría la dulce tarea de estrangular a la hermana Mary Clare hasta que la cara se le pusiera azul. Una vez muerta, le estamparía la cabeza contra la pared de piedra, de un golpe seco. Cuando cayera al suelo, se la aplastaría una última vez y se abriría sobre el duro suelo de baldosas, de ese cruel color rosa y azul. La monja emitió un gemido de miedo, que no hizo más que alimentar el placer que sentía al hacerle daño. *Pronto estarás muerta.*

Sentía el pulso bajo las manos, firme y fácil de detener. Se ralentizaba. Su garganta intentó gorgotear entre mis palmas, pero no pudo. Apreté más fuerte. Abrió los ojos. Bien. Excelente. Bien. Apenas conocía mi propia fuerza. Era el primer momento religioso que experimentaba entre aquellos muros sagrados.

Entonces, un bebé lloró. Tal vez fuera el niño de Susanna. Ese inconfundible quejido hambriento, agudo y desesperado. La leche me bajó con un escozor abrasador y me empapó la camisa y el delantal. Solté a la monja. La hermana Mary Clare se llevó las manos a la garganta para borrar el daño que le había hecho y recuperar el oxígeno de la habitación con grandes inhalaciones. Se le notaban los moratones, rojos de momento, pero por la noche serían negros y azules. Se quedó mirándome el pecho, la leche que se derramaba a través del vestido y del delantal, mientras su dulce olor llenaba la habitación.

¿A qué distancia estaría Genevieve en ese momento? Cada segundo la alejaba más y más de mis brazos. Si volvía a levantar las manos, si mataba a la hermana Mary Clare, me encerrarían para siempre. Habría un juicio. Mis padres descubrirían mi paradero a través de los periódicos. La ramera que había estrangulado a una novia de Cristo. Pasaría el resto de mi vida en la cárcel, si tenía la suerte de que no me ejecutaran.

Así que me quité los zuecos de una patada y salí corriendo de la guardería con el delantal sucio y los pies envueltos solo por las medias. Fuera del convento. Al cementerio de las monjas. Los niños del orfanato jugaban en el patio y sus voces se elevaban en el aire. Cuando llegué a la puerta de hierro, solo tuve que darle una patada a la barra, ponerme de lado y escurrirme, tal como había practicado. Me alejé de la carretera y atravesé los campos. Al cabo de un rato, oí a lo lejos las campanas del convento y luego las sirenas de la policía.

Las campanas repicaban por mí. Sabía que las monjas estarían corriendo, exclamando y dando vueltas inútiles. Pero las sirenas sonaban por una razón diferente. Por suerte para mí, la policía estaba ocupada en otra parte. Una patrulla de la RIC había sufrido una emboscada en Cobh y todos los agentes disponibles se apresuraban en esa dirección. Todas las chicas del convento podrían haber escapado sin que las atrapasen; ojalá lo hubiera sabido para decírselos.

Primero corrí, más rápido que nunca, sin alegría. Me quité la cofia y el delantal, en movimiento, sin perder ni una zancada. Corrí lejos del camino, a través de los campos. Ni el más mínimo resbalón o torcedura de tobillo. Zancadas limpias y rápidas, como si hubiera estado entrenando. Pasé por delante de una granja en la que la ropa se secaba en el tendedero y se mecía al fresco de la tarde. Debería haberme detenido a robar algo para disfrazarme. Tenía la parte delantera del vestido manchada de leche, seca por la carrera y el sol, pero no me detuve. Corrí y corrí.

—Pero bueno, cariño —dijo una mujer.

No la había visto, apoyada en un granero. Llevaba pantalones y una chaqueta gruesa. Tenía un cigarrillo en una mano y la otra la había levantado en el aire mientras se ponía delante de mí y me obligaba a parar en seco. Tenía unos rizos grises y la cara quemada por el viento. Estaba lo bastante cerca como para oler el *whisky* de la noche anterior en su aliento.

—Por favor. Por favor, deje que me vaya.

Me miró el pecho, las manchas de leche ya secas, y luego las medias y los pies destrozados. Exhaló un chorro de humo y dejó caer el cigarrillo peligrosamente cerca del heno. Tardó un momento en apagarlo.

—¿Y a dónde se supone que vas?

—No creo que tenga por qué decírselo. —Sonaba más llorosa que desafiante. Nada me parecía más incorrecto que quedarme quieta. Tenía que correr, lejos y también con un objetivo.

La mujer se quitó el abrigo y me lo puso sobre los hombros.

—Ya sé a dónde vas a ir —dijo, con una voz ronca que quería ser amable y se obligaba a ser severa—. Directa a los brazos del chico que te metió en este lío para empezar. No debes ir con él, querida. Suenas inglesa. Allí es adonde perteneces, ¿no es así?

Se llamaba Vera y me hizo entrar, me ofreció una muda de ropa y me dio de comer. Me habló de su vida, de la amiga con la que vivía y de sus sentimientos hacia las monjas y lo que ellas llamaban «caridad». No escuché nada. Durante mucho tiempo, no escuché ni una palabra de lo que me decían. Era una chica a pie, sin zapatos, desesperada por ganar una carrera contra coches y barcos. Desde el momento en que había descubierto que estaba embarazada, no había sido más que una chica a pie.

Llegó otra mujer, también con ropa de trabajo de hombre y con olor a humo y a *whisky*.

—Por Dios —dijo al verme.

—Esa es Martha —me dijo Vera.

Martha me miró los pechos, hinchados hasta rebosar por la leche materna.

—Ven conmigo, amor. Te ayudaré con eso.

Me llevó al pequeño dormitorio y desenrolló una venda de tela para que me envolviera los pechos.

—Tienes que dejar salir un poco de leche de vez en cuando. Lo suficiente para aliviar la presión, pero no tanto como para que sigas produciendo más.

Al pensarlo ahora, me pregunto qué bebés habrían existido en su pasado, cuya leche había tenido que detener. Pero no me lo pregunté en ese momento. Vera y Martha vaciaron un tarro de galletas con billetes de una libra y chelines. Me abrigaron con el que quizá fuera uno de sus mejores abrigos. Los zapatos de Vera me quedaban mejor, así que me dio un par de botas de cuero suave. Luego me cargaron en la parte trasera de su carro.

—Agáchate y quédate quieta —me ordenó Vera.

Así que me fui de Sunday's Corner de la misma manera en que había llegado, en un carro tirado por caballos. Martha cantaba mientras los dirigía, la melodía que la hermana Mary Clare solía tararear, que resonaba como una gaita por las escaleras y los pasillos del convento. Por fin descubrí la letra:

Vamos, todas las chicas hermosas y tiernas
que florecen en su mejor momento.
Tened cuidado, tened cuidado, guardad vuestro jardín hermoso.
Que ningún hombre os robe el tomillo.

La canción y las mujeres me acompañaron a la estación de tren, donde me compraron un billete a Dublín y me dieron el resto del dinero para el barco de vuelta a Inglaterra.

—¿Cómo os lo pagaré? —pregunté.

—Cuídate —dijo Vera— y sé feliz.

El vestido de Martha me quedaba demasiado grande. Llevaba el abrigo bueno abotonado hasta la barbilla. Cuando el barco atracó en Liverpool, un grupo de soldados ingleses esperaba para irse a Irlanda. Me pregunté si en la historia del mundo habrían enviado alguna vez a un soldado para recuperar al niño robado de una madre. En los meses siguientes, buscaría a Genevieve de las formas más ilógicas. Caminaría desde Londres hasta Croxley Green, durante toda la noche, hasta tener las suelas de los zapatos desgastadas y llenas de agujeros. Me asomaría a todos los cochecitos, mientras las madres y niñeras recelosas que los empujaban apartaban la capucha.

Cuando pierdes a un bebé, sus gritos te llegan desde cualquier parte. A través de kilómetros de parque. Desde una ventana abierta a dos calles de distancia. Te despiertas en mitad de la noche y te encuentras en el lugar equivocado; se supone que deberías estar en otro sitio, con alguien. Dondequiera que esté, sabes que también se está despertando, que sus ojos azules se abren en la oscuridad y buscan a la única persona en el mundo que responde al nombre de «madre». No a una farsante. Su propia y verdadera madre. El cuerpo lo sabe, incluso cuando la mente no.

Cuando por fin llegué a casa, con la cara gris y destrozada, encontré una pila de cartas de Finbarr que me esperaban, algunas con dinero adjunto, para el viaje a Irlanda que no sabía que ya había emprendido.

«¿Por qué no respondes, Nan?», me escribía una y otra vez.

Sus padres nunca le habían contado que me había presentado ante su puerta. No sabía nada de la noche que había pasado acostada a su lado, abrazada a su cuerpo febril. La hermana Mary Clare nunca le había escrito, de eso estaba segura, y aunque lo hubiera hecho, los Mahoney habrían tirado la carta.

«Si ya no me amas, quiero que me lo digas a la cara», escribió al final, en una carta que aterrizó en Inglaterra antes que yo. «Iré a Londres para me que lo digas».

Agarré lápiz y papel para contestarle, pero había demasiado que decir. Demasiada pena que repartir.

Cuando mi madre le escribió a la tía Rosie para contarle lo sucedido, viajó desde Dublín hasta Sunday's Corner e insistió en hablar con la madre superiora, que la hizo sentarse y le mostró un certificado de defunción.

Madre: Nan O'Dea.

Niña: Fallecida.

Al lado de la palabra, el mismo día de noviembre en que la habían enviado con el hombre que había visto desde la azotea.

Era obra de la hermana Mary Clare. Lo sabía.

—Lo siento mucho, Nan —sollozó mi madre cuando me lo contó. Ella no había visto a Genevieve aquel día, era la imagen risueña de la salud.

—No está muerta —prometí.

Mi madre me miró, apenada por mi pérdida, y tal vez también por mi delirio.

Qué más me quedaba por hacer entonces salvo caminar, por todo Londres y más allá, mientras me negaba a regocijarme en mi libertad, decidida a buscar a Genevieve, pero sin saber por dónde empezar. Me aferré a mi cuerpo, que había regresado con crueldad a lo que había sido antes, con el estómago plano y liso, seco de leche.

Si hubiera estado cuerda como para seguirle la pista al tiempo, sabría en qué fecha volví a casa y encontré a Finbarr, sentado en la acera frente a nuestro edificio, con una mochila en los pies. Fue la única vez en la vida en la que el alma no me dio un vuelco al verlo. No me quedaba más opción que romperle el corazón, hablándole de Genevieve y alejándolo de mi lado.

Si hubiera venido a por mí un poco más tarde, cuando al menos era capaz de fingir que era la misma de siempre. En la primavera siguiente, ya trabajaba algunas tardes en Buttons and Bits. Megs estudiaba para ser enfermera. Louisa seguía en casa, pero ya estaba prometida y hacía un curso de secretariado. En la mesa de la cocina, me enseñó la taquigrafía y la mecanografía que un día me llevarían a trabajar en la Imperial British Rubber Company. Aquel verano ya podía caminar por el mundo y presentar una cara que no estuviera destrozada o en constante búsqueda.

Aunque justo eso era lo que hacía. Buscaba, sin descanso. ¿Paré alguna vez? No. ¿Pensé alguna vez en detenerme? ¿Pensé alguna vez que llegaría un momento en el que admitiría la derrota y la futilidad de mi búsqueda? Por supuesto que no.

Cuatro años después de haber regresado a Inglaterra, por casualidad, la encontré. Inconfundible. Estaba visitando a mi hermana Megs en su nueva casa de Torquay, donde trabajaba de enfermera.

Megs se tomó el día libre y fuimos a dar un paseo por la playa. Una niña corrió hacia nosotras con el zigzag itinerante de los niños pequeños. Al principio pensé que estaba sola, pero busqué con la mirada bajo la luz del sol y vi a dos mujeres a gran distancia detrás de ella, lo bastante lejos como para no llegar a distinguir sus formas. Cuando la niña se cruzó con Megs y conmigo en su camino, en lugar de rodearnos nos abrazó las piernas.

—Vaya —dije cuando miré su par de ojos azules brillantes. Tenía la frente alta, y el pelo oscuro y lustroso le caía en cascada hacia atrás mientras me miraba. Una barbilla dulce y puntiaguda. La reconocí al instante. Y ella también me reconoció. Sé que lo hizo.

—Nan —dijo Megs con brusquedad cuando me agaché para alzar a la niña en brazos—. No puedes agarrar a los niños de otras personas.

La niña no estaba de acuerdo. Me devolvió el abrazo como si recordara la última vez que su madre la había abrazado. Su verdadera madre.

—Teddy —dijo una de las mujeres—. Teddy, tenemos que volver a Ashfield.

La conciencia de la niña regresó a su vida actual. Se zafó de mis brazos y corrió hacia las dos mujeres, que se dieron la vuelta y se alejaron en la otra dirección. Me agarré al brazo de Megs para estabilizarme.

—Ya está, ya pasó —dijo—. Algún día tendrás un hijo propio, Nan, lo tendrás.

—Ya tengo una hija —dije en voz alta. En mi interior repetí «Ashfield» una y otra vez hasta memorizarlo y me prometí que descubriría todo lo que hubiera que saber de la gente que vivía allí.

¿Era bonita?
Sí. Más de lo que puedas imaginar.

El día que Finbarr al fin vino a buscarme, lo mandé de vuelta, a pesar de sus protestas, con el dinero que me había enviado. Apenas habíamos hablado una hora antes de que se alejara, lejos de la vista, hundido con la pena añadida que le había cargado.

—Siempre sabrás dónde estoy —me dijo antes de marcharse, con lágrimas en el rostro—. Nunca viviré en ningún sitio sin avisarte. Algún día cambiarás de opinión. Sé que lo harás.

Una madre murciélago es capaz de encontrar a su cría en una cueva llena de miles, incluso sin ojos para ver. Cuando te han robado a tu hijo, calculas su edad por los días que pasan. Miras las caras de otros niños, para asegurarte. Lo haces tantas veces que sabes con todo tu ser que no te has equivocado cuando por fin la encuentras.

A veces me pregunto si Agatha lo aprendió de mí. La peor violencia que se puede ejercer contra alguien. A lo que conducen sus secuelas. Las guerras que se inician y la justicia que se reparte, todo por vengar a un niño.

PARTE TRES

«El mal nunca queda impune, *monsieur;*
pero a veces permanece secreto el castigo».

HÉRCULES POIROT

16 de septiembre de 1926

Queridísimo Finbarr:

Espero que esta carta te encuentre bien después de todos estos años. Espero que al menos te encuentre y que te alegre saber de mí. Debo admitir que, incluso después de todo lo que ha pasado, aunque nunca te haya respondido, siempre que veo tu nombre en un sobre, siempre que leo las palabras «con amor, Finbarr» al final de una carta, mi corazón da un salto mortal.

Por eso debo contarte lo que me prometí que no te contaría, aunque sea un riesgo. He encontrado a nuestra bebé, a nuestra niña, nuestra querida Genevieve. La he visto e incluso la he tenido en mis brazos. Está feliz y sana y vive con sus «padres» en una casa llamada Styles en Sunningdale, Berkshire. Ojalá pudieras verla. Tiene tus ojos, Finbarr. Es inteligente, valiente y hermosa. Le encantan los perros y los libros. En ese sentido, al menos uno de nuestros deseos se ha cumplido.

Las personas que la tienen se llaman Archibald y Agatha Christie. Aquí viene la parte difícil. Archie Christie planea dejar a su esposa y casarse conmigo. ¿Ha sido todo cosa mía? ¿Lo he planeado? Sí. Solo a ti te lo confieso. Por la única razón que podría excusarme. Para ser parte de la vida de mi propia hija.

Si me llegase una carta tuya en la que me dijeras que vas a casarte, me causaría una inmensa tristeza, pero te agradecería que me lo contaras tú mismo. Espero que entiendas que no tengo otra opción. Es demasiado tarde para alejarla de la única familia que conoce. Al menos así seré su madrastra. Al menos así podré verla, abrazarla y llamarla por su verdadero nombre cuando está dormida.

No amo a Archie, pero no puedo permitirme odiarlo a pesar de su papel en todo lo ocurrido. Es mi único camino para volver con Genevieve. Así que haré lo que haya que hacer. Finbarr, nunca nada será como nosotros, es imposible. Mi corazón te pertenece a ti, como siempre.

Con amor,
Nan

La desaparición

DÍA OCHO

Sábado, 11 de diciembre de 1926

Finbarr detuvo a Agatha en lo alto de la escalera del segundo piso, con una mano en el codo, urgente pero delicada. La casa estaba a oscuras; era justo después de medianoche. Chilton y ella se habían perdido la cena. Solo había querido bajar a por algunas latas de comida para mantenerse.

—Agatha —dijo Finbarr, con su voz ronca cargada de urgencia—. Por favor, no me digas que has decidido no ayudarme después de todo.

Lo miró, el rostro apenas visible en el parpadeo de la vela que sostenía, pero con una seriedad sorprendente. *Qué tonta es Nan. Cualquier mujer sensata huiría con él en cuanto se lo pidiera,* pensó. La convicción con la que lo pensaba, mientras Chilton la esperaba arriba, casi la hacía simpatizar con Archie, los deseos gemelos, la lealtad dividida.

—Solo hace falta una palabra tuya. Díselo. Dile que tu hija es tuya. Que no es Genevieve.

—¡Una palabra! Podría ofrecerle diez mil y nunca me creería. Podría mostrarle un certificado de nacimiento y me diría que es falso. ¿No ves que lleva años convencida de ello? Aceptar cualquier prueba de lo contrario sería como volver a perderla.

¿Se detuvo Finbarr en ese momento, o en cualquier otro, a considerar si se creía la negativa de Agatha de que Teddy y Genevieve eran la misma persona? ¿Si cuando Agatha decía «su» hija, también se refería a la de él? Dudo de que lo hiciera. Habría sido demasiado contrario a su objetivo. Ya le había dicho que el cumpleaños de Teddy era el mismo que el de Genevieve. Que la madre de Archie era del condado de Cork, así que habría conocido el lugar perfecto para encontrar a un bebé al que hacer pasar por suyo.

Las monjas no darían a un bebé a unos protestantes, había dicho Finbarr.

La madre de Archie es católica. Y por favor, ni se te ocurra decirme lo que las monjas harían o dejarían de hacer.

Esa cara. Finbarr se había arrodillado frente a Teddy cuando le había dado el perro tallado. Sus propios ojos le habían devuelto la mirada. ¿Cómo era posible que no lo hubiera visto?

Una persona se ciñe a la misión que le ocupa. Creemos en lo que fomenta nuestra propia causa. No culpo a Finbarr por ello. Lo que me robaron también se lo robaron a él, incluso de forma más completa, ya que nunca entendió por qué tenía que luchar. Pensó que solo tenía que hacerlo por mí.

—Por eso tienes que convencerla —dijo—. Ni siquiera lo has intentado.

Agatha apartó la mirada hacia la oscura distancia. Un silencio frustrante.

»Háblale entonces de cuánto te duele. Perder a tu marido. —No escuché a Finbarr decir el nombre de Archie ni una sola vez—. Nan no es cruel. Dile que no puedes vivir sin él.

—Lo que ocurre es que creo que tal vez pueda hacerlo. Tú también puedes vivir sin ella.

—Sé que puedo. Lo he hecho todo este tiempo, pero no quiero. Agatha, ¿ya no quieres a tu marido?

—No puedo decir que lo haga. No del todo. —Entonces, no estaba segura de si para tranquilizarlo o porque era verdad, añadió—: No lo sé, Finbarr. Lo siento, no lo sé.

Él le soltó el codo y le tocó la mejilla con la palma de su mano gruesa y encantadora. Luego se dio la vuelta y se alejó. Odiaba ver cómo se le hundían los hombros. Quería darle esperanza, de verdad que sí. Pero no tanto como para renunciar a la suya.

Cuando llegó la luz del día, lo primero que sintió Agatha fue una oleada de felicidad. Qué extraño y maravilloso era todo, qué liberación. Al dejar a un lado el decoro, casi era capaz de ignorar la pregunta de qué haría a continuación. Tras haber abandonado el mundo de manera tan pública, ¿cómo regresaría en privado?

—¿Es posible que una mujer cause tanto alboroto y regrese sin dar ninguna explicación? —le dijo a Chilton esa mañana, acostada en sus brazos bajo una montaña de mantas de lana rasposa.

—Es imposible —Chilton tenía una forma complicada de rodearla con ambos brazos, agarrándose el malo con el bueno. De ese modo, se las arreglaba para rodearla con tanta fuerza que le fuera imposible incorporarse y mirarlo a la cara—. Está claro que nunca podrás volver. Tendrás que quedarte conmigo.

Agatha puso los dedos en los labios de él, con los ojos fijos en el techo.

—Tengo que resolver un asesinato —dijo Chilton.

Ella se liberó de su mano y se dio la vuelta para mirarlo. Era la primera vez que oía hablar al respecto. Le habló de los Marston.

—Qué triste. —A Agatha se le saltaron las lágrimas. Se había olvidado del mundo en general y de sus habitantes, sumergida en sus diversos dilemas.

—¿Qué opinas? Escribes novelas policiacas. ¿Debería aceptar la teoría de Lippincott y darlo por zanjado?

—No sabría resolver un crimen que no he inventado yo misma. El objetivo de una buena historia de misterio es hacer que todo resulte obvio. Se introducen suficientes variables para que el lector dude de su propia solución y luego, al final, se sienta satisfecho consigo mismo por haberlo descubierto. En la vida, imagino que se aplica la teoría de la navaja de Occam. La solución más sencilla suele ser la correcta.

278 NINA DE GRAMONT

Chilton sonrió. Le encantaba escucharla.

—¿Tú qué piensas? —preguntó ella—. ¿Crees que Lippincott tiene razón en cuanto a la esposa? No hay motivo para sospechar de nadie más, ¿verdad?

—Para ser sincero, me parece que no me importa tanto como debería.

Lo besó.

—Me gustaría leer tus libros. Me gustaría leer todo lo que has escrito.

Agatha sonrió y apoyó la frente en la de él.

—No estoy en absoluto preparada para volver a casa.

Volvieron a besarse a conciencia.

¿Quién iba a decir que era posible hacer el amor con tanto fervor y a la vez seguir con la cabeza llena de pensamientos? Agatha mantuvo los ojos abiertos. Observó la espartana habitación y al hombre que había sido un extraño hasta hacía apenas unos días. Pensó que siempre se sentiría agradecida por ese lapso de tiempo y luego supuso que podría hacerlo durar para siempre. Empezaría a hacerse llamar «señora Chilton» ese mismo día y los dos se marcharían a algún lugar donde nadie los conociera. Nunca tendría que asociarse con esa terrible palabra, «divorcio», ni enfrentarse a las consecuencias por haber huido y causado tal alboroto. De vuelta en Berkshire, a Teddy le quedaría una cicatriz, pero todos las acumulamos por el camino, a pesar de los esfuerzos de cualquiera. Nan tomaría el manto de madre con un fervor que pocas hijas habrían visto.

Al final, si Agatha permanecía oculta, el mundo se olvidaría de que había desaparecido o de que había existido en primer lugar. Se imaginó deshaciéndose de todo. Su antigua vida se dispersaría al viento y se fundiría en el aire como la espuma del mar. Que Nan lo reclamara todo, la casa, el marido, la hija. Sería terrible para Finbarr, pero a veces una persona tenía que pensar en sí misma.

Pasaría a una nueva existencia, sin llevarse nada más que lo escrito. Empezaría de nuevo con un nuevo nombre. Se cambiaría el pelo, pasaría hambre o se atiborraría hasta quedar irreconocible; la mujer que había sido antes no sería más que un misterio sin resolver. Mientras tanto, la señora Chilton trabajaría con la máquina de escribir, daría largos paseos por la playa y retozaría bajo las sábanas con su gentil marido, que la adoraba, la idolatraba.

—Agatha, querida —dijo Chilton, con los labios pegados a su oreja. Era muy agradable sentirse querida, tanto que le daba igual estar perdida.

Un rato más tarde, Chilton condujo de vuelta al Bellefort a través de la húmeda y tardía mañana, con el deshilachado abrigo de lana en el asiento de al lado y una mano agrietada en el volante. La lluvia de Sunningdale se había abierto paso hacia el norte y caía con gentileza. Una sonrisa le contorneaba el rostro y se movía en sus labios. No conocía el giro que habían tomado las fantasías de Agatha para huir con él y convertirse en la señora Chilton, pero habría accedido sin pensarlo dos veces.

Por primera vez desde la guerra, sintió que había recuperado una parte de sí mismo. No su inocencia, ni a sus hermanos, pero sí algo importante y maravilloso. La voluntad de vivir más allá que por la necesidad de evitarle más dolor a su madre. Solo unos días antes, si se hubiera enterado de la muerte de la anciana, se habría subido a un tren para volver a casa, habría besado la frente de su cadáver y luego se habría apuntado con la vieja escopeta Purdey de su padre y apretado el gatillo con alivio. Por fin.

Sin embargo, en ese momento sentía que quería quedarse unos días más, solo por ver qué pasaba. Cuando tenía a Agatha entre sus brazos, bien o mal creía, como toda persona que vive el milagro del ardor recíproco, que una noche de pasión podría traducirse en una eternidad. ¿Por qué no huir con ella? En lo que respectaba al mundo entero, ya estaba muerta.

Cuando Chilton aparcó el coche en el hotel, vio al señor Race fumando y paseando delante de la puerta, entre finos rizos de humo seguidos de gruesas exhalaciones. La visión hizo que se diera cuenta de que se había olvidado de fumar, durante horas, incluso durante todo un día. Buscó la pitillera en el bolsillo interior del abrigo y se detuvo. No quería tener nada en común con ese hombre, a quien imaginaba de la misma raza que Archie Christie. El tipo de hombre por el que Chilton no sentía más que desprecio. Aunque a ellos no les importara ni se dieran cuenta. Consideraban que el desprecio era su territorio particular. Beligerantes y preocupados solo por ellos mismos, incluso en sus momentos más generosos. *Los hombres que sirvieron en las trincheras y los que lo hicieron desde el aire.* Tal vez Race fuera demasiado joven para haber pertenecido a ninguno de los dos grupos, pero Chilton lo situó con seguridad en el segundo.

Debo decir que la opinión de Chilton sobre Archie era injusta, ya que nunca lo había visto, y más después de haber pasado la mayor parte de la noche y la mañana haciendo el amor con su esposa. Lo sabía. Pero aferrarse a su mala imagen del hombre formaba parte de aferrarse a la mujer. Cuando salió del coche, vio a Race hacer algo que lo sorprendió. Dejó caer el cigarrillo al suelo, lo aplastó con el pie y luego recogió los restos; se los puso en la palma de la mano como si fuera a tirarlos después. Chilton no lo había considerado del tipo de hombre que limpia lo que ensucia. La señora Race salió del hotel un momento después, envuelta en un sombrero y un abrigo. Al ver a su marido, esbozó una sonrisa de lo más alegre y se echó de inmediato en sus brazos mientras lo miraba con un profundo placer.

Chilton sabía lo suficiente del mundo como para no sorprenderse de que una mujer volviera con la bestia de su marido, pero algo no encajaba. Era como si la mujer fuera dos personas completamente diferentes. El señor Race, que había visto a Chilton, pareció darse cuenta de la discrepancia. Le puso las manos en los hombros a su esposa y ella se volvió hacia el policía. En ese momento, dio un paso atrás de forma bastante brusca.

—Buenos días, señora Race —saludó y trató de mostrarse lo más alegre que pudo—. Señor Race.

Murmuraron un saludo poco entusiasta.

Dentro del hotel, Chilton esperó un momento. Luego volvió a salir. Los Race se habían ido. Caminó en silencio hasta la parte de atrás, donde los encontró juntos, muy cerca y agarrados por los codos. No solo parecían enamorados, sino cómplices e íntimos.

No se atrevió a acercarse lo suficiente como para escuchar lo que decían, porque lo habrían visto. Aun así, desde donde observaba en secreto, trató de oír algo. Y aunque no se distinguían las palabras, habría jurado que ambos tenía acento irlandés.

Antes, Finbarr y yo habíamos vuelto en coche al hotel en el gris amanecer del invierno.

—He estado pensando —dije—. ¿Acaso no podrías adiestrar perros en Inglaterra igual que en Irlanda?

Detuvo el coche a un lado de la carretera y se volvió a mirarme.

—¿Qué quieres decir, Nan?

Me di cuenta de que le había dado falsas esperanzas. Me era imposible ofrecerle lo que quería, pero tal vez sí una versión alternativa.

—Digo que… —Callé y traté de pensar cómo expresarlo—. Mi plan seguiría en pie, pero tú formarías parte de él. Piénsalo, Finbarr. Archie viaja mucho. Trabaja todo el día. Hace solo dos años se marchó de Inglaterra durante un año entero. Estaríamos juntos a menudo. Incluso podría llevarte a Genevieve de vez en cuando.

—Por Dios, Nan, ¿en qué te has convertido?

El tenue parpadeo de la vergüenza, siempre listo para incendiarse, se prendió dentro de mí. Lo apagué con rabia.

—Me he convertido en lo que he sido desde agosto de 1919. Una madre que ama a su hija. Una mujer dispuesta a hacer lo que haga falta. En eso me he convertido.

No se movió durante un largo rato.

—Nos la llevaremos, entonces —dijo por fin—. Los dos. Lejos de Inglaterra, a cualquier lugar que te guste, para criarla como propia.

—¿Cómo voy a hacerle eso, Finbarr? ¿Secuestrarla? Si todavía fuera un bebé, sí, pero ¿ahora? ¿Cómo le afectaría? Además, si hay un ejército buscando a Agatha Christie, ¿qué se desplegaría para buscar a su hija? No tengo forma de probar que es mía. Es demasiado tarde para ese tipo de justicia. Ojalá no lo fuera, pero lo es.

—¿Y qué pasa si dentro de un mes descubres que estás embarazada de nuevo? ¿Qué harás entonces?

(Ay, Finbarr. Ay, lector. ¿Acaso debo saber y tener una respuesta para todo?).

Cerré los ojos para evitar las lágrimas y me estrechó entre sus brazos. Me abrazó con fuerza y me habló al oído.

—Si de verdad crees que ese hombre nos robó a nuestra hija, ¿cómo soportas que te toque?

Me quedé un rato en silencio, como si lo estuviese razonando en ese instante, aunque lo cierto era que ya lo había pensado hacía mucho tiempo. No culpaba a Archie, no del todo. Había aprovechado algo que se le ofrecía, una salida fácil, sin hacerse preguntas sobre cómo había llegado a ser. Como hacen todos los hombres como él. Habitaban en el mundo sin pensar, como solo se les permitía a los hombres de su posición. Pero Archie no había inventado el mundo, solo había nacido en él, como el resto de nosotros.

—De la misma forma en que un diplomático busca la paz después de la guerra —dije—. Tenerme como esposa ya será suficiente castigo. Sobre todo si vives cerca.

—No estoy hecho para eso. Para vivir a escondidas. Mi destino es ser tu marido. Lo sabes, Nan. Es más, no estoy seguro de si sería capaz de ponerle los ojos encima sin matarlo.

Tal vez fuera una hipérbole, pero conocía lo bastante bien ese impulso como para creer en su palabra. No me arriesgaría a que Finbarr perdiera la libertad por matar a Archie. Ni a que Archie terminase asesinado, ya puestos. Fuera cual fuese su culpa, nada de lo que había hecho era tan terrible como para merecer la muerte como castigo.

—La única respuesta es que nos vayamos juntos de este lugar —dijo Finbarr, persistente.

No le di la razón en voz alta. Tampoco dije que no. En algún punto de nuestro abrazo, en el estrechamiento de cómo me agarraba, sentí que Finbarr se animaba con mi silencio.

Cuando Chilton llegó al Bellefort, yo ya estaba de vuelta en mi habitación. Llamó a mi puerta y, cuando le abrí, me puso la novela de Galsworthy en las manos.

—Gracias. Qué amable. Aunque no creo que tenga tiempo de leerla antes de que haya que devolverla. Tengo que volver a Londres antes de tiempo.

—¿De verdad? Pensé que tal vez regresaría a Irlanda con el señor Mahoney.

—Nunca volveré a Irlanda.

Chilton debió de notar que no había dicho que nunca me iría con Finbarr.

—Hablando de Irlanda, he presenciado algo extrañísimo. Hace un momento, he oído hablar a los Race y parecían dos personas completamente diferentes. No solo se trataban bien, sino que sonaban como si acabaran de bajarse de un barco desde Dublín.

La cara se me calentó y se me inundaron los ojos. No lo quería en mi habitación.

—Señor Chilton, si ha optado por no revelar el paradero de la señora Christie, ¿no debería volver a casa?

—Imagino que mis razones para quedarme son similares a las suyas —dijo con amabilidad. Todo lo decía con amabilidad. Lo cual no tenía por qué ser una señal de amabilidad, ¿cierto?

—¿No se meterá en problemas cuando descubran que estuvo aquí todo el tiempo? —espeté.

—No es un problema si no te pillan. ¿Verdad?

Recordé mis manos en la garganta de la hermana Mary Clare. Imaginé una lápida detrás del convento, marcada como todas las demás. *Aquí yace la hermana Mary*. Pero esa era solo para ella.

Al final del pasillo se abrió una puerta. La joven señorita Armstrong salió, con el pelo negro suelto, y el rostro brillante y carente de ningún pasado problemático. Ojalá hubiera podido sacar mi alma de mi cuerpo y meterla en el suyo para vivir la vida de otra manera.

—Ay, señor Chilton —dije, y las tablas del suelo se precipitaron al encuentro de mi cara.

No había querido molestarme, al menos no hasta ese punto. Era parte de su trabajo desarmar a la gente, hacer que se sintiera vulnerable y empujarla a hablar. Lo hacía casi por costumbre. A lo que estaba menos acostumbrado era a verse desarmado él mismo. Antes de que cayera al suelo, extendió el brazo bueno, lo justo para evitarle a mi cabeza un golpe más severo.

—Dios santo —dijo la señora Armstrong y corrió a mi lado—. ¿La llevamos a la cama?

—No. —Me incorporé y me tiré del cuello del vestido—. Estoy bien. —Me encogí de hombros para alejarme de ambos pares de manos—. Solo necesito un poco de aire. Un poco de espacio y aire.

—Déjeme al menos acompañarla a almorzar —dijo la señorita Armstrong—. Dicen que la combinación de aire frío y agua caliente es muy saludable, pero me he sentido un poco mareada desde que llegamos. Tal vez eso fue lo que mató a los Marston. Algún tipo de *shock* en el sistema. Debe de ser peor para la gente mayor. —Miró a Chilton como si se tratara de una advertencia preocupada.

Chilton seguía concentrado en mí.

—¿Seguro que está bien?

—Perfectamente. Solo me siento un poco ridícula.

—¿Está esa enfermera por aquí? —preguntó la señorita Armstrong—. ¿La señora Race?

—No lo creo —dijo Chilton—. Tal vez pueda pedirle que la vea más tarde.

—No será necesario —dije.

Acepté la mano de la señorita Armstrong y me levanté. Comería para complacerlos. Después me escabulliría para ver a Finbarr. Ya debería haber regresado a Londres. Un día más, me decía. Solo un día más.

Chilton observó cómo la señorita Armstrong y yo nos alejábamos mientras su brazo me rodeaba con verdadera preocupación. *La gente es muy amable —pensó—. Sobre todo las mujeres. Esa forma en que una mujer permite con naturalidad que otra se apoye en ella en momentos de dificultad.*

La desaparición
ÚLTIMO DÍA EN QUE FUE VISTA
Viernes, 3 de diciembre de 1926

¿Te sorprendería saber que la mayoría de las mujeres, si vieran a Finbarr y a Archie uno al lado del otro, elegirían a Archie como el más guapo? Sobre todo tras la guerra, después de que Finbarr perdiera su alegre brillo.

Por el contrario, a mí los años me habían vuelto más atractiva de lo que había sido de niña. Algo en la forma en que había aprendido a disimular mi alma destrozada fascinaba a los hombres.

—Ay, Nan —dijo Archie mientras me envolvía en sus brazos aquella noche en casa de los Owen, antes de saber lo que nos depararía la mañana. Si eres capaz de pasar por alto que había abrazado a su esposa de la misma manera menos de veinticuatro horas antes, entonces trata de entenderlo; Archie me amaba, lo hacía de verdad.

¿Crees que, como Finbarr, debería haberlo odiado? Tal vez lo hiciera. Cuando todo empezó, estoy segura de que así fue. Ahora que miro atrás, me cuesta saberlo. Después de todo, me casé con él. Le di una hija, a la que quiero tanto como a la que perdí. He pasado miles de días y cientos de miles de horas junto a él, tanto despierta como dormida. A partir de esta hora en particular, la única respuesta que puedo dar, en cuanto a si lo odiaba, es que a veces sí. De alguna manera. Si eso es lo que se quiere entender por odio.

Es la forma en que cierto tipo de hombre se mueve por el mundo. Si en esa época y en ese país a Archie se le hubiera permitido más de una esposa, habría tenido diez y nos habría amado a todas, con preferencias crecientes y decrecientes. Lo que no quiere decir que a Agatha o a mí nos quisiera como a posesiones. Nos veía a su manera. En el campo de golf se quedaba rezagado, con los brazos cruzados, para evaluar mi *swing*, mi forma, el arco de la bola al salir disparada. *Magnífico, preciosa*, me decía cuando estábamos solos.

No me habría costado ganarle a Archie al golf, pero nunca me lo permití. Quería que fuera buena, pero no mejor que él. Le gustaba verme jugar al tenis en el club, con otras mujeres. Me complacía que ese aspecto de mí le gustara. Mi plan para conseguir a Archie nació de la urgencia, pero eso no significaba que nunca obtuviera placer de ello. Correr de nuevo, balancear una raqueta, ganar.

Funktionslust. Es una palabra alemana para describir la alegría de hacer lo que mejor se te da. Seducir a Archie y robárselo a su esposa tenía un propósito específico. Pero resultó que se me daba bien. Mejor que bien. Podría haber sido un partido de tenis. Ninguna otra mujer del club, ninguna mujer en ningún lugar, podía tocarme.

—Ay, Nan —dijo Archie. Acarició con manos suaves mi lado más suave. Tenía buenos labios, con sabor a un *whisky* escocés nocturno. A esas alturas, había aprendido a arquearme y susurrar, a escalar y conquistar. La noche anterior a la desaparición de su esposa, percibí lo suficiente como para comprender el imperativo de reclamarlo. En el momento en que había decidido seguir adelante, ya no quedaba lugar para más lapsos ni vacilaciones. Tenía que ser como un tiburón en mi reclamo, nadar o morir.

Le puse la mano en la boca, con tanta fuerza que tal vez le haya hecho daño:

—Calla —ordené.

—Nan —respondió en un gorjeo amortiguado. Luego, cuando todo se calmó—: Te amo.

Las sábanas habían acabado en el suelo y mi cabeza descansaba en su pecho resbaladizo; su respiración todavía salía dura y agitada.

—Querida Nan. Cuánto te amo.

Recién al noveno día, a Archie se le ocurriría por fin preguntarse en serio sobre mi paradero.

Tendría una tarde para escapar de los confines de Styles y del caos de la búsqueda infructuosa. Viajaría a Londres.

Con el cuello subido para protegerse del frío, marcharía por las calles de la ciudad hasta mi piso. Subiría los escalones y llamaría a la puerta. Apoyaría la oreja en la madera cuando no hubiera respuesta. El interior sonaría como si llevara tiempo en silencio. Un lugar deshabitado.

Nada en el mundo elimina los males que causa una esposa como el bálsamo de una amante. Incluso mientras Archie me esperaba, pensó que, si abría la puerta y lo invitaba a pasar con una sonrisa seductora, no sería más que una pobre sustituta, y la satisfacción que le podría ofrecer sería temporal, fugaz. Lo justo para ayudarlo a sobrevivir a aquella terrible pena hasta que encontraran a su esposa.

La puerta siguió sellada, la habitación al otro lado en silencio. Mi vecina, la vieja señora Kettering, salió al pasillo. No era la primera vez que veía a Archie y lo miró con el ceño fruncido, como hacía siempre. Él respondió con una sonrisa apaciguadora. La gente como ella, que nos había visto juntos, podría ser un problema en el futuro.

Sin embargo la pregunta le salió de dentro, imposible de contener.

—Buenas tardes, señora Kettering. Me preguntaba si ha visto a la señorita O'Dea.

—Hace días que no. Más de una semana, diría yo. Ni un atisbo de ella. Espero que se haya ido con alguien de su edad. —La anciana lanzó una última mirada penetrante antes de cerrar la puerta tras de sí y bajar las escaleras. Hay demasiadas mujeres en el mundo que ayudan a los hombres con sus sucios asuntos. Pero hay muchas más que se apoyan unas a otras en momentos inesperados.

De forma igualmente inesperada, Archie encontraría el respiro que había deseado. Por primera vez en días, su mente se quedó en blanco de pura perplejidad. La pregunta eclipsó sus emociones, por un momento. *¿A dónde habrá ido Nan?*

Se apresuró a bajar las escaleras hasta la calle. Caminó deprisa, con la respiración entrecortada. Se obligó a no levantar sus manos para cubrirse la cara.

Cualquier lágrima en sus ojos se podría achacar al frío. A kilómetros de distancia, en Harrogate, yo no pensaba en Archie. Casi nada. Casi.

Mientras, él pensaba: *Qué peculiar. ¿Y cuál es la causa? La era de las mujeres desaparecidas.*

La era de las mujeres desaparecidas no comenzó con Agatha Christie. Había comenzado mucho antes de que Agatha se subiera a un coche y se alejara de Newlands Corner con Finbarr. Y se alargaría por un tiempo más. Desaparecíamos de las escuelas. De nuestras ciudades natales. De nuestras familias y nuestros trabajos. Un día, nos dedicábamos a nuestros asuntos, sentadas en clase o riendo con amigos, o paseando de la mano de un pretendiente. Entonces, de pronto, puf.

¿Qué le pasó a esa chica? ¿No la recuerdas? ¿A dónde fue? En Estados Unidos, íbamos a los hogares de Florence Crittenton. En Inglaterra, a Clark's House, o a cualquiera de los diversos hogares dirigidos en su mayoría por la Iglesia anglicana. En los hospitales australianos sacaban a los bebés de sus madres drogadas, incapacitadas, sin voluntad. Algunas no se fueron a ninguna parte. Se desangraron en mesas de carniceros. Saltaron de puentes. La era de las mujeres desaparecidas. Había pasado desde siempre. Miles

de nosotras desaparecíamos, sin que un solo policía nos buscara. Ni una palabra en los periódicos. Solo nuestras largas ausencias y nuestros silenciosos regresos. Si es que alguna vez regresábamos.

Antes de que Agatha desapareciera. Antes de saber que Finbarr había vuelto a Inglaterra. El plan que había elaborado estaba a punto de completarse. En la casa de los Owen, en la cama prestada, abrazada a Archie. El elemento primordial era interesado, cierto. Pero había otros.

—Te amo, Nan —dijo, como si nunca fuera a decirlo suficiente, como si las palabras tuvieran que repetirse *ad infinitum* hasta que el mundo conspirara para dejar que el momento perdurara, el delicioso y silencioso secreto.

Yo también lo amaba. Si eso es lo que se quiere entender por amor.

La desaparición
DÍA OCHO
Sábado, 11 de diciembre de 1926

En medio de toda la vorágine, el trabajo de Agatha era otro lugar donde refugiarse. Un mundo que visitar aparte del suyo. Podía perderse allí sin importar lo que ocurriera. En la Mansión Atemporal, las teclas de la máquina de escribir chasqueaban y repiqueteaban. Que la buscasen. Que Archie se preocupase. Cuando sus dedos volaban por las teclas de la máquina, era el mundo entero el que desaparecía. No ella.

Yo no tuve tanta suerte. En Harrogate, en los momentos sin Finbarr, a mi mente la asaltaban el miedo, la preocupación y los recelos. Intenté centrarme en la lectura de la novela que Chilton me había dado. Apenas había llegado al segundo capítulo cuando llamaron a mi puerta. La abrí y encontré a la señora Leech.

—Hay un hombre abajo que quiere verla. —Supe, por la forma en que arqueó el ceño, sin estar segura de cómo era adecuado proceder, que se trataba de Finbarr, y mi rostro cambió de manera tan repentina que sonrió, se iluminó—. No está casada, ¿verdad? Señorita O'Dea.

—No —admití—. No lo estoy.

—Bueno, ya está. —Me dio una palmadita en el hombro para reconfortarme. Cualquiera que haya estado enamorada sabe que es un estado que requiere consuelo—. Vaya abajo. Dígale que se anime, nada más. No lo suba a la habitación. No somos esa clase de hotel.

—Por supuesto. Gracias, señora Leech.

En el vestíbulo Finbarr estaba sentado en el sofá, con el abrigo abierto, y se frotaba las palmas en las rodillas. Se levantó y salimos juntos al frío, donde me acerqué a él y metí las manos en el bolsillo de su abrigo. Palpé un cuadrado de papel, esmaltado al tacto, y saqué la foto que le había enviado años atrás. Estaba doblada y maltratada, con los bordes rasgados. Los agujeritos de las esquinas se acumulaban sobre sí mismos, indicativo de que la había clavado en más de una pared.

Alguna vez has mirado una foto de alguien, de cuando era muy joven, y has pensado: *Qué triste. Tantas promesas, tanta esperanza.* La chica que me devolvía la mirada desde la foto quizá conocía la tristeza (su madre rota, con el labio superior inmóvil, que la acompañó a hacerse la foto), pero no sabía a dónde la conduciría su propio camino. Lloraba por su hermana, pero estaba segura de que a ella no le ocurriría lo mismo. Sabía que la guerra estaba en marcha, pero no lo creía del todo. ¿Cómo iba a llegar una guerra a las costas inglesas? Imposible. Si le hubiera presentado a esa chica cualquiera de los obstáculos que se le avecinaban, como predicciones, habría ofrecido soluciones imposibles para cada uno de ellos. El rostro que me devolvía la mirada creía que le esperaban cosas mejores. Se había sacado una foto para un soldado, que volvería de la guerra igual a como se había ido para casarse con ella y llevársela a Irlanda, a la felicidad perpetua.

—Me gustaría tener una foto tuya de esa época —dije—. ¿Por qué las chicas envían fotos a los soldados y no al revés?

—Escúchame, Nan. —Finbarr me quitó la foto con cuidado, una preciosa reliquia, y la devolvió al bolsillo—. Ven conmigo ahora y dejaré de llevarla conmigo. Nos haremos una nueva. Pondremos esta en un álbum para enseñársela a nuestros hijos.

—Pero entonces no podré volver a verla. A nuestra hija.

—Ambos nos hemos convertido en cosas que nunca esperamos ser. Nunca quise ir a la guerra. Nunca quise enfermar. Nunca quise dejar mi país, ni siquiera Ballycotton. Desde luego, nunca quise que te ocurriera lo que te ocurrió.

Le tomé las manos y se las besé.

—Te diré algo terrible —continuó—. Si pudiera elegir entre todos los hombres que han muerto en la guerra, desde 1914 hasta ahora, irlandeses, ingleses, australianos, alemanes, turcos, todos ellos, si pudiera elegir entre retroceder en el tiempo y dejarlos vivir, o volver a poner a nuestro bebé en tus brazos, todos seguirían muertos, hasta el último de ellos.

—Si piensas eso, Finbarr, ¿por qué no entiendes que necesito continuar?

—Solo hay un camino para volver a ser quien eras, tu verdadero yo. El camino para volver a ti misma, Nan. Y es conmigo.

—No quiero seguir ese camino. Quiero seguir el que me lleve a Genevieve.

Por primera vez en mucho tiempo imaginé el rostro de mi hija, no como la niña que supuestamente pertenecía a los Christie, sino como el bebé que había visto por última vez, siete años atrás, en brazos de la hermana Mary Clare. Se me escapó un jadeo inesperado, como si mis propios pulmones acabasen de recibir una dosis de gas mostaza. Quizá lo más misericordioso que Agatha Christie podía hacer, no solo por Finbarr sino también por mí, era convencerme de que la niña era de ella.

Cuando Chilton llegó al segundo piso de la Mansión Atemporal, ya se oía el sonido de la máquina de escribir de Agatha. Un alegre y laborioso clic-clac, clic-clac. Imaginó cómo llenaría una casa propia. Todas las tardes llegaría a casa y pondría una tetera, con el sonido de la máquina de escribir desde la otra habitación, ella tan absorta que no se daría cuenta de que había llegado hasta que él entrara en la habitación con una taza de té humeante. *Hola, cariño*

—le diría—. *No me había dado cuenta de la hora.* A Chilton le parecería bien. Estaba acostumbrado a cuidar de sí mismo y estaría encantado de hacerlo también por ella. *Sigue escribiendo* —le diría—. *Yo me ocupo de la cena.*

En ese momento, respondería cuando llamara a la puerta y dejaría de lado el trabajo, con el rostro iluminado por la alegría de verlo. Cuando dejara de ser una novedad, perturbar su trabajo sería algo por lo que discutirían. A Chilton le gustaba pensarlo, en cómo tendría que aprender a andar de puntillas. Se convertiría en un experto en retirar la tetera justo antes de que silbara, deslizaría una taza en la mesa junto a ella en completo silencio y aun así lo regañaría por haber interrumpido su concentración.

¿Tienes que interrumpirme siempre? Le besaría la coronilla y se alejaría, dejándola a solas con su trabajo.

Por un momento, Agatha se hizo a un lado y lo dejó entrar. Él se tumbó en la estrecha cama —la cama de ambos, pensó Chilton— y sacó un trozo de papel mecanografiado de encima de una pila ordenada en la segunda cama sin usar. Agatha se lo quitó de la mano, lo devolvió a su sitio y se volvió a sentar.

—¿Cuándo podré leerlo?

—Cuando esté impreso, encuadernado y cosido, no antes.

Volvió a teclear, con una sonrisa que delataba que su interés le agradaba.

Mientras tecleaba y chasqueaba, él le contó lo que había presenciado entre los Race.

—¿Me estás escuchando? —preguntó después de un rato—. ¿O estás escribiendo?

—Estoy haciendo las dos cosas. —Entonces se levantó y recogió los trozos que le faltaban al dejarse caer en la cama. Hacía años que no sentía que tenía dos brazos, pero Agatha los envolvió alrededor de sí misma—: Jamás imaginé que besar sería tan divertido —dijo, después de pasar un largo rato agradable.

Pero sí que lo había sabido, ¿no? Agatha había descubierto lo divertido que era besar hacía años, en sus primeros días con Archie, cuando él era un hombre diferente, cuando su invencibilidad tenía el poder de protegerla en lugar de dañarla. Lo que no sabía, en realidad, era cómo el dolor lo cambiaba todo. Cómo abre el mundo a un lugar en el que no hay nada que perder y en el que es posible recibir un golpe de alegría en forma de un inspector de policía desaliñado, pero encantador.

Chilton bajó a la despensa y volvió con dos latas de lengua. Agatha se había jurado no volver a comer lengua en lata, pero descubrió que estaba hambrienta, tanto que incluso la pobre y repetitiva comida le sabía de maravilla.

—¿Sabes lo que me gustaría hacer? —dijo Agatha—. Ir a las termas.

—¿Un largo paseo por el frío seguido de un baño en aguas grotescamente calientes?

—¿Hay algo mejor?

Caminaron a paso ligero, agarrados del brazo. Había pocos coches en la carretera. Un joven herrador que conducía uno de caballos se detuvo y se ofreció a llevarlos. Al principio dijeron que no, pero cambiaron de opinión, corrieron detrás de él, lo llamaron y se subieron a la parte de atrás cuando detuvo a las dos yeguas alazanas. Agatha se sentó en un fardo de heno entre el traqueteo de las herramientas y acarició a un labrador jadeante que se acurrucó a su lado. Se rio cuando el perro le lamió la barbilla y le devolvió el beso. El frío hizo que el color le subiera al rostro. Su risa sonaba como una campanilla.

—Dime, señor Chilton —dijo, elevando la voz por encima del ruido de los cascos y el tintineo de los metales—. ¿Qué opinas de los perros?

—Están bien. —Cuando Agatha rodeó a la bestia con los brazos y apretó la cara contra el sucio pelaje, decidió ser más enfático—. Me encantan. —Y añadió—: Estás espectacular. Pareces una jovencita.

Fue un error decirlo. Su sonrisa se desvaneció y el color se esfumó.

—Pero no lo soy. —En cuanto dijo las palabras, se hicieron realidad. Le aparecieron líneas en las frente y una sombra en la mandíbula.

El herrador los dejó en el balneario de Karnak y se separaron en silencio; Chilton fue al vestuario, y Agatha, a la tienda de regalos para comprar un traje de baño. Significaba dejarse ver por más gente, pero ¿quién era lo bastante observador como para relacionar a la dama de las fotografías con la mujer que tenía delante, con el pelo alborotado y la ropa de hombre? Se abotonó el abrigo de lana de la señorita Oliver hasta la barbilla con la esperanza de no parecer tan rara. En la tienda se compró el traje más modesto que encontró, un vestido verde y azul con el cuello en uve que le llegaba justo a las rodillas. También compró un gorro a juego.

A diferencia de las cuevas segregadas del Bellefort, los baños del Karnak estaban abiertos a hombres y mujeres en un atrio aireado, húmedo y rebosante de helechos; el vaho del agua caliente y el aliento humano oscurecían lo que era visible a través del techo de cristal. Chilton ya estaba empapado cuando Agatha regresó del vestuario, con una gruesa bata prestada por el establecimiento. El vapor se elevó a su alrededor cuando se la quitó y se metió con cautela en el agua caliente. Dio un respingo de dolor y de placer cuando se sumergió, y le sonrió una vez más.

Chilton sintió que se le cerraba la garganta. Un temblor. Lamentó haberse ido de la mansión. Afuera, en el mundo, el tiempo se revelaba fugaz de una manera que ningún deseo podría revertir.

—Agatha —dijo.

Miró con preocupación a los otros bañistas, preocupada por la posibilidad de que escucharan su nombre y lo relacionaran con los titulares de la mañana. Sin embargo, la única persona que pareció darse cuenta era una mujer joven de ojos bondadosos, que no se molestaba en llevar gorro, pero que tenía el pelo negro recogido en la cabeza, la señorita Cornelia Armstrong.

—Ah, hola —dijo, tan dulce como siempre—. Debe de ser la señora Chilton. ¿Ha venido a acompañar a su marido?

Agatha sonrió. Al hombre lo llenó de placer que le gustara el sonido de las palabras. «Señora Chilton».

—Sí —respondió—. Me aseguró que se trataba de un viaje de trabajo, pero a mí me sonó como unas vacaciones. Así que pensé en venir.

Chilton se dirigió a la señorita Armstrong:

—Pensé que habría renunciado a las aguas termales.

—No, de eso nada, señor Chilton. Hay que probar cosas nuevas y salir adelante. Además, al pensar en cómo mi madre se opondría a este baño en particular, no me resistí. Hombres y mujeres juntos en el agua. Escandaloso —dijo lo último como si fuera la palabra más deliciosa del idioma—. Estoy decidida a disfrutar a pesar del mal asunto con los Marston. —Se volvió hacia Agatha—. ¿Se lo ha contado su marido? ¿Todo lo que ha pasado en nuestro pequeño hotel?

—Sí. Una desgracia.

—No tiene ni idea. De hecho, estoy segura de que un hombre no lo debe haber contado bien. Su historia de amor era algo especial. Pasaron años anhelando estar juntos y, cuando por fin lo consiguieron, cuando llegó el momento que siempre habían deseado, todos los años que les quedaban por delante se esfumaron. Así sin más. Nos deja una lección que aprender, ¿no cree, señora Chilton? No se puede perder el tiempo en ser infeliz.

—Muy cierto —dijo Agatha—. Prefiero perder el tiempo siendo feliz.

Si la convenzo de que se suba a un tren, a primera hora de la mañana, perderemos el resto de nuestras vidas en ser felices, pensó Chilton.

Por el momento, lo que parecía alegrar a Cornelia Armstrong era extender la pena por el prematuro final de los Marston. Se acercó para sentarse al lado de Agatha. Chilton se sintió agradecido de que ninguno de los huéspedes del hotel estuviera al tanto de la información sobre el veneno que se había descubierto en la pareja.

—¿Sabe que antes de casarse la señora Marston había sido monja? —le dijo la señorita Armstrong a Agatha.

—¿No me diga? —Agatha miró a Chilton y su interés pasó de cortés a sincero.

—Ella misma me lo dijo. Me pidió que no se lo contara a nadie, pero supongo que ya no importa.

—Supongo que no. —Chilton se preparó, como hacía siempre que alguien estaba a punto de revelar algo importante, y esperó que la aceleración de sus latidos no fuera detectable.

—Había sido monja —continuó la señorita Armstrong, con la voz ebria por el romanticismo—. Y el señor Marston, había sido cura. Suena como una novela, ¿no creen? Los dos divididos y enamorados, años y años trabajando codo con codo hasta que no lo soportaron más. Acababan de renunciar a sus votos y de huir para estar juntos. —Bajó la voz a un susurro—. Ni siquiera estoy segura de que se hubieran casado todavía, aunque eso podría ser solo mi afán por el escándalo. —Se rio, un gorjeo suave que podría haber sonado encantador, una muestra de felicidad por parte de una encantadora joven, si no hubiera implicado la perdición de otra.

—Por casualidad, ¿no sabe de qué tipo de orden procedían? —preguntó Chilton con cautela.

—De un orfanato —dijo la señorita Armstrong con fervor, como si fuera la empresa más filantrópica del mundo—. Era una persona muy cariñosa, la señora Marston, se le notaba a la legua. Estoy segura de que cuidó muy bien a todos esos niños.

—Estoy seguro de que sí —dijo Chilton—. ¿Le dijo dónde estaba el orfanato?

—En el condado de Cork, en Irlanda. Recuerdo el nombre del lugar. Muy poético.

Antes de que la señorita Armstrong llegase a pronunciar las palabras «Sunday's Corner», Chilton miró a Agatha. Notó en su rostro que, tanto en su mente como en la de él, todo acababa de aclararse.

Tal vez hayas comprendido en este momento, junto con Chilton y con Agatha, que la señora Marston y la hermana Mary Clare eran la misma persona. O tal vez lo hayas deducido hace muchas páginas. Aquel día en Sunday's Corner, cuando mis dedos rodearon la garganta de la monja, no había terminado. En los baños, el mundo goteaba de cálida humedad. El techo era bueno y alto, no había necesidad de sentir claustrofobia mientras Chilton establecía la conexión de la que había estado seguro entre sus dos casos y descubría el elemento que los conectaba. Yo.

—Curioso —murmuró Agatha—. Mi suegra vivía cerca de Sunday's Corner.

—Vaya. —La señorita Armstrong se volvió hacia Chilton—. ¿Su madre es irlandesa? —Tras una vaga inclinación de cabeza, se dirigió a Agatha—: La señora Marston era una persona muy alegre. ¿Verdad, señor Chilton?

Volvió a asentir, igualmente deshonesto. La señora Marston exudaba el tipo preciso de alegría que él nunca se había creído. El tipo que enmascaraba algo, o bien la falta de algo. Deseó que hubiera una manera de transmitírselo a la joven señorita Armstrong. Le parecía una lección importante para una persona joven. No solo había que desconfiar de la gente enfadada. Las personas alegres podían ser aún más peligrosas.

—¿Y a dónde regresará, cuando vuelva a casa, señorita Amstrong?

—A Mundesley.

—Encantador —dijo Agatha—. Prefiero el mar al campo. Incluso en invierno. No me importa qué manantiales naturales tenga un sitio ni cómo traten de atraerme. Todo esto está muy bien, pero no hay lugar más refrescante que la orilla del mar. ¿Sabe que mi madre creía que el agua salada lo curaba todo, desde las manchas hasta las enfermedades del corazón?

—Mi padre dice lo mismo —dijo la joven.

—No hay nada mejor que un chapuzón en la salmuera fría.

Agatha parecía muy cómoda, incluso restituida por el agua caliente. Se agachó para que le tapara los oídos por un momento, como si alguien fuera a contradecirla y no quisiera oírlo.

Afuera soplaba un viento helado lo bastante fuerte como para que se colara un poco de frío; el techo de cristal traqueteaba como si fuera más endeble de lo que prometía. El canto de amor de Agatha a la costa agradó a Chilton. Le encantó, de hecho.

Chilton y Agatha volvieron a ponerse la ropa y salieron al exterior con el pelo aún húmedo. Los mechones se congelaron; Agatha estrujó un puñado para oírlos crujir.

—¿Sabes lo que me gusta imaginar? —dijo mientras caminaban hacia la carretera.

Ninguno de los dos había comentado lo que habían descubierto, todavía no, habían llegado a un acuerdo silencioso. *Eso es el amor* —pensó Chilton—. *Cuando dos mentes trabajan juntas.*

Agatha parecía saber mejor que él que en ese momento había cosas más importantes en las que pensar que en su romance.

—Me gusta imaginar que no fue solo Nan. Que todas las mujeres que se alojaban en el Bellefort tuvieron algo que ver. Cuando piensas en todas las chicas que pasaron por ese lugar, o por otros similares. Me parece una pena que solo una se haya vengado cuando tantas lo merecen.

Era lo último que Chilton esperaba.

—Supongo que tendré que sacarle una confesión a Nan.

—No harás tal cosa.

—Pero, Agatha, se trata de un asesinato, no es ningún juego.

—Lo que algunos llaman «asesinato» otros lo llamarían «justicia».

Chilton dejó de caminar, pero Agatha continuó, con pasos firmes y decididos. Él metió las manos en los bolsillos, para lo que tuvo que mover primero el brazo inútil, y pensó en las matanzas que había cometido en la guerra. Los cuerpos bajo sus pies mientras corría por una tierra de nadie. Todo ello aprobado, incluso exigido, por el mundo. Tal vez una mujer usara una vara de medir diferente para saber cuándo era aceptable, o incluso necesario, cometer un asesinato.

Aquí yace la hermana Mary

Poco después de mi fuga, Fiona salió del convento para trabajar como empleada doméstica para una familia de Sunday's Corner. Asistía con obediencia a las misas del padre Joseph en la iglesia parroquial. Las cartas que me enviaba, con faltas de ortografía, estaban llenas de su antigua y falsa alegría, mientras afirmaba que no podía ser más feliz ni estar más segura, y que rezaba todos los días por su hijo.

«Espero que nunca le digan de dónde viene», me escribió. «Las monjas siempre supieron lo que más nos convenía, ¿verdad que sí?».

Al leer esa línea, rompí la carta en cien pedazos; los jirones rasgados con furia siguieron apareciendo durante semanas cuando barría la habitación.

«No te enfades con Fiona», me escribió Bess. «Se ha criado con las monjas. Si creer en ellas evita que se vuelva loca, ¿quiénes somos nosotras para quitárselo?».

No pude evitar sentarme a escribir para decirle a Fiona que su pequeño siempre tendría un recuerdo de ella, en lo más profundo de sus huesos y de su sangre. Así funcionan los humanos. «Un bebé nunca abandona del todo el vientre de su madre», escribí. «Los rastros de tu hijo, las células que componen su forma de vida, siguen dentro de ti».

Me escribió para decirme que las rosas de ese año eran las más hermosas que jamás había visto. Que había ido al convento a comprar leche y rábanos para su casa y que todas las monjas parecían estar muy bien.

En Filadelfia, Bess intentó ser feliz. No debe haberle resultado tan difícil. Su marido era un hombre amable que la adoraba y encontró un buen trabajo como encargado de un astillero. Vivían en una casa de tablillas blancas en un barrio agradable. Dos habitaciones que esperaban a que las llenaran de hijos; su marido quería dos niños y dos niñas. Sin embargo, cuando Bess entraba en ellas, no las veía vacías porque esperasen a sus futuros hijos, a la familia que no era capaz de convencerse de formar. Las veía vacías de Ronan, que había pataleado y nadado dentro de ella para prometer su llegada, y luego había salido como un bulto frío y sin respiración.

—¿Recuerdas lo guapo que era? —le preguntaba a su marido a altas horas de la noche. Él la estrechaba entre sus brazos y le besaba el pelo, mientras esperaba que algún día encontrase la forma de superarlo todo.

—Pero no puedo superarlo —le confesó a su médico. Era calvo, con unas cejas demasiado oscuras y un porte compasivo—. Estoy asustada.

—Está perfectamente sana —le prometió el doctor Levine—. No hay necesidad de tener miedo. Es joven.

—¿Cree que lo causó el cura? ¿Que el bebé naciera muerto? —En las visitas anteriores, le había contado al médico lo que había sufrido, para explicar las cicatrices que le había encontrado cuando la examinó por primera vez y le preocupó que su marido fuera el autor.

Miró al techo antes de responder. Pensativo. Quería darle una respuesta sincera.

—No puedo asegurarlo ni negarlo —dijo por fin—, pero seguro que no ayudó.

Lloró y él le acarició el hombro. Bess no había dejado Irlanda sin poder aceptar el contacto humano de un hombre. Las amables caricias del doctor Levine la consolaban. Disfrutaba cuando hacía el amor con su marido. El padre Joseph no le había quitado eso.

Sin embargo, no podía recuperar lo que creía con todo su corazón que él le había arrebatado. Salía de su acogedora casa, con una taza de café en la mano (ya una estadounidense de pleno derecho, nada de té), para despedirse de su marido cuando se marchaba al tren para ir a trabajar. Una vez que se perdía de vista, las madres empezaban a salir para jugar en los bonitos patios con sus hijos. Bess veía, con toda claridad, a su Ronan. No importaba cuál fuera su edad. En un cochecito. Corriendo detrás de un gato en el jardín. Haciendo rodar un camión de juguete por el camino. Dibujando en la acera.

Debería estar aquí. Debería estar aquí. Debería estar aquí.

«Quiero dejar atrás mi antigua vida», me escribió. «Te envío cartas a ti, a Fiona y a mi hermana Kitty. Aparte de eso, solo me interesa lo que me depara el aquí y ahora».

Incluso mientras escribía las palabras, sabía que no eran del todo ciertas. Bess quería hijos. Habría llenado con alegría las habitaciones de arriba. Pero no mientras el padre Joseph respirara y Ronan no. El odio en su corazón no tenía nada que ver con ser madre y solo una cosa en el mundo lo vencería.

Tal cosa no parecía posible. Hasta que llegó una carta de Fiona con los últimos chismes de Sunday's Corner. La hermana Mary Clare y el padre Joseph se habían enamorado y habían renunciado a los votos.

«Me dijo que se casarían el mes que viene y que se irían a Yorkshire de luna de miel, a cierto hotel Bellefort. Me dijo que debería empezar a llamarla "señora Marston", ya que ese sería su nombre muy pronto».

Bess se imaginó con claridad la alegre risa que siguió. Había que urdir un plan, y pronto. Sin embargo, sabía que sería más fácil de llevar a cabo, ahora que la hermana Mary Clare y el padre Joseph estaban juntos, en Inglaterra. Y en mí encontró a una cómplice muy dispuesta.

La desaparición

DÍA CINCO

Miércoles, 8 de diciembre de 1926

B ess y yo sabíamos perfectamente que Chilton nos escucha-ba detrás de la puerta. No porque lo hubiéramos oído, pues era más silencioso que un ratón, sino porque suponíamos que nos estaba observando. Ya sabíamos que nos enfrentaría-mos a muchos peligros con nuestro plan de asesinar a dos per-sonas aparentemente inocentes. No esperábamos tener que enfrentarnos también a la mujer de mi amante y al inspector que la estaba buscando. Sin mencionar a Finbarr, que había ido a reclamarme.

—Donny ha recibido un telegrama —dijo Bess, en voz tan alta que casi me reí de lo artificioso del momento—. Tenemos que acortar el viaje. Volvemos a Estados Unidos.

Se sentó en la cama a mi lado y me estrechó la mano. Nos mi-ramos, con los ojos cargados. No importaba lo que pasara des-pués, había valido la pena.

Los venenos habían sido muy fáciles de conseguir, aunque el cianuro de potasio era una compra extraña para el invierno, cuan-do no había avispas. Fui a dos tiendas diferentes en Londres, una para el cianuro de potasio y otra para la estricnina. La belleza de una ciudad muy poblada, donde nadie se acordaría de mí ni pen-saría en relacionar las sustancias con una muerte en Yorkshire. Tal vez Archie no hubiera leído los libros de Agatha, pero yo sí. Sabía que el veneno era la mejor manera de lograr un asesinato rápido y fácil. Fácil de perpetrar, pero no de resolver.

La hermana Mary Clare, entonces la señora Marston, era insincera e irreflexiva en todos sus actos y palabras. En el Bellefort me miró directamente, sin verme. Solo veía la superficie. También a Bess. Nos dirigió la mirada a las dos y habló de sí misma. Al igual que en el convento, sonreía, charlaba, apoyaba sus manos regordetas en nuestros hombros, como si se creyera que nos apreciaba. Sin embargo, cuando volvimos a aparecer en su vida, no nos reconoció a ninguna de las dos. Para ella, todas las chicas eran iguales.

Creo que fue Hamlet quien dijo: «Uno puede sonreír, y sonreír, y ser un villano».

Para el hombre que nunca se había molestado en sonreír, al menos a nosotras, las malas hierbas, algunas chicas destacaban. El padre Joseph reconoció a Bess en el instante en que la vio. En el comedor del hotel, al hacer lo que había que hacer, Bess no había sentido ningún miedo. Ni el más mínimo. Solo una alegría al ser testigo de su malestar. Consciente de que estaría muerto antes de que le diera tiempo a alertar a su esposa de nuestra identidad.

La hermana de Bess, Kitty, y su marido, Carmichael, se habían hecho pasar por una infeliz pareja inglesa para provocar la distracción necesaria, una gran bronca que atrajo la atención de todos los presentes. Bess había tenido la oportunidad de adelantarse para hundir la jeringuilla en el costado del padre Joseph, para luego volver a esconderla en el bolsillo de su vestido casi antes de que él sintiera el pinchazo. Kitty, que fingió ser enfermera, acudió a su lado, no para ayudarlo, sino para asegurarse de que estuviera muerto. Tenía una segunda aguja en su propio bolsillo por si acaso, pero resultó innecesaria.

Bess no describiría como alegría, exactamente, lo que sintió al ver morir al hombre. No era cruel. Era una tarea desagradable, pero necesaria. El mundo no nos había ofrecido justicia, así que creamos la nuestra.

Kitty, la niña de la que Bess me había hablado en Irlanda, la preciosa niña de doce años que quería actuar en el cine, había crecido y se había casado con un joven no solo dotado de una fortuna familiar, sino con sus propias aspiraciones teatrales. Con su ayuda, llevó a cabo la mejor actuación de su carrera antes de que esta comenzara. Carmichael y ella se quedaron en el hotel después para continuar con la treta y que nadie sospechara de que su disputa tenía relación con el colapso del señor Marston.

En mi habitación del Bellefort, con la oreja de Chilton pegada a la puerta, dije, también en voz alta:

—Espero que todo esté bien.

—Sí —dijo Bess—. Todo es perfecto. Perfecto. —Luego, en un susurro que no se oiría por más que Chilton se acercara—: Kitty y Carmichael se quedarán y te han pagado la habitación hasta el final de la próxima semana. Pero nosotros nos vamos. Volvemos a Estados Unidos. Deberías venir con nosotros.

Negué con la cabeza, con vehemencia.

—Quédate en Inglaterra si debes, pero vuelve a Londres. Vete de aquí, tan rápido como puedas.

—Eso solo me haría parecer culpable, ¿no? —Pero no era en eso en lo que pensaba. Pensaba en los brazos de Finbarr, a un paso de distancia. Pronto tendría que afrontar toda una vida sin él y no estaba lista aún. Necesitaba un poco más de tiempo. Aunque aumentara el riesgo de que me atrapasen.

Bess y yo nos abrazamos, con las manos aferradas a la ropa de la otra y la cara enterrada en el cuello contrario. Habíamos hecho lo que habíamos ido a hacer. A partir de entonces, el mundo se desarrollaría como quisiera. Tras haber borrado al padre Joseph de la faz de la Tierra, Bess podría seguir con su vida. No sabíamos que se estaba yendo de Inglaterra ya embarazada de una niña que nacería en septiembre, la viva imagen de la salud.

308 NINA DE GRAMONT

Yo me había ocupado de la hermana Mary Clare. Le llevé una taza de té humeante a su puerta y llamé sin hacer ruido.

—Ay, querida —dijo la antigua monja, cuando me asomé a la habitación—. Qué bien que haya venido a verme. Me temo que no voy a pegar ojo esta noche. Ni un poquito. —Tenía la cara hinchada y manchada. Se cubrió con las manos y lloró un poco más.

Me acerqué a su cama y me senté para ponerle la taza en las manos.

—Beba —le dije con la voz más tranquilizadora que pude—. Le puse unas gotas de brandy.

Yo llevaba una bata y el pelo suelto, mientras que el suyo estaba recogido bajo un gorro de dormir. Noté el brillo de la crema en su cara; no había desatendido sus cuidados habituales, al imaginar que habría un mañana, a pesar del duelo.

—Qué encanto. Ese médico me ha dado una pastilla para dormir, pero mis nervios la han superado. —Tomó la taza y bebió un sorbo.

La afición de los ingleses por el té como solución a todos los males de la vida nos vuelve fáciles de envenenar.

—No sé a dónde iré mañana. El señor Marston y yo teníamos planes sobre lo que haríamos después. Iríamos a Manchester, donde viví de niña, antes de que me mandasen a Irlanda. —Hablaba para sí misma, sin darse cuenta de que ya había escuchado esa historia—. Pero mi familia ya no está allí. ¿Cómo seguiré sin él? Nunca he vivido sola, ¿sabe? Antes era monja, si puede creerlo.

—Le creo, señora Marston. Se lo aseguro.

Lloraba y sorbía, sorbía y lloraba. Me senté a su lado y le acaricié la rodilla. Solo habían pasado siete años, y no de los que envejecen en exceso a una persona. A los veintisiete, mi aspecto se parecía mucho al que había tenido a los veinte. Me había visto a diario durante meses. Había estado conmigo cuando Genevieve se rio por primera vez. Fue la última persona a la que vi con mi bebé en brazos. La miré y la miré, deseando que me devolviera la mirada. Los fantasmas que deberían haberla perseguido se alejaron, sin recibir ni un pensamiento.

—Qué encanto. —Me entregó la taza vacía.

La dejé en la mesita. Más tarde me aseguraría de limpiarla de huellas dactilares y de residuos. La hermana Mary Clare se recostó. Extendió la mano y me la estrechó.

—Se quedará conmigo, ¿verdad? Hasta que me duerma.

—Por supuesto que sí.

Se le cerraron los ojos. Si esperaba, el veneno la mataría. Sin embargo, a diferencia de Bess, quería sentir las manos sobre mi presa. El forense encontraría la estricnina, pero habría muerto antes de que le hiciera efecto. Tarareé unos compases de la misma melodía inquietante que a ella le gustaba tanto, pero ni siquiera eso la despertó a la realidad. Sonrió un poco y dijo, muy tranquila y con los ojos aún cerrados:

—Me encanta esa canción.

Pasaron unos instantes. El reloj de la planta baja sonó, pero no conté la hora. Agarré una almohada, en la que sin duda el padre Joseph habría apoyado la cabeza la noche anterior. Luego la toqué para asegurarme de que no se hubiera quedado dormida. Abrió los ojos. Sonreí, deseando que viera amor y bondad en mi rostro. Me devolvió una sonrisa débil y agradecida. Luego bajé la almohada.

Me arriesgué una vez, a mitad del proceso, y quité la almohada por un segundo. La hermana Mary Clare me recompensó con la segunda expresión sincera de su vida, una mirada de miedo, conmoción y angustia. Podría haberle dicho quién era, en ese momento, pero me gustó añadir la confusión a las terribles emociones que la invadían. Así que volví a presionar la almohada. Sujeté a la mujer. Hasta que dejó de luchar. Hasta que dejó de causar daño. Hasta que su cuerpo descansó y su respiración dejó de fluir. Cuando retiré la almohada, su rostro no contenía falsa alegría, ni falsa bondad. Sus labios no hablaban de promesas vacías. Todo lo que quedaba eran unos ojos cincelados en cristal, abiertos pero sin ver. La boca abierta y congelada en un intento inútil de encontrar oxígeno.

Durante años me había dejado arrastrar en direcciones que nunca había querido tomar. Había cometido errores, actuando por accidente o por imperativo. Por fin, en ese momento, era la autora de mi historia. El universo no debió de echármelo en cara porque me recompensó casi de inmediato con los días en la Mansión Atemporal.

Cuando la hermana Mary Clare yacía muerta ante mí, el aire cambió. Las partículas que habían estado cargadas se volvieron inertes. La rabia en mi interior se calmó. Una violenta tormenta había terminado.

El impulso de asesinar. Nunca me abandonó hasta que el trabajo estuvo hecho.

La desaparición
DÍA OCHO
Sábado, 11 de diciembre de 1926

Finbarr estaba abajo atizando el fuego de la cocina cuando Chilton y Agatha regresaron a la Mansión Atemporal. Sobre la mesa había botellas de vino, que había sacado de la colección de la bodega, junto con una bandeja que contenía tres barras de pan fresco, varios tipos de salchichas, una rueda de queso Swaledale y latas de melocotones.

—Dijiste que estabas cansada de la lengua —le dijo a Agatha—. Así que he salido a una pequeña misión de exploración.

—Eres un encanto —dijo ella.

Chilton frunció un poco el ceño al mirarlos. Agatha estaba sentada, cansada por la fuerza de aquellos días, aquel tiempo alejada del mundo, sin que el futuro tomara ninguna forma que pudiera reconocer. Chilton sacó una silla y se sentó a su lado. Con voz tranquila, le contó a Finbarr lo que habían averiguado. La verdadera identidad de los Marston y mi participación en su asesinato.

Finbarr escuchó, con el rostro inmóvil e inescrutable. Cuando el inspector hubo terminado, dijo:

—Bien.

—¿Bien? —dijo Chilton—. Vamos, hombre. No lo dirás en serio.

—Por supuesto que sí.

Agatha sirvió vino en una taza de té. Parecía la noche adecuada para hacer una excepción a su abstinencia. Se le ocurrió que debería haberle alegrado la idea de que fuera a la cárcel, lo que no solo me quitaría de en medio, sino que sería mi castigo por el dolor que le había causado. Sin embargo, incluso antes de nuestros días de fuga compartidos por accidente, tal cosa no la habría alegrado. No era esa clase de persona y nunca lo sería. Tal vez le fuera fácil imaginar los planes de venganza de otras personas y la amargura que los impulsaba. Incluso simpatizar con los míos. Pero nunca sería capaz de llevarlos a cabo ella misma. Era mejor que yo en ese sentido. O más afortunada.

—¿Qué va a pasar ahora, entonces? —preguntó Finbarr.

—Me temo que tendré que contarle a la policía de Yorkshire lo que sé —dijo Chilton—. Quiénes son los Marston y de qué son culpables Nan y su amiga. Me temo que la investigación partirá de ahí.

—Hoy, no —dijo Finbarr. Agatha notó el ruido del gas mostaza en su voz, peor que de costumbre.

—Sí —coincidió ella—. Hoy, no.

—Pero, Agatha. —Chilton le habló como si Finbarr no estuviera allí—. Eso le dará el tiempo que necesita para escapar con ella.

—¿Tan malo sería? —dijo—. A veces una fuga es justo lo que hace falta.

Chilton pareció dudar. ¿Cuántos de sus deberes iba a ignorar antes de que todo aquello terminara? ¿Y si Agatha quería que Nan escapara para tener el camino despejado y volver con su marido? Aunque mi arresto sin duda tendría el mismo resultado. Archie no me habría apoyado en un juicio por asesinato. No me habría apoyado si me hubiera oído hablar con el acento de la clase trabajadora que con mucho cuidado había borrado.

—Un día —dijo Agatha en voz baja, muy consciente del poder romántico que ejercía sobre Chilton—. Quizá dos.

Un día más sin descubrirse. Tal vez dos. Un día más exento del tiempo y de las repercusiones. Un día más lejos del decoro y de las responsabilidades. Un día más, como si su madre nunca hubiera muerto y su marido nunca la hubiera abandonado; de hecho, como si ambos no hubieran existido siquiera, para causarle alegría ni dolor. ¿Por qué no dos días más? ¿Por qué no mil?

—Un día —volvió a decir—. Solo uno. Lo decidiremos mañana. ¿Pensaremos un plan? —El signo de interrogación fue un golpe brillante. Daba a entender que Chilton estaba en posición de discutir.

—Venid conmigo —dijo Finbarr, como si todos hubieran llegado a un acuerdo. Tomó la bandeja y salió de la cocina, con un ligero movimiento de cabeza para indicarle a Chilton que llevase el vino.

En el piso de arriba el salón estaba casi vacío de muebles, salvo por un sofá cubierto por una funda y un grupo de grandes cojines tirados en el suelo, como si no hubiéramos sido los primeros ocupantes ilegales de la Mansión Atemporal y alguien más hubiera pasado por allí y se hubiera conformado con lo que había podido encontrar. En el suelo, junto al sofá, había un tocadiscos de la variedad de los gramófonos, anticuado incluso para la época, con una gran bocina de caoba.

—Lo encontré en la despensa del mayordomo —dijo Finbarr. Le dio cuerda y colocó la aguja en el disco; una rasposa música de *big band* llenó la cavernosa habitación.

Para unirme a la fiesta, no tuve más que seguir la música. Finbarr estaba recostado en el suelo en uno de los grandes cojines, con una copa llena de vino en una mano. Chilton y Agatha bailaban, el rostro de ella resplandeciente por la luz del fuego y el día en las termas, con un aspecto igual de encantador con pantalones y una chaqueta de punto como el que habría tenido con cualquier vestido en un salón de baile.

Tres caras se volvieron hacia mí, con cariño, mientras ocultaban la devastadora información. Un día. Todo seguiría oculto un día más. Por el momento, dejaríamos que nuestra desaparición se prolongara un poco. Continuaría hasta la noche y las primeras

horas de la mañana. Si algo habíamos aprendido desde que habíamos descubierto ese lugar era que no había nada en el mundo que
no pudiera esperar.

—Ay, Nan —dijo Agatha, cuando Chilton la inclinó, con la cabeza echada hacia atrás y un tono alegre, como si fuera su mejor
amiga en todo el mundo—. Ven a tomar vino y queso, ven a bailar.
¿Quién sabe lo que ocurrirá mañana?

Aunque suene sorprendente, mis oídos no interpretaron las
palabras como un augurio. Me sonó como una invitación. Si hubiera sido otro tipo de persona, criada en otra época y en otro país,
le habría dicho que la quería. Y tal vez lo habría dicho de vuelta.
En cambio, las dos nos sonreímos. No éramos rivales, sino compañeras. Un dolor compartido crea una calidez inesperada, incluso
cuando esta ilumina todas las formas en las que nuestro mundo se
ha arruinado.

La desaparición

DÍAS NUEVE Y DIEZ

Domingo, 12 de diciembre, y lunes, 13 de diciembre de 1926

La maquinaria del mundo ya había empezado a rechinar en contra de nuestro tiempo sin descubrir. La bibliotecaria de Harrogate, la señorita Barnard, recogía los periódicos con creciente fervor y miraba cada nueva fotografía, mientras pensaba con absoluta certeza que la mujer que había visto era la misteriosa escritora desaparecida. Al final, llamó al departamento de policía de Leeds. El agente que contestó, al oír la emocional seguridad de su voz, desestimó por completo sus preocupaciones. Aun así, ya se había plantado una semilla.

Sin embargo, dentro de la Mansión Atemporal todo era hermoso.

Aquella noche nos quedamos despiertos hasta el amanecer, mientras los discos cantaban, el vino corría y los cuatro girábamos, reíamos y bailábamos. Agatha volvió a sentirse joven. Joven de verdad, de nuevo la chica que se había bajado del caballo cuando el postizo había salido volando, para recogerlo entre risotadas. Todas las fiestas en casas a las que había asistido de niña, saltando de una a otra, a veces por necesidad, porque el dinero se había acabado y Ashfield estaba alquilado. Sin la sociedad, Agatha no habría tenido a dónde ir. Sin embargo, cuando era una invitada, todo estaba atendido, todo era brillante, alegre y divertido. Pero nunca nada había sido como aquello. Nadie, nunca, como Finbarr. Nadie como Chilton, desde luego, con la mano en su cintura, viajando con libertad. Un extraño y magnífico eco de su antigua vida, pero con las personas más extrañas e improbables y sin ninguna regla.

¿Qué hubiera dicho su madre? Era liberador dejar que la pregunta se desvaneciera en el aire, sin respuesta, sin importancia. Cómo solía rondar todos sus movimientos. Cómo se había controlado a sí misma, incluso en su juventud. Nunca beber demasiado, si acaso bebía algo. *No digas esto. No digas eso. No subas las escaleras, a un dormitorio, con un hombre que no es tu marido, para hacer lo que os plazca.* Su madre se había ido, pero la vida continuaba de nuevas maneras. Maneras humanas. Esa era la cuestión. Ser sensata y ser humana. Aunque en ese momento parecía que ya no era especialmente sensata. Quizás por primera vez en su vida, y solo durante un breve lapso, Agatha era dueña de su propia virtud y, por tanto, de su propio destino.

Cuando desapareció con Chilton en el piso de arriba, Finbarr y yo nos quedamos bailando un rato más. Me olvidé de volver al Bellefort, mi habitación quedaría vacía una vez más. Kitty y Carmichael ya se habrían marchado. La treta de su miseria había durado lo suficiente como para engañar a todo el mundo; nadie pensaría en ello ni lo reconocería como una distracción. No regresaron a Irlanda, sino que se dirigieron a Estados Unidos; pasarían por Filadelfia para ver a Lizzie y a Donny y luego irían a Nueva York, ambos destinados a los escenarios. Antes de partir, se aseguraron de que mi habitación estuviera pagada durante unos días más. La señora Leech nunca los delataría como mis benefactores ni enviaría a nadie a buscarme, al menos no todavía. Sabía lo de Finbarr. Los jóvenes amantes. Sacudía la cabeza con una sonrisa secreta mientras recordaba una época en la que su romance también había parecido imposible.

La luz de la mañana ya había llegado cuando nos fuimos a dormir. Todas nuestras cabezas estaban embriagadas por el vino y mareadas por el amor. Ese día, nadie llegó a acusarme de asesinato.

El lunes por la mañana, en Sunningdale, Teddy se despertó horrorizada al encontrar a su padre durmiendo a su lado, encima de las sábanas, todavía con el traje y hasta con los zapatos puestos, la boca abierta y los hilos de saliva serpenteando por la almohada. Saltó de la cama tan rápido como pudo, recogió a Touchstone y la estrechó contra su pecho.

—¡Coronel Christie! —exclamó, tras decidir que solo serviría el tratamiento más formal.

Archie empezó a despertarse y bajó los pies al suelo.

—Vaya por Dios. Debo haberme quedado dormido.

—Efectivamente. —El rostro de la niña estaba ensombrecido por el reproche.

Archie se llevó una mano a la frente. Los rizos rebeldes le caían por la cara. Al reflejarse en la mirada penetrante de Teddy, no tenía forma de saber que nunca había estado más guapo, con toda su vulnerabilidad expuesta. No le interesaba ser vulnerable. En los últimos diez días se había convertido en todo lo que más detestaba, melancólico, enfermizo, ineficaz.

—Solo quiero ser feliz —le dijo a Teddy y agachó la cabeza; odiaba lo patética que sonaba su voz.

Como era una niña amable, Teddy le acarició la cabeza.

—Lo serás —le prometió.

Al igual que la señorita Barnard, la mujer que trabajaba en la tienda de regalos de Karnak no había dejado de pensar en Agatha Christie. Sin embargo, esperó hasta el lunes para decir algo, ya que el domingo no era un momento adecuado para causar ningún tipo de revuelo.

—He visto con mis propios ojos a esa novelista desaparecida —anunció la señorita Harley, cuando entró en la comisaría de Leeds. Era una mujer de mediana edad, sin suerte en el amor, siempre con los ojos aguados de recordar al hombre que debería haberse declarado antes de partir a la Guerra Bóer, para desaparecer.

El joven de la recepción llamó a Lippincott.

—¿Está usted segura? —preguntó Lippincott mientras evaluaba a la señorita Harley sin sacar nada en claro—. Tengo allí a un hombre que me informa a diario sobre el caso. —En realidad, se dio cuenta de que hacía varios días que no recibía noticias de Chilton—. Dice que no ha visto ni rastro de ella.

—Pues yo la he visto entera. —La papada de la señorita Harley tembló de indignación—. Estaba en la tienda de regalos del hotel y me miró a la cara, con el mismo aspecto que en la foto. Compró un traje de baño y una postal. Pensé que me estaba imaginando cosas, pero hoy he visto otra foto suya en los periódicos y era ella. Sé que lo era.

Esto es lo que pasa cuando no te ocupas tú mismo de todo, pensó Lippincott. Se dirigió a la biblioteca para interrogar a la señorita Barnard.

—Estoy bastante segura de que era ella —dijo la bibliotecaria, agradecida de que por fin la escucharan—. Se puso muy pálida cuando le señalé el parecido. ¿Es posible decir que alguien se parece a sí mismo? —Se rio, pero se detuvo de golpe al ver que a Lippincott no le hacía gracia—. También sacó algunos libros. Novelas policiacas, sobre todo.

—¿Qué nombre usó?

—La señora O'Dea. Dijo que se alojaba en el hotel y balneario Bellefort.

—¡En el Bellefort!

La idea de que Agatha Christie llevara delante de las narices de Chilton todo ese tiempo, por no hablar de la propia familia de Lippincott, era más de lo que ningún hombre podía soportar. A pesar del cariño que le tenía al inspector, salió de la biblioteca con los dedos crispados, dispuesto a hacer lo que había que hacer.

Esa misma noche, sonó el teléfono en Styles. La doncella Anna encontró a Archie en la mesa del comedor, con la comida sin tocar y un vaso de whisky en la mano. Sus ojos no se apartaban de la ventana. Oscurecida, solo le devolvía su propio y triste reflejo.

—Coronel Christie. Hay un policía al teléfono. Dice que llama desde Leeds.

La desaparición

NUESTRA ÚLTIMA NOCHE

Lunes, 13 de diciembre de 1926

A lo largo de los años, desde nuestra época en Yorkshire, Agatha y yo hemos conseguido robar algún que otro instante privado, cuando nuestros caminos se han cruzado por accidente, en Londres, o en algún evento familiar. El funeral de la madre de Archie, por ejemplo. La boda de Teddy. A veces, la mezcla de familias pasadas y presentes se hace inevitable.

Las dos estuvimos de acuerdo en que, aunque no habíamos pasado ni siquiera una semana en la Mansión Atemporal, en pleno invierno, con las ramas desnudas y las ventanas empañadas, recordábamos la casa en todas las estaciones. Veíamos el glorioso dosel salpicado de musgo y verde, arqueándose sobre el camino de entrada. El césped donde jugábamos al tenis, blando por la lluvia reciente, de modo que nuestros pies dejaban surcos en la tierra mientras corríamos. El canto de los pájaros al despertar, el sol que salía demasiado pronto y se colaba por las cortinas. Los campos que se extendían detrás de la casa, alfombrados de dalias, lirios del valle y prímulas. Recordábamos a Teddy corriendo entre las flores para recoger las más brillantes, con el dobladillo de la falda manchado de barro y hierba, aunque en realidad nunca había estado allí.

—No me suena del todo a mentira llamarlo «amnesia» —me dijo una vez—. Porque todo me parece todavía un sueño maravilloso. De los que nacen para sustituir algo terrible.

—Deberíamos escaparnos juntas —sugerí al menos una vez—. Deberíamos volver.

Agatha admitió que había pensado en encontrar al propietario y comprar la casa. Pero nunca lo hizo y no volvimos allí, ni juntos ni separados. La casa siguió existiendo solo como un lugar que visitábamos en conversaciones y en recuerdos, no más visible para el mundo exterior de lo que habíamos sido nosotros al habitarla, sin ser detectados.

A veces, por la noche, tengo mi propio sueño maravilloso, una fiesta. La mansión no está polvorienta ni carece de muebles, sino que es luminosa y está completamente amueblada. Genevieve y mi pequeña Rosie, los hijos de mi hermana Louisa, e incluso los de Colleen, están sentados en el pasillo de arriba y miran a través de la barandilla, mucho después de que los hayan mandado a la cama. Finbarr está allí, y Chilton, y mis padres. Fiona y su hijo, con la marca de nacimiento en forma de frambuesa desvanecida. Bess, Donny y Ronan, además de las tres niñas que tuvieron. Mis tres hermanas. Los Mahoney, el tío Jack y la tía Rosie. Seamus, convertido en un hombre, riendo como si no hubiera conocido un momento de enfermedad. Alby, con el pelaje blanco y negro reluciente, un perfecto caballero, sin separarse de Finbarr. Luces chispeantes, bandejas con copas de champán rebosantes y la música más alegre, no la de un viejo tocadiscos, sino la de una orquesta en directo. Es el momento más feliz del mundo. Es todo lo que siempre he deseado, por fin concedido.

Los cuatro dormimos la mayor parte del día antes de volver al salón, donde nos acomodamos con comida y vino ante un fuego crepitante. Habíamos agotado las provisiones de comida fresca y Finbarr no se había aventurado a salir, así que volvimos a las latas de lengua y arenques, dispuestas sobre un gran mantel de lino que amarilleaba por los bordes.

Una vez servido el vino, Finbarr me dijo:

—Es hora de ser sinceros, Nan. Creen que has cometido un asesinato.

La luz del fuego a veces resalta la belleza de la gente. Agatha estaba sentada con las piernas cruzadas y parecía una dama exploradora con la ropa de hombre, el pelo vivo y alborotado, las mejillas sonrosadas. Chilton parecía más joven de lo que se suponía que era, tumbado de lado, despreocupado. Finbarr extendió la mano y me la estrechó. Le besé la mejilla.

—Eso creen —fue todo lo que dije.

Agatha me tendió un plato, pero lo rechacé, sin hambre.

—¿Os gustaría escuchar una historia sobre una vez en la que podría haber cometido un asesinato? —dije.

Era una buena noche para las historias de fantasmas. Soplaba algo de viento en el exterior. Nada más que la luz del fuego. Los cuatro cerca, a salvo y extrañamente encantados. Les hablé de mi fuga del convento, de mis manos en la garganta de la hermana Mary Clare.

—Que era la señora Marston —dijo Chilton.

No le di la razón, pero les conté otra historia de fantasmas, sobre un cura y una chica embarazada. Los barrotes de hierro, junto con las leyes de Dios y de los hombres, nos encerraron a todos dentro de un convento de piedra. El cura tenía licencia para hacer lo que quisiera. Dentro del convento había perdón para sus pecados, pero no para los de las niñas de las que abusaba.

No proporcioné todas las piezas de la historia. No mencioné a Kitty ni a Carmichael; Chilton, como quedó patente, no era ningún Hércules Poirot y había olvidado por completo su acento irlandés. Tampoco les di el verdadero nombre de Bess, ni dije dónde vivía.

—Nunca he cometido un asesinato —dije—. Solo he buscado justicia.

En el piso de arriba, una puerta crujió en sus goznes; el viento la hizo sonar. Los ojos de Agatha se desplazaron hacia el techo, atentos a cualquier indicio de que nos hubieran descubierto. No quería que pensara en eso. Quería que se diera cuenta y lo admitiera. Que cuando había acogido a ese bebé en su casa, había aceptado algo robado.

—Di la verdad —le dije.

—Sí —apremió Finbarr—. Díselo. Termina con todo esto.

La alegría desapareció de la habitación.

—Creía que lo sabías sin lugar a duda. Que ambos lo sabíais.

—Lo sé —dije—. Pero quiero que lo digas. Yo he confesado. Ahora te toca a ti.

—Muy bien, entonces. Es cierto.

Finbarr se levantó. Se arremangó, casi dispuesto a golpearla. Chilton se incorporó y se tensó, a punto de intervenir.

—¿El qué? —preguntó Finbarr— ¿Qué parte es cierta?

—La versión de Nan.

—Eso no es verdad —dijo él—. Sabes que no lo es.

—Lo siento, Finbarr. Es lo que tengo que decir. Nan tiene razón. No podía tener un bebé, así que Archie me consiguió uno. No lo sabía, no lo pensé. Ignoraba la crueldad de todo ello. Lo siento.

—Nan —dijo Finbarr—. No la escuches. Todo este tiempo, me ha asegurado lo contrario. No sé por qué ha cambiado de historia ahora. —Cayó de rodillas y tomó las manos de Agatha. La miró con sus ojos enternecedores y convincentes. Convincentes por la razón justa. No porque maquinara ni porque tuviera un motivo oculto. Sino porque era sincero hasta la médula en cada una de sus palabras.

—Lo siento, Finbarr —dijo ella—. Lo siento de verdad.

Él le soltó las manos y se levantó.

—No sé por qué lo haces. Nunca lo sabré.

Pero yo lo sabía. Todo el mundo me estaba mirando. Tal vez yo también estaba hermosa a la luz del fuego.

Tal vez Agatha había admitido que Teddy era mía porque ya no quería a Archie y sabía que la confesión me haría volver con él. O bien sabía que era inevitable, que su matrimonio había terminado, y quería asegurarse de que, pasara lo que pasase, siempre cuidaría de su hija como si fuera mía. Tal vez se sentía fatal por todo lo que había pasado y quería hacerme creer que Teddy era mía porque mi verdadera hija se había perdido para siempre; con esa amable mentira podía devolvérmela, aunque fuera mediante engaños.

O quizá la solución fuera más sencilla. La navaja de Occam. Tal vez me había dicho que Teddy era Genevieve por una razón y solo por una razón.

Porque era la verdad.

Arriba, Finbarr se sentó en la cama. Me coloqué delante de él, entre sus rodillas. Me acomodó un mechón de pelo detrás de la oreja.

—¿Recuerdas cuando lo llevabas largo?

Nunca me lo había visto más corto que en ese momento, por encima de las orejas.

—Me acuerdo de todo.

—¿Recordarás esto?

—Siempre.

Si no hubiera sido por el fuego, la habitación habría estado a oscuras. En ese marco, nuestros rostros quedaban lo bastante sombreados como para que parecieran los de nuestro primer verano, ansiosos y sin tocar por el futuro. Casi podía fingir que no sabía que nunca volveríamos a estar juntos así.

La habitación brillaba con el calor del fuego. El humo de las chimeneas de la mansión debería habernos delatado, cuatro forajidos enamorados. Las llamas hacían destellar las ventanas. En esa noche en particular, cuando pienso en la Mansión Atemporal, me imagino la vista desde fuera, hasta la última ventana vibrando y brillando como un lugar poseído.

La desaparición

M e desperté mucho antes del amanecer y eché más leña al fuego. En cualquier momento regresarían los dueños de la casa, desde la que era su residencia principal, o bien los nuevos dueños, si era una época de transición. O, lo más probable, los sirvientes enviados por adelantado para prepararlo todo. Quien entrara por la puerta después encontraría pistas de que habíamos estado allí. Cenizas en las chimeneas. Latas de comida desaparecidas. Botellas vacías colocadas en el botellero de la bodega. Quizás incluso los restos de felicidad que emanaban de las habitaciones y se arremolinaban como ácaros del polvo.

Besé la cabeza dormida de Finbarr y salí de la habitación para recorrer los caminos rurales en la bruma baja, sin temer nada, ni a los perros que ladraban desde sus campos, ni al aire gélido, ni siquiera la figura de un hombre que pasó a mi lado como una sombra y me saludó con el sombrero. Si me hubiera salido de la carretera y hubiera entrado en otro mundo, no me habría sorprendido. Sin embargo, por muy bonito que resultara ese otro mundo, haría todo lo posible por retornar al real, porque mi hija seguía en él y nunca volvería a estar lejos de ella, no en esta vida.

Subí con sigilo las escaleras del Bellefort y me metí en la cama, donde dormí durante horas, hasta que me desperté con el sonido de una voz conocida, lo bastante fuerte como para alcanzarme desde el vestíbulo, buscando, pero no a mí.

Chilton también se despertó temprano. Se sentó en la cama junto a una Agatha dormida. La noche anterior habían decidido trasladarse a uno de los dormitorios más grandes del segundo piso. No había cuestionado la afirmación de Agatha sobre su hija (¿contradecía lo que le había contado anteriormente?), ni la suposición que habían hecho los tres de que me protegería. Dos personas muertas. Y Chilton esperaba dejarlo correr.

Acarició el cabello de Agatha con delicadeza, para no despertarla. En algún punto de lo que había pasado entre ellos, habían llegado al acuerdo tácito de que no dirían nunca las palabras. Sin embargo, en ese momento en que ella estaba profundamente dormida, sus labios separados y su rostro enrojecido con esa fiebre infantil que a veces inducían los sueños, se permitió susurrarlas. «Te quiero, Agatha». Bajo los párpados, se le movieron los ojos. Una leve sonrisa le curvó los labios. ¿Por qué no iba a hacer lo incorrecto en lo relativo a Nan? Ya lo había hecho por Agatha.

Por un clavo se perdió un reino. Cuántos crímenes se estaban descuidando, a lo largo y a lo ancho de Inglaterra, por los recursos dedicados a la búsqueda de la mujer que yacía a su lado, sana y salva y embriagadora; su cálido aliento en su rostro era lo único que quería de la vida a partir de entonces. Salió con sigilo de la cama y se dirigió a la ventana. Siempre pensaba mejor cuando contemplaba un paisaje. Oyó detrás el susurro de Agatha al despertarse. Se levantó y se deslizó hacia él, pero no se volvió. Se pegó a su espalda, le rodeó la cintura con los brazos y le apoyó la puntiaguda barbilla en el hombro para compartir con él la vista, las colinas más lejanas oscurecidas por un grupo de abetos.

—Supongo que estás pensando en Nan —dijo.

—Así es.

—¿Conoces al artista Claude Monet?

—¿El de los lirios y los desenfoques?

—Ese mismo. Murió a principios de mes. Leí en una noticia sobre su muerte que una vez dijo: «Para ver, debemos olvidar el nombre de lo que miramos».

—¿Y eso qué significa?

—Es tu caso. Tú eres el que mira. Por fortuna eres el encargado de resolverlo. Así que la solución, el nombre, ¿no puede ser lo que tú quieras?

—Supongo que sí.

—Bien. —Se apartó como si el asunto estuviera resuelto.

—¿Y luego qué? No podemos quedarnos aquí para siempre.

Ella se sentó en el borde de la cama.

—No puede haber más días. —Chilton se arrodilló frente a ella y le tomó las manos—. O puede haber tantos como queramos. Si nos vamos, tú y yo. Juntos. Hoy. Que la desaparición dure toda la vida. ¿Por qué no?

—Por qué no.

No quería interrumpir la alegría que brotaba en su interior y enturbiar su afirmativa con detalles. Ya lo resolverían más tarde. Un coche, un tren, un destino.

—Volveré al Bellefort a recoger mis cosas. Luego pensaremos en un plan.

—Iré contigo. Me vendría bien un poco de aire.

—Pero, querida. No pueden verte conmigo.

—Eso complicará mucho nuestra vida juntos, ¿no crees? —Se rio y se puso el sombrero, encajándoselo sobre la frente—. Nadie me reconocerá. Incluso podrían confundirme con tu hermano.

Tal vez a Chilton lo había inquietado la palabra «hermano» y por eso no protestó. Tal vez Agatha, en el fondo de su corazón, aunque no fuera capaz de admitirlo, después de todo deseaba que la encontraran. O tal vez, por lo que sabían, todos los riesgos que habían tomado hasta entonces no habían supuesto ningún peligro. Así que, ¿por qué no aprovechar uno más?

Estar a plena vista había demostrado ser tan buen escondite como cualquiera.

Mientras Agatha estaba arriba, en la habitación de Chilton, ayudándolo a recoger sus cosas, Archie y Lippincott llegaron al Bellefort. La señora Leech los hizo pasar a la biblioteca y sacó el libro de visitas para que ambos lo revisaran.

Los ojos de Archie aterrizaron de inmediato en mi apellido, O'Dea.

—Aquí —señaló—. Es la letra de mi mujer.

Como si se hubiera olvidado por completo de mí, tanto de mi nombre como de mi letra. Un juego de la mente, confundirnos a las dos. La caligrafía de una de sus mujeres, ¿qué importaba cuál? En su defensa, lo más probable era que el error naciera de la esperanza. Quería a su mujer ante sus ojos, entera y viva. Si borraba mi existencia y le asignaba mi apellido y mi letra, todo se arreglaría. Por fin la haría aparecer, sana y salva.

Sin saber que yo no había desaparecido. Estaba justo arriba. Mis pies, por encima de su cabeza, se deslizaban sobre las tablas del suelo, mientras el corazón se me hundía en las entrañas y apoyaba la cara en la puerta.

La señora Leech fue categórica; la mujer de la habitación 206, la señora Genevieve O'Dea, no era la novelista desaparecida.

—Sam, por favor —le dijo a Lippincott—. La señora O'Dea lleva con nosotros más de una semana. Conozco su cara perfectamente. Es más pequeña. Más joven. Tiene el pelo oscuro.

—Cuesta determinar el color del pelo por una fotografía —le dijo Lippincott a la señora Leech—. He visto fotos de mi propia madre en las que juraría que no era ella. Un arte diabólico, en mi opinión.

—Pues yo sí reconozco a mi propia madre en fotos. Y conozco a la señora O'Dea. No es ella.

El señor Leech entró en la habitación. Saludó a su primo con un apretón de manos muy cariñoso y luego entrecerró los ojos ante la foto.

—Creo que la señora O'Dea bien podría ser esta mujer.

—Por Dios, Simon. Apenas la has mirado —dijo su esposa. El hombre ni siquiera llevaba puestas las gafas. Se marchó sin despedirse ni mirar atrás.

El señor Leech le sonrió a Lippincott.

—Yo creo que sería una publicidad maravillosa, ¿no crees, Sam? El hotel Bellefort en todos los periódicos del país. Lo bastante bueno para Agatha Christie.

Nunca había oído hablar de la escritora hasta ese momento, pero si su nombre había salido en los periódicos solo porque nadie había sabido de ella en unos días, tenía que ser muy famosa.

Lippincott, Leech y Archie formularon un plan. Acordaron que Archie no debía enfrentarse a su mujer yendo a su habitación ni esperar al pie de la escalera a que bajara a desayunar. En su lugar, lo situaron en el salón, con un periódico abierto que ocultaba su identidad, mientras Lippincott esperaba en el vestíbulo para interceptarla.

—Isabelle me asegura que la señora O'Dea está en su habitación —dijo el señor Leech a su primo—. Y aunque siempre está entrando y saliendo, suele comer algo al levantarse.

Apenas había terminado de hablar cuando Chilton y Agatha bajaron las escaleras. Estaban absortos el uno en la otra, con las cabezas muy juntas. Ella se había olvidado del sombrero, como si creyera que ya no era visible para el mundo exterior y podía moverse por él sin ser detectada, en cualquier situación. Chilton no le rodeaba la cintura con el brazo, por suerte, pero su mano revoloteaba mientras hablaba y rondaba el espacio junto al codo de ella de una manera que indicaba intimidad. Lippincott se quedó boquiabierto. En parte por la audacia. En parte por el cambio que había experimentado Chilton en los pocos días transcurridos desde la última vez que lo había visto. Parecía más alto. Iba bien peinado. Y parecía muy alegre, no solo para ser él, sino para alguien que estaba investigando el caso de una persona desaparecida y un posible doble asesinato.

Sin embargo, fue la mujer la que más le sorprendió. Parecía más joven que en las fotos y también ligera, feliz, incluso iridiscente. Iba vestida como si acabara de llegar de arar un campo, totalmente inapropiada. Si de verdad era ella, había esperado encontrar una cáscara fantasmal. La mujer que tenía delante, ciega a todo salvo a su acompañante, era todo lo contrario.

—Señora Christie —dijo Lippincott. Y, sin más, la burbuja estalló. Agatha y Chilton miraron al pie de la escalera. Bajaron las manos a los costados. Lippincott era un hombre amable, por lo general, pero su tono en ese momento, las cinco sílabas abruptas e indignadas, pretendían ser sin duda un reproche e implicaban una serie de frases adicionales. *Señora Christie, ¿cómo se atreve? Señora Christie, ¿qué cree que está haciendo?* Un tono que todo tipo de hombres empleaban con libertad, con el objetivo de devolver a una persona a la realidad, a lo que se suponía un comportamiento adecuado, acorde a lo que ellos habían proclamado que debía ser la interpelada. La invulnerabilidad de Agatha se desvaneció. La vergüenza cuya ausencia le había maravillado la empapó como un cubo de agua fría.

—Vaya, Chilton —dijo Lippincott; su voz cambió por completo, atónita, pero con un dejo de admiración—. Veo que la has encontrado.

Archie, que escuchaba desde detrás del periódico en la sala de estar, justo al lado del salón principal, no lo soportó más. Tenía que ver si de verdad era ella. Imaginó dos escenarios. Uno, deleitarse ante la visión de su esposa, Agatha, al verla viva y entera, con la certeza de que toda aquella pesadilla había terminado por fin. Y dos, ver a una extraña, a alguien irrelevante, y que el viaje hubiera sido otro callejón sin salida, una pérdida de tiempo innecesaria, como dragar Silent Pool o contratar a médiums espirituales; su vida sería siempre un circo de escrutinio público y preguntas sin respuesta.

Entró en el vestíbulo y contuvo la respiración. Allí estaba Agatha. Llevaba pantalones y una rebeca de hombre. Pinzas en el pelo que le apartaban los mechones de la frente, como una niña. Si se hubiera fijado en Chilton y en su proximidad con ella, se habría abalanzado sobre él. Pero Chilton no era la clase de hombre en la que Archie se fijaba a menos que necesitara algo. Si hubiera entrado en una habitación y lo hubiera visto cerca, le habría entregado su abrigo y su sombrero sin mediar palabra.

El alivio lo inundó como si se lo hubieran administrado con una jeringa. Había imaginado el cuerpo sin vida de su esposa en muchos lugares, en el fondo de un lago, en una zanja, en el capó del coche de algún maníaco. De todas las formas que la propia Agatha había imaginado que un cuerpo pudiera acabar muerto, Archie había imaginado el de ella. Y no era un hombre imaginativo. Se sentía demasiado abrumado para reconocer la consternación en su rostro. No se le ocurrió que ella no quería que la encontrasen. Debería haberse dado cuenta. De un vistazo, debería haber sabido que la había perdido.

—Agatha.

—Archie. —En voz alta, por si yo estaba en el hotel. Para advertirme. No era necesario que nos pillaran a las dos.

Él señaló la puerta de la biblioteca. La mano le temblaba como si perteneciera a un anciano de cien años. Eso le habían hecho aquellos once días, así lo habían envejecido. No obstante, había cosas que decir en privado que todavía podrían restaurarlo.

Agatha se quedó helada, como una colegiala maleducada convocada por el director. Los titulares de los periódicos y todos sus lectores. El despliegue de policías desperdiciados en buscarla y toda la preocupación provocada. Su hija abandonada en casa sin una despedida siquiera. Todo lo que milagrosamente había ignorado la asoló con la fuerza de un río al abrir la presa.

No se atrevió a mirar a Chilton. Se apartó de él, con la cabeza agachada, y bajó las escaleras. Entró en la biblioteca con obediencia y se sentó en el borde del desgastado sofá, como si le preocupara ensuciarlo, consciente de repente de cómo se estaba presentando ante el mundo, con aquella ropa inapropiada hasta el escándalo, sin joyas. Como si fuera una niña a la que hubieran pillado jugando en la calle.

Pero entonces Archie hizo algo inesperado. A solas con ella en una habitación, al ver su rostro mortificado, un rostro bonito, compungido y familiar, cayó de rodillas. Le apoyó la cara en el regazo, inmune a cualquier olor ajeno, y la rodeó con los brazos.

—AC —dijo, con la voz más cerca del llanto de lo que nunca le había oído—. Estás viva. ¿Estás bien?

—Lo estoy. —Su voz sonaba muy débil. Sabía que debía responder con el mismo apelativo, pero se sentía incapaz.

Archie le agarró la mano y le besó el lugar desnudo donde debería haber estado su anillo de boda, luego se sacó la joya sagrada del bolsillo y se la volvió a poner en el dedo. La perdonó por haber huido y haber originado tantas preocupaciones; el perdón de ella por todo lo que él le había hecho por lo visto era una conclusión inevitable.

—¿Dónde estabas? —dijo, como si la pregunta lo hubiera atormentado y necesitara hacerla, a pesar de que acababan de encontrarla en el lugar donde supuestamente había estado—. ¿A dónde fuiste? ¿Qué has hecho?

Lo primero que se le ocurrió decir fue: *Aquí. Vine aquí.*

Pero no le sonó cierto, así que dijo lo siguiente que se le ocurrió, que de alguna manera le pareció menos mentira, porque todo se había vuelto extraño y confuso. Después de todo, ella no era la única parte de la historia en juego. Ya había decidido protegerme y en eso no vacilaría ni un instante.

—No me acuerdo.

Lo mismo afirmaría durante el resto de su vida.

La desaparición

DÍA DEL DESCUBRIMIENTO

Martes, 14 de diciembre de 1926

En el piso de arriba, hice la maleta tan rápido como pude y la arrastré por el pasillo hasta la habitación de Cornelia Armstrong. Lo lógico habría sido que, tras dos muertes sin explicación, hubiera cerrado la puerta con llave, pero el mismo espíritu confiado y deprimido que la había empujado a quedarse en el hotel y a viajar sola le permitió dejarla abierta. Cuando entré estaba sentada en el tocador, cepillándose el pelo, y se volvió hacia mí con un sobresalto. No había llamado a la puerta. Me llevé un dedo a los labios.

—Por favor. ¿Le importa si dejo aquí la maleta? Prométame que no le dirá a nadie que está aquí. ¿Ni que yo he estado aquí?

La señorita Armstrong lo pensó un momento, luego se levantó, tomó la maleta y la deslizó bajo la cama.

—No diré ni una palabra.

—Qué chica más valiente. —Crucé las manos sobre el corazón—. Si no vuelvo a por ella, todo lo que hay dentro es para usted.

—No sea tonta. Por supuesto que volverá. —Al mismo tiempo, asintió.

No mucho después sabría de ella por casualidad, por un artículo del *Daily Mirror*. Apenas unos meses después de nuestra estancia en Harrogate, la señorita Armstrong había hecho un viaje para explorar las ruinas del Memorial Theatre en Stratford-upon-Avon, que se había quemado recientemente. Mientras caminaba con decisión hacia los escombros, había llamado la atención de un compañero aventurero, un joven conde desobediente y de una belleza excepcional. Se casaron en menos de quince días y ella se trasladó con él a su finca en Derbyshire, el romance estelar y el final feliz que había anhelado. Como nunca volví a por mis pertenencias, me gusta pensar que llevaba mi rebeca de cachemira y mis perlas de imitación cuando se conocieron.

De momento, le di la mano para despedirme de ella y luego me arrastré hasta lo alto de la escalera con los pies descalzos, cubiertos solo por las medias, y los zapatos en la mano. Cuando me asomé abajo, vi que Archie seguía a su mujer a la biblioteca. Una vez dentro, Agatha tal vez le contara cómo yo lo había señalado como objetivo y lo había seducido solo porque creía que su hija era mía. Que durante aquel tiempo de separación, me había enredado en un abrazo romántico y carnal como él y yo nunca habíamos compartido. Que había sabido casi todo el tiempo dónde estaba su mujer y no se lo había dicho. Que había cometido un asesinato e instigado otro. ¿Cuál de esas acciones le parecería más atroz?

¿Por qué debía preocuparme? Cuando él se había marchado de Sunday's Corner en coche, con ese bebé que había comprado y pagado, cuando se lo había llevado a casa como un diamante para dárselo a su mujer, ¿acaso había pensado por un segundo en la madre de esa niña?

Tenía que aprovechar la oportunidad. Pasé volando por delante del pobre y aturdido Chilton, de los boquiabiertos Leech y del consternado Lippincott, a través de la puerta del hotel. Una vez fuera, me puse los zapatos y me deslicé al volante del coche de policía prestado de Chilton. Fuera cual fuese su próximo destino, tendría que ir a pie. Conduje con torpeza, decidida a llegar a la mansión antes de que el tiempo retornara con su brutal rugido.

Por suerte, Simon Leech llevó a Lippincott al salón antes de que el jefe de policía le echara a Chilton la bronca que sin duda se estaba gestando.

El inspector aprovechó la oportunidad.

—Señora Leech —dijo, mientras la propietaria salía del comedor hacia la recepción—. ¿Podemos hablar?

La mente es algo extraordinario, sus capas exteriores e interiores. Chilton actuó y pronunció palabras que apenas escuchaba, mientras su mente solo pensaba en el horror de todo aquello, en que ese marido que rezumaba arrogancia como un panal rezuma miel se llevase a Agatha.

—Debe ayudarme —le dijo a la señora Leech—. Al menos, abstenerse de contradecirme. Escuche. Agatha Christie ha estado aquí en el Bellefort todo este tiempo, registrada bajo el nombre de Genevieve O'Dea. Se ha dado baños curativos y masajes y ha pasado tiempo a solas.

—Ni hablar. Es una cuestión de honor, señor Chilton, nunca miento. —La señora Leech se cruzó de brazos y su voz sonó aún más musical. Las palabras reconfortaron a Chilton. Cualquiera que diga que nunca miente con esa misma afirmación lo ha hecho al menos una vez.

—No había tenido oportunidad de decírselo, pero he concluido mi investigación del incidente de los Marston. He determinado que no hay ningún asesino suelto. —Leech y Lippincott salieron del salón a tiempo de escuchar la afirmación. La señora Leech parpadeó despacio mientras procesaba si le estaba ofreciendo un trato.

»No es necesario que se corra la voz —continuó Chilton, lo que confirmó sus sospechas—, ya que no hay peligro para el público y nunca lo ha habido. La señora Marston mató a su marido y luego se suicidó.

—Ah, miren. —El señor Leech aplaudió, con una expresión que era pura alegría—. Tal como pensaba Sam desde el principio, ¿eh? Trataremos esa desagradable experiencia con discreción. Y la estancia de la señora Christie aquí la anunciaremos por todo lo alto. El negocio irá como la seda, Isabelle, espera y verás.

La señora Leech dejó escapar una larga exhalación. Cuando su marido se volvió para decirle algo a su primo, Chilton susurró:

—Ayudará mucho a la señorita O'Dea y a su joven muchacho.

Al final, la señora Leech asintió para aceptar. Prefería la idea de mentir para ayudar a Nan que mentir para salvar la reputación de su hotel.

—Sabía que no estaba casada —susurró—. Tengo un sexto sentido para ese tipo de cosas. Espero que se case con ese hombre triste y apuesto. Me encantan los finales felices, señor Chilton.

—A quién no —dijo él—. A quién no.

La puerta de la biblioteca se abrió y salieron Archie y Agatha. Chilton nunca había deseado nada tanto como captar su atención en ese momento, pero ella mantuvo la mirada en el suelo, como una niña a la que han castigado.

—Señora Christie —dijo Chilton; trató de regular la voz y de usar un tono oficial—. Tal vez sea mejor que regrese a su habitación para conducir una entrevista en privado.

—No hará tal cosa —dijo Archie—. El caso está resuelto. No ha habido ningún crimen, solo un malentendido. No hacen falta más policías, ya hemos tenido suficientes para toda la vida.

Chilton se preguntó si alguna vez él mismo había hablado con tanta seguridad. Le dolió notar que, cuando Archie se dirigió a su esposa, le habló con mucha más suavidad.

—Agatha, querida. Ve a por tus cosas. Tenemos que irnos antes de que los periódicos se enteren de que has aparecido. Me temo que tendrás que lidiar con ellos en las próximas semanas.

Todavía sin mirar a Chilton, la escritora subió las escaleras a mi habitación. El inspector dio un paso como para seguirla, pero Lippincott lo agarró por la manga.

En el piso de arriba, en mi habitación de hotel, Agatha miró alrededor, como si el lugar donde nuestras identidades se superponían fuera a revelarle algo sobre mí, o sobre sí misma, que no supiera ya. Se fijó en un destello de color lila, un chal tirado en la silla junto a la mesa. Lo recogió y se sentó. El papel y el bolígrafo que había comprado seguían sobre el escritorio, sin usar. Tomó los dos y garabateó las palabras con cuidado de que no se reconociera su letra; luego dobló el trozo de papel por la mitad y escribió «inspector Chilton» en letras mayúsculas. No le preocupaba que alguien más lo encontrara y lo leyera. Sabía que se pondría a buscar pistas en cuanto saliera del hotel.

Agatha se puso el chal sobre los hombros, como si fuera a transformar su atuendo varonil en algo más respetable. Se deslizó fuera de la habitación y bajó las escaleras hasta su marido, que la esperaba con el rostro sincero y aliviado de nuevo, con todo el amor y la esperanza que ella había deseado ver cuando se esfumó ante sus ojos.

—¿Y tus cosas? —preguntó Archie, con un temblor de miedo en la voz, como si le preocupara que hubiera decidido quedarse.

—No hay nada que necesite.

Pasó por delante de él, salió del hotel y entró en el coche que la esperaba, con mi chal nuevo bien ceñido. En el camino de vuelta a Sunningdale, Archie la acosó con todas las preguntas que lo habían desconcertado hasta el punto de la locura.

—¿Por qué abandonaste el coche de esa manera precipitada?

»¿Cómo te las arreglaste para llegar a Yorkshire?

»¿Por qué vas vestida así?

»¿No has visto los periódicos? ¿Es que no sabías la cantidad de gente que te estaba buscando? No te hubieras seguido ocultando si hubieras sido consciente del alboroto que se había armado.

Agatha no contestó, pero bajó un poco la ventanilla en un intento de que el aire frío la reanimara. Archie se estremeció. Dos semanas antes, la habría cerrado de inmediato. En ese momento decidió que tendría que soportarlo. Recordó su anillo y su collar de perlas, que había dejado en la mansión. Servirían para pagar su tiempo allí y todas las provisiones que habían robado. Había vuelto a pensar dentro de la legalidad.

—¿Lo sabías, AC? —insistió Archie—. ¿Sabías cuánta gente te estaba buscando?

—No me acuerdo. —Miró el paisaje por la ventanilla. Una y otra vez, cuando se le pedía una explicación, eso era lo único que decía. «No me acuerdo». Porque decir algo remotamente parecido a la verdad no solo me hubiera condenado a mí, sino que también la hubiera llevado donde, hasta hacía poco, tanto había deseado estar. Al lado de Archie, para siempre.

Cuando llegaron a casa en Sunningdale para enfrentarse a la prensa, Archie, cuyo trabajo era proteger a su esposa y dado que carecía de imaginación propia, les dio la misma respuesta que ella le había dado.

—No lo recuerda.

«El siguiente año de mi vida es uno que odio recordar», escribió en su autobiografía.

Años más tarde, al leer esa frase, sonreí, como hacía a menudo cuando me encontraba con trozos de nuestro tiempo fuera del tiempo en sus libros. Esparcía detalles, pequeños recuerdos, que nunca sabía dónde o cuándo aparecerían.

—¿Tienes que leerlas todas? —preguntaba Archie cuando me llevaba a la cama su novela más reciente.

—Lo siento —respondía siempre—. Es que son muy entretenidas.

Tal vez Agatha odiara recordar parte de ese año, pero no todo. Sin duda, no todo.

Chilton vio cómo Archie se alejaba con Agatha y luego volvió a entrar en el hotel. Se dio cuenta de que varios ojos lo miraban. Los de Leech y Lippincott. Sabía que debía hacer un esfuerzo por mantener la compostura. Pero no lo hizo. No estaba entumecido. No sentía nada. Lo cual, aunque sonase extraño, le dio esperanza.

—Chilton —dijo Lippincott, más severo de lo que le hubiera gustado ser con su querido amigo—. Creo que tienes que dar algunas explicaciones.

—Se me encargó encontrar a Agatha Christie y así lo he hecho.

Antes de que el jefe de policía respondiera, se dio la vuelta y subió los escalones de dos en dos. La puerta de la señorita O'Dea había quedado entreabierta. La empujó y se abrió con un triste chirrido. Sin duda, Leech engrasaría la bisagra antes de que llegara el siguiente huésped. Tal vez ya estuviera imaginando una placa para la puerta que conmemorase la estancia de la autora.

Sobre el escritorio, había un papel doblado con el nombre de Chilton escrito en letras claras. Se acercó y lo tocó. Se lo llevó a la nariz. Si Agatha hubiera pasado los últimos días en su mundo normal, habría olido a Yardley Old English Lavender. En cambio, debido a la breve interacción que había tenido con el papel, tras apoyar el lado de la muñeca mientras escribía, este olía a humo de bosque y a pino. Un toque de sudor. Incluso un poco a él. Abrió el papel con cuidado. Pensó que diría «lo siento» o «te quiero». Lo que más esperaba era que contuviera instrucciones sobre dónde debían encontrarse, cuál debía ser su curso de acción, cómo se las arreglarían. Para estar juntos.

«Por favor, ocúpate de mi máquina de escribir y, sobre todo, de mis papeles», decía la nota. «Necesito recuperar mi trabajo con discreción y lo antes posible».

Le dio la vuelta una vez, luego dos. Pero era todo lo que había escrito.

En cuanto a mí:

Cuando era niña, me enamoré del mar. Me enamoré del verde imposible y de los cantos de las alondras, de la gente amable y gentil. *Es como un país lleno de muchos Papá Noel,* le dije a mi padre, el primer verano que volví de Irlanda. Él se rio. *Haces que me pregunte por qué me fui,* me dijo. Ninguno de los dos sabía lo que nos deparaba el futuro, cuando lo quería sin reservas, así que nos abrazamos en solidaridad.

Cuando era niña, me enamoré de las ovejas que vagaban por las laderas esmeralda y de los perros que las perseguían. De las gaviotas y los chorlitos en picado. Del repiqueteo de los cascos y la humedad en el aire, de la espuma salada del mar que rociaba la tierra. De las focas que descansaban en las rocas. Del acento cadencioso del idioma, del que mi madre se burlaba porque se me pegaba cada vez que volvía a Londres.

Me enamoré de un chico. Los años se llevaron mi amor por todo menos por eso último. Nunca fue un cómplice, sino un compañero en mi sufrimiento, el único sobre la Tierra que llegaba a comprender al menos un atisbo de lo que había perdido. Sabía que, si lo veía aunque fuera una vez más, mi determinación flaquearía. Finbarr nunca había visto a Genevieve ni la había abrazado. No se había enterado de que existía hasta que ya se había ido. Así que tal vez persistiría en sus intentos de alejarme y, si lo veía aunque fuera una vez más, quizá sucumbiría.

Pensé en la leyenda del *Yuè Lǎo* de Cornelia Armstrong. El hilo invisible. Pero no en el que había entre Finbarr y yo, sino en el que me conectaba, todavía y siempre, a Genevieve. Lo sentía como un objeto vivo y táctil, que se extendía desde mi corazón hasta el suyo. Me llevaba, no a la Mansión Atemporal, sino a la estación de tren. Chilton había aceptado no procesarme por asesinato. Me sentía segura al suponer que también pasaría por alto el robo del vehículo. Después de todo, cualquier cosa que hiciera para recuperar a Archie actuaría en su beneficio.

Si Agatha y Archie se reconciliaban, ya nunca tendría acceso a Teddy. Necesitaba verla al menos una vez más. Necesitaba decirle que, si alguna vez tenía problemas, viniera a buscarme y yo cuidaría de ella. Haría lo que hiciera falta. No sé por qué creí que serviría de algo. Mi madre me había hecho la misma oferta.

Te quiero. Envié el mensaje telepáticamente, algo que no creía posible. Pero aun así, esperaba y rezaba para que Finbarr, aunque yo lo hubiera abandonado, lo oyera y lo entendiera. Tal vez una parte de mí esperaba volver a Londres y descubrir que me habían excluido del mundo de los Christie. El fracaso del plan en el que había trabajado sin descanso durante tres años era la única oportunidad de que Finbarr y yo estuviéramos juntos. Si tenía que fallar, que así fuera. Pero no sería yo quien abandonara.

Mientras tanto, Chilton tuvo que ir a pie a la mansión, ya no atemporal, para recoger lo que Agatha le había pedido. Su máquina de escribir y todo lo que había escrito durante aquella aventura. Nunca pensaría mucho, en años posteriores, en el trabajo que había terminado mientras estaba fuera. Un cuento o dos y los comienzos de la novela *El misterio del tren azul.* Siempre dijo que era el libro que menos le gustaba de los que había escrito, pero lo publicó de todos modos. Publicaba todo lo que escribía, incluso el cuento *The Edge,* que terminaba con mi doble muerta al pie de una montaña. Lo sacaron al año siguiente en *Pearson's Magazine,* con el final cambiado para que a mi personaje no lo empujasen, sino que saltara.

Chilton no tenía previsto llevar la máquina de escribir y el trabajo de Agatha a Sunningdale. Se lo llevaría con él a Brixham, de modo que ella tendría que ir a recuperarlo allí.

—Pero ¿dónde está Nan? —preguntó Finbarr, cuando le contó que habían descubierto a Agatha.

Chilton le puso una mano comprensiva en el hombro. Ya me había concedido la libertad. No le quedaba la generosidad de desear que el romance de Finbarr saliera bien a expensas del suyo.

—Lo siento. Si Nan no ha vuelto al anochecer, no creo que lo haga nunca.

—Volverá —dijo Finbarr, pero no parecía seguro. Como para confirmarlo, añadió—: Si la ves, dile que la esperaré en Ballycotton, listo para ir a la parte del mundo que quiera. Me encontrará allí cuando entre en razón.

Pero, por desgracia, nunca fui.

UN NUEVO AÑO
1928

No necesitas adivinarlo. Ya lo sabes. La reconciliación de Agatha y Archie no duró. Ella ya no sentía la necesidad de continuar con su matrimonio. En vez de eso, se dedicó a lamentar la pérdida de la Mansión Atemporal mientras estuvo en Styles. Lo único que yo tenía que hacer era reaparecer ante Archie, sonriente. Agatha se marchó, esa vez para siempre, y se llevó a Teddy con ella.

Sin embargo, con el tiempo la envió de vuelta a Styles. Para entonces, Archie y yo nos habíamos casado, con un anillo de diamantes y una alianza en lugar del Claddagh de Finbarr. Teddy pasaría con nosotros un año entero mientras Agatha se iba por su cuenta, de aventuras, al primero de los muchos viajes que haría a bordo del Orient Express.

Honoria nos trajo a la niña desde Londres. Había planeado estar abajo con Archie para recibir a Teddy a su llegada, pero cuando el coche subió por el camino de entrada, me sentí invadida por una emoción que no quería que mi marido presenciara. Había visto a la niña varias veces desde que había vuelto con Archie, pero esa sería nuestra primera estancia prolongada, juntas en una casa que compartiríamos, como su madrastra oficial.

—¿Estás bien? —preguntó Archie y me puso una mano en la cintura. Había aprendido a ser un poco más solícito desde su primer matrimonio.

—Sí, estoy bien. Solo un poco mareada. Creo que subiré a descansar.

Al subir las escaleras, las oí, Honoria y Teddy, una voz grave y severa, la otra aguda y ligera. Crucé el vestíbulo de lo que entonces era mi propia casa y entré en el cuarto de la niña. Ya no había nadie que me reprendiera por colarme. Honoria volvería a Londres.

—Me parece bien cuidarla yo misma —le había dicho a Archie, cuando me preguntó cómo nos las arreglaríamos—. De hecho, me gustaría.

Y así lo haría, muchas veces, en los años siguientes. Correría a su lado cuando se despertaba llorando por un mal sueño. Le apretaría la mano y le rodearía los hombros con el brazo, cuando el médico le pusiera puntos en una rodilla herida. Cuando se casó, durante la Segunda Guerra Mundial, en una ceremonia pequeña y apresurada a la que ni siquiera asistió Archie, Agatha se aseguró de enviarme un telegrama para que yo también estuviera presente.

En el alféizar de la ventana estaba el perro que Finbarr había tallado para ella. Sonny. Lo recogí. Oí los pasos rápidos y decididos de Teddy por el pasillo. Quienquiera que haya acuñado la frase «el golpeteo de unos pies pequeños» debe haber sido la persona más brillante de la historia. Cómo llenaba la casa de música el sonido de un niño que vivía dentro. Inspiré, decidida a no tener los ojos llenos de lágrimas cuando me volví hacia ella.

—Nan —dijo Teddy al entrar por la puerta y encontrarme con la figurita todavía en las manos—. Te estaba buscando.

Devolví a Sonny al alféizar de la ventana y me arrodillé. Le puse una mano en cada mejilla y sus brillantes ojos azules me miraron. Luego la abracé y casi creí que su pelo, más oscuro desde la última vez que la había visto, olía al mar de Irlanda.

—Yo también te estaba buscando.

Finbarr volvió a Ballycotton, donde recibió la noticia de mi matrimonio con Archie. Le envié una carta para contárselo, junto con un mechón de pelo de Teddy. En pocos años se casaría con una chica irlandesa. Me dolía pensarlo y, al mismo tiempo, le deseaba felicidad. Del mismo modo que lo amaba lo suficiente como para desearle todos los perros y los libros, todo lo que habíamos planeado para nosotros. Fue padre de tres hijos e imagino cuánto los quiso y disfrutó de ellos antes de morir joven, de un cáncer de pulmón que lo quemó poco a poco, un último regalo del gas mostaza.

La rabia que perdura al pensar en la guerra.

Pero olvida todo eso. Como lectores, nuestras mentes llegan a las ansiadas conclusiones, a pesar de lo que sabemos que es cierto. Imaginemos que no hay otra Guerra Mundial que vuelva a bombardear Inglaterra, algo que nadie debería soportar una vez en la vida y mucho menos dos. Este relato me pertenece. No le debo ninguna lealtad a la historia, que nunca me ha hecho ningún favor. Aun así, no puedo terminar mi historia con Finbarr, ni siquiera en la imaginación, porque cualquier final con él es un final lejos de nuestra hija.

Pero la historia de Agatha sí puedo terminarla como quiera.

Detengámonos otro momento y retrocedamos en el tiempo. Un mes después de haberse ido del hotel Bellefort con su marido para regresar a Styles, Agatha encargó a Honoria que preparara una maleta para Teddy. Luego de dejarle una carta a Archie en la mesa del vestíbulo, revisó el correo de la mañana y encontró un pequeño paquete enviado, entre otros, por *sir* Arthur Conan Doyle. Al abrirlo, halló unos guantes de cuero preciosos que no había visto en su vida y que hacían que la nota que los acompañaba fuera aún más confusa. «Me alegra mucho saber que está usted a salvo en casa. Permítame devolverlos a su legítima propietaria». Sin embargo, no iba a rechazar un regalo suyo y además hacía frío, así que se los puso.

Antes de irse, se aseguró de reunir al reducido personal de Styles y les anunció claramente:

—Me voy a Ashfield y me llevo a Teddy conmigo. Si alguien duda de mi paradero, por favor, mándenlo a Torquay. Si no estoy en la casa, estaré paseando por la orilla.

Agatha subió a su perro y a Teddy en su viejo y querido Morris Cowley y se puso en marcha; pasó por todos los pozos de tiza y cuerpos de agua sin incidentes. Silent Pool brillaba y reflejaba el frío cielo azul, como si no hubieran sacado nunca a nadie sin vida de sus profundidades cenagosas. Pasó por delante del arroyo donde habían encontrado a Annabel Oliver y se llevó una mano al pecho, una especie de saludo, un agradecimiento triste pero sincero.

Chilton ya tenía su propia casa entonces, en Brixham, lo bastante cerca de donde vivía su madre, para poder visitarla a diario. Una casa de campo junto al mar, que se podía alquilar por casi nada en aquellos días. Aunque había renunciado a volver a ver a Agatha, supo en cuanto oyó llamar a la puerta que sería ella. Abrió y la encontró de pie en el frío atardecer, con una falda y una blusa bajo un abrigo de piel, el pelo alborotado y una sonrisa amplia y liberada. Llevaba en brazos a Teddy, que se había quedado dormida en el coche, y la mejilla de la niña estaba aplastada contra su hombro.

—Guardé tu trabajo —dijo Chilton—. Está todo aquí.

—Gracias.

Se hizo a un lado para dejarla entrar y luego cerró la puerta sin hacer ruido. El perrito que estaba a sus pies movió la cola y miró a Chilton como si quisiera que los presentaran.

—Pasa. —Chilton hizo un gesto con la mano buena. Agatha lo siguió hasta el dormitorio de invitados y se quedó en silencio mientras él se apresuraba a poner las sábanas en la estrecha cama.

Luego Agatha recostó a Teddy, ajena al mundo como solo les sucede a los niños dormidos, y le subió la colcha hasta la barbilla. Le besó la frente.

—Una pilluela encantadora, ¿eh? —dijo Chilton.

—Sí, lo es.

El perro saltó a la cama y se acurrucó junto a la niña. Chilton y Agatha vieron dormir a Teddy un rato, el simple ascenso y descenso de su pecho. La respiración de un niño tiene una calidad diferente a la de un adulto. Más profunda y preciosa. Cerraron la puerta con cuidado y fueron juntos a la cocina. La cabaña era pequeña y acogedora, los techos casi les rozaban las cabezas.

—¿Una taza de té?

—No, gracias.

Llegó el abrazo. Duró un largo rato y Chilton se sintió feliz y agradecido por estar vivo, tanto que apenas se reconocía. Ya que estamos, devolvámosle el uso del brazo izquierdo. Se levantó como por arte de magia y la envolvió con la suficiente fuerza como para comunicarle que no tenía ningún interés en dejarla marchar.

—Es una bonita casa de campo —dijo Agatha, en algún momento después de la medianoche, los dos enredados en la cama—. Muy cerca de Ashfield. Teddy y yo nos instalaremos allí por la mañana.

—Sí. Más te vale estar a salvo y allí cuando vengan a buscarte.

Los dos rieron y rieron. La felicidad se arremolinó en la pequeña casa. Teddy, en la otra habitación, sonrió en sueños.

—No te gustan las historias de amor —le recordó Chilton.

—Por regla general, no. Pero esta me gusta.

Un misterio debería terminar con un asesino revelado y así ha sido. Una búsqueda debería terminar con la recuperación de un tesoro. Así ha sido. Una historia de amor trágica debe terminar con sus amantes muertos o separados. Pero un romance debe terminar con los amantes reunidos.

Más allá de los confines de estas páginas, la vida seguirá dando tumbos. Sin embargo, esta es mi historia. Puedo hacer que ocurra cualquier cosa, independientemente de un futuro que ya se ha convertido en pasado. Puedo dejarte con una imagen y fingir que durará para siempre.

Así que para esta parte de nuestra historia, al menos, vamos a detenernos aquí. Con Chilton y Agatha, juntos en la playa de Torquay. Su perrito salta de una roca a otra. El brazo de Agatha rodea el de Chilton. Ambos sonríen bajo un cielo azul brillante y disfrutan de los reinos del día. Solo por un tiempo, como todo. No hay necesidad de cuestionar o de avanzar más allá de este momento.

Date el gusto, en cambio, de cerrar el libro con un final feliz.

Agradecimientos

En febrero de 2015, mi agente, Peter Steinberg, me envió un correo electrónico con el asunto: «¿Por qué no escribes una novela sobre esto?». Me adjuntaba un artículo de *The Lineup* escrito por Matthew Thompson: «Lady Vanishes: The Mysterious Agatha Christie Disappearance» («La dama se esfuma: La misteriosa desaparición de Agatha Christie»). Después vinieron cinco años y muchas palabras de aliento mientras trabajaba en este libro. Todos los días me siento agradecida por el buen hacer de Peter y por su amistad.

Sería imposible que las teorías de Nan sobre la vida lúcida hubieran conjurado a una editora más perfecta para este proyecto que Jennifer Enderlin, que tiene la habilidad de hacer siempre todas las preguntas correctas. Siento un agradecimiento inconmensurable por sus brillantes ideas, su infalible ojo, su calidez, su apoyo y su amabilidad.

Quiero dar las gracias a todo el equipo de St. Martin's, incluyendo, entre otros, a Lisa Senz (autora del mejor correo electrónico que he leído), Sallie Lotz y Steven Boldt.

Gracias también a Yona Levin, Maria Rejt y Sabine Schultz, así como a todos los del Grupo Gotham, especialmente a Rich Green, que es una luz tan brillante que desearía llevármelo conmigo a todas partes. Mi viejo y querido amigo Scott Rittinger lo sabe todo sobre los coches antiguos y responde muy rápido a los mensajes de texto. Celia Brooks compartió conmigo sus conocimientos de geografía londinense. Gracias a mis amigos, colegas y estudiantes del departamento de escritura creativa de la Universidad de Carolina del Norte de Wilmington, sobre todo a Philip Gerard, que defendió el tiempo que necesitaba lejos del aula, y a Rebecca Lee, la persona más divertida con quien compartir libros. Mi hermano Alex me ayudó a corregir las galeradas. Mis padres me han proporcionado siempre un amor y un apoyo inquebrantables. Melody Moezzi tuvo un sueño crucial y profético; contarles a Matthew Lenard y a ella cómo se hizo realidad fue una de las mejores noches de mi vida.

Danae Woodward siempre será mi primera y mejor lectora.

Este relato es una especie de versión imaginativa de la historia y por ello me siento en deuda con una infinidad de libros, documentales, artículos y documentos que me han servido para basarla en hechos reales. Si *The Christie Affair* no hubiera llegado a buen puerto, igual me hubiera alegrado el hecho de haber leído *The Adoption Machine*, de Paul Jude Redmond. Es un libro con una investigación brillante, magníficamente escrito e inquietantemente personal, y animo a cualquiera que se sienta conmovido por la historia de Nan a que lo lea. Otros libros que me ofrecieron un valor incalculable fueron *The Light in the Window*, de June Goulding; *Ireland's Magdalen Laundries and the Nation's Architecture of Containment*, de James M. Smith (el doctor Smith fue además muy generoso a la hora de responder a mis preguntas; fue quien me recomendó las memorias de June Goulding y me puso en contacto con su igualmente generosa colega Claire McGettrick); *La gran gripe: La pandemia más mortal de la historia*, de John M. Barry; *Agatha Christie and the Eleven Missing*, de Jared Cade; la autobiografía de Agatha Christie (si no la has leído nunca, te espera un magnífico regalo), y, por supuesto, mi pila de novelas de misterio de Christie, en particular *Muerte en el Nilo, Asesinato en el Oriente Express, Diez negritos, El misterio de la guía de ferrocarriles, Muerte en las nubes, Peligro inminente, La casa torcida y Noche eterna*, así como el relato *The Edge*. Para sacar diversos detalles y anécdotas de la época, me apoyé en muchísimos artículos y documentos académicos, demasiados para enumerarlos, entre los que destacan «When the World's Most Famous Mystery Writer Vanished», de Tina Jordan (*The New York Times*); «The Mysterious Disappearance of Agatha Christie», de Giles Milton (*HistoryExtra*); «Unmarried Mothers in Ireland, 1880-1973», de Maria Luddy; «Unmarried Mothers and Their Children: Gathering the Data», de la doctora Maeve O'Rourke, Claire McGettrick, Rod Baker y Raymond Hill, y el ya mencionado «Lady Vanishes», de Matthew Thompson.

Las historias del documental *Ellos no envejecerán* de Peter Jackson me ayudaron a imaginar a Finbarr y a Chilton. Siempre admiraré a las valientes mujeres que aparecen en el impactante documental de Steve Humphries *Sex in a Cold Climate*. Todo mi agradecimiento, cariño y admiración a Brigid Young, Phyllis Valentine, Martha Cooney y, sobre todo, a Christina Mulcahy.

Para terminar, gracias sobre todo a David y a Hadley. Me pasaría cien años buscando e iría a todos los rincones del mundo para encontraros.